mtb

Zum Buch:

Liebe? Seit der Hochzeit ihrer Mutter glaubt Shaye nicht mehr daran. Als mitten im Jawort mehrere gottähnliche Männer aus dem Wasser steigen, um alle weiblichen Hochzeitsgäste zu entführen, ist Shaye wie vor den Kopf geschlagen. Und mit dem Verlangen, das deren Anführer in ihr weckt, hätte sie noch weniger gerechnet. Dumm nur, dass der sich in den Kopf gesetzt hat, Shaye nicht nur in sein Unterwasserreich zu verschleppen, sondern auch auf die aufregendste Weise zu verführen …

Zur Autorin:

New York Times-Bestsellerautorin Gena Showalter glaubt, dass Liebe alles überwindet. Früher selbst passionierte Liebesromanleserin, weiß sie ihre Fans mit eigenen Pageturnern voller Humor, Gefahr und heißer Sinnlichkeit zu begeistern. Ihren internationalen Durchbruch feierte sie mit ihrer Paranormal-Serie der „Herren der Unterwelt".

Lieferbare Titel:

Atlantis – Der Drachenkrieger
Atlantis – Das Juwel der Macht

Umwelthinweis:
Dieses Buch wurde auf chlor- und säurefreiem Papier gedruckt.

Gena Showalter

Atlantis –
Der Nymphenkönig

Roman

Aus dem Amerikanischen von
Jutta Zniva

mtb

MIRA® TASCHENBUCH
Band 65115
1. Auflage: September 2016

MIRA® TASCHENBÜCHER
erscheinen in der HarperCollins Germany GmbH,
Valentinskamp 24, 20354 Hamburg
Geschäftsführer: Thomas Beckmann

Titel der amerikanischen Originalausgabe:
The Nymph King

erschienen bei: HQN Books, Toronto

Published by arrangement with
Harlequin Books II. B.V./S.àr.l.

Konzeption/Reihengestaltung: fredebold&partner GmbH, Köln
Umschlaggestaltung: büropecher, Köln
Redaktion: Daniela Peter
Titelabbildung: Harlequin
Autorenfoto: © Sara's Photo Creations
Satz: GGP Media GmbH, Pößneck
Druck und Bindearbeiten: GGP Media GmbH, Pößneck
Printed in Germany
Dieses Buch wurde auf FSC®-zertifiziertem Papier gedruckt.
ISBN 978-3-95649-647-9

www.mira-taschenbuch.de

Für Leigh Michelle Heldermon und Shelly Mykal. Cousinen. Außergewöhnliche Frauen. Engel (vor langer Zeit hätte ich vielleicht noch „gefallene“ hinzugefügt, aber das gehört jetzt nicht hierher).

Für Jill Monroe. Du hattest mich gleich beim ersten „Hallo“, und jetzt kann ich es mir ohne dich nicht mehr vorstellen. Du bist der Wind unter meinen Flügeln. Ohne dich bin ich nichts.

1. KAPITEL

Atlantis

Valerian, König der Nymphe, war aufgewacht und löste sich gerade aus der Umarmung der nackten, süß schlummernden Frau neben ihm … nur um festzustellen, dass seine Beine mit denen von zwei anderen nackten, süß schlummernden Frauen verschlungen waren.

Verschlafen lächelnd sank er zurück in die weichen Kissen. Über seine Schultern streiften die wallenden dunklen Haare einer Frau, und auf seinem Bauch lagen die seidigen roten Locken und die blonden Strähnen der beiden anderen. Valerian war rundum zufrieden.

Derzeit befanden sich nur vier Frauen im Palast, und alle vier waren von der wunderbaren menschlichen Sorte. Ungeheuer sexy. Hinreißend. Vor ein paar Wochen, kurz nachdem seine Armee die Festung erobert hatte, waren die vier Süßen versehentlich durch ein Portal aus der Oberwelt nach Atlantis gelangt. Die Götter mussten es gestern Abend besonders gut mit ihm gemeint haben – immerhin hatten drei dieser Frauen den Weg in sein Bett gefunden.

Lächelnd betrachtete er die drei Schönheiten, die so friedlich – und befriedigt – neben ihm schliefen. Sie waren groß und braun gebrannt, hatten Kurven an genau den richtigen Stellen, und das, was ihre Gesichter ausdrückten, reichte von frech und unerschrocken bis geradezu rührend brav.

Im Grunde war es ihm egal, wie sie aussahen. Er liebte Frauen einfach. Er liebte die Macht, die er über sie hatte, und schämte sich nicht dafür. Oh nein, er genoss es.

In vollen Zügen.

Frauen waren zwar nie mehr als ein kleines Zwischenspiel für ihn, doch er mochte alles an ihnen. Ihre wunderbare Weichheit, ihr atemloses Stöhnen und Seufzen. Er liebte es, wie sie ihre Beine um seine Hüften (oder seinen Kopf) schlangen, ihn in ihrem Paradies willkommen hießen und ihm erlaubten, sie zart oder wild zu nehmen – je nachdem, worauf er gerade Lust hatte.

Während er so dalag, fiel weiches Licht von der Kristallkuppel in das Zimmer, streichelte wie mit zärtlichen Fingern über alles, was es berührte, und tauchte Valerians Gespielinnen in einen sanften Schimmer. Der Duft nach Sex lag in der Luft, so intensiv, dass man ihn fast greifen konnte. Die Hitze, die die Körper der drei Frauen ausstrahlte, umgab sie wie ein gefährlich verführerischer Kokon.

Ja, Valerian hatte ein durchaus angenehmes Leben.

Die Frauen brauchten ihn nur anzusehen und waren ihm sofort verfallen. Sobald sie seinen erotischen Nymphenduft rochen, waren sie im Nu zu allem bereit. Hörten sie seine rauchige, wohltönende Stimme, ließen sie alle Hüllen fallen. Sie hatten einen Orgasmus nach dem anderen, wenn er sie nur mit den Fingerspitzen berührte, und bettelten nach mehr. Er gab nicht damit an. Es war einfach eine Tatsache.

Jetzt bewegte sich die Frau mit den schwarzen Haaren und legte ihre schmale, zarte Hand auf seine Brust. Janet? Gail? Er war sich nicht sicher, wie sie hieß. Konnte sich eigentlich *überhaupt nicht* an die Namen der drei erinnern. Sie waren schlicht Körper in einer langen Reihe von Körpern, die ihm sexuelles Vergnügen bereiteten und dabei selbst auf ihre Kosten kamen. Frauen, die sich ihm liebend gern hingaben.

„Valerian“, hauchte die Schwarzhaarige sehnsüchtig. Ihre Züge waren noch verschlafen und weich, doch ihre Hand wanderte langsam an ihm herab, umfasste sein bestes Stück, begann, daran auf und ab zu gleiten, und weckte es aus seinem Schlummer.

Ohne sie eines Blickes zu würdigen, griff Valerian nach der Hand und zog sie für einen unverfänglichen Kuss an seine Lippen. Die Frau zitterte, und er spürte, wie sich ihre harten Nippel an seinen Oberkörper drückten.

„Nicht jetzt, Süße“, sagte er in ihrer Muttersprache. Er hatte ganze zwei Wochen gebraucht, um diese merkwürdig Sprache zu lernen, aber jetzt, da er sie endlich beherrschte, kam es ihm vor, als hätte er sie irgendwie schon immer gekannt. „Ich muss gleich los. Ich werde anderweitig gebraucht."

So gern er geblieben wäre und sich noch eine Stunde (oder zwei) den Sinnesfreuden hingegeben hätte – seine Männer warteten in der Trainingsarena auf ihn. Dort würde er ihnen helfen, ihre Schwertkünste zu verbessern und den Frust zu kompensieren, der ihnen seit geraumer Zeit zu schaffen machte. Hoffentlich vergaßen sie ihren sexuellen Notstand, während sie sich auf den Krieg vorbereiteten, der, wie Valerian wusste, kurz bevorstand.

Krieg. Er seufzte. Seit seine Armee diesen Palast erobert und den Drachen gestohlen hatte – Drachen, die nach einer Schlacht mit Menschen bereits geschwächt waren –, war Krieg unvermeidlich geworden. Valerian akzeptierte das. Nun aber waren seine eigenen Männer in schlechter Verfassung. Allerdings nicht vom Kämpfen. Sie waren geschwächt, weil ihnen Sex fehlte. Und das war *in*akzeptabel.

Sex gab ihrem Geist und ihrem Körper Energie. Das lag einfach in der Natur der Nymphe. Vielleicht hätte er die weiblichen Nymphen in den Palast mitnehmen sollen. Aber aus Sicherheitsgründen hatte er ihnen befohlen zurückzubleiben. Er hatte nicht damit gerechnet, dass sie so lange von ihnen getrennt sein würden.

Nach der ersten Schlacht hatte er die Nymphen sofort in den Palast beordert. Leider waren sie noch nicht angekommen, und auch in der Inneren und Äußeren Stadt fehlte weit und breit jede Spur von ihnen. Valerians Unruhe wurde von Tag zu Tag größer. Er hatte bereits einen Suchtrupp losgeschickt – mit dem Befehl, jeden zu töten, der den Frauen etwas angetan haben mochte. Die Betreffenden konnten sich auf etwas gefasst machen; die Rache der Nymphe war fürchterlich.

Trotz seiner Sorge hätte es Valerian nicht gewundert, wenn die weiblichen Nymphen – die Sex genauso sehr brauchten wie die männlichen – zufällig ein paar Kerle getroffen und mit ihnen ihre Orgie noch nicht vollendet hätten. Das half seinen Männern im Moment allerdings auch nicht weiter.

„Mmh, du fühlst dich toll an", flüsterte die schwarzhaarige Frau neben ihm. „Beim Sex kann dir kein anderer Mann das Wasser reichen."

„Ich weiß, Süße." Valerian nickte geistesabwesend.

In Anbetracht der unfreiwilligen Abstinenz seiner Krieger hätte seine ausschweifende Nacht ihm eigentlich ein schlechtes Gewissen bereiten sollen. Und er hätte ja auch Schuldgefühle gehabt, wenn er die Frauen gezielt abgeschleppt hätte. Aber sie waren ihm hinterhergelaufen, hatten ihm fast die Kleider vom Leib gerissen und jeden Zentimeter seiner Haut abgeleckt, noch bevor er einen Fuß in sein Zimmer gesetzt hatte.

Er hatte versucht, sie abzuschütteln und zu seinen Männern zu schicken, aber die Frauen hatten nicht lockergelassen. Irgendwann war ihm einfach nichts anderes übrig geblieben, als nachzugeben. Jeder andere Mann – zumindest jeder potente Mann – hätte das Gleiche getan.

Vielleicht würde er diesen drei Leckerbissen nach dem Training noch einmal vorschlagen, dass sie sich andere Liebhaber suchten.

„Ich weiß, du musst gleich los, aber … ich verzehre mich danach, dich zu spüren." Die Frau klimperte kokett mit ihren schwarzen Wimpern und setzte einen Schmollmund auf. Dann stützte sie sich auf einen Ellbogen und schob ihre vollen Brüste direkt in Valerians Blickfeld. „Sag nicht Nein", flötete sie und ließ einen Finger um eine seiner Brustwarzen kreisen. „Du hast mich heute Nacht so verwöhnt. Lass mich jetzt dich verwöhnen."

Auf Valerians anderer Seite wachten die zweite und die dritte Gespielin auf.

„Mmh", murmelte die mit den roten Locken. „Guten Morgen."

Die andere streckte sich genüsslich wie ein Kätzchen,

schnurrte wohlig und setzte sich auf, wobei ihr die zerzausten goldblonden Haare über die Schultern fielen. Als sie Valerian sah, lächelte sie verführerisch. „Morgen“, sagte sie verschlafen.

„Du warst unglaublich“, sagte die Rothaarige, und ihre hellen blauen Augen weiteten sich, während sie sich wohl die Orgasmen der letzten Nacht ins Gedächtnis rief.

„Du auch … Süße.“ Wieder versuchte er, sich an ihren Namen zu erinnern, und wieder fiel er ihm nicht ein. Er zuckte die Achseln. Es spielte ohnehin keine Rolle. Sie waren alle seine *Süßen*. „Aber die Nacht ist vorbei. Es wird Zeit, dass wir alle unseren Pflichten nachgehen.“

„Schick uns nicht weg. Noch nicht“, sagte die Schwarzhaarige. Ihr warmer Atem streifte sein Ohr, und im nächsten Moment spürte er ihre Zunge über seine Wange lecken. „Gönn uns doch …“, sie küsste ihn aufs Kinn, „… noch ein bisschen von …“, knabberte an seinem Hals, „… dir.“

Plötzlich waren drei Paar Hände und Brüste auf ihm. Überall. Heiße, gierige Münder saugten an ihm. Erhitzte, erregte Frauenkörper rieben sich an ihm. Valerian war eingehüllt vom Duft der Lust.

„Ich komme schon fast, wenn du nur in meiner Nähe bist“, stöhnte eine.

„Du weißt immer, was ich will. Noch bevor ich es selbst weiß“, seufzte eine andere.

„Ich bin süchtig nach dir“, hauchte die Dritte. „Ohne dich sterbe ich.“

Das lustvolle Seufzen und Stöhnen der unersättlichen Frauen brachte Valerians Blut in Wallung. Und manchmal, wenn seine Leidenschaft entfacht war, wurde er zum Tier. In diesen Fällen nahm er seine Frauen mit einer animalischen Wildheit, die besser auf dem Schlachtfeld aufgehoben gewesen wäre.

Jetzt war so ein Fall.

Mit einem tiefen Knurren öffnete er seinen Mund für den Kuss einer der drei Frauen, wühlte ihnen durchs Haar, während er über ihre himmlisch duftende Haut streichelte. Vielleicht würde er sich erst beim Mittagessen zu seinen Männern gesellen.

Klirr. Zisch. Klirr.

Schweißtropfen perlten über Valerians nackten, muskulösen Oberkörper und sammelten sich in seinem Nabel, während er sein Schwert schwang und mit der schweren Klinge die erhobene Waffe seines Gegners abwehrte.

Broderick wich zurück, stolperte und landete auf seinem Hintern. Dreck spritzte in alle Richtungen, auch auf Valerians frisch polierte Stiefel.

„Steh auf, Mann", befahl er, da Broderick einfach sitzen blieb.

„Kann nicht", schnaufte sein Freund außer Atem.

Valerian runzelte die Stirn. Es war das vierte Mal, dass Broderick bei diesem Training zu Boden gegangen war, dabei trainierten sie erst eine Stunde. Normalerweise war sein Freund genauso geschickt und stark wie er selbst. Dass seine Leistung heute so schwach war, beunruhigte Valerian.

Jetzt meldeten sich die Schuldgefühle, die er vorhin erfolgreich unterdrückt hatte. Er hätte die Frauen gestern Abend wegschicken und der Versuchung heute Morgen entschlossener widerstehen müssen. Während er sich stärker als je zuvor fühlte, waren seine kampfgestählten Krieger praktisch nicht mehr als ein Häufchen Elend.

„Verflucht", brummte Broderick frustriert. Er saß immer noch auf dem Boden und vergrub sein Gesicht in den Händen. Ein paar blonde Haarsträhnen hingen ihm in die Stirn und verdeckten seine Augen. „Ich weiß nicht, wie lange ich das noch aushalte."

„Und was ist mit dem Rest von euch?" Valerian bohrte seine Schwertspitze in den Sand – sie hatte die Form eines länglichen Schädels, was dem Schwert des Nymphenkönigs seinen mittlerweile berüchtigten Namen eingebracht hatte: *Der Totenkopf.*

Valerian betrachtete seine Armee. Ein paar Männer saßen auf einer Bank und schärften ihre Schwertklingen, ein paar andere lehnten an einer grauen Steinmauer und starrten mit stumpfem Blick ins Leere. Nur Theophilus wirkte, als wäre er zu irgendetwas anderem in der Lage als zu einem Schläfchen. Und nur Theophilus schenkte ihm zumindest ein klein wenig Aufmerksamkeit.

Gut, das stimmte nicht ganz. Joachim saß vornübergebeugt, hatte die Ellbogen auf die Knie gestützt und den Kopf zur Seite geneigt, während er Valerian mit unverhohlener Wut anstarrte.

Weshalb war sein Cousin jetzt wieder wütend? „Stellt euch auf", befahl Valerian seiner Truppe. „Sofort." Sein scharfer Ton riss die Männer endlich aus ihrer Lethargie.

Langsam stellten sie sich in einer – mäßig geraden – Reihe auf. Nur ein paar Krieger machten sich die Mühe, wach und interessiert zu wirken. Die Falten auf Valerians Stirn vertieften sich. Seine Männer waren groß, muskulös und braun gebrannt und hatten perfekt geschnittene Gesichtszüge. Ihre überwältigende Schönheit brachte erwachsene Frauen manchmal zum Weinen. Im Moment allerdings waren ihre Gesichter angespannt, ihre Hände und Knie zittrig.

„Ich brauche euch stark und aggressiv, aber ihr seid allesamt schlapp, jeder Einzelne von euch." Jeden Moment konnte Darius, der König der Drachen, erfahren, dass Valerian diesen Palast erobert hatte, und zum Angriff übergehen. Wie leicht würden seine Männer besiegt werden, wenn sie sich dieser Herausforderung heute stellen müssten …

Er ballte die Fäuste. Eine Niederlage war etwas, das er nicht akzeptierte. Niemals. Nein, lieber würde er sterben. Ein Krieger siegte. Immer. Ausnahmslos immer.

Broderick seufzte und fuhr sich mit einer Hand über das Gesicht. Seine Miene war grimmig. „Wir brauchen Sex, Valerian, und zwar sofort."

„Ich weiß." Unglücklicherweise würden die drei erschöpften Menschenfrauen, die gerade in seinem Bett schlummerten, niemals all die sexhungrigen Nymphe auf einmal bewältigen können.

Er könnte ein Grüppchen Soldaten in die Äußere Stadt schicken, um ein paar Sirenen einzufangen – eine Spezies, die genauso gern Sex hatte wie die Nymphe. Gefährliche Frauen, keine Frage. Frauen, die Männer in ihren Bann zogen, verführten und töteten. Nun ja, *versuchten* zu töten. Aber sie waren der Wahnsinn im Bett. Das Risiko lohnte sich also durchaus.

Wann immer seine Männer in den letzten Wochen in der Stadt gewesen waren, hatten sich Frauen jeder Spezies allerdings versteckt und die Nymphe gemieden, als wären sie abstoßend hässliche, stinkende Dämonen. Keine Frau hatte Lust, einem Nymph zu verfallen, seine Sklavin zu werden und ihre eigene Persönlichkeit aufzugeben, weil sie nichts anderes mehr wollte, als ihrem Liebhaber zu gefallen. Eine unvermeidbare Entwicklung. Selbst bei richtigen Paaren. Sosehr die Nymphe ihre Frauen auch liebten und schätzten – sie blieben trotzdem ihre Sklavinnen.

„Ich kann die Menschenfrauen an dir riechen, und das macht mich nur noch geiler", sagte Dorian. Mit seinen glänzenden schwarzen Haaren, seinem göttlich schönen Gesicht und dem jungenhaften, frechen Charme wurde er ständig von Frauen jeder Spezies umschwärmt. Jetzt allerdings hatte er gar nichts Charmantes an sich. Man sah ihm an, dass er neidisch war. „Ich würde dich umbringen, wenn ich die Kraft dazu hätte."

Valerians Schuldgefühle wurden noch stärker. Er musste die Sache in Ordnung bringen. Er gab es zwar nur ungern zu, aber aus diesem Dilemma gab es nur einen einzigen Ausweg.

„Möchtet ihr immer noch durch das Portal in die Oberwelt?", fragte er und verschränkte die Hände hinter dem Rücken. Seit sie die seltsame, senkrechte Wasserpforte in den Höhlen unter diesem Palast entdeckt hatten – dieselbe Pforte, durch die die Menschenfrauen von der Oberwelt nach Atlantis gekommen waren –, hatten ihn seine Männer so oft darum gebeten, dass er es schon gar nicht mehr zählen konnte. Seine Antwort war jedes Mal die gleiche gewesen: *Bei den Göttern, nein!*

Sein Freund Layel, der König der Vampire, hatte ihm erklärt, dass Atlanter in der Oberwelt nicht lange überleben konnten.

Außerdem brauchte er seine Männer hier, bereit, zu kämpfen und zu verteidigen. So schwach, wie sie jetzt allerdings waren, hätten sie nicht einmal eine Chance gegen einen der lächerlichen Greife gehabt, die ständig nach ihrem eigenen Schwanz schnappten. Geschweige denn gegen wilde, Feuer speienden Bestien.

Wenn seine Männer ein paar Menschenfrauen in der Oberwelt finden könnten, wäre ein Ausflug das Risiko wert, das wurde ihm jetzt bewusst.

„Also?", fragte er.

Fast alle Männer grinsten, umringten ihn und riefen spontan und wie aus einem Mund ein begeistertes „Ja". Nur Theophilus schwieg, aber er hatte auch keinen Grund, der Oberwelt einen Besuch abzustatten. Er hatte die vierte Menschenfrau zu seiner Gefährtin genommen.

Eine Gefährtin. Valerian lief ein kalter Schauer über den Rücken. Wenn ein Nymph eine Frau zur Gefährtin nahm, war es fürs ganze Leben. Egal, wie alt er war, egal, wie seine Lebensumstände waren – wenn er die Richtige gefunden hatte, würde er keine andere Frau mehr begehren; sein Herz gehörte nur noch der einen. Der, die für ihn bestimmt war. Man hatte Valerian erzählt, dass ein Nymph seine zukünftige Gefährtin in dem Moment erkannte, in dem er ihren Duft wahrnahm. Die Frau würde ebenfalls sofort wissen, dass er der Richtige war, und ihn allen anderen Männern vorziehen.

Valerian lebte, wie viele seiner Männer, in ständiger Angst, die für ihn bestimmte Gefährtin zu finden. Denn er liebte seine Freiheit viel zu sehr. Es war undenkbar für ihn, nur *eine* Frau zu begehren. Er konnte sich nicht vorstellen, dass ihn eine einzige Frau länger als eine Nacht interessierte oder sie es schaffte, alle seine sexuellen Bedürfnisse zu befriedigen.

Vielleicht war er ja auch nicht für eine feste Partnerschaft bestimmt. Jedenfalls hoffte er inständig, dass es so war.

„Wir dürfen also in die Oberwelt?", fragte jemand und riss Valerian aus seinen Gedanken.

„Ja." Er breitete resigniert die Arme aus. „Meine Freunde, ich gebe mich geschlagen."

„Wann können wir los?", fragte Broderick.

„Danke, großer König", sagte Shivawn.

„Oh Götter, mein bestes Stück braucht dringend weibliche Zuwendung." Dorian.

Alle waren sichtlich erleichtert. Ihre Augen funkelten lüstern, und ihre Lebensgeister erwachten. Valerian konnte es ihnen nicht verübeln, dass sie es eilig hatten, aus dem Palast rauszukommen. Er selbst wäre auch zur reißenden Bestie geworden, wenn er so lange keine Frau gehabt hätte wie sie. Aber das war etwas, was ihm als König immer erspart geblieben war. Und immer erspart bleiben würde, dessen war er sich sicher.

Seine männliche Ausstrahlung war stärker als die aller anderen, und Frauen konnten ihm einfach nicht widerstehen. Das war eine Tatsache, die seine Männer längst akzeptiert hatten – und die ihm selbst gefiel. „Die meisten von euch werden hierbleiben und den Palast bewachen müssen", erklärte er. „Und diejenigen, die durch das Portal gehen, dürfen sich nicht lange in der Oberwelt aufhalten. Nicht länger als eine Stunde, vielleicht zwei. Wir schaffen so viele Frauen her, wie wir können, und entscheiden dann, wer welche kriegt."

„Wir hätten schon vor Tagen gehen sollen", brummte Joachim.

Valerian beschloss, ihn zu ignorieren. Er wusste, dass es sexuelle Frustration war, die aus seinem Cousin sprach.

„Warum müssen wir so schnell wieder zurück?", fragte Dorian und runzelte schon wieder die Stirn. „Ich möchte gern ein, zwei Frauen ausgiebig beglücken, bevor es wieder nach Hause geht."

„Wir wissen nichts über die Oberwelt, ihre Bewohner und ihre Waffen. Aber noch weniger wissen wir, wann die Drachen uns angreifen werden. Wir müssen rein, uns die Frauen schnappen, die uns gefallen, und wieder verschwinden."

Broderick zog erstaunt die blonden Augenbrauen hoch. „Wir?"

„Ich werde euch natürlich anführen.“ Er würde seine Männer nicht allein ins Ungewisse schicken. „Aber keine Sorge, ich selbst nehme mir keine Frau. Die drei schlafenden Schönen in meinem Zimmer bieten mir genug Abwechslung.“ Vorerst. „Ich überlasse euch die Auswahl.“

2. *KAPITEL*

Eine Hochzeit in Florida. Mit langem, glitzerndem Strand, rauschenden, türkisblauen Wellen, stimmungsvollem, rosa-goldenem Sonnenuntergang und einer salzigen Brise. Man hatte weiße Rosenblätter auf den Sand gestreut, die jetzt bei jedem sanften Windhauch über den Boden tanzten. Die Braut und der Bräutigam, die sich gerade ewige Liebe geschworen hatten, hielten Händchen und sahen sich tief in die Augen. In Erwartung des bevorstehenden Kusses hatten beide die Lippen leicht geöffnet.

Konnte es etwas Süßeres geben? Etwas noch Romantischeres?

Etwas, das einen noch größeren Würgereiz bei ihr hervorrief?

Shaye Holling seufzte frustriert und schaute an sich hinunter auf ihr muschelförmiges Bikinioberteil und das Baströckchen. Wer hatte bloß dieses alberne Outfit für die Brautjungfern ausgesucht? Auf jeden Fall jemand, der wollte, dass sie grauenvoll aussahen. Je hässlicher die Brautjungfern, desto schöner die Braut.

Oh Gott, sie wollte sich gar nicht vorstellen, was die teuer gekleideten anderen Gäste über ihr Ich-schenk-dir-ein-Lapdance-Hula-Kostüm dachten. *Wahrscheinlich sehe ich aus wie ein nuttiger Zombie.*

Shaye war blass. Immer schon gewesen. Weiße Haut, weißblonde Haare. Im Laufe ihres Lebens war sie deshalb oft aufgezogen worden. Man hatte Kasper, Schneekönigin, Vampir und Albino zu ihr gesagt. Die Liste der Beleidigungen war endlos gewesen. Nur ihre Augen waren nicht hell; sie waren dunkelbraun und – ihrer Meinung nach – das Einzige, was schön an ihr war.

Sie hätte den Selbstbräuner verwenden können, den ihr ihre Mutter für den heutigen Anlass geschickt hatte. Aber die Folgen des letzten Mals, als sie dieses Produkt ausprobiert hatte, waren ihr nur allzu gut in Erinnerung: eine geradezu furchterregend orangefarbene Haut und fleckige Hände, die aussahen wie die einer Toten. Vielleicht hätte sie ein paar Stunden ins Solarium gehen sollen. Davon hätte sie wahrscheinlich von Kopf bis Fuß Bläschen bekommen, aber wenigstens hätte sie jetzt ein bisschen Farbe. Gut, sie wäre feuerrot, aber das war immerhin nicht weiß.

Als sie so dastand, hatte sie plötzlich eine neue Idee für ihre Grußkartenfirma „Anti-Cards". Ich muss zugeben, dass ich deinetwegen religiös geworden bin, dachte sie, während sie die Braut betrachtete, die zufällig auch ihre Mutter war. *Jetzt glaube ich auch an die Hölle.*

Sie seufzte. Die silbergrauen, schulterlangen Haare ihrer Mom waren an den Spitzen nach außen geföhnt und bildeten das perfekte Pendant zu dem cremefarbenen engen Kleid, das sich über den Knöcheln ebenfalls leicht nach außen wölbte. Gab es irgendjemanden, der schöner war als Tamara, zukünftige Mrs. Waddell? Jemanden, der mehr Schönheitsoperationen hinter sich hatte? Der die Männer ebenso oft wechselte wie die Unterhöschen?

Die wievielte Hochzeit ihrer Mutter war das noch mal? Die sechste?

In diesem Moment blickte ihre Mutter zu ihr und runzelte die Stirn. „Steh gerade", sagte sie tonlos, bewegte nur ihre Lippen. „Lächle."

Wie immer tat Shaye so, als hätte sie die *gut gemeinten* Ratschläge nicht bemerkt. Sie konzentrierte sich auf den Pfarrer.

„Dich zu lieben, zu achten und zu ehren …", sagte er gerade mit seiner weichen Baritonstimme in die Abenddämmerung hinein. Shaye hörte kaum mehr als *Blablabla*, ehe sie seine Stimme ganz ausblendete.

Liebe. Wie sie dieses Wort hasste. Die Leute benutzten es als Entschuldigung für die absurdesten Sachen. *Er hat mich betrogen, aber ich bleibe bei ihm, weil ich ihn liebe. Er hat mich geschlagen, aber ich bleibe bei ihm, weil ich ihn liebe. Er hat mein*

Bankkonto bis auf den letzten Cent geplündert, aber ich zeige ihn nicht an, weil ich ihn liebe. Wie oft hatte ihre Mutter genau diese Ausreden benutzt?

Wie oft hatten die Männer ihrer Mutter Shaye betatscht und behauptet, es nur deshalb zu tun, weil sie nicht mehr in ihre Mutter, sondern jetzt in sie verliebt wären? Und das zu einer Zeit, als Shaye noch ein Kind gewesen war. Perverse Typen.

Shayes Vater war ein weiteres Paradebeispiel für diesen Nur-die-Liebe-zählt-Schwachsinn. *Ich muss deine Mom verlassen, weil ich mich in eine andere verliebt habe.* Offensichtlich hatte er sich in mehrere andere verliebt.

Nachdem seine letzte Ehefrau ihm untreu gewesen war und sich dann von ihm scheiden hatte lassen, hatte Shaye ihm eine Tut-mir-schrecklich-leid-Karte geschickt. Was sie wirklich hatte sagen wollen, war: „Ganz schön doof, wenn man endlich das kriegt, was man verdient, stimmt's?" Natürlich konnte man so eine Karte nirgendwo kaufen – was für sie den Ausschlag gegeben hatte, eigene Karten zu machen. Das Anti-Card-Geschäft boomte. Anscheinend gab es jede Menge Leute, die jemandem – durch die Blume – mal so richtig die Meinung sagen wollten.

Sie arbeitete achtzig Stunden in der Woche, aber es machte sich bezahlt. Dank beliebter Karten wie „Mir geht's total schlecht ohne dich – es ist fast so, als wärst du hier" und „Ein nettes Wort und eine Waffe bringen dich weiter als ein nettes Wort allein" konnte sie dreiundzwanzig gleichgesinnten Frauen einen Arbeitsplatz bieten. Außerdem verdiente sie mehr, als sie sich in ihren kühnsten Träumen je vorgestellt hatte.

Das Leben hatte sich für das komisch aussehende kleine Mädchen, das die Erwartungen seiner Eltern immer enttäuscht hatte, endlich zum Guten gewendet.

„Sie dürfen die Braut jetzt küssen", sagte der Pfarrer.

Gott sei Dank. Shaye atmete erleichtert auf und konnte sich endlich entspannen. Bald würde sie im Flieger nach Cincinnati sitzen und wieder in ihre ruhige, kleine Wohnung zurückkehren. Wo kein Liebesschmalz sie nervte. Wo nicht mal eine Katze störte.

Unter fröhlichem Applaus gab der Bräutigam mit den geliften Augenbrauen und den aufgespritzten Wangen Shayes Mom einen feuchten Schmatz auf den Mund. Das strahlende Paar drehte sich um und schritt, begleitet von Harfenklängen, den Mittelgang entlang. Shaye ging unauffällig ein paar Schritte zum Meer, weg von der Menge. Jetzt, da alle zum Hochzeitszelt strömten, rückte ihre Freiheit in greifbare Nähe.

Sie hatte ihre Tochterpflicht (wieder mal) getan, und es gab keinen Grund mehr zu bleiben. Außerdem wollte sie so schnell wie möglich raus aus diesem scheuernden Muschelbikini und dem kratzenden Baströckchen.

„Wo willst du hin, Dummerchen?", fragte eine der anderen Brautjungfern und packte Shaye mit überraschend hartem Griff am Arm. „Wir müssen uns doch fotografieren lassen und die anderen Gäste bedienen."

Die Tortur war also noch nicht vorbei. Shaye stöhnte.

Nach einer Stunde braven Posierens für den Fotografen – der irgendwann aufgegeben hatte, ihr ein Lächeln entlocken zu wollen – machte sie sich daran, den Champagner schlürfenden Gästen, die sich bei der Hochzeitstorte anstellten, ihre Tortenstücke auf den Teller zu legen. Ein paar Leute versuchten, mit ihr ins Gespräch zu kommen, fanden sie aber (wie sie vermutete) zu kurz angebunden und gaben schnell wieder auf.

Wann ist das endlich vorbei? Ich will bloß nach Hause. Doch jetzt kam die Schlange, in der sich die Leute anstellten, ins Stocken. *Grrr.* Sie schaute auf. Ein Mann hatte sein Dessert schon bekommen, ging aber nicht weiter, sondern starrte sie unentwegt an. Musterte sie.

„Kann ich Ihnen helfen?", fragte sie.

„Ich hätte gern ein Stück von dir, wenn du es mir persönlich servierst." Mit einer Hand balancierte er seinen Teller, in der anderen hielt er sein Champagnerglas. Seine grünen Augen funkelten frech.

Er trug ein weißes Hemd, das er am Kragen aufgeknöpft hatte, eine schwarze Fliege, die er ebenfalls gelockert hatte, und eine enge schwarze Hose. Seine blonden Haare waren perfekt geschnitten, keine Härchen am falschen Platz. Ein Trauzeuge, wie ihr jetzt wieder einfiel.

„Sir, Sie halten die Schlange auf." Sie bemühte sich, kühl zu klingen und eine strenge Miene aufzusetzen, und machte sich dann wieder daran, Tortenstücke auf Teller zu legen. Sie hatte früh gelernt, dass man die Leute am besten von Anfang an auf Distanz hielt. Und wenn jemand sie dafür hasste, war ihr das auch egal. Sie durfte sich nicht einmal einen Hauch freundlicherer Gefühle erlauben, denn das hatte nichts als Enttäuschung, Zurückweisung und ein gebrochenes Herz zur Folge. „Gehen Sie weiter. Los."

Der Mann reagierte nicht. „Ich glaube, ich sollte mich vielleicht ..."

„Shaye, Schätzchen!", rief ihre Mutter beschwingt. Die Duftwolke ihres teuren Parfüms vermischte sich mit dem zuckersüßen Geruch der Torte, als sie auf Shaye zuschwebte. „Ich bin so froh, dass du deinen neuen Stiefbruder Preston schon kennengelernt hast."

Stiefbruder? Nicht noch einer. Da sah man mal, wie wenig Kontakt Shaye in den vergangenen Jahren mit ihrer Mutter gehabt hatte. Sie hatte nicht gewusst, dass Gemahl Nummer sechs eigene Kinder hatte. Sie hatte ja selbst ihren neuen Daddy erst eine Stunde vor der Hochzeit kennengelernt.

Shaye warf Preston einen flüchtigen Blick zu. „Ich bin nie gut mit anderen Kindern ausgekommen", sagte sie, um ihren barschen Worten von eben die Schärfe zu nehmen. Aber das war's auch schon. Mehr sagte sie nicht.

„Davon habe ich schon gehört", antwortete er und lachte.

Wenn er so lachte wie jetzt, war er sogar noch attraktiver. Sie schaute weg, nahm zwei Teller und gab sie den Gästen hinter ihm. „Hat mich gefreut, dich kennenzulernen, Preston, aber ich muss jetzt wirklich weitermachen."

In diesem Augenblick begann die Band, ein langsames, romantisches Lied zu spielen. Preston hatte den Wink mit dem Zaunpfahl immer noch nicht verstanden und rührte sich nicht von der Stelle. „Ich hätte nie gedacht, dass ich so etwas je sage, aber würdest du mit mir tanzen, Schwesterlein? Wenn du hier fertig bist, natürlich."

Sie machte den Mund auf, um Nein zu sagen, aber es kam kein Ton über ihre Lippen. Sie wollte, wie sie merkte, eigentlich lieber Ja sagen. Obwohl ihre Stiefbrüder und -schwestern wahnsinnig oft wechselten und sie diesen Mann höchstwahrscheinlich nie wiedersehen würde, wollte sie Ja sagen. Nicht etwa weil sie sich zu Preston hingezogen fühlte oder so, sondern weil er alles repräsentierte, was sie sich immer verwehrt hatte. *Und was ich mir weiterhin verwehren muss. Sicherheitshalber.*

„Nein", sagte sie. „Also wirklich … Nein." Sie widmete sich wieder der Torte.

Ihre Mutter lachte nervös. „Kein Grund, so unhöflich zu sein, Shaye. Ein Tanz wird dich schon nicht umbringen."

„Ich sagte Nein, Mutter."

Ein unangenehmes Schweigen breitete sich zwischen ihnen aus. „Du da", sagte ihre Mutter schließlich energisch und zeigte auf eine der anderen grässlich angezogenen Brautjungfern. „Übernimm die Torte. Shaye, komm mit."

Starke Finger schlossen sich um Shayes Handgelenk. Im nächsten Augenblick wurde sie aus dem Festzelt gezogen und zum Meer hinuntergezerrt. *Jetzt geht das wieder los …* Shaye seufzte. So lief es immer. Jedes Mal, wenn sie und ihre Mom gezwungenermaßen aufeinandertrafen, machte Tamara eine Szene, und Shaye wurde wieder mal daran erinnert, was für eine Enttäuschung sie doch war.

Oh Gott, darauf kann ich jetzt wirklich verzichten. Der feuchte Sand schob sich in ihre Sandalen und zwischen ihre Zehen, und eine warme, salzige Brise wehte ihr das Baströckchen um die Knie. Mondlicht erhellte den Strand, und die sanften Wellen rauschten beruhigend.

Die samtbraunen Augen ihrer Mom – genau die gleichen wie ihre eigenen – verengten sich ein wenig. Tamara ließ Shayes Hand los, als könne man von der Berührung vorzeitig Falten kriegen. „Du behandelst meine Gäste so, als hätten sie eine ansteckende Krankheit."

Shaye schlang die Arme um ihren Oberkörper. „Wenn du mich ein bisschen kennen würdest", sagte sie leise, „wüsstest du, dass ich alle Leute so behandle."

„Es interessiert mich nicht, wie du alle anderen behandelst! Aber hier wirst du jeden, auch Preston – nein, *besonders* Preston –, mit Respekt behandeln. Hast du mich verstanden? Tu einfach ein paar Stunden so …", sie strich sich eine Haarsträhne aus dem Gesicht, „… als hättest du ein Herz."

Das tat weh. Sehr weh. Shaye zwang sich dennoch zu einem Lächeln. „Warum gehst du nicht zu deinem neuen Mann und lässt dich von ihm beruhigen? Wenn du dich so ärgerst, bist du bald verschrumpelt wie eine Rosine."

Ihre Mom japste entsetzt nach Luft und betastete – auf der Suche nach Krähenfüßen – ihre Augenpartie. „Ich habe mir gerade erst Botox spritzen lassen. Sieht man etwa eine Falte? Oh Gott, sieht man eine Falte? Ich kann meine Augenbrauen nicht hochziehen, um es zu testen – die Muskeln funktionieren nicht richtig."

Shaye verdrehte die Augen. „Sind wir jetzt fertig?"

Ihre Mom stampfte mit dem Fuß auf. „Ich habe endlich die Liebe meines Lebens gefunden. Warum kannst du dich nicht für mich freuen?"

„Hallo? Das ist die *sechste* Liebe deines Lebens."

„Na und? Ich habe in der Vergangenheit ein paar Fehler gemacht. Das ist immer noch besser, als aus Angst, verletzt zu werden, vor jeder Beziehung zu flüchten, so wie du es tust." Sie machte eine Pause und reckte ihr Kinn empor. „Du vergraulst jeden Mann, Shaye. Du gehst mit keinem aus."

Nein, das tat sie nicht. Nicht mehr. Was man alles tun musste, um zu dem märchenhaften *Glücklich-bis-ans-Ende-ihrer-Tage* zu gelangen, war ihr immer schon suspekt gewesen. Aber früher einmal hatte sie es sehr wohl mit Dates versucht. Und schnell festgestellt, dass die Männer nie anriefen, wenn sie versprachen anzurufen. Sie hatten sich nie für sie als Menschen interessiert. Nur dafür, sie ins Bett zu kriegen. Außerdem hatten sie immer anderen Frauen hinterhergeguckt.

Männer logen, betrogen und benutzten einen. Und waren der Mühe nicht wert.

Shaye wickelte sich eine Bastfranse um den Finger. „Ich wünsche dir nur das Allerbeste für deine neue Ehe, Mutter." Es hatte keinen Sinn, die alten Sachen schon wieder aufzuwärmen. „Und jetzt fliege ich zurück nach Hause."

„Du fliegst nirgendwohin, ehe du dich nicht bei Preston entschuldigt hast." Tamara fuchtelte mit dem Zeigefinger vor Shayes Gesicht herum. „Du hast ihn schäbig behandelt, und das toleriere ich nicht. Ich toleriere es nicht, hast du gehört?"

Sie hatte ihn wirklich schäbig behandelt, und sie hatte ein schlechtes Gewissen deswegen. Aber sie würde sich nicht entschuldigen. Daraus würde sich ein Gespräch entwickeln. Aus dem Gespräch würde sich eine Freundschaft entwickeln, und bei einer Freundschaft entwickelten sich Gefühle. Und Gefühle führten letztendlich zu all dem, was Shaye unbedingt vermeiden wollte. „Erwartest du allen Ernstes, dass ich mir von dir als Mutter etwas befehlen lasse? Jetzt? Nachdem ich von Kindermädchen großgezogen wurde?"

„Eigentlich schon", kam die etwas zögerliche Antwort.

„Du hast anscheinend was vergessen. Ich bin doch die Eisprinzessin von Bitterslowakien, die Großfürstin von Bitterreich und die Königin von Bitterland. Hast du mich nicht all die Jahre so genannt?"

Von fern war das sanfte Platschen einer brechenden Welle zu hören.

„Ich hätte wissen müssen, dass du dich danebenbenimmst", zischte ihre Mutter. Sie strich sich mit einer genervten Handbewegung eine Haarsträhne aus dem Gesicht und starrte aufs Meer hinaus. „Alles, was ich mir immer gewünscht habe, war eine nette, normale Tochter. Stattdessen habe ich dich am Hals. Du bist erst glücklich, wenn du meine Hochzeit ruiniert hast."

„Welche?", sagte Shaye trocken und versuchte zu ignorieren, wie verletzt sie war. Der eisige Gefühlspanzer, mit dem sie sich normalerweise umgab, war ihr viel lieber. Dieser Panzer war als Kind ihre Rettung gewesen, hatte sie vor Trostlosigkeit und Depression bewahrt und ihr geholfen, sich ein erträgliches, wenn nicht gar zufriedenstellendes Leben aufzubauen.

„Alle, verdammt." Tamara sah sie nicht an, sondern starrte weiter aufs Meer hinaus. Wieder erklang ein Platschen, diesmal näher. „Du bist eifersüchtig auf mich, und deshalb willst du nicht, dass ich glücklich bin. Jedes Mal, wenn ich kurz davorstehe, tust du etwas, um mich zu verletzen."

Von allen Dingen, die ihre Mutter gesagt hatte, tat dieser Satz am meisten weh. Immerhin war Shaye hier, weil sie wollte, dass ihre Mutter glücklich war. Sie hatte ihre Mutter nie aus ihrem Leben verbannt, weil sie ihr – trotz allem – nicht egal war. Das Mädchen, das sonst niemanden an sich heranließ, wollte immer noch die Anerkennung seiner Mutter. *Würg.* „Gib nicht mir die Schuld, wenn du unglücklich bist. Dafür bist du ganz allein verantwortlich."

„Conner und ich wollten diesen Tag perf…" Tamara brach ab, ihre Augen weiteten sich, und ihr Blick hatte plötzlich etwas Verklärtes, Sehnsüchtiges an sich. „Perfekt." Sie seufzte verträumt. „Hmm. So perfekt."

Ihre Stimme klang jetzt wie ein laszives Schnurren, fast so, als wollte sie sich die Kleider vom Leib reißen und nackt im Mondschein tanzen. Shaye sah sie verwirrt an. „Äh, hallo? Wir streiten gerade."

„Mann." Aus Tamaras Mund klang das Wort fast magisch, nach Leidenschaft und geheimen Fantasien. „Mein Mann."

„Wovon redest du?" Shaye schaute aufs Meer hinaus. Dann blieb ihr vor Schreck der Mund offen stehen.

Da draußen tauchten gerade sechs beeindruckend große,

muskulöse Barbaren wie antike Meeresgötter aus dem Wasser auf. Der Mond hinter ihnen umgab sie mit einer Art goldenem Heiligenschein. Jeder von ihnen hatte ein Schwert, ein waschechtes Ich-hacke-dich-gleich-in-eine-Million-Stücke-Schwert in der Hand, aber seltsamerweise beunruhigte Shaye ihr Anblick nicht. Außerdem hatten sie bewusstlose Männer in Tauchanzügen dabei, die sie entweder unter dem Arm trugen oder sich über die Schulter gelegt hatten. Auch das beunruhigte Shaye nicht.

Die Krieger hatten keine Hemden an, dafür allesamt einen Waschbrettbauch und einen dermaßen gebräunten, durchtrainierten Oberkörper, dass es so aussah, als hätte jemand flüssiges Gold über Stahl gegossen. Ihre Gesichter waren so schön, dass jedes männliche Supermodel vor Neid erblasst wäre.

Unglaublich … Unwirklich … Umwerfend.

Shaye schluckte, und ihr Herz setzte einen Takt aus. Sie hatte das Gefühl, als würden in ihrem Inneren heiße Flammen emporzüngeln. Alle sechs Krieger sahen sie plötzlich so an, als wäre sie ein leckerer Snack, den sie sich auf der Stelle einverleiben wollten. Merkwürdigerweise hätte sie sich liebend gern nackt auf einen Tisch gelegt und ihren Körper als Abendbuffet angeboten. All you can eat. Gratis.

Sie leckte sich über die Lippen. Ihr lief das Wasser im Mund zusammen, ihre Haut prickelte, und ihr Magen zog sich zusammen. *Ich bin ja richtig angetörnt. Warum zur Hölle bin ich angetörnt?* Die wichtigere Frage allerdings war: Warum ergriff sie nicht die Flucht?

Sie kamen immer näher. So nahe, dass Shaye die silbernen Wassertropfen über die haarlosen männlichen Oberkörper und in ihre sexy Nabel laufen sah. Das Wasser lief weiter hinunter, noch weiter …

Krieg dich wieder ein, du dummes Huhn, dachte sie verwirrt. Dann fiel ihr Blick auf den Mann in der Mitte, und sie erstarrte. Vergaß zu atmen. Gefährlich, sagte ihre innere Stimme. *Tödlich.* Er war größer als die anderen, und ihm hingen die nassen, dunkelblonden Haare in sein teuflisch schönes, faszinierendes Gesicht. Seine Augen … Oh Gott, seine Augen. Sie waren blaugrün – nicht blaugrün, sondern zweifarbig –, und sein Blick war so verführerisch und sexy, dass Shaye sich wie magisch angezogen fühlte. Ihre Nippel wurden hart, und zwischen ihren Beinen pulsierte es sehnsüchtig.

Er hatte etwas Verwegenes an sich, etwas Ungezähmtes und Wildes, und strahlte das gelassene Selbstbewusstsein eines Mannes aus, der tat, was immer er wollte. Und als sie ihn anstarrte, starrte er zurück. Für einen Moment war sein Blick so feurig, so voller Leidenschaft, dass das Blau-Grün seiner Augen zu einem funkelnden Türkis verschmolz. Doch der lüsterne Blick verwandelte sich schnell in einen leicht verärgerten.

War er wütend? Böse? Auf sie?

„Mein Mann“, hauchte ihre Mutter, die sich immer noch in einer Art Trance zu befinden schien. „Meiner ganz allein.“

Die Männer marschierten ans Ufer und ließen die immer noch bewusstlosen Taucher in den Sand fallen. Der Krieger in der Mitte bedeutete Shaye, zu ihm zu kommen. Obwohl sie immer noch ganz im Bann seiner überwältigend männlichen Ausstrahlung stand, schaffte sie es, den Kopf zu schütteln. Geh zu ihm, flehte ihre – geile – innere Stimme. Sie schüttelte noch einmal den Kopf, diesmal energischer.

Der Mann runzelte die Stirn. „Komm her“, sagte er mit einer Stimme, die wie ein raues Flüstern zu ihr herüberwehte und so erregend wie ein erotisches Streicheln war.

Ihr lief ein heißer Schauer über den Rücken, der so intensiv war, dass sie fast auf die Knie fiel. Was würde passieren, wenn er sie wirklich berührte? Was würde geschehen, wenn er mit diesen sinnlichen rosa Lippen jede Rundung und Vertiefung ihres Körpers küsste?

Schluss jetzt, Shaye, befahl ihre – schwache – Stimme der Vernunft. *Es reicht.*

„Komm her“, wiederholte er.

„Ja“, sagte ihre Mutter, die den Männern bereits entgegenging. Das verträumte Schimmern in ihrem Blick hatte eine lüsterne Dimension angenommen. „Ich muss dich berühren. *Bitte* lass mich dich berühren."

Der Teil von Shaye, der erkannte, dass diese Männer gefährlich waren, wusste auch, dass irgendetwas mit ihrer Mom – und mit ihr selbst – nicht stimmte. Und dennoch schien es ihr egal zu sein. Sie fühlte sich wie benebelt.

„Kämpf dagegen an", sagte sie sich. „Egal, was es ist, kämpf dagegen an." In Gedanken versuchte sie mit aller Macht, die Bilder wegzuschieben, die sie plötzlich vor ihrem geistigen Auge sah: sie und dieser Mann, beide nackt, ineinander verschlungen, sein Mund auf ihren Brüsten, seine Finger, die sich in sie schoben, ihre Beine, die sich spreizten, damit er leichter zu ihr fand …

„Nein. Nein!" Kaum hatte sie die Worte geschrien, spürte sie eine merkwürdige Gelassenheit. Eine vertraute kalte Mauer schloss sich um ihr Herz und schob alles beiseite – bis auf den Impuls zu fliehen.

Diese Männer, wer – oder was – auch immer sie sein mochten, waren gefährlich und ihre Absichten offensichtlich nicht gut. Sie hatten *Schwerter*, Herrgott noch mal, und gierten eindeutig nach irgendetwas. Ob ihnen der Sinn nach Sex oder nach Töten stand, wusste sie nicht.

Sie waren schon fast vor ihr.

Ängstlich packte sie Tamara am Arm und riss sie zurück. „Halt dich fern von ihnen."

„Muss … berühren."

„Wir müssen Hilfe holen. Wir müssen die anderen warnen. Wir müssen *irgendwas* tun!"

„Lass mich los." Tamara versuchte verzweifelt, Shayes Hand abzuschütteln. „Ich muss …"

„Wir müssen zum Zelt zurück. Los, komm!" Shaye rannte los und zerrte ihre Mutter hinter sich her zum Hochzeitszelt … zu den lachenden Stimmen, der sanften Musik und den ahnungslosen Gästen.

Im Laufen wagte sie einen schnellen Blick über ihre Schulter.

Die Männer waren ihnen auf den Fersen, und ihre Augen funkelten gierig und lüstern.

„Helft uns!“, schrie sie, riss den Zeltvorhang auf und stürmte hinein. „Jemand muss schnell die Polizei verständigen!“

Niemand hörte sie. Alle waren viel zu sehr damit beschäftigt, sich zur Musik hin und her zu wiegen oder sich – dank kostenlosen Alkohols in rauen Mengen – sinnlos zu betrinken.

„Lass mich los“, rief ihre Mutter wieder. Als das noch immer nichts half, biss sie Shaye mit ihren spitzen Zähnen in den Arm.

„Verflucht noch mal!“ Shaye tat das Einzige, was ihr spontan einfiel: Sie stellte ein Bein hinter einen Fuß ihrer Mutter und versetzte ihr einen Schubs, sodass die Braut rücklings gegen den Tisch taumelte, auf dem die Desserts standen. Kuchen, Törtchen und Tabletts landeten auf dem Boden, aber wenigstens blieb ihre Mutter erst mal still auf dem Tisch liegen, um wieder zu Atem zu kommen.

Zahlreiche Gäste starrten erst Shaye an, dann die gefallene Braut. Alle rissen die Augen auf – manche verdutzt, manche erschrocken, aber die meisten belustigt.

„Da draußen ...“, Shaye deutete in die Richtung, aus der sie gekommen war, „... sind Männer. Gefährliche Männer. Mit Schwertern. Hat irgendwer hier eine Waffe? Hat jemand die Polizei angerufen?“

Ihre Mom, die sich inzwischen von ihrem Sturz erholt hatte, sprang auf und drängte sich unter Einsatz ihrer Ellbogen durch die Menge zum Ausgang. Die roten Flecken, die der Zuckerguss auf ihrem Zehntausend-Dollar-Kleid hinterlassen hatte, schien sie nicht einmal zu bemerken. „Ich brauche ihn. Lasst mich zu ihm.“

„Tamara?“, sagte ihr frischgebackener Ehemann fassungslos, lief zu seiner Braut und nahm sie in den Arm. Als sie sich von ihm losriss, sah er sie besorgt an. „Was ist los mit dir, mein Kätzchen?“

„Ich brauche ... *ihn*.“ Das letzte Wort klang wie ein entrücktes, glückliches Seufzen.

Die sechs Meeresgötter hatten den Vorhang des Zelteingangs zur Seite gezogen und kamen herein. Die Musik verstummte, und die männlichen Gäste duckten sich, als würden sie damit rechnen, jeden Moment zu sterben. Die Frauen seufzten selig, gingen sofort auf die Krieger zu und streckten sehnsüchtig die Hände nach ihnen aus.

„Verschwindet", zischte Shaye. „Wir sind bewaffnet. Wir haben Knarren … und … anderes gefährliches Zeugs."

Die Krieger sahen sich suchend unter den Gästen um, musterten jeden von Kopf bis Fuß, bis die Blicke aller sechs Augenpaare schließlich an Shaye hängen blieben. Sie fing an zu zittern, und ihr wurde heiß. Bilder von nackten Körpern begannen wieder durch ihren Kopf zu tanzen. Schweißnasse Haut, glänzend, gerötet vor Erregung …

Nicht schon wieder! Sie schob die Bilder energisch weg.

Wer waren diese Männer? Wie machten sie das? Wie schafften sie es, dass sie am liebsten vergessen wollte, wer und was sie war, um sich auf der Stelle den sinnlichen Freuden hinzugeben, die diese Kerle ihr – wie sie instinktiv ahnte – bereiten würden?

Shaye kämpfte gegen die Panik an, die sich in ihr breitmachte, hob rasch das Tortenmesser vom Boden auf und richtete es drohend auf die Männer. An ihrer Hand klebte Zuckerguss, ihr Herz raste. Auf der Highschool hatte sie ein paarmal mit ihren Stiefgeschwistern gerauft. Ja, das waren unangebrachte Versuche gewesen, sie auf Distanz zu halten, damit sie nicht anfing, sie zu mögen, nur um sie ein paar Monate später wieder zu verlieren. Ein paar dieser Kämpfe hatte sie sogar gewonnen. Allerdings waren ihre Brüder und Schwestern unbewaffnet gewesen – und hatten auch nicht so viele Muskeln wie zwei miteinander verschmolzene Bodybuilder.

Der Krieger in der Mitte – der atemberaubende blonde Riese, der sie am Strand gerufen hatte – winkte sie erneut zu sich. Er wirkte jetzt noch animalischer und erotischer. In dem hell beleuchteten Zelt konnte sie den Silberring an einem seiner Nippel wippen sehen.

„Komm“, sagte er.

Alles in ihr schrie danach, ihm zu gehorchen, zu ihm zu laufen, an diesem Silberring zu saugen und sich an seine Erektion zu pressen. Doch sie schluckte und schüttelte den Kopf. „Nein.“ Erektion. Gott, sie hatte nicht einmal dorthin geguckt und wusste trotzdem instinktiv, dass er eine hatte.

Seine verführerischen Lippen verzogen sich zu einem teuflischen Grinsen, als würde ihm gefallen, dass sie ihm nicht gehorchte. „Es wird mir ein Vergnügen sein, dich davon zu überzeugen, dass du einen Fehler machst.“

Oh, ja. Es gefiel ihm.

3. KAPITEL

Meine Gefährtin, dachte Valerian ungläubig. *Ich habe meine Gefährtin gefunden.*

Er hatte nicht nach ihr gesucht. Hatte sie nicht finden *wollen*. Und trotzdem, da war sie. Genau so, wie es in der Legende beschrieben war, hatte er ihren Geruch wahrgenommen und es sofort gewusst. Es hatte keine Zweifel gegeben. Sie gehörte zu ihm. Jede Faser seines Körpers war erwacht und hatte auf sie reagiert.

Als er mit seinen Männern aus dem Portal gekommen war, hatten menschliche Seekrieger in komischen, eng anliegenden schwarzen Anzügen sie attackiert und versucht, sie auf das Schiff zu zerren, das an der Meeresoberfläche wartete. Es hatte einen Kampf gegeben, aber die Nymphe hatten letztlich gesiegt und sowohl ihre Gegner überwältigt als auch das Schiff versenkt. Danach hatten die Nymphe keinen Blick mehr für die landschaftliche Schönheit der Oberwelt übriggehabt, von der sie bisher nur geträumt hatten. Sie wollten einfach schleunigst ein paar Frauen finden und sie nach Atlantis bringen.

Eine Frau, die seinen Blick erwidert hatte, war ihm besonders aufgefallen. Sie war groß und schlank, hatte einen flachen Bauch, wohlgeformte Hüften und unwiderstehlich schöne, lange Beine.

Ihr engelsgleiches Gesicht verfügte über ein schmales, sinnliches Kinn, rot leuchtende Wangen und eine sanft geschwungene Nase. Ihre Augen waren groß und braun. Es war ein warmes, fast goldenes Braun, das hinter hellen, wundervoll langen Wimpern eine ungeheure Verletzlichkeit und gleichzeitig Entschlossenheit ausstrahlte.

Er hatte noch nie eine so schimmernd blasse, alabasterfarbene Haut gesehen. Nicht einmal bei einem Vampir. Die Frau leuchtete zart wie der Mond, den Valerian hier am Himmel gesehen hatte. Ätherisch. Am liebsten hätte er die Hand nach ihr ausgestreckt und sie berührt, um sich zu überzeugen, dass sie nicht nur ein Traum war.

Was ihre Kleidung betraf … Nun, er schwor sich, dafür zu sorgen, dass sie ihr Leben lang nichts anderes mehr trug. Die Fransen ihres Bastrocks bewegten sich mit jedem ihrer Atemzüge und gaben immer wieder den Blick auf ihre herrlichen Oberschenkel frei. Nein, er hatte seine Gefährtin fürs Leben nicht gesucht, schon gar nicht eine menschliche, und es ärgerte ihn, dass er sie gefunden hatte. Aber unter seinem Ärger glimmte eine besitzergreifende Leidenschaft, die er nicht leugnen konnte. Und auch nicht leugnen wollte.

Er hatte sich so sehr daran gewöhnt, von willigen Frauen (vielen, vielen Frauen) beglückt zu werden, dass er vergessen hatte, wie es war, selbst jemanden zu begehren. Einfach jemanden anzusehen und sich nach ihm zu verzehren. Schon jetzt geriet sein Blut in Wallung, und seine Haut prickelte. *Sie gehört mir.* Seine Muskeln wurden hart. *Mir.*

Offensichtlich hatte sie noch nicht gemerkt, dass er für sie bestimmt war. Sie schien vielmehr zu wollen, dass er schleunigst wieder verschwand. *Menschen*, dachte er verächtlich. So, wie sie gerade vor ihm stand, wirkte sie unerreichbar. Unberührbar. Aber er *würde* sie irgendwann berühren. Sonst würde er sterben.

Valerian stutzte. Was war ihm gerade durch den Kopf gegangen? *Sonst sterbe ich?* Wie oft hatte eine Frau schon etwas Ähnliches zu ihm gesagt? Er hatte nie verstanden, was das bedeutete. Aber jetzt, in diesem Moment, als er diese kleine Mondscheinfrau ansah, da wusste er es.

Er brauchte sie wie die Luft zum Atmen. Es war einfach so, ob es ihm nun gefiel oder nicht.

Während er sie betrachtete, öffnete sie ihre Lippen ein wenig, als könnte sie sich nicht entscheiden, ob sie selig seufzen oder aufschreien sollte. Valerian wollte, dass sie beides tat. Wollte hören, wie sie seinen Namen stöhnte, wenn sie zum Orgasmus kam.

Sie war die Richtige, war seine Gefährtin fürs Leben, und er würde alle, die etwas anderes behaupteten, eines Besseren belehren. Auch sie selbst. Nie wieder könnte er mit einer anderen Frau glücklich sein. *Glücklich?* Er musste fast lachen. War er denn jemals mit einer glücklich gewesen?

Er wollte diese Mondscheinfrau mit den seltsamen weißblonden Haaren und der alabasterfarbenen Haut. Schon im ersten Moment, als er sie im Mondlicht stehen sah, hatte er sie gewollt. Er hatte alles um sich herum vergessen und nur noch sie wahrgenommen. Sie strahlte etwas Unnahbares und Unberührbares aus – Eigenschaften, bei denen sein Eroberungsdrang sofort erwachte.

Oh Götter, er wollte, dass sie ihm gehörte. Allein sie jetzt anzusehen ließ ihn die Strapazen des Tages sofort vergessen. Er verzehrte sich nach ihr.

Aber sie hatte Nein gesagt. Mehrmals. Sie war sogar vor ihm geflüchtet. Diese Zurückweisung musste Valerian erst noch verdauen. Aber dem Krieger in ihm gefiel die Herausforderung, sie davon zu überzeugen, dass sie ihn genauso begehrte wie er sie.

Sein Blick fiel auf das kleine Messer, dass sie – bereit zum Angriff – in der Hand hielt, und er musste sich ein Lächeln verkneifen. Glaubte sie allen Ernstes, dass sie ihn mit so einem jämmerlichen Ding von sich fernhalten konnte?

Sie hatte wirklich noch viel über entschlossene Nymphenkrieger zu lernen.

„Sammelt alle Frauen ein, die keinen Partner haben", sagte er in seiner Muttersprache zu seinen Männern, ohne das Objekt seiner Begierde aus den Augen zu lassen.

Sie wich ein paar Schritte zurück. Als es ihr bewusst wurde, blieb sie stehen, straffte die Schultern, hob die Hand mit dem Messer und ging wieder nach vorn. Aha, eine mutige Frau. Eine, die bis zur letzten Sekunde Widerstand leisten würde. Er grinste und begehrte sie gleich noch mehr.

„Was habt ihr mit uns vor?", fragte sie in der gleichen Sprache, in der die anderen Frauen aus der Oberwelt geredet hatten.

Er hörte kaum, was sie sagte, sondern starrte nur fasziniert auf ihre sinnlichen Lippen, die zart wie Blütenblätter waren, und auf die kleine rosa Zunge, die er erspäht hatte. Es erregte ihn.

Eine Frau streichelte mit den Fingerspitzen seinen Arm. Er zwang sich, den Blick von der Mondscheinfrau abzuwenden – bestimmt eines der schwierigsten Dinge, die er je getan hatte –, und schaute hinunter. Es war, wie er jetzt merkte, nicht nur eine Frau, die ihn streichelte – es waren mehrere, die sich um ihn drängten. Und nicht nur um ihn. Die weiblichen Wesen hatten auch die anderen Krieger umzingelt und streichelten unter großem Oh und Ah bewundernd ihre Körper. Manche rieben sogar ihre Brüste an ihnen.

Valerian stellte fest, dass sich unter den Verehrerinnen auch ein Menschen*mann* befand, der gerade versuchte, Dorian zu küssen. Dorian, sichtlich verdutzt, schob ihn energisch weg.

„Nur die ohne Partner?“, fragte Broderick mit genießerisch geschlossenen Augen, während eine hübsche Brünette ihm den Hals leckte.

„Nur die ohne Partner.“ Valerian nickte. Die Nymphe zu Hause würden den Geruch eines anderen Mannes an den Menschenfrauen wahrnehmen, daher mussten die Frauen, die eine Beziehung hatten, in der Oberwelt bleiben. Die blasse kleine Mondscheinfrau würde er allerdings auch mitnehmen, wenn sie einen Partner hätte. Ohne zu zögern. Aber ihr wunderbarer, betörender Duft verriet ihm, dass sie keinem außer ihm gehörte.

Seine Männer brauchten keine weitere Ermunterung, sondern schritten zur Tat und befahlen den alleinstehenden Frauen, sich in einer Reihe aufzustellen. Sie gehorchten widerstandslos. Die anderen – die einen Partner hatten – heulten auf, weil sie nicht auserwählt worden waren, und versuchten, sich trotzdem in die Reihe zu drängeln. Sogar der Mann, der sich in Dorian verguckt hatte, wollte sich dazwischenmogeln.

Ein protestierender Menschenmann wurde durch einen Faustschlag gegen die Schläfe schnell zum Schweigen gebracht. Die anderen Männer waren zu eingeschüchtert, um etwas zu unternehmen, und hatten sich zitternd in die Ecken des Zelts verzogen. Jammerlappen, dachte Valerian. Hatten sie etwa noch nie gekämpft? Für ihn selbst wäre ein derartiges Verhalten undenkbar gewesen.

Er widmete seine Aufmerksamkeit wieder der Mondscheinfrau. „Weißt du, wer ich bin?“, erkundigte er sich.

„Was habt ihr mit uns vor?“, fragte sie wieder, ohne auf seine Frage einzugehen.

Er setzte sein dreckigstes Grinsen auf. „Was alle Männer mit euch vorhaben. Wir wollen euren Körper. Ihr werdet uns gehören. Und jetzt komm.“

Anstatt zu gehorchen, zeigte sie ihm grimmig ihre perfekten weißen Zähne. Warum fand sie ihn nicht unwiderstehlich? Warum flehte sie ihn nicht an, gestreichelt zu werden? *Merkwürdig. Äußerst merkwürdig.*

„Das dürft ihr nicht“, fauchte sie ihn an. „Verschwindet, bevor die Polizei kommt und euch verhaftet.“

Polizei? Verhaftet? Valerian runzelte die Stirn. „Du wirst deine Meinung über mich noch ändern, das kann ich dir versprechen.“ Er ging um die Frauen herum, die noch immer nach seiner Zuwendung lechzten, und näherte sich der Mondscheinfrau. Ihre dunklen Augen wurden bei jedem seiner Schritte größer. Je näher er ihr kam, desto stärker zog ihn ihr betörender Duft an. Doch dann …

Einer seiner Krieger war vor ihm bei ihr, legte von hinten seine kräftigen Arme um sie und hob sie auf. Sie trat kreischend um sich und wehrte sich wie ein zorniger Vampir, der nach Blut dürstete.

Ein animalisches Knurren löste sich aus Valerians Kehle, und er konnte seine Wut nur mit Mühe unterdrücken. Wut über die Tortur, die sie gerade über sich ergehen lassen musste. Wut darüber, wie stark sein Besitzanspruch war. *Mir. Sie gehört mir.* In seinem ganzen Leben war er noch nie eifersüchtig gewesen. Er und seine Männer teilten sich ständig irgendwelche Frauen. Aber nun, da ein anderer Mann seine kleine Mondscheinfrau festhielt, drehte er fast durch.

„Meine“, knurrte er. Obwohl er den Arm des anderen Mannes am liebsten von ihr weggerissen hätte, rührte er sich nicht. „Sie gehört mir."

Shivawn erstarrte so plötzlich, dass seine dünnen geflochtenen Zöpfe hin und her baumelten. Die Mondscheinfrau hörte nicht auf, sich zu wehren, und bearbeitete sein Gesicht mit ihren Fäusten, sodass er zu bluten begann und eine Grimasse schnitt.

Valerian kochte vor Wut. Wenn Shivawn sie jetzt fallen ließ und sie sich dabei verletzte, dann würde er ihn umbringen.

„Aber mein König, du hast doch gesagt, du willst keine von den Oberweltfrauen. Du hast gesagt, sie wären für uns."

Valerian fiel ein, dass er das tatsächlich gesagt hatte. Die Erkenntnis machte ihn nur noch zorniger. Er hatte seinen Kriegern gegenüber noch nie sein Wort gebrochen. Sie erwarteten, völlig zu Recht, dass er es auch heute nicht tat. Was bedeutete, dass einer seiner Männer diese Frau, *seine* Gefährtin, für sich beanspruchen würde. Sie ausziehen, mit ihr schlafen und ihr zusehen würde, wenn sie zum Orgasmus kam.

Er durfte das nicht zulassen.

Sein Instinkt schrie geradezu danach, etwas – irgendetwas – zu unternehmen, damit es nicht so weit kam. Aber es gab nichts, was er tun konnte, und er wusste das. Mit zusammengekniffenen Augen und geballten Fäusten sagte er eisig: „Ich trage sie."

Shivawn sah ihn schweigend an, zuckte dann mit den Schultern und übergab sie ihm. „Das ist eine ganz Wilde. Pass auf, dass sie dir nicht zwischen die Beine tritt." Sobald Shivawn die Hände wieder frei hatte, griff er sich eine andere Frau, eine dunkelhaarige Schönheit, die von dem Geschehen um sie herum alles andere als begeistert schien.

Hm. Sehr seltsam. Noch eine, die nicht erfreut war. Was war los mit diesen Oberweltfrauen?

Valerian dachte nicht mehr an sie, als er die Mondscheinfrau vorsichtig auf den Arm nahm. Sie erstarrte und bekam eine – allerliebst anzuschauende – Gänsehaut. Sie hatte ihr Gesicht von ihm abgewandt und ihre Arme über dem Bauch verschränkt.

Valerian konnte nicht widerstehen, seine Nase auf die zarte, blasse Haut ihres Nackens zu drücken und den Duft von … Schnee und Wildblumen einzuatmen – ja, genau danach roch sie.

„Nimmst du auch meinen Geruch wahr?", fragte er.

„Äh, nein, sollte ich?"

Enttäuscht ließ er die Schultern hängen.

„Wenn du mich nicht runterlässt", sagte sie steif, als müsste sie sich zwingen, die einzelnen Worte über die Lippen zu bringen, „kratze ich dir die Augen aus und verschlinge sie."

Er lachte, und seine Enttäuschung war vergessen. Sie hatte ein süßes Gesicht und eine blutrünstige Persönlichkeit. Was für ein wundervoller Widerspruch. „Warum bettelst du nicht darum, dass ich mit dir schlafe?"

„Du machst wohl Witze", sagte sie empört. „Hast du es schon mal mit einer Selbsthilfegruppe für Narzissten versucht? Und jetzt lass mich runter!"

„Du hast meine Frage nicht beantwortet."

„Das habe ich auch nicht vor. Und jetzt lass mich runter, Herrgott noch mal."

„Ich will dich im Arm halten. Für immer und ewig."

An ihrem Kinn zuckte ein Muskel, aber diesmal erwiderte sie nichts.

„Ich wünschte, ich könnte deinem Wunsch entsprechen", sagte er, „aber mir gefällt viel zu gut, wo du jetzt bist." Die Längsseite ihres Oberkörpers presste sich an seine Brust, und es prickelte überall, wo er ihre Haut spürte. „Aber ich lasse unter Umständen mit mir verhandeln. Vielleicht kannst du mich ja überreden, dass ich dir deine Bitte gewähre."

Jetzt sah sie ihn endlich an. Als ihre Blicke sich trafen, blaue Augen auf goldbraune, verschlug es ihm den Atem. Ihm wurde noch stärker bewusst, wie unglaublich schön sie war. Seine Nasenflügel bebten, und er wusste, dass seine Pupillen sich weiteten. Sein Körper spannte sich schmerzhaft an.

Sie schluckte, und ihre ohnehin schon blasse Haut wurde noch bleicher. „Da gibt es keine Verhandlung. Lass mich einfach runter. Oder haben du und dein testosterongesteuerter Schlägertrupp etwa vor, uns zu vergewaltigen?“

„Vergewaltigen?“ Er wusste nicht, was dieses Wort bedeutete. Dem Klang ihrer Stimme nach zu urteilen war es nichts Gutes. „Erklär mir, was es damit auf sich hat.“

Das tat sie, und zwar in einem so angewiderten Ton, wie er ihn noch nie gehört hatte.

Wieder musste er lachen. Brutales Schwein? Gegen den Willen der Frau? „Meine süße Mondscheinfrau, du hast ja keine Ahnung, wie sehr du mich amüsierst. Ich habe in meinem ganzen Leben noch nie eine Frau dazu gezwungen und werde es auch nie tun müssen. Ganz im Gegenteil. Wenn ich dich erst einmal in meinem Bett habe, wirst du dich verzweifelt danach sehnen. Dich nach mir verzehren.“

4. KAPITEL

Wenn ich dich erst einmal in meinem Bett habe, wirst du dich verzweifelt danach sehnen. Dich nach mir verzehren.

Sein ruhiger, so absolut selbstsicherer Ton war noch beängstigender, als wenn er die Worte geschrien hätte. Dennoch spürte sie, wie eine heiße Welle der Erregung sie durchströmte. So heiß, dass alles in ihr darum bettelte, ihm nicht mehr zu widerstehen, sondern jede Berührung und jeden Atemhauch dieses Mannes auf ihrer Haut zu genießen.

Es war ihr egal, dass die anderen Frauen im Zelt den Krieger streichelten und kraulten, als wäre er ein harmloses Hauskätzchen. Oder eine männliche Gummipuppe. Sie bettelten – ja wirklich, sie bettelten – darum, dass er mit ihnen schlief. Seufzten und stöhnten dabei. Da und dort waren sogar Lustschreie zu hören.

Gib nach, flehte ihr Körper. *Küss ihn. Was soll schon passieren?*

Entsetzt über sich selbst schlug Shaye ihrem Kidnapper mit der Handfläche gegen die Nase. Sein Kopf schnellte nach hinten, und Blut tropfte ihm auf die Oberlippe. „Warum hast du das gemacht?“, fragte er bestürzt, als er sich wieder gefangen hatte.

Glücklicherweise hielt er sie jetzt nicht mehr ganz so fest. Sie wand sich in seinen Armen hin und her, bis sie es endlich schaffte, sich loszumachen. *Sieh zu, dass du von hier wegkommst!* schrie ihre Stimme der Vernunft, als Shaye wieder auf eigenen Beinen stand. Sie machte einen Schritt nach vorn und blickte sich panisch nach ihrer Mom um. Ihr Atem ging flach und stoßweise.

Sie sah Preston, der bewusstlos am Boden lag. Als er sich den Kriegern in den Weg gestellt hatte, hatte ihn einer der Männer mit einem Faustschlag zu Boden gestreckt. Sie sah Conner, den frischgebackenen Ehemann ihrer Mutter, der in der Menge umherlief und ihre Mutter suchte. Sie schien wie vom Erdboden verschluckt. Verdammt! Wo war sie? Das Verhältnis, das sie zueinander hatten, mochte schwierig sein, aber Shaye konnte – und würde – sie nicht im Stich lassen.

Sie wollte es gerade Conner nachtun und in der Menge nach ihrer Mom suchen, als der Krieger hinter ihr sie plötzlich mit eisernem Griff am Handgelenk packte. Ihr wurde bei seiner Berührung erst heiß, dann gefror ihr vor Angst das Blut in den Adern.

Er hatte sie gefragt, ob sie seinen Geruch wahrnahm, und sie hatte verneint. Tja, sie hatte gelogen. Sie atmete seinen erotischen, maskulinen Duft jedes Mal ein, wenn er in ihrer Nähe war, und dieser Duft trieb ihre Hormone in den Wahnsinn. Auch jetzt war es nicht anders.

„Du hast mich geschlagen." Er klang so geschockt, als hätte noch nie zuvor jemand gewagt, die Hand gegen ihn zu erheben. „Warum hast du das getan?"

Shaye drehte sich wortlos um und trat ihm zwischen die Beine. Hob einfach ihren Fuß und zack, Treffer. Er krümmte sich stöhnend zusammen.

„Jetzt bist du nicht mehr so scharf auf meinen Körper, was?", murmelte sie, ohne aufzuhören, sich nach ihrer Mom umzusehen.

„Das … hat wehgetan", sagte er gepresst.

„Natürlich tut das weh, und dir blüht mehr davon, wenn du mich noch einmal anfasst."

Ohne ein weiteres Wort lief sie los, immer noch suchend … suchend … Da! Endlich. Dort in der Ecke hielt ihr neuer Stiefvater eine zappelnde, um sich schlagende Tamara fest in seinen Armen.

Shaye sprang über umgefallene Stühle und schlitterte auf Pfützen aus rotem Punsch zwischen umgekippten Tischen zu ihrer Mutter. Irgendjemand schlang einen Arm um Shayes Taille und zog sie an seine breite, muskulöse Brust – und es war nicht *ihr* Krieger. Dieser Mann roch anders, nicht ganz so faszinierend fremd. Sogar seine Haut fühlte sich anders an. Nicht so heiß.

Außerdem hatte er einen Schatten dunkler Härchen auf den Unterarmen.

Sie schrie auf und schlug ihm mit dem Hinterkopf gegen das Kinn. Der Schlag war so fest, dass ihr ganzer Körper vibrierte. Er knurrte irgendetwas, und sie wusste, auch ohne seine Sprache zu verstehen, dass es ein Fluch war. Er ließ die Arme sinken, und Shaye wirbelte herum, bereit zu kämpfen.

Sie hätte überhaupt nicht herkommen sollen. Hätte nie in dieses Flugzeug steigen sollen. Bei den Hochzeiten ihrer Mom kam nie etwas Gutes heraus, immer nur Kummer und Schmerz. Aber *diese* Hochzeit übertraf alles.

Der Krieger sah sie mit seinen großen blauen Augen verwirrt an. „Ich wollte dich nur küssen", sagte er auf Englisch. Sein Akzent war so stark, dass Shaye Mühe hatte, ihn zu verstehen. Als ihr der Sinn seiner Worte klar wurde, gab sie ihm eine Ohrfeige.

„Aua!"

„Nix mit Küssen." Was war bloß los mit diesen Testosterontypen und ihrer Sexbesessenheit? *Lass mich dich verwöhnen. Du wirst gar nicht genug von mir kriegen können.* Nein, nein und nochmals nein. Bei dem Anführer war es allerdings etwas anderes. Sie nahm zumindest an, dass er der Anführer war. Vorhin, als die Krieger ins Zelt gekommen waren, hatte er etwas in dieser komischen Sprache gesagt, und alle Männer hatten gehorcht. Nach ihm war sie dummerweise ganz verrückt.

Sie kniff die Augen zu und stellte sich sein überirdisch schönes Gesicht vor. Schlafzimmerblick. Sinnliche Lippen. Ein vor Potenz strotzender Körper. Sie biss sich so fest auf die Innenseite ihrer Wangen, dass sie Blut schmeckte. Wie war es möglich, dass er eine so verführerische Macht ausstrahlte? Sogar jetzt fühlte Shaye sich unwiderstehlich zu ihm hingezogen.

Ein offensichtlich schwuler Hochzeitsgast in einem paillettenbesetzten rosa Sakko und einer schwarzen Samthose näherte sich dem Krieger vor ihr. Ohne um Erlaubnis zu fragen, legte der Mann einen schlanken Arm um den Krieger und küsste seine gebräunte Schulter.

Der Krieger erstarrte und guckte ihn finster an. „Ich habe dir gesagt, du sollst damit aufhören. Fass mich nicht an. Du bist ein Mann. Benimm dich auch so."

Shaye hörte den Rest der Unterhaltung nicht mehr, sondern lief an dem Krieger vorbei zu ihrer Mom. „Komm, wir müssen von hier verschwinden", sagte sie im gleichen Moment, als Tamara sagte: „Wenn du mich nicht gehen lässt, Conner, ersteche ich dich im Schlaf und schneide dir das Herz heraus!"

Der Bräutigam presste nervös die ohnehin schon schmalen Lippen zusammen. Sein Blick war besorgt und ängstlich. „Was soll ich tun?" Er sah Shaye Hilfe suchend an.

Shaye wusste, dass ihnen die Zeit davonlief. „Wirf sie dir über die Schulter, so wie die Feuerwehrmänner das immer tun, und sieh zu, dass du von hier wegkommst, ehe es zu spät ist."

„Es *ist* schon zu spät", hörte sie jemanden hinter sich sagen.

Die vertraute raue Stimme ließ sie erbeben. Ihre Muskeln zogen sich zusammen, bereit für die göttliche Erlösung. Sie schmolz dahin. Nein, sie versteifte sich. Der Anführer fuhr mit einer kräftigen Hand über ihren nackten Bauch. Shaye bekam eine Gänsehaut. Seine andere Hand glitt über ihre Schulter und über ihr Schlüsselbein und legte sich schließlich auf ihr Muschel-Top. Dann zog er sie mit beiden Armen sanft zurück und drückte sie an seinen Oberkörper. Wieder nahm sie diesen unwiderstehlichen Geruch nach Männlichkeit und dunklen Mondnächten wahr.

Sie hätte protestieren können. Ihn wenigstens wegen seiner Unverschämtheit ausschimpfen können. Doch die Worte wollten ihr einfach nicht über die Lippen kommen, und sie konnte nur hoffen, dass sie nicht gleich ihren Kopf an seine Schulter legen würde.

„Lass uns nicht mehr streiten." Sein warmer Atem streifte elektrisierend über ihr Ohr. „Meine Nase tut immer noch weh", fügte er beleidigt hinzu. „Und mein Schw… mein bestes Stück auch. Vielleicht sollte ich dir als Erstes beibringen, wie du es richtig behandelst."

Oh Gott. Sie wurde stärker, immer stärker in seinen Bann gezogen. Wären da nicht die Muscheln auf ihrem Bikinioberteil gewesen, hätte er bestimmt ihre Nippel gestreichelt, sie vielleicht zart gekniffen und zwischen seinen Fingern hin und her gedreht. Sie hatte weiche Knie. Oh Gott, oh Gott, du lieber Himmel … Er war unwiderstehlich. Sein langer, steifer Schaft drückte sich zwischen ihre Pobacken.

Shaye schloss die Augen. Sie spürte, wie ihr ganzer Körper merkwürdig schwach wurde. Bis jetzt hatte sie immer gedacht, sie wäre immun gegen Lust und Leidenschaft. Bei keinem der Männer, mit denen sie ausgegangen war, hatte sie sich so gefühlt wie jetzt. Nicht einmal bei denen, die ihr nach dem Date zum Abschied einen Kuss gegeben hatten. Diese Küsse kamen ihr jetzt armselig vor, völlig belanglos und langweilig.

Sie musste sich ins Gedächtnis rufen, dass ihr Männer auf die Nerven gingen, und dieser hier ganz besonders. *Rede dir das nur ein, vielleicht glaubst du es ja irgendwann.*

Zu ihrem Entsetzen – und zu ihrer totalen Verzückung – legte er jetzt auch seine andere Hand auf ihren Busen. „Paradies“, flüsterte er. „Bist du sicher, dass du mich nicht riechen kannst?“

Warum wollte er unbedingt, dass sie ihn roch? „Ganz sicher.“

Schweigen. Dann: „Stell dir vor, wie es erst sein wird, wenn ich dich ausgezogen habe. Stell dir vor, was das für ein Gefühl sein wird.“

Ja, er ging ihr auf die Nerven. Und sie wollte, dass er ihr für den Rest ihres Lebens auf die Nerven ging. „Bitte“, stöhnte sie. Leider wusste sie nicht genau, worum sie bat. Dass er sie losließ? Oder dass er weitermachte?

„Bitte was?“, flüsterte er ihr ins Ohr. Seine weichen Lippen strichen über ihr Ohrläppchen, dann leckte er ihr Ohr. „Bittest du mich, dich mit zu mir nach Hause zu nehmen? Dir ungeahnte Lust zu verschaffen? Sprich es einfach aus, und ich werde dir jeden Wunsch erfüllen.“

Oh Gott.

Um sie herum hörte sie Seufzen und leises Stöhnen von ein paar anderen Paaren, die die Gelegenheit nutzten, ein bisschen zu knutschen. Shaye stellte fest, dass niemand sie beachtete. Trotzdem war es ihr peinlich, dass ihr Krieger ihr in aller Öffentlichkeit die Hände auf den Busen gelegt hatte.

Wenn sie ihm nicht bald zu verstehen gab, dass er aufhören musste, würde er jeden Moment seine Hand zwischen die Fransen ihres Baströckchens und seine Finger zwischen ihre Beine schieben. Sie *wusste* es, spürte es an der Art, wie er sie festhielt. „Bitte, lasst uns in Ruhe. Lasst uns einfach in Ruhe."

„Ich fürchte, das ist die einzige Bitte, die ich dir nicht erfüllen kann." Er drückte ihre Brüste. „Dafür begehre ich dich viel zu sehr."

Sie schluckte. *Denk nicht daran, was er gerade gesagt hat, denk nicht daran, was er gerade gesagt hat.* „Ich bringe dir nichts als Probleme. Ich bin gemein und launisch, und die meisten Leute halten es nicht lange mit mir aus."

„Bald werde ich dich so sehr befriedigen, dass du gar nicht mehr anders kannst, als immer nur zu lächeln."

„Befriedige *mich*", sagte ihre Mom, die sich endlich aus Conners Umklammerung befreit hatte. Sie schlang die Arme um die Knöchel des Kriegers und küsste ihm die Füße. „Ich flehe dich an, befriedige mich."

„Steh auf", sagte Shaye streng. Zu sehen, wie ihre frisch verheiratete Mutter sich gerade dermaßen erniedrigte, riss sie aus ihrer sinnlichen Verzückung. „Lauf. Flieh!"

Er ignorierte Tamara und wandte sich an Shaye. „Wie heißt du, Süß… äh, Liebes?", fragte er so gelassen, als wäre es für ihn völlig normal, dass eine Frau ihm die Stiefel leckte.

„Ich bin Tamara", antwortete sie, ehe Shaye etwas sagen konnte, „aber du kannst mich nennen, wie du willst."

Seufzend und ohne Shaye loszulassen, beugte er sich vor, zog Tamara mit einem Arm hoch und schob sie zu Conner. „Wie heißt du?", fragte er Shaye wieder, diesmal lauter, um Tamaras plötzliches Schluchzen zu übertönen.

Shaye presste die Lippen fest zusammen und zwang sich, das intensive Feuer zu ignorieren, das in ihr brannte. Wie konnte sie ihre Mutter dazu bringen, endlich auf sie zu hören? Wie sollte sie diese durchgeknallte Frau wieder zur Vernunft bringen?

„Ich lasse mich auf einen Handel mit dir ein. Ich sage dir meinen Namen, wenn du mir dann deinen verrätst." Als sie keine Antwort gab, fuhr er fort: „Ich bin Valerian, der Herrscher der Nymphe. Du darfst mich auch ‚Oh Gott' nennen. Das haben die anderen Oberweltbewohner immer zu mir gesagt."

Valerian. Sein Name brannte sich in all ihre Gehirnwindungen. Er … Moment! Hatte er gerade *Oberweltbewohner* gesagt? „Ich nenne dich lieber *Typ-dem-ich-gleich-in-den-Arsch-treten-werde*, und was meinst du mit Oberweltbewohner?"

Schweigen legte sich wie ein schwerer Vorhang über sie. „Du überraschst mich", sagte er schließlich, und im Ton seiner samtigen Stimme schwang Verwirrung mit. „Ich habe erwartet, dass meine Gefährtin …"

Jemand unterbrach ihn mit einem Schwall fremd klingender Worte.

Valerian erstarrte und drehte sich zu dem Krieger um. Shaye tat das Gleiche. Der Mann war fast genauso groß wie der, der sie festhielt, aber seine Haare waren schwarz und seine Augen so grün wie Smaragde. Auch er hatte nur eine Hose und Stiefel an, und seine breite, gebräunte Brust war nicht zu übersehen. Jetzt sagte er wieder etwas.

Valerian antwortete in der gleichen, abgehackt klingenden Sprache. Worüber unterhielten sie sich?

Der Schwarzhaarige entgegnete etwas und deutete auf Shaye.

Was auch immer Valerian jetzt sagte – freundlich war es jedenfalls nicht. Sein Ton war barsch und streng. So, als dulde er keinen Widerspruch. Der andere Krieger schwieg einen Moment, dann zuckte er die Achseln und verschwand.

„Worum ging es?" Shaye bemühte sich, nicht wieder in Panik zu geraten, neigte den Kopf zur Seite und sah zu Valerian hinauf.

Das war ein Fehler. Ein großer, bittersüßer Fehler. In dem Moment, als sie sich in die Augen sahen, sprühten die Funken, und die erotisch aufgeheizte Spannung zwischen ihnen wurde noch intensiver als zuvor. Er verschlang sie förmlich mit seinem Blick, Stück für Stück, schien sie in Gedanken bereits auszuziehen und in sie einzudringen. Wild. Leidenschaftlich.

Schau weg. Schau weg, verflucht! Wenn er sie noch länger so feurig und durchdringend ansah, würde sie gleich kommen. Hier und jetzt, ohne dass eine körperliche Stimulation nötig war. Sie spürte, wie sie zwischen den Beinen feucht wurde und die Erregung heiß über ihren Bauch bis zu ihren Nippeln emporzüngelte.

„Oh Gott", stöhnte sie. *Schau weg!* Das Gefühl war so intensiv, dass es wehtat. „Worüber habt ihr gerade geredet?!" Sie hatte nicht schreien wollen, aber die Frage platzte lauthals aus ihr heraus, als sie den Blick schnell von ihm riss.

„Ich bringe dich in dein neues Zuhause", antwortete er. „Du wirst bei mir leben und mir gefügig sein. Kommst du freiwillig mit?"

„Auf keinen Fall." Sie starrte auf ihre Sandalen und zwang sich, ihm nicht wieder in die Augen zu schauen. „Ich bleibe hier. Hast du gehört? Ich bleibe hier!"

Er beugte sich vor und streifte mit seinen Lippen zärtlich über ihr Ohr. „Ich bin froh, dass du das sagst. So komme ich in den Genuss, dich zu tragen." Ohne ein weiteres Wort zu verlieren, wirbelte er sie herum und legte sie sich über die Schulter, als wäre sie nicht schwerer als ein Sack Federn.

„Idiot! Mistkerl! Blödmann!" Sie strampelte und stieß ihm mit einem Knie in den Bauch. „Lass mich runter, sonst kannst du was erleben. Ich werde dir niemals gefügig sein."

„Du, Liebes, wirst mich zu einem wunschlos glücklichen und befriedigten Mann machen", stieß er zwischen zusammengebissenen Zähnen hervor. „Das verspreche ich dir." Er marschierte an den anderen Frauen vorbei, die immer noch nebeneinander in einer Reihe warteten.

Während sie sich zu befreien versuchte, sah Shaye in die glasig verklärten Augen ihrer Mutter, bis Valerian am Zeltausgang angelangt war und sie in die Nacht hinaustrug. Wenigstens blieb ihrer Mom erspart, was auch immer diese Männer mit ihr und den anderen vorhaben mochten.

Der Rest der Krieger marschierte hinter Valerian her, und die jungen, alleinstehenden Frauen folgten ihnen, wie es schien, mit dem allergrößten Vergnügen. Aus dem Zelt hörte man vereinzeltes Schluchzen. „Nehmt mich mit", riefen ein paar Frauen. „Bitte, ich flehe euch an."

Shaye erstarrte. Rieb sich die Augen und drückte sich mit zwei Fingern fest auf die Nasenwurzel. *Das kann doch alles nicht wahr sein.* Es konnte doch nicht möglich sein, dass dieser große, muskelbepackte, sündhaft schöne Krieger sie tatsächlich zum Meer hinuntertrug und sie mit nach Hause nehmen wollte. Wo auch immer das sein mochte. Was sollte sie bloß tun? Was *konnte* sie tun?

Valerian und auch die anderen blieben einen Moment stehen. „Wunderschön", flüsterte er, während er bewundernd zu den Sternen am samtschwarzen Nachthimmel hinaufschaute. „Unglaublich." Er redete Englisch – ihr zuliebe? „Jetzt, da wir unsere Frauen haben, können wir die Schönheit der Landschaft genießen."

„Der Himmel scheint unendlich weit zu sein", stellte ein anderer Krieger tief beeindruckt fest. Auch er folgte Valerians Beispiel und redete in Shayes Muttersprache. „Ich habe immer von diesem Land geträumt, aber dass es so umwerfend schön ist, habe ich nicht geahnt."

„Bist du sicher, dass wir nicht hierbleiben können, mein König? Wir könnten den Rest der Armee herbringen und …"

Valerian schüttelte den Kopf, und seine seidigen Haare streiften über Shayes nackten Rücken. Sie erbebte. „Ich bin sicher", antwortete er. „Layel hat unmissverständlich klargemacht, dass wir sterben, wenn wir länger in der Oberwelt bleiben. Lasst uns keine Zeit verlieren." Er ging weiter, und die anderen folgten ihm.

„Zum letzten Mal, lass mich runter!“, schrie Shaye und schlug ihm auf den Hintern. „Sofort!“

Er schlug ihr ebenfalls auf den Po, begann jedoch zu ihrer Überraschung sofort, über die Stelle zu streicheln, um den Schmerz wegzumassieren. Dann ließ er seine Hand dort liegen. Wenn die Fransen ihres Baströckchens jetzt noch weiter auseinanderrutschten, dann …“

Shaye knurrte böse. Sie war wütend auf ihn. Wütend auf sich selbst. Alles ruhig und gelassen über sich ergehen zu lassen war keine Option. „Das ist illegal. Man wird dich erwischen. Kriminelle werden immer gefasst. Wenn man dir den Prozess macht, werde ich die Todesstrafe fordern.“

„Wenn es mir gegönnt ist, einmal mit dir zu schlafen, sterbe ich als glücklicher Mann.“

„Willst du mich mit diesem Quatsch etwa zum Schweigen bringen?“ Sie trommelte mit den Fäusten auf seinen Rücken. „Soll *ich* etwa glücklich darüber sein, dass du mich wie einen Sack Kartoffeln durch die Gegend schleppst? Und warum zur Hölle gehst du ins Meer?“

„Das habe ich dir doch erklärt. Ich bringe dich nach Hause.“ Gelassen stieg er über ein paar Männer in Tauchanzügen, die immer noch reglos am Strand lagen.

„Hast du die umgebracht?“, fragte sie. „Wer sind diese Männer?“

„Sie haben beim Portal gewartet und sich sofort auf uns gestürzt. Es gab keine Zeit für gegenseitige Vorstellungen. Und nein, wir haben sie nicht getötet. Wir haben sie nur in einen tiefen Schlaf versetzt.“ Valerian schritt ins Meer. Das Wasser umspülte seine Füße … seine Knie … seine Oberschenkel. Salzige Tropfen spritzen ihr ins Gesicht und brannten in ihren Augen.

„Bleib stehen! Bleib sofort stehen und lass mich runter.“

Er ging ungerührt weiter.

„Vollidiot! Was hast du vor? Willst du mich ertränken?“

„Ich würde niemals zulassen, dass dir irgendetwas zustößt, kleine Mondscheinfrau.“ Und doch marschierte er weiter ins

Meer hinein. Die anderen Frauen folgten ihm lammfromm und verzückt lächelnd. Als wäre es völlig normal, fröhlich in den Tod zu gehen. Ja, sogar ein großer Spaß.

Moment. Nicht alle Frauen gingen brav ins Meer. Die eine mit den dunklen Locken wehrte sich gegen den Krieger, der sie festhielt, und versuchte, sich aus der Umklammerung zu befreien.

Shayes Herz hämmerte wie wild. „Du wirst uns alle töten, du überdimensionierter G.I. Joe. Du wirst ...“ Sie schluckte Wasser, und im nächsten Augenblick tauchte sie unter. Ihre Augen brannten. Ihr Hals zog sich zusammen. Ihre Haare schwebten wie ein elfenbeinfarbener Vorhang vor ihrem Gesicht im Wasser.

Der Idiot hielt sie immer noch fest. Er hatte einen Arm um ihre Knie, den anderen um ihre Taille geschlungen. Seine Hände fühlten sich trotz des eisigen Wassers heiß, so wahnsinnig heiß auf ihrer Haut an. Ihre weißblonden Haare umflossen weiterhin ihr Gesicht, und sie sah bunte Fische vorbeischwimmen. Am liebsten hätte sie laut geschrien, aber jedes Mal, wenn sie den Mund aufmachte, schluckte sie noch mehr Wasser.

Sie sanken tiefer und tiefer. Verdammt, sie musste atmen! Ihre Lungen würden jeden Moment explodieren. Valerian war geisteskrank. Ein Irrer, der erweiterten Selbstmord begehen wollte.

Sie strampelte, kratzte und trat mit aller Kraft um sich, doch sein Griff war eisern. Jetzt war der Ozean so tief, dass Valerian nicht mehr stehen konnte. Stattdessen benutzte er seine kräftigen Beine dazu, weiter hinabzuschwimmen. Tiefer und tiefer.

Ich werde sterben, dachte sie panisch. *Das ist mein Ende.* Ihre Lungen schrien jetzt förmlich nach Luft. Es gab so vieles, was sie in ihrem Leben noch tun wollte, und Sterben gehörte nicht dazu. Sie wollte ein Buch schreiben, einen ergreifenden Liebesroman, in dem die Heldin jene Liebe erlebte, die Shaye selbst sich immer versagt hatte. Sie wollte sich noch ein Tattoo machen lassen, diesmal vielleicht eine schöne Blume. Ihr erstes Tattoo, ein Totenkopf mit gekreuzten Knochen über ihrem Po, hatte sie sich stechen lassen, um die Aufmerksamkeit ihrer Eltern auf sich zu ziehen.

Die Aufmerksamkeit ihrer Mom hatte es auf jeden Fall erregt. Sie schickte ihr immer noch alle paar Wochen Gutscheine für eine Tattoo-Entfernung. Shaye hatten diese Gutscheine immer amüsiert – sie hatten ihr irgendwie sogar das Gefühl gegeben, wenn schon nicht geliebt, so doch wenigstens gemocht zu werden.

Irgendein anderer Gedanke ging ihr durch den Kopf, doch er verflüchtigte sich wieder, und ihr wurde schwarz vor Augen. Atme, rief ihre innere Stimme. *Atme, sonst verlierst du das Bewusstsein.*

Plötzlich wurde das Wasser ganz klar, und sie konnte alles so deutlich sehen, als wäre sie an Land. Außerdem war es auch nicht mehr so salzig, eine Wohltat für ihre gereizten Augen. Valerian zog sie nach vorn. Instinktiv versuchte sie, ihn wegzustoßen, aber er hielt sie fest.

Vielleicht war es ja auch gut so. Sie wollte ihre einzige Verbindung zum Leben nicht verlieren. Und derzeit war Valerian – so wahnsinnig er auch war – genau das.

Ja, im Moment war er sowohl ihr Zerstörer als auch ihr Retter.

Sie sah ihn an und bewegte die Lippen: „Atmen." Der Drang, Luft zu holen, war so stark, dass ihr ganzer Körper sich verkrampfte.

Er bewegte ebenfalls die Lippen: „Bald." Dann deutete er mit dem Kopf nach vorn, und sie schaffte es, ihre Panik zu unterdrücken und hinzuschauen. Ihre Augen weiteten sich, als sie den wabernden, gallertartigen Strudel vor sich sah. Was zum Teufel war das? Und warum schwamm Valerian direkt darauf zu?

Sie musste … ihn aufhalten. Sie streckte einen vor Schwäche zitternden Arm aus, um seinen Schwung zu bremsen. Dabei streifte sie mit den Fingerspitzen den Strudel, und im selben Augenblick löste sich die Unterwasserwelt in ein schwarzes Nichts auf, in einen Abgrund, der sie mit offenen Armen willkommen hieß. Tausend Schreie gellten in ihren Ohren, und in jeden Millimeter ihrer Haut schienen sich Nadeln zu bohren. Der Schmerz war fast nicht auszuhalten.

Ein helles Licht blitzte auf, schwirrte an ihr vorbei und war in der nächsten Sekunde wieder verschwunden. Shaye wurde von einem Sturm erfasst, der sie im Kreis herumwirbelte. Wo war Valerian? Auch er war verschwunden. Sie wurde so schnell durch die Luft gewirbelt, dass ihr schwindlig wurde. Allein. Verängstigt. Kein Ende in Sicht.

Sie stürzte ins Nichts, fiel … und fiel …

5. KAPITEL

Ich hab dich, meine Mondscheinfrau. Meine Moon."

Shaye spürte, wie sich starke Arme um sie legten, und sie vergrub dankbar ihr Gesicht an Valerians Hals. In diesem Moment war es ihr egal, wer sie festhielt, sie war einfach froh, dass es irgendjemand tat. Sie schlang sogar noch ihre Beine um seine Hüften. Jetzt konnte sie zwar endlich wieder atmen, aber sie schien immer noch ins Bodenlose zu stürzen.

„Lass mich nicht los!", schrie sie.

„Niemals."

Sie hatte sich noch nie so fest, so verzweifelt an jemanden geklammert. Dass Valerian sie ebenso fest umklammerte, war … tröstlich. Es war ein Gefühl, nach dem sie sich früher immer gesehnt hatte, bevor sie sich eingeredet hatte, dass sie so etwas weder brauchte noch wollte. Und das würde sie wohl wieder glauben … aber erst morgen.

Sie wirbelten schneller und schneller dahin, mal nach links, mal nach rechts, hinein ins Ungewisse. Shaye war flau im Magen. Sie verstand nicht, was gerade passierte; sie wusste nur, dass das Meer verschwunden war, als wäre es nie da gewesen. Es gab nur diesen schwarzen, unendlich langen Tunnel.

„Valerian", keuchte sie. „Was ist das?"

„Mach dir keine Sorgen, Liebes. Es ist gleich vorbei."

Sprach er vom Tod?

Erneut zuckten Blitze an ihren Ohren vorbei, doch dann legte sich sofort wieder diese undurchdringliche, bedrückende Dunkelheit um sie. Die gellenden Schreie wurden nun so laut, dass Shaye es vor Angst kaum noch aushielt. Nein. *Nein!* Ihre Schläfen hämmerten. Ihr gefror das Blut in den Adern, und gleichzeitig war sie am ganzen Körper schweißgebadet.

In ihrer Kindheit war „Alice im Wunderland" ihr Lieblingsbuch gewesen. Immer wieder hatte sie die Stelle gelesen, in der Alice in das Kaninchenloch fiel, und sich dabei stets gewünscht, sie würde selbst in dieses Loch fallen. Jetzt nicht mehr. Jetzt, da sie wie Alice ins Ungewisse stürzte, gefiel ihr das ganz und gar nicht.

Alice war in einer völlig neuen Welt gelandet, und diese Vorstellung flößte Shaye mehr Angst ein als der Gedanke, überhaupt nirgends anzukommen.

„Ich weiß nicht, wie lange … ich das … noch aushalte", japste sie.

Dann hatte Valerian plötzlich festen Grund unter den Füßen. Seine Knie beugten sich, federten den Aufprall ab, und Shaye spürte die Vibration durch ihren Körper beben. Seine Arme hielten ihre Hüfte fest umschlungen, und er hielt sie entschlossen und mit ganzer Kraft in der Luft.

„Atme einen Moment durch." Er ließ sie Zentimeter für Zentimeter an sich hinuntergleiten. „Atme. Tu es für mich. Ich kann nicht spüren, wie dein Brustkorb sich hebt und senkt."

Ein. Aus. Luft strömte in ihre Lungen. Ein. Aus. Überraschenderweise beruhigte sie sich tatsächlich. Sie konnte Valerian jetzt riechen, salzig, sinnlich. Spürte seine Wärme, seine Kraft.

„So ist es gut. Aber du bist immer noch ganz blass." Er klang besorgt.

„Ich bin immer blass", murmelte sie. Ihr wurde bewusst, dass sie die Augen fest zugekniffen hatte, und sie zwang sich, sie langsam zu öffnen.

Sie befanden sich in einer Höhle. Shaye schluckte. Wie waren sie hier reingekommen? Sie waren von schroffen, silbergrauen Felsen umgeben, die an manchen Stellen purpurfarbene Flecken hatten. Es roch metallisch, und die Luft war kalt, schrecklich kalt. Sie legte sich wie ein eisiger Mantel um Shayes durchnässten, nahezu nackten Körper. Der Wind zerrte an ihrem nassen Bastrock und ihren Haaren, und sie zitterte.

Sie sah sich um. Die anderen Krieger kamen einer nach dem anderen aus einem aufrecht stehenden Portal, in dem ein geheimnisvoller Wasserstrudel wirbelte. Jeder trug so viele vor Angst schlotternde Frauen, wie er konnte. Sie alle waren von

Nebelschwaden eingehüllt, die langsam zur Decke stiegen. Die ganze Szene war wie im Film. *Wo bin ich?*

Zitternd wandte sich Shaye wieder Valerian zu. Sie ließ den Blick von seinen Stiefeln über seine muskulösen Beine hinauf zu seinem Oberkörper schweifen. Die Stelle mit seinen männlichen ... Teilen hatten sie geflissentlich übersprungen. Wassertropfen liefen ihm über die kleinen, braunen Brustwarzen und das silberne Piercing bis in den Nabel. Er hatte keine Brusthaare, kein einziges Härchen auf der glatten Haut. Sein gebräunter Bauch bestand nur aus Muskeln.

Wie konnte ein Mann bloß so vollkommen sein?

Ihr Blick wanderte weiter bis zu seinem Gesicht. Diesem markanten, faszinierend schönen Gesicht. Perfekte blonde Augenbrauen, perfekte blaue Augen, perfekte Nase. Perfekte Lippen, voll und rosa. Gut, er hatte jetzt von dem Schlag, den sie ihm auf die Nase gegeben hatte, Blutergüsse unter den Augen. Aber sogar mit diesen blauen Flecken war er das erotischste Wesen, das sie je gesehen hatte. Außerdem strotzte er nur so vor Selbstbewusstsein und strahlte eine urwüchsige Wildheit aus.

Er wischte ihr mit den Fingerspitzen sanft das Wasser von Stirn, Nase und Kinn. Shaye wollte zurückweichen, doch sie fand nicht die Kraft dazu. Seine Berührungen waren elektrisierend. Sengend heiß.

„Willkommen in deinem neuen Zuhause, kleine Moon." In seiner Stimme schwang Leidenschaft mit – als hätte er die sprühenden Funken ebenfalls gespürt. „Willkommen in Atlantis."

Atlantis. Sie blinzelte einmal. Dann noch einmal. Atlantis ... das Reich, das unter dem Meer lag? Etwa unter dem Meer, aus dem sie gerade gekommen war? Ihr Mund wurde trocken. Das war doch nicht möglich. Das war, verdammt noch mal, doch nicht möglich! „Bitte sag, dass du gerade Atlanta gesagt hast, Atlanta in Georgia, und dass es nur wegen deines Akzents wie Atlantis geklungen hat."

Er legte die Stirn in Falten. „Ich kenne kein Georgia. Du hast mich schon richtig verstanden. Du bist in Atlantis, dem Reich der schönsten Geschöpfe der Götter. Heimat der Nymphe, Vampire, Dämonen und der vielen anderen Kreaturen, die man wegen ihrer Unwichtigkeit nicht alle einzeln erwähnen muss."

Nein, nein, nein. Nein, verflucht! Sie schüttelte den Kopf. Ihr Verstand wollte es einfach nicht wahrhaben. Atlantis war ein Mythos. Es konnte auf keinen Fall real sein. Die Geschöpfe, die er gerade aufgezählt hatte, waren Fabelwesen. Es gab sie in Wirklichkeit nicht. Herrgott noch mal, Vampire? Dämonen? Ja, vielleicht im Albtraum, aber doch nicht in echt.

Willkommen im Wunderland, Alice.

Nein, nein, nein, dachte sie wieder. Es musste eine andere Erklärung geben. Allerdings ... fiel ihr keine ein. Sie war ins Meer gestiegen, in einen schwarzen Tunnel gesogen worden und stand jetzt in einer Höhle. Eine Höhle unter dem Wasser, nicht darüber.

Atlantis. Sie schluckte und wollte es immer noch nicht glauben. Es zu glauben würde bedeuten, Valerians irre Erklärung zu akzeptieren – die Erklärung eines psychopathischen Kidnappers.

„Ich bin also ertrunken und in der Hölle." Sie kniff die Augen zusammen und schob das Kinn trotzig vor. „Und du bist dann wohl der Teufel."

„Das werden wir ja noch sehen. Männer", rief er dann energisch, ohne seinen durchdringenden Blick von Shaye abzuwenden, „nehmt die Frauen und holt den Rest meiner Armee in den Speisesaal. Bald beginnt das Auswahlverfahren."

Aufgeregt setzten die Krieger sich in Bewegung. Einer von ihnen wollte Shaye am Arm packen, doch Valerian knurrte: „Ich kümmere mich um sie", und schlug dem Krieger auf die Hand.

„Wie du wünschst, mein König."

König? König! Die Männer stürmten, dicht gefolgt von den Frauen, eine Holztreppe hinauf. Die meisten Krieger grinsten und klopften sich gegenseitig auf die Schulter. „Weißt du schon, für welche du dich entscheiden wirst?", hörte Shaye jemanden fragen. Der andere antwortete fröhlich: „Ich will die Rothaarige.

Ihre Brüste sind …" Den Rest der Unterhaltung hörte Shaye nicht mehr.

Ein einziger Mann blieb zurück. Vielleicht war er aber auch schon vorher in der Höhle gewesen, denn im Gegensatz zu allen anderen war er nicht nass. Er trug ein weißes T-Shirt, dessen V-Ausschnitt fast bis zum Nabel ging, und eine enge schwarze Hose.

Valerian löste seinen Blick endlich von Shaye und sah den übrig gebliebenen Krieger an. „Wie geht es den Gefangenen?"

Gefangene? Shaye riss entsetzt die Augen auf und griff sich an den Hals. Grundgütiger.

Der Mann antwortete etwas Kurzes in der seltsamen Sprache, die sie Valerian vorhin hatte sprechen hören, doch Valerian schüttelte den Kopf. „Sprich in der menschlichen Sprache."

„Am Leben", sagte der Mann und runzelte die Stirn.

Moment mal. Menschliche *Sprache?* Was war dann Valerians Sprache? *Un*menschlich?

„Haben sie dir irgendwelche Probleme gemacht?", wollte Valerian wissen.

„Überhaupt keine, mein König."

„Ausgezeichnet. Kümmere dich weiter um sie." Er bedeutete dem Mann mit einer Handbewegung, dass er nun gehen konnte, runzelte dann die Stirn und rief ihn wieder zurück. „Gibt es irgendetwas Neues über unsere Frauen?"

„Kein Wort."

„Gut", sagte er, doch seine Enttäuschung war ihm deutlich anzumerken. „Du kannst gehen."

Der Mann nickte und marschierte davon.

„Was für Gefangene?", fragte Shaye mit zitternder Stimme.

„Bestien. Mörder." Er drehte sich zu ihr um, und sie war von Neuem überwältigt von seiner Erscheinung. „Hab keine Angst, sie werden dir nicht zu nahe kommen. Ein paar sind ein Geschenk für meinen Freund Layel, und die anderen dienen als eine Art Tauschobjekt."

Beides hörte sich für Shaye ziemlich unheilvoll an. Welche

Verwendung hatte dieser Mann wohl für sie geplant? War sie auch als Geschenk für einen seiner Freunde gedacht? Oder eher als Tauschobjekt?

Er starrte sie mit beunruhigend besitzergreifendem Blick an. Seine Haare trockneten bereits und hatten wieder ihre ursprüngliche honigblonde Farbe. Von ein paar Strähnen, die ihm in die Stirn hingen, tropfte Wasser auf seine Wangen.

„Ich sehe Skepsis in deinen schönen Augen." Er lehnte sich mit einer Schulter an die schroffe Felswand. „Und ich werde mein Bestes tun, um dir zu beweisen, dass wir wirklich in Atlantis sind. Je schneller du diese Tatsache akzeptierst, desto schneller wirst du mich akzeptieren."

Ehe sie etwas erwidern konnte, streckte er die Hand aus und drückte auf die Felswand hinter ihr. Dabei streiften seine Finger wieder elektrisierend über ihre nackte Haut. Shaye fuhr herum und sah, dass einer der riesigen Felsen zuerst nach hinten und dann tief nach unten glitt. An der Stelle, wo der Felsen gewesen war, öffnete sich jetzt ächzend und knirschend eine Geheimpforte. Zentimeter um Zentimeter kam eine glitzernde Kristallwand dahinter zum Vorschein.

Shaye blieb vor Staunen der Mund offen stehen, und sie trat instinktiv näher an die Wand. Dahinter wogte das Meer, auf dessen Grund sich der Sand sanft hin und her bewegte. Zwischen roten Korallen und prachtvollen smaragdgrünen Pflanzen schwammen bunte Fische.

„Das ist der Meeresgrund." Sie klang ehrfürchtig und gleichzeitig schockiert. „Das ist der verdammte Meeresgrund."

„Ich weiß. Ich habe diese Wand erst vor ein paar Tagen entdeckt und seitdem viele Stunden hier unten verbracht. Es ist überwältigend, nicht wahr?"

Sie legte eine Handfläche auf die kalte Kristallwand, und die Vibration, die sie spürte, überzeugte sie davon, dass sie nicht halluzinierte. Mein Gott. Atlantis! Während sie versuchte zu verarbeiten, was sie gerade sah, schwamm eine traumhaft schöne, schwarzhaarige Frau auf die Kristallwand zu. Nein, keine Frau.

Shaye riss verblüfft die Augen auf. Eine Meerjungfrau. Eine barbusige Meerjungfrau mit Fischschwanz und Flosse.

Die grünen Augen des Geschöpfs funkelten neugierig. Dann streckte es anmutig den Arm aus und legte seine Handfläche genau auf dieselbe Stelle, an der Shayes Hand ruhte. Erschrocken wich Shaye zurück und ließ ihren Arm abrupt sinken. Ihr Mund wurde trocken. Ihre Knie schlotterten. Die Meerjungfrau runzelte die Stirn, doch dann fiel ihr Blick auf Valerian. Sie lächelte, ihre Augen leuchteten auf, und sie winkte.

„Du kennst sie?"

Er nickte, äußerte sich aber nicht weiter dazu.

Die Frau … Meerjungfrau … *was auch immer …* hatte das Gesicht eines Engels – unschuldig und atemberaubend schön wie ein Sonnenaufgang. Lange schwarze Haare fielen in Locken über ihre zarten Schultern und ihre vollen Brüste. Ihr Fischschwanz glänzte wie gesponnenes Glas, und jede einzelne Schuppe schimmerte in allen nur erdenklichen Rot-, Violett-, Grün- und Gelbtönen. Die Meerjungfrau sah Valerian mit unverhohlenem Verlangen an.

„Glaubst du mir jetzt?", fragte er.

„Ja." Shayes Antwort war kaum mehr als ein Flüstern. Ein Teil von ihr wollte sich am liebsten auf den mit Zweigen bedeckten Boden legen, sich zusammenrollen und hin und her wiegen. *Ich bin von einem Atlanter in ein Land unter dem Meer entführt worden.* Der andere Teil wollte … sie wusste nicht was.

Eine zweite Meerjungfrau – eine Symphonie aus Kurven und Farben – gesellte sich nun zu der Schwarzhaarigen, presste sich gegen die Kristallwand und lächelte Valerian verführerisch an. Ihre veilchenblauen Augen funkelten leidenschaftlich. Für Shaye bestand kein Zweifel, woran die beiden Frauen gerade dachten: an einen flotten Dreier.

„Du hast gesagt, das hier wäre die Heimat der schönsten Geschöpfe der Götter", sagte sie leise. Dann fragte sie, ohne ihn anzusehen: „Was für ein Geschöpf bist du?" Dass er kein Mensch war, hatte er bereits erwähnt.

„Ich bin ein Nymph." In seinen Worten schwang Stolz mit. „Eigentlich *der* Nymph schlechthin. Herrscher über mein Volk. Anführer. Krieger." Er zögerte. „Liebhaber."

Ein Nymph. Noch so ein angeblicher Mythos. Sinnlich. Verführerisch. Unwiderstehlich. Ein Wesen, das jemanden durch einen einzigen Blick oder ein Wort in Ekstase versetzen konnte. Die personifizierte Schönheit. Die Beschreibung passte haargenau auf Valerian, und das erschreckte Shaye mehr, als wenn er gesagt hätte, er sei ein seelenraubender Dämon aus der unendlichen Tiefe der Hölle.

„Ich dachte, Nymphen wären …" Sexbesessen? Das stimmte. Immer nackt? Fast. Bereit, mit allem zu schlafen, was sich bewegte? Vielleicht. „… weiblich", beendete sie ihren Satz lahm.

Er schnaubte und trat näher an sie heran. „Es gibt auch Nymphen, ja, aber wir hier sind hauptsächlich Männer. Nymphe."

Grundgütiger, sie musste weg von hier. Seine Nähe brachte sie total durcheinander und machte sie zu einem zitternden, geilen, hormongesteuerten Etwas. Ihre Nippel waren bereits hart. Sie hatte Schmetterlinge im Bauch. „Bring mich zurück nach Hause, Valerian. Ich gehöre nicht hierher."

Er gab keine Antwort. Die Pforte in der Felswand begann sich zu schließen, und das Meer und die Meerjungfrauen, die jetzt zornig an die Scheibe klopften, verschwanden langsam aus Shayes Blickfeld. Sie legte sich eine bebende Hand auf den Mund. „Bitte bring mich nach Hause."

„Liebes, das hier *ist* jetzt dein Zuhause. Ich verspreche dir, dass du es bald so schön finden wirst wie ich."

Wie verführerisch er klang. Seine raue Stimme versprach endlose Nächte voller Leidenschaft und Tage hemmungsloser Hingabe.

Sei standhaft. Flieh. Sie brauchte ihren Gefühlspanzer jetzt mehr denn je. Energisch straffte sie die Schultern und hob den Kopf. Sie würde keine Gefühle für diesen Mann zulassen; sie würde so unfreundlich sein, dass er sie total unerträglich fand.

Manchmal war das die einzige Möglichkeit, jemanden auf Distanz zu halten. „Ich gehe nach Hause", sagte sie entschlossen. „Ob dir das nun passt oder nicht."

Ehe er antworten konnte, rannte sie los, Richtung Portal. Unter ihren Sandalen knirschten Zweige und Steinchen. Sie lief so schnell, dass ihr der Atem heiß in der Kehle brannte. Fast da … nur noch ein Schritt …

Valerian packte sie am Arm und wirbelte sie zu sich herum.

„Nein!" Sie trat nach ihm.

„Wenn du das Portal ohne mich betrittst, wirst du sterben." Es war nicht zu überhören, wie aufgebracht er war. Sein Griff um ihren Arm wurde fester. „Du schaffst es niemals, allein durchs Meer zu schwimmen. Hast du verstanden? Du stirbst da draußen, und dann bist du nur noch Fischfutter."

Sie erstarrte, und ihr gefror das Blut in den Adern. Das Meer … wie hatte sie das Meer vergessen können? Sie war gefangen. Genau so, als hätte er sie mit Händen und Füßen an eine Mauer gekettet. *Flieh, und du wirst sterben. Bleib, und … was?* Im Grunde war es egal. Einem Leben in Atlantis würde sie nie etwas abgewinnen können – nicht, wenn sie sich mit diesem König der Lüste herumschlagen musste.

„*Du* kannst die ganze Strecke schwimmen", sagte sie von oben herab und so selbstbewusst wie möglich. „Ich befehle dir, mich nach Hause zu bringen."

„Es ist mir eine Ehre und ein Vergnügen, dir alle deine Wünsche zu erfüllen, aber in diesem Fall ist es mir nicht möglich." Er ließ ihren Arm los und streichelte mit einem Finger über ihr Schlüsselbein. „Ich hoffe, dass eines – nicht mehr allzu fernen – Tages *ich* es bin, den du dir wünschst."

Alarmstufe Rot, Alarmstufe Rot. Sie musste weg von ihm, musste der Versuchung widerstehen. Bloß wie? Wo sollte sie hin?

„Sag mir wenigstens, wie du heißt", bat er.

„Du kannst mich mal." Die Worte hörten sich nicht beleidigend an, wie Shaye beabsichtigt hatte, sondern eher hilflos. Jeder

Millimeter Haut, den seine Finger berührten, prickelte. Jetzt streichelte er ihre Wirbelsäule hinunter. Gefährlich.

Sie schwiegen eine Weile. Valerian wirkte belustigt und gleichzeitig wütend und traurig. Traurig? Shaye runzelte die Stirn. Bestimmt nicht. Männliche, muskelbepackte Krieger waren doch nie traurig. Oder?

Er legte ihr einen Arm um die Taille. „Ich *kann dich mal* im Palast herumführen, komm." Er schob sie die lange, aus rauen Holzbrettern gezimmerte Treppe hinauf.

Da sie nicht wusste, was sie sonst tun sollte, ließ sie ihn gewähren, ohne zu protestieren. Denn was konnte sie schon sagen? *Lass mich in dieser kalten, feuchten Höhle verrotten?* Oh Gott, in was für einen Albtraum war sie bloß geraten? Mit jeder Sekunde kam ihr alles noch unwirklicher und schrecklicher vor.

Es musste einen anderen Weg nach Hause geben; sie musste ihn nur finden. Shaye betrachtete die Felswände links und rechts der Treppe. Je weiter sie hinaufging, desto weniger schroff sahen die Felsen aus. Der Glitzerstaub an den Wänden schimmerte so märchenhaft, dass Shaye nicht widerstehen konnte und ihre Fingerspitzen über die glatte Oberfläche gleiten ließ.

Valerian blieb so abrupt stehen, dass sie an seinen Rücken prallte und es ihr durch den erregenden Ganzkörperkontakt regelrecht den Atem verschlug. Als sie schnell einen Schritt zurück machte, fuhr er zu ihr herum und drückte sie energisch an die kalte Wand. Seine türkisfarbenen Augen funkelten.

„Mach die Augen zu", befahl er.

Seine dominante Art machte ihr keine Angst. Im Gegenteil, sie musste sich bemühen, sie nicht aufregend zu finden. „Kommt nicht infrage."

„Das war keine Bitte, Liebes, sondern ein Befehl."

„Du hättest mich nach Hause bringen sollen, als du die Chance dazu hattest. Ich werde dir nie gehorchen. Das habe ich dir vorhin doch deutlich gesagt."

Er zog eine Augenbraue hoch. „Dann lass die Augen offen."

Sie schnitt eine Grimasse. „Netter Versuch."

Er seufzte frustriert. „Ich will nicht, dass du den Weg zurück zu dem Portal kennst. Zwing mich nicht, dir die Augen zu verbinden."

„Ich, dich zwingen? Mach dich nicht lächerlich." Sie blickte ihn finster an. „Ich bezweifle stark, dass ich dich zu irgendetwas zwingen kann, was du nicht ohnehin tun willst. Und bei mir ist es genauso. Ich mag dich nicht, ich traue dir nicht, und du wirst mir nie deinen Willen aufzwingen."

„Ich hätte dich belügen können." Er beugte sich dicht zu ihr vor, doch er berührte sie nicht. Nein, er wollte, dass sie sich nach seiner Berührung verzehrte. „Ich hätte dir sagen können, dass du erblindest, wenn du die Felswände anstarrst. Du hättest nicht wissen können, ob ich lüge. Aber zwischen uns wird es immer nur Wahrheit geben. Egal, wie hart diese Wahrheit sein mag, ich werde sie dir sagen."

Ihr trotziges Selbstbewusstsein wich einer allumfassenden Angst, die noch stärker war als der Drang, um ihr Leben zu kämpfen. Valerians Worte klangen so endgültig. Er erwartete wirklich, dass sie hierblieb. Er erwartete allen Ernstes, dass sie ihm gehorchte. Und vertraute.

Valerian hatte vorhin erklärt, dass er und seine Männer sie und die anderen Frauen wegen ihrer Körper wollten. Im Klartext: für Sex. Sollten sie alle Sexsklavinnen werden? Würde sie selbst Valerians Sklavin sein? Shayes Augen verengten sich zu schmalen Schlitzen. Eher würde sie sterben – und dabei jeden Mann in ihrer Reichweite mit in den Tod nehmen. Ihre ganze Kindheit über hatte sie ihren Eltern wie eine Sklavin gehorchen müssen. *Gib deinem neuen Daddy einen Kuss, Shaye. Gib dieser Frau meine Telefonnummer, Shaye. Wage es nicht, mir zu widersprechen, Shaye.*

Sie hatte hart für ihre Unabhängigkeit gekämpft und würde sie für niemanden wieder aufgeben.

„Mussten die anderen Frauen auch ihre Augen schließen?", fragte sie.

Er fuhr sich mit der Zunge über die Zähne. „Nein."

„Tja, da hast du deine Antwort."

Er näherte sich langsam ihrem Kopf, und sein warmer Atem streifte über ihr Gesicht. Sie konnte seinen männlichen Geruch wahrnehmen, aber er berührte sie immer noch nicht. „Im Gegensatz zu dir werden die anderen nicht versuchen zu fliehen."

„Na, ich weiß ja nicht. Die mit den schwarzen Locken hat nicht sehr erfreut gewirkt, hier zu sein."

Seine Miene verdüsterte sich.

Mach diesen Mann bloß nicht wütend. Du weißt nicht, wie er reagiert. „Was, wenn ich verspreche, keinen Fluchtversuch zu machen?" Sie hatte nicht vor, es zu *versuchen*. Sie rechnete damit, dass es klappte.

„Über so eine offensichtliche Lüge würde ich laut lachen und dann mit dir schimpfen, dass du versuchst, deinen Mann anzuschwindeln."

„Du bist nicht mein Mann!"

„Noch nicht." Der Nachsatz „aber bald" lag unausgesprochen und doch unüberhörbar zwischen ihnen.

„Niemals", stieß sie zwischen zusammengebissenen Zähnen hervor.

Er zog verwirrt eine Augenbraue hoch. „Du erstaunst mich immer wieder. Wie kannst du mir so konsequent widerstehen?"

Widerstand sie ihm wirklich? Sie wusste es nicht. Fest stand, dass sie noch nie jemanden so begehrt hatte. Sogar jetzt, da sie sich vor seiner Anziehungskraft zu schützen versuchte, hatte sie Herzklopfen, und jeder Zentimeter ihrer Haut prickelte. Seine erotische Ausstrahlung ging auf sie über, breitete sich in ihr aus und ließ das Eis in ihr Stück für Stück zersplittern. Ihre Nippel reckten sich ihm immer noch entgegen, und ihre Beine schienen sich wie von selbst ein wenig zu öffnen – wie eine Einladung an seine Hand, sich zwischen sie zu schieben.

Seine Nasenflügel bebten, als könne er ihre Erregung spüren. Wenn er noch einen Millimeter näher kam, würde sie sich ihm an die Brust werfen. Endlich. Ein Teil von ihr protestierte mit aller Macht gegen diesen Impuls, ein anderer Teil bebte erwartungsvoll.

„Ich möchte dich berühren, Liebes, dich küssen und spüren, wie …"

„Nein!", schrie sie. „Kein Küssen, kein Anfassen, und nenn mich verdammt noch mal nicht immer ‚Liebes'. Ich kenne dich nicht, und wie ich dir schon gesagt habe, mag ich dich auch nicht. Du hast mich entführt. Du verdienst eine Haftstrafe, kein Schäferstündchen."

„Ich kann dich dazu bringen, mich zu mögen." Er legte ihr die Hände seitlich auf den Kopf, berührte dabei aber nur ihre Haare, nicht ihre Haut. „Oh, und wie ich das kann."

Die Wahrheit dessen, was er gerade gesagt hatte, schwebte gnadenlos zwischen ihnen. Tief in ihrem Inneren musste Shaye zugeben, dass sie ihn mit jeder Sekunde mehr mochte, mehr begehrte. Sich nach diesem Hautkontakt, den er ihr verweigerte, geradezu verzehrte. Machte er das absichtlich?

Idiot! Shaye hatte zwar nicht viel Erfahrung mit Männern, aber ihr war klar, dass sie vor einem gefährlichen Abgrund stand. Eine einzige Berührung und sie würde fallen. Sie würde die Lust genießen, die er ihr bereitete. Aber wenn sie sich dazu hinreißen ließ, war sie nicht besser als die anderen, die sein abscheuliches Verbrechen vergaßen und ihm die – sexy – Füße küssten.

Dann wäre sie einer dieser lächerlichen Menschen, die alles für die Liebe und die Leidenschaft aufgaben. Genau wie ihre Mutter.

Unternimm was, damit er dich hasst. Tu ihm weh. Jetzt! Sie riss ihr angewinkeltes Knie hoch. Er wich ihr geschickt aus, und sein Blick verfinsterte sich.

„Ich warne dich." Er sah sie mit seinen überirdisch blauen Augen an. „Versuch ruhig, dich zu wehren, wenn du es nicht lassen kannst, aber versuch nicht zu fliehen. Ich werde dich bestrafen, verlass dich drauf."

Sie schnaubte. „Ich habe noch gar nicht angefangen, mich zu wehren. Und was zur Hölle soll das heißen, du wirst mich bestrafen? Vor Kurzem hast du noch gesagt, du könntest mir nie wehtun."

„Es gibt Möglichkeiten, eine Frau zu bestrafen, ohne ihr körperlich wehzutun."

„Und ich bin überzeugt, dass du alle diese Möglichkeiten kennst, du kranker Perverser."

Er stieß einen langen, genervten Seufzer aus. „Im Moment haben wir keine Zeit zu streiten. Komm, ich zeige dir Atlantis, bevor wir uns mit den anderen treffen." Er streckte ihr die Hand entgegen.

Sie starrte auf seine kräftigen Finger und die Schwielen und Narben in seiner Handfläche, die so gar nicht zu der vollkommenen Schönheit seines Körpers passten. Während sie seine Hand betrachtete, verflog ihr Zorn. In dieser Hand lag eine enorme Kraft – eine Kraft, die jetzt zwar ruhte, aber jederzeit töten konnte. Obwohl es ihm mit diesen Händen ein Leichtes gewesen wäre, sie umzubringen, hatte er sie bisher nur mit Samthandschuhen angefasst.

Dummkopf, schalt sie sich und legte ihre Hand in seine. *Sei doch nicht naiv! Natürlich hat er dir nichts getan. Er braucht eine gesunde Sexsklavin.* Er verschränkte seine Finger mit ihren. Bei der Berührung raste ein dunkles, erotisches Begehren durch ihre Adern. Ja, sie hatten sich schon vorher berührt, und jedes Mal hatten die Funken gesprüht. Aber diesmal … war es intensiver. Atemlos versuchte sie, ihre Hand wegzuziehen, aber er hielt sie fest.

„Du gehörst mir", sagte er.

Die Wirkung, die seine Worte auf sie hatten, war so stark, dass sie sich fest auf die Innenseite ihrer Wangen beißen musste. „Ich verstehe nicht, was das alles soll. Ich verstehe dich nicht."

„Das kommt schon noch. Bald."

Seine geheimnisvollen Worte – eine Warnung? eine Drohung? – gingen ihr nicht aus dem Kopf, während sie die letzten Stufen der Holztreppe hinaufstieg. Oben gab es eine Doppeltür aus funkendem Kristall, die durch zwei riesige Rubine offen gehalten wurde. Rubine als Türstopper?

„Wofür sind diese Rubine?“, fragte sie neugierig.

„Zum Öffnen und Schließen dieser Tür braucht man ein Drachenmedaillon, und ich will nichts am Körper tragen, was einem Drachen gehört.“ Er sprach das Wort *Drache* so angewidert aus, als wäre es ein Schimpfwort.

Was sollte sie darauf sagen?

Er warf ihr einen kurzen Blick über die Schulter zu. „Und komm bloß nicht auf die Idee, nach so einem Medaillon zu suchen. Sonst muss ich dich bestrafen.“

„Werde ich auch fürs Atmen bestraft?“, fragte sie scharf. Er schien irgendeinen Vorwand zu suchen, um sie bestrafen zu können.

„Wenn es in Richtung eines anderen Mannes geschieht, dann ja.“ Er schien es ernst zu meinen, klang aber nicht sehr überzeugend.

„Schwein.“

„Liebster.“

„Mistkerl.“

Er sah sie noch einmal über die Schulter an. Diesmal spielte ein freches Grinsen um seinen Mund, und seine blauen Augen funkelten wissend. „Sag das, wenn wir nackt sind. Mal sehen, ob du dich traust.“

Sie schluckte und zwang sich, ihn nicht mehr zu beachten. Eine kluge Frau hätte sich gerade alles um sie herum genau eingeprägt und sich einen Fluchtweg zurechtgelegt, anstatt ihren Entführer zu beschimpfen (beziehungsweise ihn anzuhimmeln).

Shaye beschloss, sich wie eine kluge Frau zu verhalten. Valerian marschierte mit ihr einen langen, gewundenen Gang entlang. Die Wände waren hier wieder rau und kahl und hatten keine Merkmale, an denen sie sich orientieren konnte, um zurückzufinden. Sie bogen nach links ab. Noch mal nach links. Rechts. Links. Rechts. Sie kamen an mehreren offenen Türen vorbei, aber sie gingen so schnell, dass Shaye keine Chance hatte, einen Blick in die Räume dahinter zu werfen. Ihre Schritte hallten durch den Gang.

„Wohin gehen wir?“, fragte sie.

„In mein Schlafgemach.“

„Dein *was*?“ Sie klappte den Mund auf, dann wieder zu und blieb wie angewurzelt stehen. „Oh nein. Auf keinen Fall.“

Anstatt sie weiterzuziehen, hielt er an und drehte sich zu ihr um. Um seinen sinnlichen Mund zuckte es belustigt. „Wir werden nur miteinander schlafen, wenn du mich ausdrücklich darum bittest. Mildert das deinen plötzlichen Horror vor meinem Zimmer?“

„Nein“, zischte sie.

„Ich möchte dir doch bloß die Äußere Stadt durch mein Fenster zeigen.“ Er seufzte wieder. „Für mehr haben wir momentan leider keine Zeit.“

Sie stemmte die Hände in die Hüften und sah ihn böse an. „Du lügst. Typen von deiner Sorte haben immer Zeit für Sex.“

„Von meiner Sorte?“ Sein Lächeln verschwand. „Ich hoffe, du meinst damit die ehrliche Sorte. Ich habe versprochen, dich nie zu belügen, und ich halte mein Wort. Das ist eine Frage der Ehre. Ich habe gesagt, ich werde dich heute Nacht nicht anfassen, es sei denn, du flehst mich darum an, und auch das ist die Wahrheit.“

Shaye ließ sich durch seine Beteuerungen nicht beirren. Selbst wenn er sein Wort hielt und keine Annäherungsversuche unternahm, änderte das nichts an der Tatsache, dass sie in der Nähe seines Betts sein würden. Höchstwahrscheinlich hatte er es für alle nur erdenklichen sexuellen Ausschweifungen nach seinen Wünschen anfertigen lassen. Was war, wenn sich beim Anblick dieses Betts ihr Widerstand in Luft auflöste und *sie* den ersten Schritt machte? „Deine Ehre ist mir völlig egal. Ich setze keinen Fuß in dein Schlafzimmer.“

An seinem Kinn zuckte ein Muskel, und seine Augen funkelten beleidigt. „Wie du meinst“, sagte er gedehnt. „Wir werden uns also keinen Moment für uns allein gönnen, sondern gleich zu den anderen gehen. Ich kann nur hoffen, dass deine prüde Art die anderen Männer davon abhält, dich auszuwählen.“

„Auswählen? Wofür?“, fragte sie scharf, ohne auf seine Bemerkung einzugehen, dass sie prüde sei. Sie ahnte, wie die Antwort lauten würde, aber als er es aussprach, hätte sie dennoch fast aufgeschrien vor Entsetzen.

Er hob die Augenbrauen, und seine Mundwinkel zogen sich nach unten. „Als Bettgefährtin natürlich.“

6. KAPITEL

Valerian musste seine zukünftige Gefährtin zum Speisesaal tragen. Er tat es mit dem allergrößten Vergnügen, obwohl sie auf dem Weg dorthin die ganze Zeit strampelte und fluchte. Ihre Brüste pressten gegen seinen Rücken, und ihre Beine hingen vor seinem Bauch.

Er grinste. Ihm gefiel, wie temperamentvoll diese Frau war. Wie amüsant. Er wünschte nur, er wüsste, wie sie hieß. *Du kannst mich mal.* Sie weigerte sich, ihm die Wahrheit zu sagen, und das wiederum gefiel ihm nicht. Früher hatte ihn der Name einer Frau nie interessiert, aber bei dieser hier war es anders. Zu erfahren, wie sie hieß, erschien ihm geradezu lebenswichtig.

„Ich werde nicht deine Sexsklavin, und auch nicht die deiner Armee. Hast du mich verstanden? Das kommt nicht infrage!"

Nein, sie würde seine Geliebte werden. Seine Gefährtin. Seine Frau. Und nur seine. Er hatte vorhin gemerkt, wie seine Männer sie angesehen hatten und wie deren Blick zu ihrer kurvigen Hüfte geschweift war, in der Hoffnung, ein Stück der blassen Haut unter ihrem Bastrock zu erspähen.

Vielleicht würde er sie doch nicht in diesen Klamotten herumlaufen lassen. Vielleicht würde er sie von Kopf bis Fuß in dicke, dunkle Kleider einhüllen. Sonst würde sich bestimmt einer seiner Krieger für sie entscheiden. Welcher Mann konnte schon diesem leidenschaftlichen Temperament widerstehen, das unter der abweisenden Fassade kochte und förmlich danach schrie, befreit zu werden?

Valerian würde eher töten, als sie einem anderen Mann zu überlassen.

Er hatte ihr zwar gesagt, dass sein Ehrgefühl es ihm unmöglich machte zu lügen, aber er würde auf dieses Ehrgefühl pfeifen, falls er Gefahr lief, sie zu verlieren. Er würde lügen, er würde betrügen, er würde alles tun, was nötig war, damit kein anderer Mann sie bekam.

Als er um eine Ecke bog, wünschte er, die kleine Mondscheinfrau hätte sich von ihm auf sein Zimmer bringen lassen. Er hätte ihr den Ausblick auf die Stadt gezeigt, ja, aber vor allem hätte er die Zeit mit ihr allein in vollen Zügen ausgenützt. Er hätte seine Verführungskünste so lange spielen lassen, bis sie nur noch an ihn dachte. Ein verbotenes Streicheln, ein langer, feuriger Blick. Dann hätten seine Männer später gesehen, wie sehr sie ihn begehrte, *nur* ihn, und hätten sie wahrscheinlich nicht für sich ausgewählt.

Jetzt musste er sich etwas anderes einfallen lassen.

„Bring mich an den Strand zurück." Sie trommelte mit den Fäusten auf seinen Hintern. „Sofort, verdammt! Ich habe das Ganze langsam satt, hörst du?"

„Ich weiß nicht, wie oft ich dir noch erklären soll, dass *das* hier dein Zuhause ist und du für immer hierbleibst." Vielleicht war es gar nicht so schlecht, dass sie nicht auf sein Zimmer gegangen waren. So konnte er das Auswahlverfahren rasch hinter sich bringen. Er würde den anderen klarmachen, dass sie ihm gehörte, sodass seine Männer sich auf ihre eigenen Auserwählten konzentrieren konnten.

Und er könnte sich dann natürlich ganz … Miss *Du-kannst-mich-mal* widmen. „Wie heißt du?", fragte er wieder. Ihre Abwehrhaltung mochte ja ganz amüsant sein, aber sie war ebenso frustrierend.

„Wenn die Polizei davon erfährt, wird man dich … wird man dich … Das, was du getan hast, ist Entführung, du Mistkerl."

Dass sie nichts mit ihm zu tun haben wollte und lieber in der Oberwelt geblieben wäre, war eine vernichtende und schockierende Erkenntnis. „Du hast Angst", sagte er beschwichtigend. „Das tut mir sehr leid."

„Angst? Ha! Ich bin stinksauer."

Sie konnte es noch so oft abstreiten, er wusste einfach, dass sie Angst hatte. Er spürte ihren aufgeregten Herzschlag an seinem Rücken, ihren flachen Atem auf seiner Haut. Allerdings kämpfte sie dagegen an und zeigte nur ihre Wut. Seine Bewunderung für sie wurde immer größer.

Oh Götter, er wollte – nein, brauchte – sie. Er musste sie küssen. Musste ihre Zunge spüren. In der Höhle war er ganz knapp davor gewesen, sie zu küssen. Aber eine winzige Berührung ihrer süßen kleinen Zunge – und er hätte sich nicht mehr beherrschen können. Eine Berührung – und er hätte sich nach einer zweiten und dritten gesehnt. Er wusste, dass es so gekommen wäre. Er hätte ihre Beine auseinandergeschoben und wäre besitzergreifend in sie eingedrungen. So tief, dass sie nur noch seinen Namen hätte stöhnen können.

Er kannte die Frauen und wusste, dass diese Frau hemmungslos leidenschaftlich sein würde. Man brauchte sich nur anzusehen, wie sie sich wehrte – mit Kratzen und Beißen. Ihr Temperament im Bett würde nicht anders sein. Sobald ihr Feuer entfacht war, würde es gewaltig lodern und ihren Geliebten zu Asche verbrennen.

Diese Leidenschaft musste ihm gehören, dachte er grimmig.

Er blieb stehen und runzelte die Stirn. „Wirst du dich wehren, wenn ein Mann Anspruch auf dich erhebt?" Vorsichtig ließ er sie herunter. Langsam, ganz langsam. Ihr Bauch streifte seinen nackten Oberkörper, und sie atmete tief ein. Seine Muskeln wurden hart.

Sie mochte es sich nicht eingestehen, aber sie spürte die sexuelle Spannung genauso stark wie er.

„Wirst du dich wehren?", fragte er wieder. Er würde es ihr so lange nahelegen, bis sie es verstanden hatte.

„Darauf kannst du Gift nehmen." Sie funkelte ihn aus ihren samtbraunen Augen drohend an, damit er ihr nicht widersprach oder wieder drohte, sie zu bestrafen. „Ich wehre mich bis zum Äußersten."

Als ob er sie für etwas bestrafen würde, das er sich so dringend wünschte. Er lächelte zufrieden. Da er sie nicht dazu bringen konnte, einzugestehen, dass sie ihn begehrte – noch nicht –, war das das Nächstbeste.

Bring es endlich hinter dich. Energisch verschränkte er seine Finger mit ihren und zog sie hinter sich her. Sie kamen an der

Trainingsarena und an den Küchen vorbei. „Gefällt dir der Palast?“, fragte er, ehe sie wieder zu protestieren anfangen konnte. *Sieh nur, wie schön alles ist,* hätte er am liebsten gesagt. An den Wänden hingen Fackeln, deren flackernde Flammen alles rundherum in Licht tauchten.

Ihr Blick fiel auf die Wandmalereien, die so kunstvoll waren, dass sie fast lebendig wirkten. Farbenfrohe Szenen, in denen sich nackte Männer, Frauen und Kreaturen verschiedenster Gattungen in unterschiedlichen orgastischen Stadien rekelten. Valerian und seine Männer hatten die Bilder gemalt, um diesem ehemaligen Drachenpalast ihren eigenen Stempel aufzudrücken.

Nymphe waren von Natur aus flatterhaft. Sie waren ständig von einem Ort zum anderen unterwegs, immer auf der Suche nach der nächsten sexuellen Eroberung. Ihnen war immer egal gewesen, wo sie gerade wohnten. Aber irgendwann war Valerian dieser Art zu leben überdrüssig geworden. Er hatte mehr gewollt – sowohl für sich selbst als auch für seine Männer. Woher dieses Gefühl kam, hatte er sich nie genau erklären können; er wusste nur, dass er im Laufe der letzten Monate eine innere Unzufriedenheit gespürt hatte und die Vorstellung, ständig unterwegs zu sein, ihn nicht mehr reizte.

Als er erfahren hatte, dass ein junger, unerfahrener Drache als alleiniger Verwalter des Palasts fungierte, hatte er kurzerhand beschlossen, den Palast zu erobern.

Und genau das hatte er getan.

Er bereute die Entscheidung nicht. Sobald er den Palast betreten hatte, war seine innere Unruhe verschwunden, und er hatte das Gefühl gehabt, angekommen zu sein. Valerian legte nachdenklich den Kopf schief. Vielleicht musste er die Frau an seiner Seite genauso erobern wie den Drachenpalast. Mit List. Zielstrebigkeit. Und ohne Gnade.

Oh ja. Er lächelte. Bald würde er zu einem unwiderstehlichen, überraschenden Frontalangriff übergehen. Er konnte es kaum erwarten.

„Gefällt dir der Palast?“, fragte er noch einmal.

Sie zögerte. „Um ehrlich zu sein, dein Zuhause … diese Wände … das alles erinnert mich an dich."

Unser Zuhause, kleine Moon, unser Zuhause. „Vielen Dank."

Sie machte ein finsteres Gesicht und schlug ihm auf die Hand, in der Hoffnung, dass er sie losließ. „Das war kein Kompliment."

„Dass du bei Bildern über Sex an mich denken musst, ist kein Kompliment?"

Ihr blieb für einen Moment der Mund offen stehen. „So habe ich das nicht gemeint, das weißt du genau."

Er lachte. „Du kannst es abstreiten, sooft du willst, aber jedes Mal, wenn du mich ansiehst, denkst du an nackte Haut und hemmungslosen Sex."

„Fesseln und Knebel hast du noch vergessen", knurrte sie. „Lass mich gehen."

„Das mit dem Fesseln klingt verlockend."

„Das kann ich mir vorstellen, du perverses Schwein."

Als er den Speisesaal betrat, war die erwartungsvolle Spannung, die in der Luft lag, fast greifbar. *Du-kannst-mich-mal* erstarrte vor Schreck. Valerian blieb stehen und legte ihr einen Arm um die Taille. Diesmal ließ sie es ausnahmsweise geschehen, ohne sich dagegen zu wehren. Wahrscheinlich war sie zu schockiert.

„Da sind wir", verkündete er. Ein ganzer Trupp Krieger hatte sich an einer Längsseite des Saals aufgestellt, die wohlriechende Gruppe der Menschenfrauen auf der anderen. Zwischen ihnen stand ein langer Holztisch mit Schnitzereien, die wilde Drachenköpfe darstellten.

Valerian hatte ursprünglich vorgehabt, diesen Tisch zu zerstören, da er in *seinem* Zuhause keinerlei Besitztümer der Drachen haben wollte. Aber er hatte noch keinen anderen Tisch gefunden, der genug Platz für alle seine Männer bot.

Vielleicht würde er ihn ja behalten und mit seiner Frau Sex darauf haben.

Die Wände bestanden aus einfarbigem Onyx und Elfenbein. Früher hatten hier Saphire und Smaragde, Diamanten und Rubine gefunkelt, doch die waren vor einigen Monaten von Kriegern aus der Oberwelt aus den Wänden geschlagen worden. Während die Drachen diese Menschen niedergemetzelt hatten, hatte sich für Valerian die Chance ergeben, seine Männer unbemerkt in den Palast zu schicken und ihn zu erobern.

Normalerweise hatten Nymphe ihre bestialische Ader immer unter Kontrolle und griffen nur dann an, wenn sie provoziert wurden. Allerdings waren die Drachen mit den einzigen Freunden verfeindet, die die Nymphe hatten: den Vampiren. Im Gegensatz zu allen anderen Spezies in Atlantis verurteilten die Vampire die Nymphe nicht wegen ihrer Macht über Frauen, sie waren nicht eifersüchtig. Layel, der Vampirkönig, fand es vielmehr amüsant.

Valerians Gefährtin wand sich neben ihm. „Ich stelle mich auf keinen Fall als Frischfleisch für diese … diese Barbaren zur Verfügung." Sie stieß ihm mit einem Ellbogen fest in den Bauch, sodass er für einen Moment keine Luft bekam.

„Sei still, Weib."

„Fahr zur Hölle, Mistkerl."

Valerians Männer starrten entsetzt zu ihnen herüber. Da er der Überzeugung war, dass Wissen Macht bedeutete, hatte er jedem von ihnen die Sprache der Oberwelt beigebracht, deshalb verstanden sie ganz genau, was die kleine Mondscheinfrau gerade gesagt hatte. So benahm sich doch keine Frau. Zumindest nicht Valerian gegenüber. Frauen liebten und bewunderten ihn. Sie kämpften um seine Aufmerksamkeit. Sie bettelten um seine Zuneigung.

Sie schickten ihn doch nicht zum Teufel!

Aber Valerian störte ihr Benehmen nicht im Geringsten. Im Gegenteil, er war bester Laune. Wenn er, der begehrteste Nymph von Atlantis, sie nicht für sich gewinnen konnte, würden seine Krieger wissen, dass auch sie keine Chance bei ihr hätten. Und wer sich für sie entschied und abgewiesen wurde, musste heute Nacht allein schlafen. Dieses Risiko würden sie nicht eingehen. Im Moment wollten sie nämlich nur eins: Sex. Keine Liebe, keine Gefährtin. Nur Sex.

Valerian musste sich zwingen, ein möglichst ernstes Gesicht zu machen, während er ihr einen strafenden Klaps auf den Hintern gab, um sie noch mehr zu provozieren.

Sie kreischte auf. „Hast du mich gerade geschlagen? Sag, dass ich mich geirrt habe, Valerian, sonst macht deine Nase gleich Bekanntschaft mit meiner Faust. Zum zweiten Mal heute."

Ach, er liebte es, wenn ihr sein Name so selbstverständlich über die weichen rosa Lippen kam. Da ihr Gesicht so blass war, kam die Farbe ihres Mundes noch stärker zur Geltung.

„Ich warte", knurrte sie.

„Nein. Du bist wunderschön."

Im ersten Moment wurden ihre Züge ganz sanft, sodass Valerian kurz eine Ahnung davon bekam, wie sensibel und verletzlich sie in Wirklichkeit war. Beinahe hätte er sie geküsst. Dann funkelte sie ihn wieder zornig an, und das herzergreifende Bild, das er vor Augen gehabt hatte, verschwand. „Sag so was nicht zu mir. Ich mag das nicht."

Er blinzelte verdutzt. War ihr lieber, dass er sich abfällig über sie äußerte? Interessant. Auch verwirrend und merkwürdig, aber etwas, worüber er nachdenken musste. Warum würde eine Frau so etwas wollen? War es eine Art Abwehrmechanismus?

„Mein König", ergriff Broderick das Wort. „Wir sind bereit. Wir haben die Frauen angewiesen, in der Reihe stehen zu bleiben, bis sie ausgewählt werden."

Valerian zählte alle Anwesenden rasch durch. Es gab mehr Männer als Frauen. „Zuerst wählt meine Kerntruppe aus." Sie hatten in mehr Kriegen gekämpft als alle anderen, waren stärker und schneller und brauchten mehr Sex als ein normaler Soldat.

Die Kerntruppe jubelte. Die anderen stöhnten enttäuscht auf.

„Verhalt dich ruhig", sagte er zu seiner Gefährtin, obwohl er wusste, dass sie genau das Gegenteil tun würde. „Und stell dich zu den anderen Frauen. Meine Männer sollen dich gut anschauen können."

Zu seinem größten Vergnügen fuhr sie ihn an: „Sonst noch Wünsche? Mir ist egal, wie versessen die anderen Frauen darauf sind. Ich jedenfalls werde diese Titten-und-Arsch-Beschau nicht brav über mich ergehen lassen."

Sie lief aber auch nicht weg. Nein, sie drückte sich gegen ihn und ließ sich von ihm beschützen, selbst wenn sie ihn nach wie vor nicht anschaute. Ihre Schulter berührte seinen Oberkörper, und ein paar ihrer seidigen Haare verfingen sich in seinem Piercing. Er konnte ihr aufgeregtes Herzklopfen und ihre warme, zarte Haut spüren.

Er legte seine Hand auf ihre Rippen, und sie erzitterte.

Er musste ihr Gesicht sehen, musste sehen, welche Gefühle sich darin ausdrückten. Unbeholfen fasste er sie am Kinn und zwang sie, ihn anzuschauen. Ihre Blicke trafen aufeinander, und er hatte das Gefühl, in ihren Augen zu versinken. Immer, wenn er sie ansah, schien alles um ihn herum zu verschwinden. Ihre Augen waren samtbraun, warm und unwiderstehlich tief.

„Wie heißt du?" Er musste es einfach wieder fragen.

„Das geht dich nichts an", antwortete sie schnippisch. Sie fuhr sich mit der Zunge über die Lippen und biss sich dann auf die Unterlippe. Der Anblick erregte ihn ungeheuer. „Bald bin ich von hier weg. *Sehr* bald."

Als würde er ihr jemals erlauben, ihn zu verlassen! „Verrätst du mir deinen Namen", flüsterte er, „wenn ich dir helfe, diese Männer zu vergraulen?"

„Ich … vielleicht." Sie senkte die Lider, und ihre langen Wimpern warfen gezackte Schatten auf ihre Wangen. „Warum solltest du mir helfen wollen?"

Warum wohl? Eigentlich musste ihr das klar sein. „Ich möchte dich für mich allein", sagte er so kühl wie möglich und grinste provokant. Er brauchte eine extreme Reaktion von ihr. Irgendetwas, das seine Männer abschreckend fanden.

Wie gehofft, versuchte sie, sich von ihm loszureißen. „Ich bin doch kein Stück Fleisch. Das hier ist kein Delikatessenladen. Ihr solltet euch alle schämen."

Valerian seufzte theatralisch. „Wenn du dich nicht in die Reihe stellst, dann bin ich gezwungen, dich hier festzuhalten."

Eine Welle des Triumphs überkam ihn. Alles lief genau nach Plan. „Broderick!“, rief er.

„Ja, mein König.“ Broderick, der vor Aufregung ganz rote Wangen hatte, trat vor.

„Als stellvertretender Kommandant und Anführer der Kerntruppe darfst du dir als Erster eine Frau aussuchen.“ Valerian lockerte den Griff um die Taille seiner Gefangenen, damit die anderen besser sehen konnten, wie sie sich wehrte. Sie versuchte noch verzweifelter, sich von ihm loszureißen, und ihr Fauchen und Keuchen war für alle gut hörbar.

Broderick grinste und ging zu den Frauen, die sich an der Wand aufgestellt hatten. „Nimm mich, nimm mich“, flüsterten sie ihm zu.

Langsam und mit sichtlichem Genuss schritt Broderick die Reihe ab. Zwischendurch blieb er immer wieder mal stehen, um den Reißverschluss an einem Kleid aufzuziehen und einen Blick auf die Brüste der Frauen zu werfen. Ein paar Glückliche kamen sogar in den Genuss, sich von ihm über die Nippel lecken zu lassen. Dummerweise hatte er immer noch keine Wahl getroffen, als er sich schließlich der kleinen Mondscheinfrau näherte und sie mit seinen smaragdgrünen Augen von oben bis unten lüstern musterte.

Valerian biss die Zähne zusammen. Sie gehört mir, dachte er wieder und legte den Arm fester um sie.

Broderick streckte die Hand aus, um die Fransen ihres Baströckchens auseinanderzuschieben.

„Ich heiße Shaye“, sagte sie hastig. Es klang fast wie ein Kreischen. „Ich heiße Shaye Octavia Holling.“

Valerian wusste sofort, was sie von ihm wollte. Er hatte ihr versprochen, dass er ihr helfen würde, die Männer zu vergraulen, wenn sie ihm ihren Namen verriet. Hatte es Shaye versprochen. *Shaye.* Er ließ sich das Wort auf der Zunge zergehen. Der Name passte perfekt zu ihr. Scheinbar kühl und unnahbar – und doch ungeheuer sinnlich.

„Verpass ihm einen Tritt“, flüsterte er ihr ins Ohr. „Einen festen.“

Ohne zu zögern, trat sie Broderick in den Bauch. Der verblüffte Krieger taumelte zurück, stolperte über seine eigenen Füße und fiel hin. Der Rest der Krieger brach in lautes Gelächter aus. Broderick stand schnell wieder auf und guckte Shaye verwirrt an.

Valerian musste sich das Grinsen verkneifen. Sein Stellvertreter entschied sich rasch für eine hübsche, brave Brünette. Die beiden stürmten sofort aus dem Speisesaal, ohne sich ein einziges Mal umzusehen. Einer weniger …

„Dorian." Valerian nickte dem schwarzhaarigen Krieger zu, dessen angespannte Muskeln verrieten, dass er es kaum erwarten konnte. „Du bist als Nächster dran." Dann wandte er sich an Shaye – ach, er konnte gar nicht genug von diesem Namen kriegen, der so wunderbar war wie die Frau selbst – und flüsterte: „Ignorier ihn, wenn er zu dir kommt. Würdige ihn keines Blickes."

„Bist du sicher, das funktioniert?" Shaye konnte nicht fassen, dass sie sich auf Valerians Hilfe verließ, um aus dieser Misere rauszukommen. Aber sie wusste nicht, was sie sonst tun sollte. Die Vorstellung, dass einer dieser Barbaren sie als seinen Besitz beanspruchte, sie wegschleppte und weiß Gott was mit ihr anstellte, kam ihr alles andere als reizvoll vor. „Brechen nicht alle seine Höhlenmenscheninstinkte aus, wenn ich ihn ignoriere?"

„Bei ihm nicht." Valerian klang belustigt.

Dorian hatte pechschwarze Haare und tiefblaue Augen. Seine geradezu märchenhafte Schönheit war atemberaubend. In gewisser Hinsicht waren seine Gesichtszüge sogar noch vollkommener als die Valerians. Trotzdem ließ Shaye sein Aussehen kalt. Bei *ihm* kamen ihr keine eindeutigen Szenen mit nackten, sich windenden Körpern in den Sinn.

Shayes Magen zog sich nervös zusammen, als der Mann Brodericks Beispiel folgte und sich jede Frau in der Reihe gründlich ansah. Er guckte, grapschte und genoss das Ganze ein bisschen zu sehr. Shaye fand es furchtbar, wie er sich diesen Frauen gegenüber benahm. Wie konnte er es wagen, sie so respektlos zu behandeln? Es spielte keine Rolle, dass alle ganz hingerissen von ihm waren. Dass sie gar nicht genug davon kriegen konnten, von ihm betatscht zu werden.

Als sie an der Reihe war, blieb er in einiger Entfernung vor ihr stehen, verschränkte die Arme vor seiner breiten Brust und musterte sie von oben bis unten. Mehrere Sekunden verstrichen, und Valerian wurde langsam nervös.

„Zieh den Muschel-BH aus", sagte Dorian schließlich. „Ich will deine Brüste sehen."

Ignorier ihn, hatte Valerian ihr geraten. Sie senkte den Kopf und betrachtete interessiert ihre Fingernägel. Wenn er versuchte, ihr das Bikinioberteil wegzuziehen, würde dort, wo seine Hand war, gleich nur noch ein blutiger Stumpf zu sehen sein.

„Hast du nicht gehört? Ich sagte, du sollst die Muscheln da wegnehmen."

Sie gähnte – was ihr ziemlich schwerfiel. Da Valerian beide Arme um sie gelegt hatte, war sie total erregt, nicht gelangweilt. Trotz all der anderen Emotionen – Angst, Wut, Demütigung – hatte ihr Begehren nicht abgenommen. Im Gegenteil. In der Gegenwart dieses selbstgefälligen, egoistischen Riesen war sie einfach nicht dieselbe wie sonst. Vielmehr fühlte sie sich wie eine Frau mit sexuellen Bedürfnissen, die nur eines im Sinn hatte: Lust.

Warum hatte sie bei ihren Dates nie so empfunden? Warum jetzt? Warum bei diesem Mann?

Dorian seufzte frustriert, fuhr sich durch seine seidigen Haare und sah Hilfe suchend zu seinem König. „Valerian, sag ihr, sie soll mich ansehen."

Valerian zuckte die Achseln. „Ich kann sie nicht zwingen."

„Aber …"

„Ist sie nun die Frau, die du möchtest, oder nicht?", fragte er barsch und ungeduldig. „Die anderen möchten heute auch noch drankommen."

Dorians Miene verfinsterte sich. Er drehte sich um und marschierte zu der einzigen Rothaarigen der Gruppe. „Ich wähle dich."

Das entwürdigende Prozedere ging noch eine halbe Stunde weiter. Nur eine einzige andere Frau schien sich über das Geschehen zu ärgern – diejenige, die sich wie Shaye geweigert hatte, den Kriegern fröhlich ins Meer zu folgen. Sie war ein zierliches Persönchen und mit ihren dunklen Locken, den braunen Augen und der Stupsnase ausgesprochen hübsch. Und sie strahlte trotz ihrer mädchenhaften Erscheinung eine dunkle, wilde Sinnlichkeit aus.

Leider wurde sie von einem großen Krieger ausgewählt, der sich Perlen in seine hellen Haare geflochten hatte. Einer der Männer, die immer noch warten mussten, boxte daraufhin so fest mit der Faust gegen die Wand, dass die Erschütterung im ganzen Speisesaal zu spüren war. „Die wollte ich", knurrte er böse.

„Dumm gelaufen, Joachim. Sie gehört jetzt mir." Der Perlenhaarmann nahm seine nervöse Beute an der Hand und versuchte, sie hinter sich herzuziehen.

Sie stemmte sich dagegen, sagte jedoch kein Wort.

Sichtlich verdutzt schaute er sich über die Schulter nach ihr um und runzelte die Stirn. „Hab keine Angst. Ich tu dir nichts."

Die junge Frau hatte Tränen in den Augen und nagte an ihrer Unterlippe.

„Lass sie in Ruhe", rief Shaye. Sie hatte genug gesehen. „Lass sie los, sofort! Sie will nicht mitkommen."

Die Falten auf der Stirn des Kriegers wurden noch tiefer, und er sah verwirrt zu Valerian. „Aber … ich habe sie mir ausgesucht."

Die Frau schaute Shaye ängstlich an, schwieg jedoch noch immer und nagte weiter auf ihrer Lippe.

„Valerian." Shaye packte ihn grob am Handgelenk. „Du musst etwas tun. Sie will nicht mit ihm gehen."

Ein paar Sekunden vergingen in absoluter Stille. „Was bekomme ich dafür?", sagte er schließlich. „Wenn ich etwas mache wie das, worum du mich gerade so unglaublich liebenswürdig *gebeten* hast, wird das meinen Leuten nicht gefallen. Sollte ich dafür allerdings in irgendeiner Form entschädigt werden, dann würde ich ihren Unmut riskieren."

„Ich erlaube dir zu leben", sagte sie mit zusammengebissenen Zähnen. „Das sollte als Entschädigung ausreichen."

Er lachte. Die Art, wie sie ihn behandelte, schien ihn köstlich zu amüsieren.

Zur Hölle mit ihm und seinem Lachen!

„Ich werde freundlich zu dir sein. Für eine Weile", brummte sie.

Er zögerte keine Sekunde. „Möchtest du von einem anderen Krieger gewählt werden?", fragte er die Frau.

Sie ließ den Blick über die restlichen erwartungsvoll guckenden Männer schweifen. Dann erschauderte sie, schluckte und schüttelte schließlich langsam den Kopf.

„Dann nimm sie mit, Shivawn, aber fass sie nicht an, ehe sie es dir erlaubt. Und zwing sie nicht, es dir zu erlauben." Er machte eine Pause. „Bist du jetzt zufrieden, Shaye?"

Die Art und Weise, wie er ihren Namen sagte ... sie bebte innerlich und musste sich zwingen, bei der Sache zu bleiben. Nein, sie war nicht zufrieden. Sie wusste, dass er auch diese junge Frau nicht zum Strand zurückkehren lassen würde. „Kann man davon ausgehen, dass Shivawn sich an deine Anweisungen hält?"

„Mir gehorchen alle meine Männer", antwortete Valerian hörbar entrüstet. „Geht", sagte er zu dem Paar.

Shivawn schob die Frau eilig hinaus, ehe Shaye noch etwas einwenden konnte. Der Krieger, der gegen die Wand geboxt hatte, fluchte leise.

Und weiter ging es mit dem „Auswahlverfahren".

Jedes Mal, wenn ein Nymph sich Shaye näherte, sagte Valerian ihr, was sie tun sollte. Spucken, Fluchen, in Ohnmacht fallen. Gott sei Dank wollte sie am Ende keiner. Langsam leerte sich der Speisesaal. Die meisten Krieger hatten sich bereits mit ihren Frauen auf ihre Zimmer zurückgezogen.

Shaye nahm an, dass Valerian später, wenn dieser ganze Zirkus vorbei war, irgendeine Belohnung für seine Hilfe einfordern würde. Mehr als nur die versprochene Freundlichkeit. Als gerade niemand sie beachtete, ließ er unauffällig seine Finger von hinten über Shayes Taille gleiten und steckte seinen Daumen in ihren Nabel. Das Gefühl war so elektrisierend, dass sie sich wünschte, er würde sie überall so berühren.

Seltsamerweise gefiel seine besitzergreifende Art einem verdrängten Teil ihrer Persönlichkeit. Einem Teil, von dem sie nicht gewusst hatte, dass es ihn gab. Immer wenn sich ein Krieger ihr näherte, spannte sich Valerians ganzer Körper an. Ein paarmal knurrte er sogar so laut, als könnte er sich kaum noch beherrschen.

„Gleich ist es vorbei", flüsterte er. Sein Atem streifte ihr Ohr, während er einen Finger ihre Wirbelsäule hinuntergleiten ließ.

Sie wäre fast dahingeschmolzen. Nur das Gefühl, plötzlich gemustert zu werden, half ihr, sich äußerlich nichts anmerken zu lassen. Sie merkte, dass jemand in der Reihe der Krieger sie gierig anstarrte. Als sie zurückschaute, versteifte sie sich und bekam eine Gänsehaut.

Der gut aussehende, braunhaarige Mann, der sie mit seinem Blick durchbohrte, machte ihr Angst. Die Art, wie er sie fixierte, hatte etwas Bedrohliches an sich.

„Lehn dich ruhig an mich, wenn du nicht mehr stehen kannst", sagte Valerian, der ihre Reaktion falsch interpretierte.

Sie zwang sich, den Blick von dem unheimlichen Mann abzuwenden. „Mir geht's gut, danke", sagte sie fast atemlos vor Angst. Dann runzelte sie die Stirn; eigentlich hatte sie Valerian anfauchen wollen.

Ihr Entführer brachte sie mit seinen fürsorglichen Kommentaren ständig aus dem Konzept. Er behandelte sie wie einen kostbaren Schatz. Das gefiel ihr nicht. Es machte sie verletzlich, und dadurch fiel es ihr immer schwerer, ihm zu widerstehen.

Es musste doch irgendetwas geben, was ihn dazu brachte, sie zu hassen. Aber was? Er lachte über ihre Beschimpfungen und ignorierte ihre spöttischen Bemerkungen. *Streng dich an, ver-*

dammt, es muss doch gehen. Wenn er weiter so nett zu ihr war, würde sie irgendwann kapitulieren, und ihr Panzer aus Eis, den sie so dringend zum Überleben brauchte, würde schmelzen. Was würde dann passieren? Liebe? Würde sie sich in einen Mann verlieben, der die Tiefe ihrer Gefühle nie erwidern konnte? Oh Gott, nein. Nein, nein, nein.

Sie nahm ihre ganze Kraft zusammen und versuchte, sich aus Valerians Armen zu befreien, um endlich Abstand von ihm zu gewinnen. Er drückte sie so fest an sich, dass sie eine Sekunde keine Luft bekam.

„Hör auf zu zappeln, Moon. Ich bin ohnehin schon verrückt nach dir, und ich weiß nicht, wie lange ich es noch aushalte. Wir sind hier fast fertig."

Sie hielt still, damit sie ihn nicht noch mehr erregte. Aber verflucht, warum fühlte sie sich so geborgen in seinen Armen? Wunderbar geborgen und gleichzeitig erregt. Er stellte eine Gefahr für das einsame Leben dar, das sie sich so mühsam aufgebaut hatte.

„Joachim!", rief Valerian. „Jetzt bist du an der Reihe." Er senkte die Stimme und flüsterte ihr ins Ohr: „Du duftest einfach himmlisch. Ich begehre dich so sehr, dass ich dich am liebsten auf der Stelle …"

„Die da." Joachim, der brünette Mann, der sie so aggressiv angestarrt hatte, machte einen Schritt auf sie zu.

Valerian erstarrte. Shaye schnappte erschrocken nach Luft. Sie war sich so sicher gewesen, dass sie alle Männer vergrault hatte, aber dieser hier hatte sie gerade … Grundgütiger. Ihr gefror das Blut in den Adern.

„Was hast du gesagt?" Valerian funkelte Joachim böse an. Dann verschränkte er seine Finger noch fester mit Shayes.

„Ich will die Blasse. Die, die du in deinen Armen hältst." Joachim hatte sich breitbeinig vor ihnen aufgebaut und sah Valerian selbstgefällig und herausfordernd an. Wie ein Mann, der es auf einen Zweikampf ankommen lassen wollte. „Gib sie her. Sie gehört mir."

7. KAPITEL

Valerian", sagte Shaye mit bebender Stimme. Sie zitterte am ganzen Körper. „Hilf mir."

„Ich erledige das, keine Sorge." Einerseits war Valerian wütend, dass jemand anders es wagte, ihm Shaye streitig zu machen, andererseits war er überglücklich, dass sie sich bei ihm sicherer fühlte. Und gleichzeitig hatte er Angst, er könnte sie tatsächlich verlieren.

Noch dazu an seinen Cousin.

Sie beide hatten nicht gerade ein unkompliziertes Verhältnis zueinander, da Joachim wegen seiner Machtgier oft rebellisch war. Aggressiv. Valerian hatte keine Ahnung, wie er den Krieger von seinem Vorhaben abbringen konnte.

„Es sind noch zwei andere Frauen übrig", sagte Valerian. „Bist du sicher, dass du nicht eine von ihnen haben möchtest?"

Joachim nickte, ohne die beiden Frauen auch nur eines Blickes zu würdigen. Er wirkte entschlossen. Entschlossen … und geil. Auf Valerians Machtposition oder Shayes Körper? In beiden Fällen würde Valerian nicht kampflos aufgeben.

Joachim genauso wenig, wie es schien. „Ich will sie haben", sagte er energisch.

Valerian spürte, wie sich Shayes zarter Körper an ihn schmiegte. Ihr Duft hüllte ihn ein und stachelte seinen Kampfgeist an.

„Ich fordere dich zu einem Duell heraus." Valerian sah seinen Cousin scharf an. „Ich gebe dir die Chance, deinen König zu besiegen." Joachim konnte auf diese Weise zwar nicht den Thron übernehmen, aber der Sieg über einen König brachte Ruhm und Ehre. Selbst wenn Joachim verlor – wovon auszugehen war –, würde er für die Teilnahme an einem so seltenen Kampf viel Anerkennung bekommen.

Kurz – und doch eine Spur zu lang – ließ Joachim sich das Angebot durch den Kopf gehen. Er wollte schon nicken, besann sich dann aber eines Besseren und schüttelte den Kopf.

„Inakzeptabel." Stirnrunzelnd umfasste er den Griff seines Schwerts. „Letzte Nacht hattest du Frauen im Überfluss, und der Sex hat dich stark gemacht. Ich bin seit Wochen zur Abstinenz gezwungen. Wir haben nicht die gleichen Startvoraussetzungen."

Valerian biss die Zähne so fest zusammen, dass es wehtat. Hoffte sein Cousin vielleicht auf eine Nacht mit Shaye, um danach mit seinem König zu kämpfen? „Du kannst die Nacht mit den drei Frauen verbringen, die mich befriedigt haben. Sie werden dir wieder Kraft geben. Wir können dann morgen um Shaye kämpfen."

Joachim zog die schwarzen Augenbrauen hoch, und in seinen blauen Augen blitzte plötzlich irgendetwas auf – ein Gefühl, das Valerian nicht deuten konnte. „Du hast gesagt, du würdest dir keine Frau aus der Oberwelt nehmen, und doch erhebst du jetzt plötzlich Anspruch auf eine."

„Moment." Shaye hob abwehrend die Hände. „Jetzt mal langsam. Du hast mit drei Frauen gleichzeitig geschlafen, Valerian?" Wäre sie ihm zugewandt gewesen, hätte sie ihm jetzt eine geknallt, dessen war er sich sicher. „Erwartest du etwa, dass ich mich dieser Love Parade anschließe? Du bist widerlich! Ihr alle seid widerlich."

„Was ist, willst du die drei, oder nicht?", fragte er Joachim, ohne Shaye zu beachten.

Joachim deutete grinsend auf Shaye. „Ich will die da. Es ist mein gutes Recht."

„Mit der hast du nichts als Ärger." Valerian presste die Zähne so fest zusammen, dass er Mühe hatte, die Worte auszusprechen.

„Sehr richtig." Shaye nickte eifrig, sodass ihre weißblonden Haare auf den Schultern auf und ab wippten. „Ich ersteche dich im Schlaf. Ich schneide dir die Eier ab und mache Ohrgehänge daraus. Ich … Ich …"

Joachim erbleichte und schluckte. Immerhin waren ihre Drohungen gegenüber Joachim noch blutrünstiger, stellte Valerian fest. Ihm selbst hatte sie nur die Augen auskratzen wollen.

„Ich will sie trotzdem", sagte Joachim, auch wenn er nicht mehr ganz so überzeugt klang.

Sein Cousin wollte einfach nicht nachgeben. Valerian knurrte böse. Er hatte seine Männer nie belogen und nie sein Wort gebrochen. Da sein Vater früh gestorben war, hatte Valerian schon als junger Mann das Kommando über die Armee der Nymphe übernommen und sich ständig als seiner Position würdig beweisen müssen. Es war ihm gelungen.

„Behandle deine Männer mit Wertschätzung", hatte sein Vater auf seinem Sterbebett gesagt. „Sei ihr Anführer und ihr Beschützer. Ihr Schicksal liegt ganz in deinen Händen."

Wenn Valerian Shaye für sich beanspruchte, konnte niemand etwas dagegen tun. Gut, es würde Gemurre geben, man würde sein mangelndes Ehrgefühl kritisieren und ihn vermutlich sogar zum Teufel wünschen. Aber tun konnte niemand etwas dagegen.

Aber wie konnte er von ihr erwarten, dass sie sich in einen Mann verliebte, der sein Wort brach? Und sie würde ihn lieben, so viel stand fest.

„Ich habe gesagt, dass ich keine der Frauen, die wir hergebracht haben, für mich beanspruchen würde, und mein Wort gilt", sagte er.

Shaye erstarrte. Sie legte ihre Hände auf seine Arme, die sie immer noch umschlungen hielten, und bohrte ihre Fingernägel in seine Haut.

„Ich werde es nicht tun", fuhr er in seiner Muttersprache fort, damit Shaye den Rest des Gesprächs nicht verstand, „solange wir keine einvernehmliche Lösung finden. Erlaube mir, sie dir abzukaufen."

Joachim schüttelte wieder den Kopf. „Nein."

Verdammt! „Was soll ich sonst machen, Cousin? Diese Frau …" Er brach ab und presste die Lippen zusammen. „Diese Frau ist mir vom Schicksal bestimmt."

Joachims Nasenflügel bebten, und er fletschte die Zähne. Dann kam er drohend einen Schritt näher. „Sie scheint das nicht so zu sehen. Sie hat dich nicht als ihren Gefährten akzeptiert."

„Sie ist ein Mensch. Menschen reagieren anscheinend anders als wir."

„Du würdest doch alles sagen, nur um sie zu behalten."

„In diesen Dingen lüge ich nicht. Wenn du sie nimmst, wird sie dich nie lieben können. Sie wird dir nie ihr Herz schenken können. Ihr Herz wird immer mir gehören." Sie beide wussten, wie es sich mit Nymphen und ihren für sie bestimmten Partnerinnen verhielt. Liebe war Liebe. Es machte keinen Unterschied, dass Shaye ein Mensch war. Genau das musste er Joachim irgendwie klarmachen. „Wenn du mit ihr schläfst, wird es immer mein Gesicht sein, das sie vor sich sieht. Mein Körper, den sie begehrt. Würde dein Stolz das verkraften?"

Sein Cousin schwieg. Die Farbe wich aus seinem Gesicht, und seine Miene verdüsterte sich.

„Was hast du zu ihm gesagt?" Shaye sah verwirrt von ihm zu Joachim, von Joachim zu ihm.

Joachim sah Valerian mit zusammengekniffenen Augen an. „Ich muss mir das, was du gesagt hast, erst noch durch den Kopf gehen lassen. Lass uns beide die heutige Nacht ohne sie verbringen und die Besitzrechte morgen früh besprechen."

Da er in der Sprache der Oberwelt geredet hatte, hatte Shaye alles verstanden. „Besitzrechte?", wiederholte sie fassungslos.

Die Nacht ohne sie verbringen? Valerian zuckte vor Entsetzen zusammen. Seit er Shaye zum ersten Mal gesehen hatte, dachte er an nichts anderes mehr als daran, sie zu besitzen. Darauf zu verzichten würde vielleicht das Schwierigste sein, was er je hatte tun müssen.

„Ich bin … einverstanden." Wenigstens würde sein Cousin sie dann auch nicht berühren dürfen.

„Tja, ich bin *nicht* einverstanden." Shaye stampfte mit dem Fuß auf, um sich Gehör zu verschaffen.

Er drückte sie fester an sich und hoffte, sie damit zum Schweigen zu bringen. Es funktionierte natürlich nicht.

„Ich helfe euch, euer Problem zu lösen", sagte sie. „Ich will keinen von euch beiden. Seht mal, ich bin eine vernünftige …"

Valerian schnaubte.

„... vernünftige Frau“, fuhr sie fort und warf ihm einen vernichtenden Blick über die Schulter zu. „Und bin gerne bereit, diese ganze Episode aus *Die männlichen Huren von Atlantis* zu vergessen, wenn mich nur endlich jemand nach Hause bringt!“

Ohne sie zu beachten, verschränkte Joachim die Arme über der Brust. „Wo übernachtet sie?“

„Ich bringe sie in dem Zimmer neben meinem unter. Wir werden beide die Tür bewachen.“

Sein Cousin schwieg einen Moment und ließ sich den Vorschlag durch den Kopf gehen. Dann nickte er. „Von mir aus.“

Valerian ließ Shaye los und vermisste sofort ihre Weichheit und Wärme. Ihr musste es ähnlich gehen, denn sie schlang fröstelnd die Arme um ihren Körper.

„Verdammt noch mal!“ Sie trommelte genervt mit ihren Fingern auf ihrer Taille herum. „Kann mich vielleicht auch mal jemand beachten und mir verraten, wer mich jetzt zurück nach Hause bringt?“

„Ich“, antwortete Valerian, ehe Joachim etwas sagen konnte. „Ich bringe dich nach Hause.“

Sie fuhr herum und sah ihn überrascht an. „Wirklich? Du bringst mich nach Hause? Jetzt gleich?“

Er sah sie an und war wieder überwältigt von ihrer Schönheit. Wie war es möglich, dass eine Frau ihn dermaßen faszinierte und ihn alle anderen vor ihr vergessen ließ? Für ihn gab es nur noch sie.

Er streckte ihr die Hand entgegen. „Kommst du freiwillig mit mir?“

Misstrauisch runzelte sie die Stirn. Nicht einmal das beeinträchtigte ihre Schönheit. „Du lügst mich doch nicht an, oder?“

„Das würde ich niemals tun.“

Eine Weile rührte sie sich nicht. Dann legte sie zögernd ihre Hand in seine.

Ihm war klar, dass sie ihn missverstanden hatte; *das* hier war ihr neues Zuhause. Aber er sagte nichts. Noch nicht.

Joachim brummte etwas in sich hinein und hielt ihr dann ebenfalls die Hand hin. Die Sekunden zogen sich dahin, während Shaye sie anstarrte. Jeder Muskel in Valerians Körper spannte sich an. Wenn sie jetzt Joachims Hand nahm, würde er glauben, sie hätte Interesse an ihm. Das wiederum würde Valerians Erklärung widerlegen, dass er allein der für sie bestimmte Gefährte war.

Sein Herz setzte einen Takt aus. Dann noch einen.

Sie sah Valerian ungeduldig an. „Also? Worauf wartest du? Lass uns endlich gehen. Wenn wir uns beeilen, kann ich vielleicht heute noch nach Cincinnati zurückfliegen."

Fliegen? Sie konnte fliegen? Unmöglich. Oder? Allerdings war er so überrascht von ihrer Reaktion, dass er seine Verwirrung einfach überging. Sie hatte Joachim und seine ausgestreckte Hand wie Luft behandelt. Ihn selbst aber hatte sie um Hilfe gebeten. Innerlich stieß Valerian einen Triumphschrei aus.

„Crosse", rief er einem der übrig gebliebenen Männer zu, „bereite das Zimmer neben meinem vor." Hoffentlich wusste der getreue Krieger, was damit gemeint war: die Beseitigung aller Spuren der drei Menschenfrauen, die er letzte Nacht beglückt hatte. Leider hatten sie sich bei ihren Aktivitäten nicht nur auf sein Hauptschlafzimmer beschränkt. Shaye flippte immer gleich aus bei allem, was auch nur im Entferntesten mit Sex zu tun hatte, und er wollte sie nicht verärgern.

Crosse nickte, warf den zwei übrig gebliebenen Frauen einen wehmütigen Blick zu und entfernte sich gehorsam.

Joachim, der die ganze Zeit reglos dagestanden hatte, ließ endlich seinen Arm sinken. „Verscherz es dir nicht mit mir, Weib", sagte er mit tiefer, unheilvoller Stimme. „Ich könnte es mir anders überlegen und dich doch zu mir mitnehmen."

„Na, na, streitet ihr euch etwa schon?", sagte Valerian spöttisch, obwohl er Joachim am liebsten an die Gurgel gesprungen wäre.

„Warum fahrt ihr nicht einfach beide zur Hölle? Dann bräuchte ich euch nicht mehr dahin schicken", sagte Shaye, gespielt unschuldig, mit zuckersüßer Stimme. „Und jetzt sei ein braver Junge, Valerian, und bring mich nach Hause, wie du es versprochen hast."

Als Valerian Joachims verblüfftes Gesicht sah, musste er sich das Grinsen verkneifen. Shayes freches Mundwerk würde sie vielleicht retten. Er wandte sich an die anderen Krieger. „Terran, Aeson, ihr könntet euch jeweils eine der letzten zwei Frauen aussuchen." Während die beiden in Jubel ausbrachen, führte er Shaye hinaus in die Eingangshalle. „Hier entlang."

Ein paar Krieger, stellte er fest, hatten es nicht mehr auf ihre Zimmer geschafft und waren gerade dabei, ihre neuen Frauen direkt in der Halle zu beglücken. Man hörte Stöhnen und Keuchen, Seufzen und laute Lustschreie.

„Mein Gott", stieß Shaye aus.

Szenen wie diese waren unter Nymphen keine Seltenheit, aber das verschwieg Valerian ihr jetzt geflissentlich.

Er ging, gefolgt von Shaye und Joachim, vorbei an den verschiedenen Küchen, an der Trainingsarena und den Schlafsälen der Krieger, aus denen ebenfalls lautes Gestöhne und Geseufze zu hören war.

„Kriegen die denn nie genug?", murmelte Shaye.

Sie klang entsetzt, aber irgendwie auch … geil? Ja, dachte Valerian. Ja, das war's. Sie war geil. Das Entsetzen amüsierte ihn, und die Geilheit erregte ihn ungeheuer. Wenn sie ihm gehört hätte, hätte er ihr geholfen, Ersteres zu überwinden, und Letzteres auf der Stelle genüsslich ausgekostet. Bald, schwor er sich. Bald.

Seine Gemächer befanden sich in einem abseitsgelegenen Flügel des Palasts. Die Zimmer waren geräumig, verfügten alle über ein Badebecken, ein großes Bett und riesige Fenster, durch die man einen atemberaubend schönen Ausblick auf die Äußere Stadt hatte.

„Danke, dass du mich nach Hause bringst", sagte Shaye. „Ich weiß, dass du es nur ungern tust, und ich bin dir wirklich dankbar."

Er hatte sie noch nie in diesem sanften Ton reden hören. Auch ihr Gesicht wirkte jetzt weicher und entspannter; sie strahlte förmlich vor Dankbarkeit und Erleichterung. Er durfte ihr nicht länger etwas vormachen. „Ich bringe dich nicht in deine Welt zurück, Moon, ich bringe dich in dein neues Zuhause."

„Du hast die ganze Zeit gewusst, dass ich von etwas anderem ausgegangen bin, du falscher Dreckskerl", zischte sie.

„Redet sie immer so?", fragte Joachim, dem zum ersten Mal Zweifel zu kommen schienen.

„Immer", antworteten Valerian und Shaye wie aus einem Mund.

„Ich übernachte nicht in deinem Zimmer", knurrte sie dann Valerian an. „Das habe ich dir schon mal gesagt."

Er musste sie den Rest des Weges hinter sich herziehen – ganz sanft natürlich. Joachim beobachtete das Geschehen mit einem schwer zu deutenden Blick, bis sie endlich bei Valerians Gemächern angekommen waren.

Crosse schob gerade den Vorhang eines Zimmereingangs zur Seite und taumelte ihnen entgegen, mit glühenden Wangen, verzückter Miene und halb geschlossenen Augen.

Die drei nackten Menschenfrauen liefen ihm hinterher und umzingelten ihn. Im Nu hatten sie ihre Hände überall auf seinem Körper, streichelten ihn und stöhnten sehnsüchtig. Ungeduldig.

Als Valerian die Szene beobachtete, begann sich ein Plan in seinem Kopf zu formen – und es irritierte ihn, dass er sich jetzt schon Strategien ausdenken musste, um eine Frau für sich zu gewinnen, die doch eigentlich ganz wild auf ihn sein sollte. Immerhin war er ein König! Ein Anführer. Sein Wort war Gesetz. „Such dir eine von den Frauen aus, Crosse, und geh mit ihr ins Bett."

Der Krieger riss verdutzt die Augen auf. „Mein König …" Eine der Frauen griff ihm an die Eier, und er stöhnte auf. „Darf ich auch alle drei haben?"

Valerian verdrehte die Augen. „Nein. Zwei werden … woanders gebraucht."

Shaye klappte mehrmals der Mund auf und zu, und dabei stieß sie jedes Mal ein ersticktes Keuchen aus. „Ihr behandelt diese Frauen wie Objekte, und was meinst du mit *woanders*?" Sie zeigte mit dem Finger auf Crosse, sah jedoch weiter Valerian an. „Was, wenn die Frau, die er sich aussucht, nicht mit ihm gehen will? Was dann?"

„Hast du Zweifel an ihrer Bereitschaft?" Valerian deutete mit dem Kinn auf den flotten Vierer. „Sie sind gerade dabei, ihn bei lebendigem Leib zu vernaschen."

Sie betrachtete Crosse und die drei Frauen mit zusammengekniffenen Augen. „Du hörst dich trotzdem an wie ein Zuhälter", murmelte sie und wandte sich dann an die Frauen. „Lasst euch das nicht gefallen, Mädels. Macht diesen Männern unmissverständlich klar, dass ihr für solche Ausschweifungen nicht zu haben seid."

Statt einer Antwort leckten alle drei über Crosses nackten Oberkörper und Rücken. Der Mann seufzte verzückt. Shaye massierte sich die Nasenwurzel und schüttelte den Kopf.

„Nimm deine Frau, Crosse, und geh."

„Danke, mein König." Crosse schnappte sich die Braunhaarige, die sogar jetzt noch versuchte, ihre Hand in seine Hose zu schieben, und eilte mit ihr davon. Man hörte die beiden noch kichern, als sie längst verschwunden waren.

Die anderen beiden Frauen seufzten frustriert, doch dann fiel ihr Blick auf Valerian, und sie klatschten begeistert in die Hände. Er wich zurück. Er schob Shaye sogar wie eine Art Schutzschild vor sich.

„Ich habe bereits eine Gefährtin", erklärte er ihnen. Nymphe, die bereits die Richtige gefunden hatten, zogen Frauen normalerweise nicht ganz so magisch an wie die Single-Männer. Diese Frauen hier mochten ihn zwar immer noch begehren, aber sie würden nie mehr so verrückt nach ihm sein, dass sich dabei selbst vergaßen.

Aber vielleicht hatten Menschenfrauen kein Gespür für derlei Dinge. Diese zwei jedenfalls kamen trotzdem immer weiter auf ihn zu.

„Lasst das, Ladies", fauchte Shaye sie plötzlich an. Die Frauen gehorchten sofort und zogen sich schmollend zurück.

Valerian blinzelte verdutzt. Hatte er da etwa einen Hauch Eifersucht in Shayes Stimme gehört? Einen besitzergreifenden Unterton? Durfte er hoffen? „Joachim braucht eine Geliebte", sagte er und deutete auf seinen Cousin.

Die Frauen sahen zu Joachim hinüber, dessen Augen sich misstrauisch – und zugleich voll Vorfreude – weiteten. Die beiden grinsten wissend und tänzelten dann, ohne zu zögern, auf ihn zu.

„Du bist so groß", flötete die Blonde.

„Und stark", fügte die Rothaarige hinzu.

Joachim wich tapfer zurück. „Ich habe schon eine Wahl getroffen", sagte er, aber es klang eher wie eine Frage als eine Feststellung. „Die … die Blasse da drüben wird meine zukünftige Gespielin sein, und ich muss heute Nacht vor ihrer Tür Wache halten. Aus diesem Grund dürft ihr … mich … nicht … anfassen. Oh ja, *anfassen.*" Das letzte Wort war das geseufzte Eingeständnis endgültiger Kapitulation.

Die beiden hatten ihn erreicht, streichelten ihn überall und hüllten ihn in ihren heißen Atem und ihren Duft ein. Valerian musste sich ein Grinsen verkneifen. Vielleicht habe ich meine Ehre schon verloren, dachte er, noch während er sagte: „Shaye hat bestimmt nichts dagegen, wenn du heute Nacht nicht vor ihrer Tür stehst. Ein Mann hat nun mal gewisse Bedürfnisse, und sie weiß das."

„Bedürfnisse", wiederholte der Krieger ganz benommen vor Lust.

„Ich will spüren, wie deine nackte Haut über meine gleitet", sagte die Blonde atemlos.

„Ich will dich, heiß in meinem Mund."

Joachim schluckte. „Valerian, ich …"

„Geh schon. Wir sehen uns morgen früh."

„Die Blasse …"

„… wird nicht angerührt." *Heute Nacht zumindest.* „Ich habe dir mein Wort gegeben."

„Ich vertraue dir." Joachim legte einen Arm um jede Frau und ging eilig mit ihnen davon. Valerian bezweifelte, dass die drei es bis auf ein Zimmer schaffen würden. Höchstwahrscheinlich war Joachim inzwischen schon nackt und mit einer der Frauen zugange, drückte sie gegen die Flurwand und …

Der ekstatische Schrei einer Frau hallte durch die Gänge.

Valerian schmunzelte. Jetzt, da Joachim beschäftigt war, hatte er Shaye für sich allein. Aber er durfte sie nicht anrühren. Das hatte er schließlich versprochen, und sein Cousin vertraute ihm. Sein Lächeln erstarb.

„Unglaublich", murmelte Shaye.

Er fasste sie an den Schultern und drehte sie zu sich um, damit sie sein Stirnrunzeln sah. „Was genau findest du denn so unglaublich?"

„Dieses ständige Rudelbumsen natürlich. Habt ihr noch nie was von Geschlechtskrankheiten gehört?"

Sie sah so süß aus, wie sie dastand und sich empörte. So überirdisch schön. Der Spitzname *Moon* passte genau. Sie war so unwiderstehlich, dass ihm heiß vor Erregung wurde. Er hatte ihre weiche Haut heute schon gespürt, aber noch nicht geküsst. Er hatte sie im Arm gehalten, aber noch nicht mit ihr geschlafen.

Sogar in Valerians abseitsgelegenem Flügel waren die Lustschreie aus allen Winkeln des Palasts nicht zu überhören. Shaye errötete und sah ihn an, als wäre ihr gerade bewusst geworden, dass sie jetzt endlich allein waren. Ihre Nasenflügel bebten. Vor Verlangen?

Er ballte die Fäuste, damit er nicht in Versuchung kam, sie zu berühren. „Shaye, hör mir jetzt genau zu", sagte er mühsam beherrscht. „Ich begehre dich, aber ich darf heute Nacht nicht mit dir schlafen. Wenn du nicht sofort in dieses Zimmer gehst, kann ich für nichts mehr garantieren."

Sie wich zurück und sah ihn mit ihren unglaublich großen Augen an. In ihnen funkelte – wenn ihn nicht alles täuschte – Verlangen.

„Der Vorhang hinter dir verdeckt die einzige Tür zu deinem Zimmer. Wenn du auch nur einmal herauskommst, werde ich das als Einladung auffassen, mir das zu nehmen, wonach ich mich so verzweifelt sehne."

Sein Ton musste sehr überzeugend gewesen sein, denn sie erbleichte, drehte sich blitzschnell um und lief in das Zimmer. Ihre weißblonden Haare tanzten dabei wie Sternschnuppen auf ihren Schultern.

Der Vorhang schwang noch eine Weile einladend auf und zu. Dann bewegte er sich nicht mehr, und Valerian schlug sich eine bebende Hand vors Gesicht. Eine Gefährtin zu haben würde, wie es schien, einen hohen Tribut von seinem Körper fordern, denn er sah eine lange, qualvolle Nacht voraus.

Und kein Ende in Sicht.

8. KAPITEL

Shayes Herz klopfte so stark, dass sie das Gefühl hatte, es würde gleich ihren Brustkorb sprengen. In ihrem Kopf dröhnte es, und sie presste sich die Hände auf die Ohren, um das schreckliche Geräusch irgendwie zum Schweigen zu bringen. Sie ließ sich erschöpft auf den Rand des Betts sinken, das mit seinen roten Seidendecken und Samtkissen wie der Inbegriff eines dekadenten Lustlagers aussah.

Atemlos starrte sie auf den dünnen, weißen Vorhang, der ihr Zimmer vom Gang trennte.

Sie blieb über eine Stunde so sitzen, starr vor Angst – und vor prickelnder Spannung, verdammt –, während sie abwartete, ob Valerian ihr nachkam. Dieses Feuer in seinem Blick, als sie gegangen war … Sie hatte noch nie etwas so Leidenschaftliches gesehen. Etwas so Erregendes. Wenn sie auch nur einen Schritt auf ihn zu gemacht hätte, hätte sein Blick ihr die Haut versengt.

Sie schluckte. Bei seiner Art, sie anzuschauen, hatte sie das Gefühl gehabt, als wäre sie zu nahe an die Sonne geflogen und würde jeden Moment in Flammen aufgehen. Ein Teil von ihr *wollte* in Flammen aufgehen.

Auf der Erde – besser gesagt: in der Oberwelt – hatte sie sich über solche Dinge nie Gedanken machen müssen. Sexuelle Gelüste waren, zum Glück, nicht Teil ihres Lebens gewesen. Ihre Mitarbeiter waren alle weiblich. Sie hatte das Büro bewusst testosteronfrei gehalten, um gar nicht erst in Versuchung geführt zu werden.

„Beziehungen“, murmelte sie. *Bäh.* Es lag nicht daran, dass sie miterlebt hatte, wie ihre Mutter einen Mann nach dem anderen vernaschte und ihr Vater die Frauen öfter wechselte als seine Kleidung. Auch nicht an den Stiefvätern, die versucht hatten, sich nachts in ihr Zimmer zu schleichen, sodass sie sich in dunklen Ecken verstecken musste, um ein bisschen Schlaf zu kriegen. Nicht einmal an den berechnend charmanten Männern, mit denen sie in jener kurzen und seltsamen Lebensphase ausgegangen war.

Es war die Angst, dass sie genauso werden würde wie alle anderen – eine Sklavin ihrer eigenen Leidenschaft. Eine verliebte Närrin. Eine, die jeden Mist akzeptierte, den das Objekt ihrer Begierde ihr auftischte. Shaye seufzte.

Sicher, die letzten paar Stunden waren aufregender gewesen als ihr ganzes bisheriges Leben. Sie hatte sich kein einziges Mal einsam gefühlt und hatte auch nicht so tun müssen, als wäre alles okay. Aber da oben, in ihrer Welt, blieben ihr die Männer vom Leib, wenn sie sie zurückwies. Wenn jemand sie um ein Date bat und sie ablehnte, ließen sie sie in Ruhe. Die meisten wollten, um ehrlich zu sein, ohnehin nichts mit ihr zu tun haben. Sie fanden sie zu prüde. Zu kühl.

Nicht so Valerian. Den wurde sie, wie es aussah, einfach nicht los.

Sie lehnte den Kopf an den Bettpfosten mit den kunstvollen Holzschnitzereien, die ausgelassene Drachen und nackte Frauen darstellten. Bis jetzt hatte Valerian sein Wort gehalten und war nicht hereingekommen. Er hatte nicht einmal durch den dünnen Spitzenvorhang gelugt. Allerdings wusste sie, dass er direkt hinter diesem Vorhang Wache hielt. Sie hörte ihn von einem Fuß auf den anderen treten.

Bevor es Morgen wird, muss ich von hier weg sein.

„Ich bin keine Trophäe“, murmelte sie. „Ich bin kein Hauptgewinn, um den Valerian und seine Sex-Truppe kämpfen können.“

„Doch, das bist du“, sagte der Mann der Stunde.

Der Klang seiner rauen, erotischen Stimme ging ihr durch und durch. Ließ ihr Herz einen Takt aussetzen und ihre Haut prickeln. Sie sprang auf und sah sich in dem Zimmer nach einem Ausgang um. Aber da war nur dieses Badebecken, gefüllt mit heißem Wasser. Dampfwölkchen stiegen zur gläsernen Zimmerdecke auf, durch die sie das nun unruhige Meer sehen konnte. Wellen schlugen an das Glas und ließen weiße Schaumkronen zurück. Keine sexhungrigen Meerjungfrauen in Sicht, Gott sei Dank. Im Schrank hingen farbenprächtige lange Gewänder – Togen?

Das Zimmer sah aus wie eine Filmkulisse. Für einen Historienschinken, dem man einen Schuss Modernität verpasst hatte. Glamourös, teuer, unwirklich. Der Waschtisch war aus Elfenbein und der Sessel vor ihr aus Diamanten gefertigt und mit Seide gepolstert, die in leuchtendem Violett, zartem Lila und dunklem Amethystblau schillerte.

Es gab, genau wie Valerian gesagt hatte, keine andere Tür. Keinen anderen … Moment mal! Sie biss sich vor Aufregung auf die Unterlippe, als sie den lavendelfarbenen Vorhang am anderen Ende des Raums entdeckte. Rasch lief sie darauf zu und zog ihn zur Seite.

Was sie dahinter sah, war zwar nicht das, was sie erwartet hatte, doch es verschlug ihr trotzdem den Atem. Ihre Augen weiteten sich. „Du meine Güte."

„Fantastisch, nicht wahr?", sagte Valerian durch den Vorhang, als sähe er es mit ihren Augen. In seiner Stimme schwang Stolz mit. „Wir nennen es die Äußere Stadt."

Sie stand vor einer Fensterfront und sah hinaus auf eine prachtvolle grüne Landschaft. Links und rechts standen mächtige, vom Tau geküsste Bäume, manche so leuchtend grün wie Smaragde, andere weiß wie Schnee. Mächtige Wasserfälle stürzten in klare Flüsse hinab. Vögel, deren Gefieder in allen Farben des Regenbogens schillerten, zogen ihre Kreise.

In der Mitte des Ganzen befand sich eine pulsierende Stadt. Zwischen Häusern aus Holz und Stein verlief ein labyrinthartiges Netz an Straßen. Von der Kristallkuppel fiel das schwache, sanfte Licht der Abenddämmerung. Das Licht der Welt unter dem Wasser kam, wie Shaye vermutete, von einem Kristall und nicht von der Sonne.

Sie hätte sich diese Stadt furchtbar gern angesehen. Einmal inmitten dieser spektakulären Schönheit stehen und sie einfach auf sich wirken lassen … „Näher kann man dem Himmel kaum sein“, hauchte sie. Dann fiel ihr Blick auf die Kreaturen am Fuß der Felsen, auf denen der Palast thronte. Okay, vielleicht doch nicht ganz so himmlisch. Dort unten gab es Männer mit Stiergesichtern, Frauen mit Pferdekörpern, Löwen mit Flügeln und … „Heilige Scheiße!“ Sie schlug sich geschockt eine Hand vor den Mund.

Ein tiefes, raues Lachen ertönte. „Na, na, was sind denn das für Ausdrücke, Shaye?“

Sein Lachen törnte sie unglaublich an. Zu hören, wie er ihren Namen aussprach, sogar noch mehr. Sei unfreundlich. Sorg dafür, dass er dich unsympathisch findet, ermahnte sie sich. Ein paar Sekunden vergingen, ohne dass sie etwas erwiderte. Aber ich will nicht unfreundlich sein, jammerte ihre innere Stimme. Shaye knirschte mit den Zähnen. *Los, mach schon!* „Leck mich doch einfach, Valerian.“

„Danke, das werde ich.“

Sie schüttelte frustriert den Kopf. Der Mann wollte ihre Beschimpfungen einfach nicht so verstehen, wie sie gemeint waren. Am Fuß der Felsen erhob sich gerade ein Schwarm Harpyien in die Lüfte – es war deren Anblick, der sie so schockiert hatte. Sie hatten riesige Brüste, die im Flug auf und ab wippten, lange, scharfe Krallen an Händen und Füßen und grässliche Fratzen mit Hakennase und stechenden, schwarzen Augen.

Sie versuchte noch einmal, ihn zu verärgern. „Du hättest gar nicht an den Strand der Oberwelt reisen müssen, Valerian. Hier mangelt es nämlich nicht an Gefährtinnen, die perfekt zu dir passen.“

„Nur du bist die Richtige, Liebes.“

Ihr Magen zog sich bei seinen Worten zusammen. Um sich von der fantastischen Stadt abzulenken, unterzog sie die Fenster einer genaueren Betrachtung. Sie waren aus den gleichen Kristallprismen zusammengesetzt wie die Kuppel über Atlantis, nur glatter und ohne Risse und Fugen. Mit anderen Worten: Sie ließen sich nicht öffnen. Shaye stampfte frustriert mit dem Fuß auf. Gut, wahrscheinlich hätte sie es ohnehin nicht geschafft, diese

Felswand hinunterzuklettern, ohne in den Tod zu stürzen. Aber es wäre nett gewesen, wenn es diese Möglichkeit wenigstens theoretisch gegeben hätte.

„Vielleicht solltest du die Zeit besser dafür nützen, dich mit deinem Schicksal anzufreunden, statt nach Fluchtwegen zu suchen“, merkte Valerian an.

„Vielleicht solltest du besser die Klappe halten.“

Diesmal empfand sie sein raues Lachen als noch erotischer. Fast unwiderstehlich sexy.

„Warum findest du meine Beleidigungen so wahnsinnig witzig?“ Die meisten Leute ergriffen schleunigst die Flucht, wenn sie so mit ihnen redete.

„Du meinst es nicht wirklich so“, erklärte er geduldig. „Ich glaube, dass du eigentlich das genaue Gegenteil von dem willst, was deine Worte ausdrücken.“

Ein Beben ging durch ihren Körper. War sie erschrocken? Ja. Sehr sogar. Aber mehr noch empfand sie so etwas wie staunende Bewunderung für Valerian. Niemand, nicht einmal ihre Familie, hatte sie jemals dermaßen durchschaut. Die Wahrheit war, dass es ihr keinen Spaß machte, Leute zu beleidigen. Sie hatte einfach nicht den Mut, sich auf Freundschaften einzulassen. Woher wusste er das? Sie räusperte sich und bemühte sich um einen kalten, abweisenden Ton. „Du kennst mich nicht annähernd gut genug, um zu beurteilen, wie ich etwas meine.“

„Aber ich würde dich gern gut genug kennen.“

Während er redete, sah sie sein Gesicht vor sich. Vollkommene Männlichkeit, wild und ungezähmt. Bestimmt fühlten sich seine Haare seidenweich an, und bestimmt würden die goldblonden Strähnen – wenn sie es denn wagen würde, sie zu berühren – auf ihrer Haut kitzeln. Sie wusste es einfach.

„Darf ich dich besser kennenlernen, Shaye?“, fragte er leise.

Sie konnte seinen Schatten hinter dem Vorhang sehen. Sie sah, wie seine kräftigen Finger über den dünnen Stoff strichen, der sie beide trennte. Stellte er sich vor, der Vorhang wäre ihr Körper? Sie malte sich aus, wie seine Fingerspitzen um ihre Nippel kreisten, über ihren Bauch streichelten und sich unter ihr Höschen schoben. Sie zitterte vor Erregung. Und legte sofort missbilligend die Stirn in Falten.

Diese Reaktion war inakzeptabel.

„Nein“, sagte sie. „Wir werden uns nicht besser kennenlernen.“ Sie fand ihn jetzt schon interessant. Was würde passieren, wenn sie sich wirklich näherkamen?

Sie schätzte ihre Unabhängigkeit und ihr zurückgezogenes Leben, und mit einem Nymph zusammen zu sein würde ihr diese kostbaren Errungenschaften Stück für Stück wieder nehmen. Sie hatte jetzt schon oft genug gesehen, wie Frauen in der Gegenwart eines Nymphs komplett den Verstand verloren und nur noch Sex im Kopf hatten. Shaye würde es nicht zulassen, dass ihr das gleiche Schicksal widerfuhr.

„Ich brauche etwas von dir, kleine Shaye“, sagte Valerian und riss sie damit aus ihren Gedanken, „dann bin ich auch bereit, mich auf einen Handel mit dir einzulassen. Einen Deal.“

Sie starrte auf seinen großen Schatten, und ihre Augen verengten sich misstrauisch. „Was für ein Deal?“

„Ich werde den Rest der Nacht kein Wort mehr sagen, wenn du mir deine Zuneigung zeigst.“

Sie schnaubte. „Darauf kannst du lange warten.“

„Dann eben ein paar liebe Worte. Sagst du etwas Liebes zu mir?“

„Nein, kommt nicht infrage.“

Er seufzte bedauernd. „Kannst du mir nicht *irgendetwas* geben?“

„Ich gebe dir doch etwas. Patzige Antworten.“

Er stutzte. Dann lachte er. „Stimmt.“

Hör auf, dich mit ihm zu unterhalten, und denk nach, wie du hier rauskommst, ermahnte sie sich. Sie ging zu der mit Diamanten besetzten Wand am anderen Ende des Zimmers. In den Gängen und dem Speisesaal waren die Wände kahl gewesen, und es hatte so gewirkt, als ob jemand die Steine herausgeschlagen und geraubt hätte. Hier allerdings strotzte alles vor Prunk. Vielleicht ... Ihre Stimmung hellte sich auf. Vielleicht war ja einer dieser Diamanten eine Art Hebel, mit dem man die Tür zu einem Geheimgang öffnen konnte.

„Ich möchte dein Sklave werden, Shaye. Ich möchte dir jeden Wunsch von den Augen ablesen und dafür sorgen, dass es dir an nichts fehlt." Valerians Stimme war betörend sanft. „Wünschst du dir das denn nicht von mir?"

Sie kämpfte gegen die Versuchung an, das Eis schmelzen zu lassen, das wie ein Panzer um ihr Herz lag. Falls sie – Gott behüte! – jemals beschloss, sich auf eine Beziehung einzulassen, würde es nicht mit einem Nymph sein (was nichts anderes war als eine männliche Hure). Egal, wie unwiderstehlich er sein mochte. Shaye kannte sich gut genug, um zu wissen, dass sie nicht gern teilte. Sie hatte ihre Eltern mit deren ständig wechselnden Partnern geteilt. Sie hatte ihre Kindheit mit oft grausamen und selten liebevollen Stiefschwestern und -brüdern geteilt. Es war eine einsame Zeit voller Enttäuschungen gewesen.

Wenn sie ihr Herz jemals verschenkte, dann an einen Mann, der sie, und nur sie, liebte. Einen, der sich aufopferte, um sie glücklich zu machen. Und sie würde für ihn das Gleiche tun.

War das zu viel erwartet? Bestimmt. Aber sie würde sich nicht mit weniger zufriedengeben. Selbst wenn das bedeutete, dass ihr Traum niemals in Erfüllung ging. Vielleicht war das überhaupt der Grund, warum sie nichts anderes wollte. Wenn sie das, was sie wollte, ohnehin nicht haben konnte, bestand auch nicht die Gefahr, dass ihr das Herz gebrochen wurde.

Valerian machte ihr charmant den Hof und war mit Sicherheit auch ein fantastischer Liebhaber, aber sie wusste, dass er sich bei jeder Frau, auf die er gerade scharf war, so geben würde. Er wollte sie jetzt und auf der Stelle, für ein kurzes Abenteuer ohne Verpflichtungen.

Nein, danke.

Das hätte sie in der Oberwelt auch haben können.

Die nächsten zwei Stunden tastete sie leise jeden Zentimeter der Wände und des Bodens im Raum ab. Zu ihrer großen Enttäuschung war nirgendwo ein versteckter Hebel zu finden. Sie saß hier fest. Zu Hause hätte sie jetzt gemütlich in ihrem warmen Bett gelegen. Allein. Und einsam, meldete sich ihre innere Stimme zu Wort.

„Halt die Klappe", brummte sie. Einsam war doch gut. Außerdem führte sie ein erfülltes Leben. Sie wäre morgen früh aufgewacht, hätte mit ihrer Assistentin Kaffee getrunken und den Tag geplant. Sie hätte die Idee für eine neue Grußkarte präsentiert, deren Text ungefähr so lauten könnte: *Gratuliere zu deiner Beförderung. Könntest du mir noch das Messer aus dem Rücken ziehen, bevor du gehst? Du brauchst es wahrscheinlich noch.* Ihre Assistentin hätte gelacht, alle anderen Mitarbeiterinnen ebenfalls, und sie hätte sich wie eine intelligente, kompetente Frau gefühlt. Nicht wie ein verwirrter, liebestoller Teenager.

„Geh schlafen, Moon", sagte Valerian und riss sie aus ihren Gedanken. „Ich spüre, dass du traurig bist. Da ich dich nicht so trösten kann, wie ich es gern tun würde ..."

„Du bist doch selbst daran schuld." Sie fuhr sich mit den Fingern durch die Haare und riss sich dabei fast eine Strähne aus. „Bitte, Valerian, bring mich zurück zum Strand."

Schweigen. „Was ist da oben denn so wichtig, dass du unbedingt zurückwillst?"

„Mein Haus". Vollständig abbezahlt. „Mein Job." Das Einzige, worauf sie stolz war.

„Was war dein Job?"

Er hatte die Vergangenheitsform verwendet. Sie verwendete bewusst die Gegenwartsform. „Ich mache Anti-Grußkarten."

„Erzähl mir davon."

Die Karten waren ein Thema, bei dem sie immer aufblühte. „Es gibt viele Firmen, die Karten mit kitschigen Sprüchen wie *Ich liebe dich* oder *Ich vermisse dich* herstellen. Meine Sprüche sind das genaue Gegenteil."

„Das überrascht mich nicht." Er lachte. „Kannst du diese Karten nicht auch hier machen?"

Sie könnte, aber sie wollte nicht. Also ignorierte sie seine Frage. Oh Gott, wie sollte sie bloß von hier wegkommen?

„Mir fällt auf, dass du keine Freunde oder Verwandten erwähnst", sagte er nach einer Weile.

Shaye wusste genau, in welche Richtung sich dieses Gespräch gleich entwickeln würde. Sie hätte es an dieser Stelle abbrechen sollen. Hätte ihm sagen sollen, dass er sich zum Teufel scheren sollte. Aber aus irgendeinem Grund tat sie es nicht. Sie konnte es nicht. „Stimmt", sagte sie, ohne es recht zu wollen.

„Warum?"

Sie lehnte sich mit der Stirn an die kühle Wand und schloss die Augen. *Lüg ihn an. Mach ihm ein schlechtes Gewissen.* „Ich habe nicht viele Freunde", gab sie stattdessen zu. Die Wahrheit ließ sich nun mal nicht leugnen. „Und mit meiner Familie verstehe ich mich nicht besonders gut."

„Warum?"

Tja, warum? „Ich habe, wie du vielleicht schon bemerkst hast, keine besonders liebenswürdige Art."

Er lachte auf. „Ja, kann sein, dass ich das schon bemerkt habe."

„Die Leute neigen dazu, auf Distanz zu gehen, wenn man sie so behandelt." Und genau das war ihre Absicht. Sie presste ihre Handflächen links und rechts neben ihrem Kopf an die Wand. Es war gefährlich, ihm von ihrem Leben zu erzählen, denn er konnte es irgendwann gegen sie verwenden. Trotzdem konnte sie irgendwie nicht aufhören. Er sprach irgendetwas tief in ihrem Inneren an. Etwas … Elementares.

„Mich abzuschrecken ist dir nicht gelungen", sagte er leise.

„Stimmt." Sie seufzte. Aber warum ging er nicht auf Distanz? Warum war er nicht davongelaufen, so schnell er konnte?

„Was ist denn so wichtig an deinem Zuhause und deiner Arbeit, dass du nicht bei mir bleiben kannst? *Ich* kann deine Familie sein. *Ich* kann dein Freund sein. Du kannst *mir* deine Karten verkaufen."

„Ich habe schwer gearbeitet, um mir mein Haus kaufen zu

können. Es gehört mir. Ich habe auch für meinen beruflichen Erfolg schwer gearbeitet. Hier habe ich nichts."

„Aber so muss es nicht bleiben." Seine Stimme war immer noch sanft und liebevoll, und Shaye wusste, was er eigentlich sagen wollte: *Lass mich dir alles geben.*

Ihr wurde plötzlich ganz warm uns Herz. Rasch erinnerte sie sich daran, dass sie sich vor diesem Mann schützen musste. „Warum bist du so zu mir? Du könntest alle Frauen haben, die ihr heute entführt habt. Jede würde liebend gern mit dir zusammen sein und dir jeden Wunsch von den Augen ablesen."

„Sie sind nicht du."

Ein einfacher Satz, der sie trotzdem zutiefst berührte. Sie richtete sich auf. „Was ist denn an mir so besonders, hm? Kannst du mir eine einzige Eigenschaft nennen?"

Er schwieg eine Weile, und Shaye empfand dabei so etwas wie Triumph. Gleichzeitig war sie gekränkt, weil er so lange nichts sagte. *Wie dumm,* schalt sie sich, *sich nach einem Kompliment von ihm zu sehnen.* Das Ziel war doch, ihn so weit zu bringen, dass er sie nicht mochte. Oder? „Na?"

Immer noch nichts. Kein Wort.

„Das dachte ich mir", murmelte sie schließlich. Sie kehrte dem Vorhang den Rücken zu und ging enttäuscht zu dem Bett. Sie musste nachdenken, wie sie schleunigst von hier wegkam. Mit ihrem Entführer zu quatschen war reine Zeitverschwendung. Und Zeit war in ihrer Situation kostbar.

Wenn es sein musste, würde sie die ganze Nacht wach bleiben. Aufgeben würde sie jedenfalls nicht. Sie würde nicht schlafen, obwohl sie total erschöpft war. Im Schlaf konnte sie sich noch weniger gegen Valerian wehren. Er könnte sich heimlich hereinschleichen und alles mit ihr tun, was er wollte – und sie würde es nicht einmal mitkriegen.

Aber insgeheim wusste sie genau, dass das nicht stimmte. Wenn er mit ihr schlief, würde sie das sehr wohl bemerken. Sie würde seufzen und wimmern vor Lust.

Dieser Mann war eine Gefahr.

Ein gefährlicher Mann, dem nicht mal eine einzige Eigenschaft einfiel, die er an ihr mochte. *Mistkerl.*

„Komm ja nicht rein", fauchte sie. „Hörst du? Und rede nicht mehr mit mir. Ich brauche Ruhe."

„Shaye."

Die Art, wie er ihren Namen sagte, ließ sie erstarren. Er hörte sich an, als hätte er Schmerzen. Als würde er jeden Moment in einen dunklen, unendlich tiefen Abgrund stürzen. „Was ist?" Es hätte genervt klingen sollen, doch es klang eher erschrocken. Tat ihm etwas weh?

„Du bist die Frau meines Herzens. Diejenige, auf die ich, ohne es zu wissen, mein Leben lang gewartet habe. Als ich dich zum ersten Mal gesehen habe, habe ich es sofort gewusst. Es gibt nicht eine einzige Eigenschaft, die dich für mich zu etwas Besonderem macht, sondern alles an dir. Und jetzt schlaf. Der morgige Tag verspricht voll unangenehmer Überraschungen zu werden."

Sie bekam weiche Knie. Einfach so. Wenn sie sich nicht an der Bettkante abgestützt hätte, wäre sie glatt umgefallen. Du lieber Himmel. Diese Worte. Niemand – weder ihre Mutter noch ihr Vater und auch nicht ihre Geschwister oder eines der zahllosen Kindermädchen – hatte jemals so etwas zu ihr gesagt. Hatte ihr jemals das Gefühl gegeben, so wichtig, so *wertvoll* zu sein.

Sie kannte Valerian kaum. In der kurzen Zeit, in der sie sich kannten, hatte sie ihn beschimpft, verflucht und geschlagen. Und jetzt hatte er sie mit ein paar Worten dazu gebracht, dass sie sich ihm am liebsten in die Arme geworfen hätte. Sie wollte jede Mauer einreißen, die sie je um ihr Herz errichtet hatte, wollte das Eis schmelzen, das ihre Gefühle schützte, und sich einfach von ihm umarmen lassen.

„Oh Gott", flüsterte sie erschrocken. Panisch. Valerian hatte gerade die Worte ausgesprochen, die sie sich insgeheim immer zu hören gewünscht hatte. Wie sollte sie ihm jetzt bloß widerstehen?

9. KAPITEL

Valerian hielt die ganze Nacht vor Shayes Zimmer Wache. Sie hatte seinen Rat, sich hinzulegen, schließlich doch befolgt und war irgendwann eingeschlafen. Dickköpfig, wie sie nun mal war, hatte sie sich bis zuletzt dagegen gewehrt.

Er war sich jeder ihrer Bewegungen bewusst. Jedes Geräuschs, das sie verursachte. Erst hatte sie stundenlang nach einem Ausgang gesucht, dann war sie auf und ab gegangen und hatte etwas vor sich hin gemurmelt, von „idiotischen Männern", „albernen Gefühlen" und „blöden mythischen Städten, die es auf einmal wirklich gibt". Irgendwann waren ihre Schritte dann langsamer geworden, und das leise Fluchen war verstummt. Ganz kurz hatte Valerian ins Zimmer geguckt und festgestellt, dass sie tatsächlich eingeschlafen war. Sie hatte sich einfach auf den kalten, harten Boden gelegt. Ihre Haare umrahmten ihr Gesicht und ihre Schultern wie Schneeflöckchen.

Er staunte immer noch darüber, dass sie sich offenbar ganz bewusst nicht ins Bett gelegt hatte. Glaubte sie etwa, er würde außerhalb eines Betts keinen Sex mit ihr haben wollen? Dummerchen. Er würde überall mit ihr schlafen.

Ach Götter, er wollte sie unbedingt spüren. Sie nur ein einziges Mal berühren. Was für eine aufregende Vorstellung. Bestimmt wäre nichts Schlimmes daran, wenn er sie aufs Bett hob. Immerhin war er ihr Gefährte, und es war seine Pflicht, dafür zu sorgen, dass sie es möglichst angenehm hatte.

Er sollte es nicht tun – das wusste er genau –, aber er gestattete sich, den Vorhang wegzuschieben und ins Zimmer zu gehen. Sosehr er sich auch nach Sex sehnen mochte – so weit würde es nicht kommen. Schließlich hatte er das Joachim ... und Shaye versprochen. Und dieses Versprechen würde er halten, so wahr ihm die Götter halfen!

Leise ging er zu ihr. Sie lag immer noch auf dem Rücken am Boden und hatte eine Hand über den Kopf, die andere neben das Ohr gelegt. Der Anblick war so schön, dass es ihm den Atem verschlug.

Sie sah aus wie eine Wintergöttin, wie eine Schneenymphe, schöner noch als Aphrodite. Ihre hellen Haare, die ihr zartes Gesicht umrahmten, glänzten so seidig, als wären sie in Sternenstaub getaucht. Ihre Wimpern waren nur eine Spur dunkler als ihre Haare. Ihre Lippen, diese vollen, prallen Alle-deine-Träume-gehen-in-Erfüllung-Lippen, schienen regelrecht darum zu betteln, geküsst zu werden.

Beherrsch dich, ermahnte er sich. *Widersteh ihrem Zauber.*

Zu spät.

Sie seufzte im Schlaf. Sofort war seine Leidenschaft entfacht. Er war verrückt nach ihr, wollte dieses gehauchte Seufzen dicht an seinem Ohr und ihren warmen Atem auf seiner Brust – und noch weiter unten – spüren. Wenn sie bloß nicht so zart und verletzlich ausgesehen hätte, so überaus anziehend …

Mit ihr würde er die tiefste, die allertiefste Erfüllung erleben.

Er verfluchte Joachim dafür, dass dieser haben wollte, was ihm, Valerian, gehörte! Andererseits konnte man es ihm kaum verübeln, dass er eine so schöne Frau wie Shaye begehrte.

Valerian bückte sich und hob sie auf. Sie war genauso leicht, wie er es in Erinnerung hatte. Genauso zart. Genauso warm. Genauso süß. „Wir werden noch miteinander schlafen“, flüsterte er ihr ins Ohr. „Sag nichts, wenn du derselben Ansicht bist.“

Natürlich zeigte sie keine Reaktion.

Schmunzelnd trug er sie zum Bett und legte sie vorsichtig hinein. Dann zog er ihr die Sandalen aus und streichelte über ihre korallenroten Zehennägel. Als er sich wieder aufrichtete, strich er ihr ein paar Haare aus dem Gesicht. Das Gefühl, ihre zarte Haut zu spüren, war berauschend. Dafür, dass sie so kühl wirkte, war sie erstaunlich heiß.

„Träum von mir, Moon“, flüsterte er.

Sie leckte sich im Schlaf mit ihrer rosa Zungenspitze über die Lippen. Valerian stellte sich vor, wie es wäre, wenn seine Zunge ihre berührte. Sie umkreiste, schmeckte.

Wenn er an ihr saugte …

„Ich jedenfalls werde von dir träumen, das steht fest." Er verharrte noch einen Moment über sie gebeugt und streichelte mit einem Finger über die Konturen ihrer Lippen.

Valerian konnte nicht aufhören, sie anzusehen. Er wusste, dass er sich bald von ihrem Anblick losreißen musste, denn wenn er noch länger blieb, würde er sich nicht mehr beherrschen können.

Geh! Sofort. Langsam, ganz langsam und ohne den Blick von ihr abzuwenden, zog er sich zurück. Als der Vorhang ihm schließlich die Sicht nahm, ballte er die Fäuste und lehnte sich mit der Stirn an die kalte Wand.

Sie muss mir gehören. Ich darf nicht zulassen, dass ein anderer Mann sie bekommt.

Er richtete sich auf und begann, im Vorraum zwischen den feudalen Sesseln und Rüstungen auf und ab zu gehen. Zum ersten Mal seit Wochen war er ungestört. Seine Krieger waren in ihren Zimmern – oder auf den Gängen davor – und schwebten im siebten Himmel der Lust, der nur in den Armen einer Frau zu finden war.

Sogar Joachim ließ ihn in Ruhe.

Valerian hoffte inständig, dass sein Cousin an seinen derzeitigen Gespielinnen so viel Gefallen fand, dass er Shaye vergaß. Wenn nicht … nun ja, dann musste Valerian sich etwas anderes einfallen lassen, dem Joachim nicht widerstehen konnte. Etwas, das ihm wichtiger war als eine Bettgefährtin. Aber was?

Joachim war (meistens) ein Ehrenmann, ein tapferer Krieger und seinem König (einigermaßen) treu ergeben. Was waren seine Schwachpunkte? Frauen? Zweifelsohne. Schließlich war er ein Nymph. Macht? Auf jeden Fall. Waffen? Unbedingt. Joachim sammelte Waffen. Er hatte jedem Gegner, den er besiegt oder getötet hatte, die Waffen weggenommen und sie sich in seinem Schlafzimmer an die Wand gehängt.

Valerian betrachtete sein eigenes Schwert, das er an eine Truhe aus Onyx gelehnt hatte. *Der Totenkopf.* Lang, scharf. Tödlich.

Eines der besten Schwerter, die es gab. Nein, *das* beste. Angefertigt von Hephaistos, dem Waffenschmied der Götter. Mit diesem Schwert hatte Valerian vielen seiner Feinde den Todesstoß versetzt. Es war das einzige seiner Art. Jeder Krieger beneidete ihn darum, wenn er den geschwungenen Griff und die Spitze in Form eines länglichen Schädels erblickte.

Valerian hasste den Gedanken, sich von diesem Schwert zu trennen, doch seine Gefährtin war ihm wichtiger als diese Waffe. Selbst wenn diese Gefährtin nichts von ihm wissen wollte. Würde Joachim das Schwert annehmen?

Er seufzte ratlos. Und ratlos war er auch, was Shaye betraf. Wie sollte er ihr Herz gewinnen? Mit Schmuck? Schönen Kleidern? Wenn es auch nur einen winzigen Hinweis gegeben hätte, dass sie diese Dinge mochte, hätte er sie damit überschüttet. Er wäre auf der Stelle mit ihr in die Äußere Stadt gegangen und hätte ihr alles gekauft, was sie haben wollte. Aber bis jetzt hatte sie sich völlig unbeeindruckt von seinem Reichtum gezeigt und immer nur nach Hause gewollt.

Hatte sie Feinde, die erledigt werden mussten? Wenn ja, würde er ihr liebend gern ihre leblosen Körper zu Füßen legen.

Er fuhr sich durch die Haare. Sich bei einer Frau nicht auszukennen war ihm völlig neu. Es war zermürbend, herausfordernd und aufregend zugleich. Sie für sich zu gewinnen – Joachim zu besiegen und Shayes Herz zu erobern –, diese Vorstellung ließ seinen kriegerischen Urinstinkt zum Leben erwachen. Er hätte mit Freuden seine Seele verkauft und sich in alle Ewigkeit verdammt, nur um mit Shaye zusammen sein zu können.

„Sie wird mir gehören“, schwor er sich und den Göttern. „Sie wird mir gehören.“

Von der Kristallkuppel fiel sanftes Morgenlicht ins Zimmer. Die Diamanten an den Wänden reflektierten das Licht, sodass die Strahlen in allen Regenbogenfarben durch den Raum zu schießen schienen. Shaye riss sich von dem farbenprächtigen Schauspiel los, guckte verschlafen zur Decke und … es verschlug ihr den Atem. Die Decke über ihr war verspiegelt, sodass sie sich selbst sah.

Sie lag in einem Bett, auf dessen roten Seidenlaken ihre weißblonden Haare und ihre blasse Haut noch heller wirkten. Sie sah verschlafen aus und hatte dunkle Ringe unter den Augen. Ein Arm war seitlich ausgestreckt, den anderen hatte sie hinter den Kopf gelegt. In ihrem Muschel-Top und dem Bastrock schien sie geradewegs den Seiten des „Beach Bunny“-Magazins entstiegen.

Sie wirkte, als wäre sie bereit für einen Mann.

Aber nicht irgendeinen …

Sie schluckte, drehte sich auf die Seite und überlegte, wie sie in dieses Bett gekommen war. Ihre letzte Erinnerung bestand darin, dass sie sich nicht mehr auf den Beinen halten konnte und erschöpft auf den Boden gesunken war.

Sie guckte zur Tür. War Valerian im Zimmer gewesen, ohne dass sie es bemerkt hatte? Hatte er sie ins Bett gelegt? Besser gesagt: auf den Laken drapiert wie eine Diva? Dieser … dieser … *Beruhige dich. Es lässt sich nicht mehr ändern.*

Wenigstens hatte er sie nicht geweckt und versucht, sie zu verführen. Sie hätte besser nachdenken sollen, wie sie hier rauskam, statt von ihrem sexy Entführer zu träumen. Von seinen Händen, die sie an sich drückten und ihre Hüften streichelten.

„Schurke“, murmelte sie. Dann setzte sie sich auf und stellte erstaunt fest, dass ihr trotz der Strapazen des gestrigen Tages nichts wehtat. Sie gähnte, rieb sich den Schlaf aus den Augen und sah sich im Zimmer um. Vielleicht konnte sie ja bei Tageslicht einen Ausgang finden. Im Badebecken war immer noch dampfend heißes Wasser, das so blubberte, als käme es direkt aus einer Quelle. An den Fenstern hingen immer noch Vorhänge, und die mächtigen römischen Säulen erstreckten sich immer noch zur Decke empor. Kein Ausweg weit und breit.

Ich muss hier weg, bevor er mich holen kommt!

Er. Valerian. Sofort hatte sie wieder sein Bild vor Augen. Stark, stolz, sinnlich. Schön wie ein Gott, mit zart gebräunter Haut, Haaren wie gesponnenes Gold und Augen … Oh, diese Augen … Blitzend, frech und verheißungsvoll. Das Türkis dieser Augen war wie das stürmische Meer, das einen in die Tiefe sog, und die langen, dunklen Wimpern waren der perfekte Rahmen, der perfekte Kontrast dazu.

Hör auf, von ihm zu träumen. Bist du noch ganz bei Trost? Sieh zu, dass du hier rauskommst! Sie riss sich zusammen, stand – immer noch verschlafen – auf und … stolperte über ihre Sandalen. Aha. Er hatte ihr also die Schuhe ausgezogen. Sie musste wohl dankbar sein, dass er das nicht auch mit ihren restlichen Klamotten getan hatte.

Shaye benutzte das erstaunlich moderne Badezimmer, wusch sich das Gesicht und hoffte, dass sich damit auch ihre unerwünschten Gefühle für diesen Mann wegwaschen ließen. Dann untersuchte sie noch einmal das Zimmer, nur um festzustellen, dass es noch genauso war wie gestern Abend: ein Gefängnis.

Es mochte vielleicht keine Geheimtür geben, fiel ihr dann ein, aber einen Weg hinaus gab es sehr wohl. Die Zimmertür nämlich. Hielt Valerian immer noch Wache davor?

Sie schlich auf Zehenspitzen zum Vorhang. Je näher sie kam, desto stärker wurde Valerians maskuliner Geruch, eine Mischung aus erregtem Mann und allzeit kampfbereitem Krieger. Sie spürte ein vorfreudiges Prickeln auf der Haut. Dann hielt sie sich die Nase zu, damit sie diesen aufregenden Geruch, der alle ihre Widerstände dahinschmelzen ließ, nicht mehr wahrnahm.

Schließlich schob sie den Vorhang ein wenig zur Seite. Ihr Herz klopfte stakkatoartig. *Bu-bumm, bu-bumm, bu-bumm.* Würde er da draußen sein, wach, und auf sie warten? Oder hatte sie Glück, und er war eingeschlafen?

„Guten Morgen, Shaye."

Sie zuckte erschrocken zusammen. Valerian stand breitbeinig und mit verschränkten Armen direkt vor ihr. Ihr Herz, dieses verräterische Ding, setzte einen Takt aus. Er sah genauso umwerfend aus wie gestern. Seine Bauchmuskeln waren die imposantesten, die sie je gesehen hatte, und ihm hingen ein paar goldblonde Haare in die Stirn.

Sie leckte sich über die Lippen. „Was tust du da?“

Er schien sie mit seinen blauen Augen regelrecht auszuziehen. „Auf dich warten natürlich.“

Ihr lief ein erregender Schauer über den Rücken. Oh, diese Stimme. Wie hatte sie diese verführerische Stimme vergessen können? Pure Sinnlichkeit. Geradezu verboten sexy. Shaye versuchte, die kalten Mauern um ihr Herz wieder hochzuziehen. *Er ist ein sexhungriger Kidnapper. Durch und durch gefährlich.*

Zugegeben, sie hätte sich ihm gestern Abend am liebsten in die Arme geworfen. Jetzt, bei Tageslicht betrachtet, sagte sie sich, dass ihr Urteilsvermögen getrübt gewesen sein musste. Sie war vor Erschöpfung wohl nicht mehr bei Verstand gewesen. Geistig umnachtet.

„Hast du von mir geträumt?“, fragte er.

„Ja“, gab sie zähneknirschend zu. Und wie! Sie hatte geträumt, dass er sie gestreichelt und geküsst hatte.

Über seine vollen Lippen huschte ein überraschtes, aber höchst erfreutes Lächeln.

„Du warst nackt“, fügte sie hinzu.

Sein Lächeln wurde breiter, und seine Augen blitzten.

„Und gefesselt …“

Er zog erstaunt die Augenbrauen hoch. „Ich wusste gar nicht, dass du auf Bondage stehst.“

„Oh, ich würde dich liebend gern fesseln.“ Sie machte eine dramatische Pause, ehe sie fortfuhr. „Genau wie in meinem Traum liegst du dann gefesselt auf einem Ameisenhaufen, und die kleinen Kerle fressen dich bei lebendigem Leibe auf.“

Sein Lächeln erstarb endgültig, doch das Funkeln in seinen Augen blieb. „Du grausame Frau.“ Er lehnte sich lässig mit der Schulter an die Wand. *Lass dich in meine Arme fallen,* schien seine Haltung auszudrücken, *ich fang dich auf.* „Ich habe auch von dir geträumt. Auch du warst nackt."

Ihr wurde plötzlich schwindlig, und sie wich einen Schritt zurück.

Er ging ohne Gnade auf sie zu. „Du hast dich so einladend im Bett gerekelt", seine Augen blitzten schelmisch, „dass ich nicht widerstehen konnte. Ich habe es sehr genossen. Zwei Mal."

Sie zog den Vorhang schnell wieder zu, um den anziehenden Mann aus ihrem Blickfeld zu verbannen. *Tief durchatmen,* sagte sie sich, *ganz tief durchatmen.* Die Luft, die sie mühsam einsog, brannte ihr im Hals und schien ihr die Lungen zu versengen. Er brauchte nur zu reden, und sie hatte sofort ein bestimmtes Bild im Kopf. Ein furchtbar schönes Bild.

Sein Lachen drang durch den Vorhang zu ihr und hüllte sie ein. „Übrigens, im Schrank sind ein paar Kleider", sagte er. „Falls du dich umziehen möchtest. Deine Muscheln sehen ziemlich … unbequem aus."

Sie merkte an dem frechen Klang seiner Stimme sofort, dass er statt „unbequem" etwas anderes hatte sagen wollen. So etwas wie „knapp bemessen" oder „verführerisch". Ein Grund mehr, sich umzuziehen! „Bringst du mich heute nach Hause?" Ihre Stimme bebte.

„Du *bist* zu Hause."

Sie zeigte ihm den Stinkefinger. Er konnte es zwar nicht sehen, aber sie zog trotzdem eine gewisse Befriedigung daraus. Da sie nichts Besseres zu tun hatte, ging sie zum Schrank, dessen Inhalt sie gestern Abend nur oberflächlich inspiziert hatte. Etwas Frisches anzuziehen wäre tatsächlich nett.

Es gab lange Kleider in Hülle und Fülle. Es war ein regelrechtes Meer aus Farben und hauchdünnen, fließenden, seidigen Stoffen, das sich ihr darbot. Ein Kleid fiel ihr besonders ins Auge. Der Stoff war elfenbeinfarben und mit Goldfäden durchwirkt. Sowohl der Saum als auch der Beinschlitz waren mit bernsteingelben Blättern und smaragdgrünen Blüten bestickt. Am tiefen Ausschnitt funkelten Edelsteine.

„Sobald du gebadet bist und dich umgezogen hast, können wir frühstücken."

Sie schnaubte. „Solange kein Schloss an dieser Tür ist, nehme ich kein Bad."

„Wenn ich reinkommen wollte, würde mich auch ein Schloss nicht daran hindern."

Frustriert musste sie zugeben, dass er recht hatte.

„Nach einem Bad wirst du dich gleich besser fühlen."

„Ich fühle mich erst besser, wenn ich wieder zu Hause bin", entgegnete sie düster.

„Muss ich dir das Offensichtliche erklären?" Er seufzte. „Ein weiteres Mal?"

Sie biss die Zähne so fest zusammen, dass ihr die Kiefer wehtaten. „Was ist mit diesem Krieger? Diesem Joachim?"

„Um den kümmern wir uns, wenn er wieder wach ist", brummte Valerian unwirsch.

Ihre Finger verkrampften sich in dem elfenbeinfarbenen Kleid; der Stoff fühlte sich kühl und glatt an. *Denk nicht an Joachim. Du machst dich nur verrückt. Verrückt vor Angst.* Die Kleider, sie würde an die Kleider denken. Sie konzentrierte sich wieder auf das lange Kleid in ihren Händen. Sie hatte noch nie etwas dermaßen Feminines getragen. Eigentlich auch noch nie etwas so Feminines *besessen*. So ein Kleid hätte zu einer griechischen oder römischen Königin gepasst. Es war prunkvoll und edel. Jede Naht, jeder Stich saß perfekt.

„Wessen Zimmer ist das?", fragte sie. Es gehörte doch zu Valerians Gemächern, oder? Aber er selbst würde wohl kaum so viele Kleider besitzen.

„Meins", lautete seine Antwort.

Sie warf einen Blick zur Tür. Sein schwarzer Schatten glitt über den Vorhang wie ein Geist, während er draußen auf und ab ging. „Trägst du öfter Frauenkleidung, Valerian?"

„Oh Götter, nein!"

Sie grinste über seine entrüstete Reaktion. „Wofür hast du dann all diese Kleider?" Plötzlich erkannte sie, dass es dafür nur eine Antwort geben konnte. Sofort verging ihr das Grinsen. Die Klamotten waren für seine Gespielinnen. Seine zahllosen Eroberungen.

„Shaye?“, fragte er besorgt.

Wenn sie eines dieser Kleider anzog, bedeutete das, dass sie eine von seinen Frauen war. „Ich gehöre dir nicht, und ich werde mich auch nicht so anziehen, als würde ich dir gehören.“ Sie kehrte dem Schrank und dem traumhaft schönen Kleid, das sie so furchtbar gern anprobiert hätte, den Rücken zu. Lieber würde sie weiter in ihren Muscheln und dem Baströckchen vor sich hin leiden, als sich wie Valerians Geliebte zu verkleiden.

Kleine Zugeständnisse dieser Art würden anderen, größeren Zugeständnissen Tür und Tor öffnen. Wie etwa, sich von seinen erfahrenen Händen streicheln zu lassen.

„Lass uns einen Handel machen, Shaye.“

Warum wollte dieser Mann nur ständig handeln? „Ich ziehe eines deiner Kleider an, und du … tust was?“

„Ich küsse dich?“

Sie schluckte und musste die aufregenden Bilder, die sie sofort vor Augen hatte, energisch verdrängen. „Du musst wirklich an deiner Verhandlungstaktik arbeiten. Die ist nämlich jämmerlich.“ Hatte ihre Stimme gerade gezittert? „Und nein, danke, ich möchte nicht von dir geküsst werden.“ So. Das hatte jetzt endlich energisch geklungen.

„Das klingt aber nicht sehr überzeugend.“

„Biete mir gefälligst etwas anderes an!“ Sie hatte große Lust, hinauszustürmen und ihm eine zu knallen.

„Was zum Beispiel? Und sag nicht wieder, dass ich dich in die Oberwelt zurückbringen soll. Du weißt, dass ich in diesem Punkt nicht mir mit verhandeln lasse.“

„Ich weiß nicht, warum ich überhaupt noch mit dir rede“, zischte sie aufgebracht. „So stur, wie du bist …“

„Du brauchst dich nicht umzuziehen, wenn du nicht willst. Ich zwinge dich nicht dazu, Moon. Mir persönlich gefällt es, deine nackte Haut zu sehen. Ich stelle mir jedes Mal vor, wie ich sie lecke.“

Okay. Alles klar. Sie konnte nicht länger mit den Muscheln und dem Baströckchen rumlaufen.

Zitternd – und mit dem Gefühl, als würde flüssige Lava durch ihre Adern strömen – sah sie sich um. Wenn das hier *sein* Zimmer war, musste es doch irgendwo auch Männerkleidung geben. Nur wo? Wo? Ha, die Kommode! Schmunzelnd zog sie die Schubladen des marmornen Prachtstücks auf. In der obersten lag ein Stapel Hemden. Sie waren so groß, dass sie dreimal hineingepasst hätte, aber wenigstens würden sie ihre Haut bedecken.

Nach einem schnellen Blick zur Tür riss sie sich das verhasste Muschel-Top vom Leib, warf es erleichtert auf den Boden und schlüpfte in ein schwarzes Hemd. Der weiche Stoff fühlte sich so angenehm an, dass sie vor Freude aufseufzte. In der zweiten Schublade befanden sich Hosen. Alle schwarz. Alle aus Leder. Dass alle Hosen so ordentlich zusammengelegt waren, fand sie … merkwürdig. So häuslich?

Aber die Nymphe hier waren alles andere als häuslich.

Shaye hätte es nicht gewundert, wenn die Frauen, die sie gestern aus dem Zimmer kommen sehen hatte, für die Ordnung in den Schubladen verantwortlich gewesen wären. Sie kümmerten sich ja geradezu rührend um all seine Bedürfnisse. Sogar um seine Wäsche.

Für einen Moment spürte sie den Stachel der Eifersucht. *Nein, stimmt nicht, ich bin nicht eifersüchtig,* versuchte sie sich einzureden. Rasch zog sie ihr Baströckchen aus und eine Lederhose an. Sie musste die Hosenbeine mehrmals umschlagen und sich einen Schal aus dem Damenkleiderschrank um die Taille binden. Dann zog sie ihre Sandalen an.

Da es nirgends einen Spiegel gab (abgesehen von dem über dem Bett), konnte sie nur raten, wie sie aussah. Bestimmt lächerlich. Sehr salopp. Aber das war unter den gegebenen Umständen genau das Richtige. Der lüsterne Joachim durfte sie auf keinen Fall attraktiv finden.

Valerian auch nicht, rief sie sich in Erinnerung.

Während sie überlegte, was sie als Nächstes tun sollte, stieg ihr plötzlich Valerians maskuliner Duft wieder in die Nase. Sinnlich, herb und so erregend, dass ihre Nippel unter dem schwarzen Hemd hart wurden. Warum roch sie ihn plötzlich? Sie war doch nicht einmal in der Nähe der Tür.

Erst als sie sich suchend umdrehte, merkte sie, dass der Geruch von seinen Kleidungsstücken ausging. Ihre Augen weiteten sich. Diese verdammten Klamotten! Diese wundervollen Klamotten. Hatte er sie getragen? Hatten sie seine Haut berührt? Zwischen ihren Beinen pochte es sehnsüchtig.

Sie war nie wirklich an Sex interessiert gewesen, und diese neuen, ständig wiederkehrenden Gefühle schockierten sie. Wie lang ließen sie sich unterdrücken? Wie lang konnte sie Valerian widerstehen? Sie hatte sich das schon ein paarmal gefragt, seit sie hier war, aber jetzt war sie so erregt, dass sie sich um ein Haar das Hemd und die Hose vom Leib gerissen hätte. Sie seufzte sehnsüchtig.

„Was tust du da drin?“, fragte Valerian mit gepresster Stimme.

Wusste er, wie erregt sie war? Er konnte es doch unmöglich mitbekommen haben. *Bitte, lieber Gott, mach, dass er es nicht gemerkt hat.* „Ich habe nur … ich bin bloß hungrig.“

Eine Weile sagte er nichts. Sie nutzte die Zeit, um sich zu beruhigen, indem sie im Kopf ein paar Mathe-Gleichungen löste. Wenn er wüsste, wie sensibel sie auf seine männliche Ausstrahlung reagierte, würde er wie ein Raubtier über sie herfallen.

„Komm, Moon“, sagte er ruhig. „Lass uns frühstücken gehen.“

Shaye hatte plötzlich einen Kloß im Hals. Sie würde mit ihm frühstücken, weil sie aus diesem Zimmer rauswollte und weil sie bei Kräften bleiben musste. Dann würde sie ihm entkommen und im Palast nach einem Fluchtweg suchen. Einem Weg nach Hause. Sie konnte nicht hierbleiben. Durfte keine Sekunde länger als unbedingt nötig mit diesem erotischen Mann zusammenbleiben.

„Bringen wir’s hinter uns“, murmelte sie.

10. KAPITEL

Joachim lag im Bett, hatte die Arme hinter dem Kopf verschränkt und starrte mit düsterem Blick zu der funkelnden Kristalldecke hinauf. Er wünschte, der Anblick der bunten Lichtstrahlen, die von den Kristallen reflektiert wurden, würde seine Laune ein wenig bessern. Rosa wie die Nippel einer Frau. Weiß wie die Haut einer Frau. Rehbraun wie die sanften Augen einer Frau.

Leider besserte sich seine Laune nicht.

Die Nacht war vorbei, der Morgen längst angebrochen, und seine Gedanken waren immer noch düster. Er drehte sich zur Wand und betrachtete die Waffen, die er im Laufe der Jahre gesammelt hatte. Eine Waffe für jeden Mann, den er getötet hatte. Es waren so viele, dass er schon vor Langem zu zählen aufgehört hatte. Er schämte sich nicht dafür. Im Gegenteil, er war stolz auf seine Siege.

Und deshalb beunruhigte ihn so sehr, was ihm heute Nacht passiert war.

Nachdem er Valerian und Shaye allein gelassen hatte, war er mit den zwei Frauen auf sein Zimmer gegangen. Er war bereit gewesen, kurz davor, in eine von ihnen einzudringen, sie hatte es schon gar nicht mehr erwarten können. Und dann hatte er die Sache abgebrochen. Abgebrochen!

Als er auf sie hinunterschaute, war ihm plötzlich die Lust vergangen. Einfach so. Stattdessen hatte er an die dunkelhaarige Frau denken müssen, die er sich ursprünglich ausgeguckt hatte. Die Hexe mit den Locken und der knackigen Figur. Plötzlich hatte er sie gewollt. Nur sie. Bei der Vorstellung, wie sie in Shivawns Armen lag und fast wahnsinnig vor Lust stöhnte, hatte ihn eine unbeschreibliche Wut gepackt.

Seine beiden Gespielinnen hatten alles versucht, um ihn in Stimmung zu bringen. Vergebens. Er hätte einfach trotzdem mit ihnen schlafen sollen. Schließlich musste er seinen Trieb befriedigen und neue Kraft schöpfen. Aber er hatte den beiden gesagt, sie sollten sich einen anderen Lover suchen, hatte sie weggeschickt und sich anschließend selbst befriedigt.

Der gewünschte Effekt hatte sich jedoch nicht eingestellt. Joachim fühlte sich immer noch schwach und ohne Energie. Immerhin würde es Valerian genauso gehen, da er heute Nacht ebenfalls keinen Sex gehabt hatte. Keinen Sex mit der Frau, die angeblich seine Gefährtin war. Wie sehr sich Joachim danach sehnte, endlich *seine* Gefährtin zu finden, diese eine Frau, die ihn, und nur ihn, liebte!

Er seufzte. Er wollte Valerian die blasse Frau eigentlich gar nicht wegnehmen. Sie interessierte ihn nicht. Nicht wirklich. Nicht so wie die widerspenstige Dunkelhaarige mit den sexy Kurven. Wie mochte sie wohl heißen? Sie hatte es ihm nicht verraten. Hatte überhaupt nichts gesagt. Er fragte sich, wie ihre Stimme wohl klingen mochte. Tief und rau? Sanft und leise? Wenn er die Chance gehabt hätte, sich diese Frau auszusuchen, wäre die Nacht anders verlaufen. Aber Shivawn hatte sie ja unbedingt haben wollen.

Als sein Freund die süße Hexe aus dem Speisesaal geführt hatte, hatte Joachim beschlossen, sich zum Trost Valerians Krone zu holen.

Er mochte und bewunderte seinen Cousin, aber was er noch mehr mochte, war Macht.

Joachim ließ sich nicht gern sagen, was er zu tun hatte. Das war schon immer so gewesen. Er war lieber derjenige, der Befehle gab und dem die anderen gehorchen mussten. Sogar seine Frauen. Er war ihr Herr und Gebieter.

Sein Cousin regierte mit eiserner Faust und erwartete totalen Gehorsam. Es wurde Zeit, dass sich das änderte. Es wurde Zeit, dass Joachim Anführer wurde.

Zugegeben, Valerian hatte ihm angeboten, gegen ihn zu kämpfen, aber auf diese Weise konnte Joachim nicht König werden. Nein, Valerian musste ihm *freiwillig* den Thron überlassen. Würde er das tun? Valerian hatte die ganze Nacht Gelegenheit gehabt, seine Möglichkeiten abzuwägen und zu erkennen, dass es nur einen einzigen Weg gab, die blasse Frau zu behalten.

„Die Krone wird mein sein", zischte Joachim.

Manche Männer waren einfach zu Großem bestimmt. Andere … nicht. Und Valerian hatte in letzter Zeit viele dumme Fehler gemacht. Der erste und schwerwiegendste war gewesen, die weiblichen Nymphen zurückzulassen, während die Armee den Palast erobert hatte. Jetzt waren die Frauen unauffindbar. Es gab keine Spur von ihnen – weder in der Inneren noch in der Äußeren Stadt. Gut, Valerian hatte einen Suchtrupp ausgeschickt, aber das reichte nicht. Wenn er die Frauen von vornherein mitgenommen hätte, bräuchte man jetzt nicht nach ihnen zu suchen.

Valerians zweiter und unverzeihlichster Fehler war, die Nymphe erst gestern in die Oberwelt gehen zu lassen, als ihre Kräfte schon fast zur Gänze dahingeschwunden waren. Klar, der Palast hatte bewacht werden müssen, aber in ihrem geschwächten Zustand hätten die Männer das ohnehin nicht geschafft.

Bei mir hätte es das nicht gegeben. Joachim starrte finster vor sich hin. Die blasse Frau war nur ein Mittel zum Zweck. Er hatte genau gesehen, wie Valerian ihr nicht von der Seite gewichen war und den anderen Kriegern signalisiert hatte, ihr nicht zu nahe zu kommen. Also hatte Joachim sie ausgewählt und insgeheim gehofft, dass sein Cousin *alles* dafür tun würde, um sie behalten zu können.

Seine Hoffnung hatte ihn nicht getäuscht.

Und wenn er dann König war, würde er Shivawn die dunkelhaarige Hexe vielleicht einfach wegnehmen. Bei dem Gedanken musste er grinsen.

Oh, er würde es genießen, König zu sein.

Als Shaye den Vorhang zur Seite schob und aus dem Zimmer kam, stockte Valerian der Atem.

Würde sie immer diese umwerfende Wirkung auf ihn haben?

Sie hatte *sein* Hemd an, und obwohl es ihr viel zu groß war, war ihr Anblick das Schönste, was er je gesehen hatte. Die Lichtstrahlen von der Decke tanzten in allen Farben des Regenbogens über ihre Wangen. Sie war wie eine Sirene, verführerisch und unwiderstehlich. Er wäre jederzeit und mit Freuden für sie in den Tod gegangen.

„Falls du vorhast, mir zu sagen, ich soll mich umziehen", sagte sie herausfordernd, „kannst du dir das sparen."

Warum sollte er so etwas sagen? „Mir gefällst du genau so, wie du bist."

Ihre Augen wurden vor Überraschung ganz dunkel. Es sah so aus, als würden schwarze Pünktchen in dem sanften Braun ihrer Iris tanzen.

Er streckte die Hand aus, ohne Shaye zu berühren. Oh, er sehnte sich danach, sie zu berühren. Und wie! Aber er wollte, dass sie das Gleiche empfand. Er wollte, dass sie bei jeder Berührung genauso glücklich war wie er.

Während sie seine dargebotene Hand ansah, wich langsam alle Farbe aus ihrem Gesicht. So blass, dachte er. Wie ein Traumbild. Wie ein Geist, der erschienen war, um ihn zu quälen.

Über ihr Gesicht huschte ein Ausdruck, den er nicht deuten konnte. Traurigkeit? Angst? „Nein, kein Händchenhalten." Sie schüttelte energisch den Kopf und legte sogar die Hände auf den Rücken, als wollte sie nicht in Versuchung kommen.

Er ließ sich durch ihre Zurückweisung nicht abschrecken. „Warum so abweisend, Moon? Ich möchte doch nur deine Hand halten, mehr nicht." Noch nicht.

„Also bitte, ich bin doch nicht dumm. Das Händchenhalten führt zu einem Kuss. Ein Kuss führt …" Sie errötete – wieder dieses bezaubernde Rosa auf ihren Wangen – und räusperte sich. „Du weißt schon, was ich meine." Mit hocherhobenem Kopf ging sie an ihm vorbei. Dann blieb sie abrupt stehen. „Wo geht's zum Frühstück?"

„Was, wenn ich dir sagen würde, dass *ich* der Hauptgang bin?" Valerian sah, wie sie erstarrte und die Fäuste ballte. Er würde so lange versuchen, ihren Widerstand zum Schmelzen zu bringen, bis sie nachgab. *Du wirst noch darum betteln, dass ich dich berühre, Liebes.* „Hättest du es dann auch so eilig?"

Sie war sichtlich wütend. „In welche Richtung?“, knurrte sie.

Er wartete einen Moment, ehe er antwortete, und betrachtete bewundernd die weißblonden Haare, die über ihren Rücken fielen. Einige Strähnen wellten sich an den Spitzen, andere fielen gerade. Was hätte er darum gegeben, seine Finger durch diese Mähne gleiten zu lassen. Sein Zuhause? Sein Leben?

Seine Seele?

Er hätte *alles* dafür gegeben. „Ich zeige dir den Weg“, sagte er mit brüchiger Stimme, ging zu ihr und streifte im Vorbeigehen absichtlich ihren Arm.

Erschrocken sprang sie zur Seite, als hätte er sie gestoßen, und guckte ihn misstrauisch an. Valerian konnte sich ein triumphierendes Lächeln nicht verkneifen. *Oh ja. Sie wird mir gehören.* Wie sensibel sie auf Körperkontakt mit ihm reagierte, sprach Bände – selbst wenn sie es sich nicht eingestand.

Sie mochte ihn noch nicht als ihren Gefährten akzeptiert haben, aber ihr Körper hatte ihn bereits erkannt. Und wenn der Körper etwas – oder jemanden – begehrte, würde er alles Notwendige tun, um den Verstand zu überzeugen. So war das nun mal bei Männern und Frauen. Sie wollten das, was sie wollten, ob ihnen das gefiel oder nicht.

Shaye würde da keine Ausnahme sein.

Bald, dachte er. *Bald.*

„Trägst du denn nie ein Hemd?“, brummte sie und schaute schnell weg.

„Ich habe gemerkt, wie du meinen Oberkörper ansiehst, und beschlossen, nie wieder ein Hemd anzuziehen.“

„Ich habe ihn angewidert angestarrt“, antwortete sie schmallippig.

„Wen versuchst du eigentlich zu überzeugen? Mich? Oder dich selbst?“

Sie warf ihm einen bösen Blick zu.

Er schmunzelte wissend und beschloss, das Thema fallen zu lassen. Vorerst. „Zum Frühstück geht es hier lang.“ Er nahm sie (ohne Erlaubnis) an der Hand, führte sie aus dem Flügel des Palasts, der ihm vorbehalten war, und an den Schlafsälen seiner Krieger vorbei. Mehrere Paare waren nach dem Sex direkt auf den Gängen eingeschlafen und lagen nackt und ineinander verschlungen mitten im Weg. Im Gegensatz zu gestern, als von überall lautes Stöhnen zu hören gewesen war, herrschte jetzt Stille. Wahrscheinlich waren alle erschöpft von den sexuellen Ausschweifungen.

Wie gern wäre Valerian einer von ihnen gewesen – genauso glücklich und befriedigt wie sie.

Vielleicht ja heute Nacht …

„Also, was unternehmen wir wegen Joachim?“, fragte Shaye. „Ich will nicht seine Sklavin sein. Unter keinen Umständen. Und erzähl mir nicht, dass wir das klären, wenn er wieder wach ist. Antworte mir jetzt. Ich hasse diese Ungewissheit.“

Sie hatte „wir“ gesagt. Nicht „ich“, nicht „du“, sondern „wir“. Valerian gefiel, wie sich das anhörte. Ihm gefiel, dass sie sich von ihm helfen lassen wollte. Und ihm gefiel, dass Shaye sie beide in dieser Sache als Partner sah. „Mach dir keine Sorgen. Ich werde alles tun, was nötig ist, damit du bei mir bleiben kannst.“

„Würdest du …“, sie schluckte, „… ihn umbringen?“

„Wenn es sein muss“, antwortete er, ohne zu zögern.

Sie stöhnte frustriert. „Warum bringst du mich nicht einfach zurück an den Strand? Dann würde er mich nicht bekommen, und du bräuchtest niemanden ermorden.“

„Aber dann würde ich dich auch nicht bekommen.“

„Genau.“

„Deine Idee ist – wie hast du noch meine Verhandlungstaktik bezeichnet? – jämmerlich. Ja, deine Idee ist jämmerlich.“

Er kickte ein paar herumliegende Kleidungsstücke aus dem Weg und bog um eine Ecke. Endlich kam der Speisesaal in Sicht, aus dem es bereits verlockend duftete. Die männlichen Zentauren und Minotauren, die Valerian aus der Stadt in den Palast geholt hatte, hatten das übliche Frühstück vorbereitet. Es gab Fisch, Obst und Nüsse.

„Mmh“, hörte er Shaye hinter sich sagen. Ihr Magen knurrte.

Normalerweise saßen morgens um diese Zeit seine Krieger am Tisch und ließen es sich schmecken. Heute waren er und Shaye allein. Die Diener hatten sich bereits in die Küche zurückgezogen, wo sie selbst frühstückten, und seine Männer schliefen noch tief und fest.

Wortlos ging Shaye zum oberen Ende des Tischs. Valerian merkte, dass sie ihn aus den Augenwinkeln beobachtete, während sie an der Spitze der Tafel Platz nahm. Wahrscheinlich rechnete sie damit, dass er es ihr verbieten würde. Als er nicht reagierte, zuckte sie die Achseln und füllte ihren Teller.

Sie kostete die Kokosnusscreme. „Wer hat das zubereitet?“ Sie schloss genießerisch die Augen. „Doch bestimmt nicht deine Männer, oder? Sie mögen ja Muskeln haben, aber ich bezweifle, dass sie kochen können.“

„Als würde ich meinen Männern je erlauben zu kochen.“ Er füllte seinen eigenen Teller.

„Hey, es gibt nichts daran auszusetzen, wenn ein Mann kochen kann.“ Sie steckte sich eine Weintraube in den Mund.

Er setzte sich neben sie auf die Bank. „Krieger kämpfen. Krieger töten. Krieger verführen. Sie kochen nicht. Kochen ist Dienstbotenarbeit.“

„Was ist, wenn alle deine Dienstboten krank werden und nicht arbeiten können? Was ist, wenn dir alle deine Dienstboten gestohlen werden? Was machen deine großen starken Männer dann, hm?“

Er stutzte. Auf diese Idee war er noch nie gekommen. Wer wäre so dumm, einen Nymph zu bestehlen? „Wir würden uns neue Diener holen.“

„Typisch“, stellte sie trocken fest. Dann ließ sie den Blick durch den Speisesaal schweifen.

Sah sie sich etwa nach einem Fluchtweg um? Valerian traute ihr durchaus zu, dass sie ihn in dieses Gespräch über Dienstboten verwickelt hatte, um ihn abzulenken. Er hatte nichts dagegen. Mit ihr zu reden war interessant. „Warum ist das typisch?“

Er lehnte sich zurück und biss in eine Erdbeere. Wie gern hätte er mit dieser Beere über Shayes Lippen gestrichen und den Saft von ihnen abgeleckt.

„Meiner Erfahrung nach sind Männer wie du …"

„Männer wie ich?", unterbrach er sie.

„Ja."

„Was für Männer sind das?"

Jetzt hatte sie aufgehört, sich suchend umzuschauen, und sah ihn wieder an. „Arrogant. Rechthaberisch. Chauvinistisch. Stur. Begriffsstutzig. Verwöhnt. Anstrengend. Selbstherrlich. Moralisch verdorben."

„Ist das alles?", brummte er, als sie eine Pause machte, um Luft zu holen.

„Nein. Lüstern. Überheblich. Gemein." Sie brach ab, tippte sich mit einem Finger auf die Lippen und nickte dann. „Das ist alles. Also, was ich sagen wollte, Männer sind …"

„Gemein?" Er runzelte die Stirn. „Ich war dir gegenüber die Liebenswürdigkeit in Person und habe versucht, dir jeden Wunsch von den Augen abzulesen. Habe ich dir nicht Kleider gegeben? Zu essen gegeben? Habe ich nicht dafür gesorgt, dass du es warm und gemütlich hast? Habe ich nicht davon abgesehen, mit dir zu schlafen?"

„Hast du mir nicht alles weggenommen, was mir lieb und teuer ist?", entgegnete sie schmollend. „Hast du dich nicht immer wieder geweigert, mich freizulassen?"

Er winkte unbeeindruckt ab. „Eines Tages wirst du mir dafür dankbar sein. Bitte, dann mach mal weiter und erklär mir mein ‚typisch' männliches Verhalten genauer."

„Schön." Sie reckte das Kinn empor und sah ihn von oben herab an. „Aber es wird dir nicht gefallen."

„Ich höre trotzdem zu. Weil ich *nett* bin."

„Nett? Tatsächlich? Um dir deinen männlichen Stolz zu bewahren, reißt du Leute aus ihren Familien und entführst sie aus ihrem Zuhause, damit sie dir dienen und Arbeiten verrichten, für die du dir selbst zu schade bist." Sie biss ebenfalls in eine

Erdbeere, und der Saft lief ihr über das Kinn. „Ich bin der lebende Beweis, dass du keine Skrupel kennst."

Sein Körper spannte sich an. Wieder überkam ihn das Bedürfnis, ihr den Saft von den Lippen und dem Kinn zu lecken. Am liebsten hätte er sie von oben bis unten in Erdbeersaft getaucht und jeden Zentimeter abgeleckt. Ein paar Tropfen würden sich in ihrem Nabel sammeln und von dort zu dem weißblonden Dreieck zwischen ihren Beinen hinuntertropfen. Sie würde sich vor Erregung hin und her winden, wenn seine Zunge dem Weg der Tröpfchen folgte. Sie würde ihre Hände in seinen Haaren vergraben. Sie würde ihre Knie an seine Schläfen pressen.

Seine Fantasien wurden abrupt unterbrochen, als Shaye sich den unanständigen Saft abwischte und ihm einen finsteren Blick zuwarf. „Du starrst mich so komisch an, und das mag ich nicht. Lass das."

Ihre Stimme klang gepresst, so, als müsste sie so etwas wie Wut unterdrücken. Oder Verlangen.

„Ja, ich starre dich an", sagte er. „Du bist schließlich eine wunderschöne Frau." Er steckte sich eine Weintraube in den Mund und freute sich diebisch über ihren bestürzten Gesichtsausdruck. Normalerweise frühstückte er nicht nur Obst, aber heute hatte er nicht viel Appetit, außer auf Shaye. Auf seine Frau. Seine Gefährtin.

„Hast du denn nichts dazu zu sagen?" Sie rutschte verlegen auf der Bank hin und her. „Dass ich dich einen Gauner nenne, der sich Diener stiehlt?"

„Was soll ich sagen? Es stimmt doch."

Ihr blieb der Mund offen stehen, sodass ihre Lippen ein hinreißendes O formten.

Er zog eine Augenbraue hoch. „Ich sehe, es überrascht dich, dass ich es zugebe."

„Kann man so sagen." Sie sah ihn misstrauisch an.

„Ich habe immer nur Leute entführt, denen ich ein besseres Leben bieten konnte, Shaye. Die Männer, die dieses Essen zubereitet haben, waren die Sklaven von Dämonen, bevor ich sie in den Palast geholt habe. Bei den Dämonen mussten sie stehlen, töten und zerstören, nur um irgendwann selbst von einem Dämon gefressen zu werden. Glaub mir, sie sind mir dankbar, dass ich sie in den Palast geholt habe." Er lehnte sich zurück, streckte die Beine aus und betrachtete Shaye prüfend. „Aber vielleicht hilfst du mir ja, meine Fehler einzusehen. Du kannst gern versuchen, mich davon zu überzeugen, wie schrecklich ich bin – immer und immer wieder. Am aufmerksamsten höre ich übrigens zu, wenn die Person, die mir die Leviten liest, nackt ist."

Wieder bemerkte er, wie ihre Wangen sich plötzlich rosa färbten. Die Frauen, mit denen er sonst zu tun hatte, waren erotisches Geplänkel genauso gewohnt wie er. Dass Shaye das Thema frivol genug fand, um zu erröten, faszinierte ihn.

Er musste sie einfach berühren.

Im gleichen Augenblick, als er seine Hand ausstrecken wollte, um zu fühlen, ob ihre Haut nicht nur gerötet, sondern auch heiß war, kamen zwei seiner Krieger in den Speisesaal. Beide hatten einen glänzenden Brustharnisch umgelegt, trugen schwarze Hosen und juwelenbesetzte Armbänder. Nach einer Nacht voller Sex waren sie fit für ihr Kampftraining.

„Guten Morgen, großer König", sagte Broderick. Er hatte noch nie so fröhlich geklungen.

„Was für ein wundervoller Tag, nicht wahr?", seufzte Dorian glücklich.

Pfeifend gingen sie um die Tafel herum und bedienten sich am Buffet. In Anbetracht der Mengen, die sie auf ihre Teller schaufelten, musste es eine körperlich ziemlich anstrengende Nacht gewesen sein. Valerian beobachtete sie nicht ohne Neid. Er selbst war noch nicht in den Genuss seiner süßen Shaye gekommen, von daher war der Tag für ihn gar nicht so wundervoll.

Einen Augenblick später tauchte Shivawn auf. Er lächelte nicht und wirkte auch nicht entspannt. Im Gegenteil, er war verkrampft und warf allen Anwesenden bloß einen finsteren Blick zu. Dann ließ er sich neben Valerian auf die Bank fallen, sodass die Perlen in seinen Zöpfen gegeneinanderklirrten, und nahm sich schweigend von dem Essen direkt vor ihm. Trotz des reichhaltigen Buffets machte er sich nicht die Mühe, sich noch nach irgendetwas anderem umzusehen.

Valerian überlegte. *Hatte seine Frau ihn etwa abgewiesen?* Er und Shivawn hatten jetzt wahrscheinlich den gleichen Gesichtsausdruck. „Wo ist denn deine Auserwählte?"

„Schläft", antworteten Broderick und Dorian wie aus einem Mund, als wäre die Frage an sie gerichtet gewesen. Das satte Grinsen in ihren Gesichtern wurde noch breiter, und sie klopften sich gegenseitig auf die Schulter.

„Schwebt auf Wolke sieben", fügte Dorian hinzu.

„Habt ihr euch überhaupt vergewissert, dass die Frauen wirklich mit euch schlafen wollten, bevor ihr sie bestiegen habt?", fragte Shaye mit unverhohlener Verachtung.

Dorian sah sie verständnislos an. Er konnte mit der Frage nichts anfangen.

Broderick lachte. „Deine Frau ist ja richtig witzig", sagte er zu Valerian.

„Witzig?" Sie sprang auf. „Ich mache keine Witze, wenn es um Vergewaltigung geht."

Immerhin protestiert sie nicht dagegen, als meine Frau bezeichnet zu werden, dachte Valerian erfreut.

„Als ob mich eine Frau jemals zurückweisen würde", sagte Broderick.

„Glaub mir, so etwas gibt es", murmelte Shivawn, nahm seinen Teller und verließ ohne ein weiteres Wort den Speisesaal.

Alle sahen ihm nach. Broderick lachte, Dorian wiederum wirkte noch verwirrter als zuvor, und Shaye grinste triumphierend.

„Zu eurer Information, Gentlemen", sagte sie, und alle guckten wieder sie an. „Nur weil eine Frau sich von eurem Mojo bezirzen lässt, heißt das noch lange nicht, dass sie euch tief in ihrem Inneren wirklich will."

„Mojo?" Dorian, dessen Teller inzwischen randvoll gefüllt

war, ließ sich auf dem frei gewordenen Platz neben Valerian nieder. „Was ist das denn?"

„Das spielt jetzt keine Rolle." Shaye verschränkte die Arme über der Brust. Dabei rutschte der Ausschnitt ihres Hemds nach unten, sodass man den Ansatz ihrer Brüste sehen konnte. „Es geht darum, ob eine Frau immer noch mit euch schlafen würde, wenn sie euch besser kennt ... euren Charakter, eure Vorlieben und Abneigungen, eure Vergangenheit und eure Zukunftspläne."

Wenn eine Frau euch besser kennt. Valerian hatte bei seinen Geliebten nie Zeit damit vertan, über sein Leben zu reden – weder über das bisherige noch über das aktuelle oder das zukünftige. Er hatte nie das Bedürfnis gehabt, von sich zu erzählen, und die Frauen hatten auch nie nachgefragt. Doch Shayes Worte ließen ihn nicht mehr los.

Er wollte, dass sie ihn kannte. Wollte ihr von sich erzählen und hören, was sie dazu zu sagen hatte. Er wollte ihr zuhören, wenn sie von ihrem Leben erzählte. Wollte erfahren, was sie glücklich machte. Was sie sich mit jeder Faser ihres Seins insgeheim wünschte.

Außerdem interessierte ihn, welchen Typ Mann sie früher anziehend gefunden hatte. Typ Gelehrter? Typ Krieger? Wie hatten diese Männer sie behandelt?

Hatte sie sie geliebt?

Seine Hände verkrampften sich so sehr, dass er mit der einen fast die Armlehne der Bank zerbrochen hätte. Er hatte plötzlich den Drang, jeden Mann umzubringen, dem diese Frau einmal ihr Herz geschenkt hatte. Valerian spürte eine kochend heiße Wut in sich aufsteigen. Heißer noch als Drachenfeuer.

Vielleicht war es ungerecht – okay, angesichts seiner eigenen ausschweifenden Vergangenheit war es das tatsächlich –, aber ihm gefiel die Vorstellung nicht, dass seine Frau sich womöglich anderen Männern als ihm hingegeben hatte. Ihre Leidenschaft gehörte *ihm*. Ihr Herz gehörte *ihm*. Er ertrug den Gedanken nicht, dass ein anderer als er ihre tiefste Begierde geweckt haben mochte.

Alles in ihm drängte danach, jeder Faser ihres Körpers seinen Stempel aufzudrücken. Sie sollte keinen Geruch außer seinem kennen. Keine Berührung außer seiner. Nur ihn begehren, so wie er nur sie begehrte.

„Tja, wie ich sehe, hat meine Auserwählte bereits ihren Hunger gestillt", sagte jemand von der Schwelle zum Speisesaal.

Valerian erstarrte, als er seinen Cousin sah. Joachim, der offenbar immer noch vorhatte, ihm Shaye streitig zu machen, stand breitbeinig in der Tür. Er war nicht für das Kampftraining gekleidet, sondern trug seine silberne Kriegsrüstung.

Valerian stand nicht auf. Wenn er es getan hätte, wäre er über den Tisch gesprungen und hätte sich auf Joachim gestürzt. Joachim wollte Krieg? Den konnte er haben. Es war höchste Zeit, dass er seinem machtgeilen Cousin zeigte, wer hier das Sagen hatte.

11. KAPITEL

Die Atmosphäre im Speisesaal war dermaßen spannungsgeladen und testosterongeschwängert, dass Shaye das Gefühl hatte, ihre Haut würde versengt. Beide Männer schienen vor Wut zu kochen, und in Valerians türkisblauen Augen sprühten Funken.

Shaye waren gefühlsgesteuerte Menschen nichts Fremdes. Wie viele Zornausbrüche und Eifersuchtsanfälle hatte ihre Mutter im Laufe der Jahre gehabt? Unzählige. Wenn einer ihrer Ehemänner zu spät nach Hause kam, wurden ihm nicht nur Vorwürfe, sondern auch das Porzellangeschirr an den Kopf geworfen. Wurde ihr Geburtstag vergessen, wurden Reifen aufgeschlitzt.

Dennoch wusste Shaye nicht, wie sie auf einen derartig blindwütigen Zorn reagieren sollte, wie Valerian ihn gerade an den Tag legte. Bis zu diesem Augenblick hatte er nur Begehren, Belustigung und Geduld gezeigt. Gut, ein paarmal war er ansatzweise wütend gewesen, aber nicht annähernd so wie jetzt.

Sein Blick war mordlüstern. Seine Lippen waren schmal, und er zeigte die Zähne wie ein Tier. Er wirkte, als wäre er zu allem fähig.

„Ich biete dir einen Deal an, Joachim." Nie hatte seine Stimme schroffer geklungen.

Äußerlich zeigte Joachim kaum eine Reaktion. Nur sein Blick verriet, dass er genauso frustriert war wie Valerian und Shivawn. Scheinbar gelassen lehnte er sich an die mit Filigrangold verzierte, geschwungene Säule des Türrahmens. „Ich höre."

„Ich gebe dir mein Schwert", sagte Valerian. „Du kannst es haben, aber du musst deine Ansprüche auf die Frau aufgeben."

„Inakzeptabel." Joachim nahm seinen Helm ab, klemmte ihn sich unter den Arm und zog arrogant die Augenbrauen hoch. „Mach mich zum König, dann kannst du sie haben. Dann gehört sie dir, und du kannst mit ihr tun und lassen, was du willst."

Shaye legte die Handflächen auf den Tisch und sah zwischen

den beiden Männern hin und her. Sie wusste nicht, was sie tun oder sagen sollte. Sie fühlte sich genauso hilflos wie als Kind, wenn ihre Eltern sich gestritten hatten.

Valerian schüttelte den Kopf. „Ich kann dich nicht einfach zum König machen, das weißt du genau. Meine Männer würden niemals einen Anführer akzeptieren, der sich der Aufgabe nicht als würdig erwiesen hat."

„Stimmt", gab Joachim zu. „Deshalb bin ich bereit zu zeigen, dass ich würdig bin, König zu sein."

„Und wie stellst du dir das vor?"

„Gestern warst du noch bereit, mit mir zu kämpfen. Bist du es immer noch?"

Valerian ballte die Fäuste. „Ja."

„Aber bist du auch bereit, deinen Thron aufzugeben, wenn ich gewinne?"

Valerian hüllte sich in unheilvolles Schweigen. Wog er seine Optionen ab? „So etwas hat es noch nie gegeben", sagte er schließlich betont ruhig.

Joachim legte seine Hand um den Griff seines Schwerts. „Aber es wäre oft notwendig gewesen."

Wenn Shaye eben noch den Eindruck gehabt hatte, die Spannung wäre bereits am Höhepunkt gewesen, hatte sie sich getäuscht. Mit Joachims Bemerkung begann der Saal jetzt regelrecht zu vibrieren. Sie wollte weniger denn je, dass diese beiden Muskelprotze um sie kämpften. Mit Schwertern, Herrgott noch mal. Sie wollte überhaupt nicht, dass Valerian kämpfte, Punkt. Die Vorstellung, er könnte verletzt werden, machte ihr seltsamerweise Angst.

Aber nur, weil du keinen anderen Mann am Hals haben möchtest, der weniger geduldig mit dir ist, versuchte sie sich zu beruhigen.

Misstrauisch betrachtete sie Valerians Kontrahenten. Joachim wirkte sehr siegessicher. Er strahlte die gleiche Arroganz wie Valerian aus, aber sein Blick hatte im Gegensatz zu dem seines Königs etwas unglaublich Blutrünstiges an sich.

„Warum kämpfst du nicht gegen mich, Joachim?“, hörte sie sich plötzlich fragen. Es war ihr einfach so herausgerutscht. „Ich würde dir mit dem allergrößten Vergnügen die Eier abschneiden und dir damit das Maul stopfen.“

An Joachims Wange zuckte ein Muskel. Um Valerians Mund zuckte es ebenfalls. Vor Ärger? Oder musste er sich ein Grinsen verkneifen? Die beiden Männer am Tisch lachten und entspannten sich ein wenig.

„Das würde ich gern sehen“, sagte Dorian.

„Shaye wird nicht kämpfen“, erklärte Valerian.

„Als ob eine Frau eine Chance gegen mich hätte.“ Joachim schnaubte verächtlich. „Also, Valerian?“ Er stieß sich von der Säule ab, und seine Rüstung klirrte unheilvoll. „Was meinst du? Sollen wir kämpfen? Der Sieger wird König und bekommt die Frau?“

Valerian stand langsam auf. „Ich nehme die Herausforderung an. Allerdings *bleibt* der Sieger König und *behält* die Frau.“

„Das werden wir ja sehen“, antwortete Joachim zufrieden.

„Moment mal.“ Shaye schlug mit der Faust auf den Tisch. Zu ihrer Enttäuschung schwappten weder die Krüge über noch klirrte Geschirr. „Ihr benehmt euch wie die Kinder. Es gibt keinen Grund zu kämpfen.“

Valerian sah sie finster an. Immerhin hatte sie seine Aufmerksamkeit erregt. „In dieser Angelegenheit hast du leider nichts zu sagen, Moon. Ich muss meinem Cousin eine längst fällige Lektion erteilen.“

„Er ist dein Cousin?“ Sie fuhr sich mit einer Hand übers Gesicht. Das Ganze war schlimmer als gedacht. „Bei mir hat es auch Zeiten gegeben, in denen ich meine Familie am liebsten umgebracht hätte, Valerian, aber du musst der Versuchung widerstehen.“

„Du wirst es dir nicht anders überlegen?“, fragte Joachim ihn, ohne Shaye zu beachten. Sie schien Luft für ihn zu sein. „Wenn du verloren hast?“

Dorian und Broderick knurrten wie Tiere, weil jemand es

wagte, ihren König derartig zu beleidigen. Dann herrschte Schweigen. Shaye spürte Valerians furchtbaren Zorn und war ungeheuer froh, dass dieser Zorn nicht gegen sie gerichtet war.

„Willst du mich etwa einen Lügner schimpfen?“, stieß Valerian mühsam beherrscht hervor.

Joachim wurde knallrot. „Entschuldige, das war nicht meine Absicht.“

Nur leicht besänftigt breitete Valerian die Arme aus und wies in einer raumgreifenden Geste auf alle Anwesenden. „Wir haben Zeugen. Ich erkläre hiermit vor Dorian und Broderick, dass ich diesem Zweikampf … und den vereinbarten Konsequenzen zustimme.“

Jetzt wurde Shaye von Panik erfasst. Die beiden wollten es wirklich durchziehen; sie würden kämpfen.

„Was ist die Waffe deiner Wahl?“, fragte Valerian seinen Cousin und verschränkte die Arme vor der Brust.

„Das Schwert natürlich. Die Waffe eines echten Kriegers.“

„Auf Leben und Tod?“

Joachim runzelte nachdenklich die Stirn. „Ich will dich nicht töten, Valerian. Ich hasse dich nicht. Wir waren einmal Freunde, als Kinder, aber ich bin zum Herrscher geboren. Ich sollte derjenige sein, der befiehlt, nicht der, der Befehle entgegennimmt.“

Die beiden starrten sich lange an. Schließlich nickte Valerian. „Geh in die Arena, Joachim. Ich komme gleich nach.“

„Schon wieder ein Befehl.“ Joachim sah aus, als wollte er protestieren, nickte letztendlich aber, machte auf dem Absatz kehrt und ging. Shaye kam gar nicht dazu, Einspruch zu erheben.

„Dorian“, sagte Valerian, „hol die restlichen Männer. Ich will, dass sie sehen, was mit denen geschieht, die es wagen, sich gegen mich aufzulehnen. Broderick, du holst meine Ausrüstung.“

Die beiden eilten davon.

Das kann doch alles nicht wahr sein, dachte Shaye.

Sie war während der Hochzeit ihrer Mutter entführt worden … *und wenn schon*. Sie war in eine versunkene Welt geschleppt worden … *gähn*. Sie war als Mätresse des Königs auserkoren worden … *könnte mir jemand mal kurz die Nagelfeile reichen?* Das alles kam ihr mit einem Mal total belanglos vor. Wie ein Traum.

Dieser Kampf allerdings … das war ein absoluter Albtraum.

„Ich bitte dich, es nicht zu tun", sagte sie zu Valerian. Sie waren jetzt allein, weit und breit war niemand zu sehen. „Es ist offensichtlich, dass er sich nichts aus mir macht. Er will dir nur wehtun und dir deine Krone streitig machen."

Valerian setzte sich wieder auf die Bank, lehnte sich zurück und sah sie eindringlich an. „Hast du Angst um mich, Moon?"

Sie schnaubte verächtlich. Innerlich allerdings zitterte sie vor Angst. „Du bist mir so was von egal, echt." Das war gelogen, wie sie sich eingestehen musste. Sie sorgte sich sehr wohl um ihn. Er hatte all diese netten Sachen zu ihr gesagt. Seine Berührungen elektrisierten sie. Und er war so … süß, verdammt. „Ich will nur nicht, dass du dein Leben wegen diesem Idioten aufs Spiel setzt." Das stimmte.

Er schob sich lässig eine Weintraube in den Mund. „Ich habe dir doch gesagt, ich würde alles tun, um dich zu behalten, und das meinte ich auch so. Jedenfalls bin ich nicht beleidigt, dass du so wenig Vertrauen in meine Fähigkeiten als Krieger hast. Schließlich kennst du mich kaum."

„Und ich werde vielleicht auch keine Chance haben, dich besser kennenzulernen. Nicht, dass ich das möchte", fügte sie hastig hinzu. „Aber trotzdem."

„Allerdings", fuhr er fort, als hätte sie nichts gesagt, „werde ich es dir ziemlich übel nehmen, wenn du noch einmal so an mir zweifelst."

Sie zwang sich, ihn betont unbekümmert anzusehen. „Jetzt habe ich aber Angst. Nein, wirklich."

Er starrte sie verdutzt an und schüttelte den Kopf. „Hast du nicht verstanden? Ich habe dich gerade vor meinem Zorn gewarnt, und du machst dich über mich lustig?"

„Kurz gesagt, ja."

Statt böse auf sie zu werden, schien ihn ihre Antwort zu amüsieren. „Mir gefällt dein Witz, Shaye. Und dein Mut. Du machst mir Freude, weil du eine würdige Gefährtin bist. Eine würdige Königin für meine Krieger."

Königin? Wohl kaum. Ihr eigenes Leben war jetzt schon chaotisch genug. Es war ein denkbar schlechter Zeitpunkt, auch noch Verantwortung für andere Leute zu übernehmen. Und was das andere betraf ... Sie wollte nicht, dass Valerian sie gern hatte. Okay, sie wollte es schon. Sie wollte nur nicht, dass sie *wollte*, dass er sie gern hatte. Je mehr er sie mochte, desto entschlossener würde er versuchen, sie zu behalten. Er würde sich noch mehr um sie bemühen, und für sie würde es immer schwerer werden, ihm zu widerstehen. Sie würde immer mehr vergessen, wer er war – ihr Entführer nämlich –, und der Gedanke an ihre Flucht würde immer mehr in den Hintergrund rücken.

„Komm. Ich habe lange genug herumgetrödelt – aber ich konnte nicht widerstehen, einen Moment allein mit dir zu haben." Er stand auf und streckte ihr die Hand entgegen, mit der Handfläche nach oben, eine stille Aufforderung, sie zu ergreifen. „Sie warten in der Arena auf uns."

Shaye starrte seine Hand an. Wenn sie jetzt ihre Finger mit seinen verschränkte, würde es wieder zwischen ihnen knistern. Gefährlich knistern.

Ihre Kehle war wie zugeschnürt. Sie stand auf, aber behielt ihre Hände bei sich. „Führ mich hin."

Er rührte sich nicht vom Fleck, sondern winkte auffordernd mit den Fingern.

Sie verschränkte trotzig die Arme.

Er runzelte ungläubig die Stirn, als er merkte, dass sie ihn schon wieder zurückwies. „Ich habe dir einmal erlaubt, dich zu verweigern, aber jetzt lasse ich es nicht zu. Ich muss dich spüren, Shaye. Ich brauche deine Kraft. Mein Erfolg bei diesem Kampf hängt davon ab."

Oh Mann. Auch eine Art, ihr das Messer auf die Brust zu setzen. Sie sahen sich herausfordernd an. Seine dichten schwarzen Wimpern warfen unglaublich lange Schatten auf seine Wangen. Wie konnte ein blonder Mann so dunkle Wimpern haben? Sie hätten hell sein müssen wie bei ihr. „Tut mir leid", sagte sie. Und es stimmte.

„Du bist stur. Und du möchtest unbedingt kalt und unnahbar wirken."

Sie reckte das Kinn empor. „Ich kann dir versichern, ich *bin* kalt. Ich bin ein richtiges Miststück."

„Mit der Zeit", sagte er gelassen, „wirst du schon warm mit mir werden. Heiß sogar. Dafür sorge ich schon."

Seine Worte waren Versprechen und Drohung gleichzeitig: *Ich gebe nicht nach, bis du dich freiwillig ergibst.*

Sie schluckte, nahm seine Hand aber immer noch nicht.

An seiner Wange zuckte ein Muskel. „Du hast die Wahl. Nimm meine Hand oder ich trage dich in die Arena."

„Du hast meine dritte Möglichkeit nicht erwähnt. Davonlaufen." Sie glitt neben ihren Stuhl und machte einen Schritt weg von ihm.

„Du? Davonlaufen?" Er schüttelte den Kopf. „Nein, dazu bist du viel zu mutig. Ich zähle jetzt bist drei, wenn du dich bis dahin nicht entschieden hast, dann treffe ich die Entscheidung für dich. Eins."

Noch ein Schritt zurück.

„Zwei."

Noch einer.

„Dr…"

Sie machte einen Satz nach vorne und ergriff seine Hand. Bei der Berührung breitete sich das gefürchtete heiße Prickeln sofort in ihrem ganzen Körper aus. Aber wenn er ihr nachgelaufen wäre, sie erwischt und über seine Schulter gelegt hätte – und genau das hätte er getan –, dann wäre das Prickeln noch viel schlimmer gewesen. Intensiver.

Sie sah ihn finster an. Sein Gesicht war in Licht getaucht und in diesem Moment von einer geradezu atemberaubenden Schönheit.

Er grinste. „War doch gar nicht so schwer, oder?"

„Halt die Klappe. Halt einfach die Klappe."

Er lachte, wurde aber schnell wieder ernst. „Ich habe deinen Geruch in der Nase, Moon, und ich würde dich überall finden. Egal, wo du bist. Also komm lieber nicht auf die Idee, während des Kampfs zu flüchten." Er drehte sich um und marschierte, Shaye hinter sich herziehend, aus dem Speisesaal.

Sie hatte Mühe, mit seinem Tempo mitzuhalten. „Nicht so schnell. Und was soll das heißen, du hast meinen Geruch in deiner Nase?" Ihr fiel ein, wie er gestern unbedingt hatte wissen wollen, ob sie ihn riechen konnte.

„Nur, dass dein Wesen in jede Faser meines Körpers eingebrannt ist." Er machte sich nicht die Mühe, sich zu ihr umzudrehen. „So wird es dir mit mir auch bald gehen."

„Das klingt mir sehr nach Brandmarken. Kommt nicht infrage!"

„Du wirst schon sehen." Er klang sehr überzeugt.

Schon wieder so ein Versprechen.

Lass dich nicht auf Diskussionen ein. Ermuntere ihn nicht auch noch. Ihr Blick fiel auf die Wand. Weißer Marmor, dessen Fugen mit Silber ausgelegt waren und der teilweise abbröckelte. Kratzspuren, als hätte jemand den Stein mit etwas Scharfkantigem bearbeitet. „Was ist hier passiert?", fragte sie, um das Thema zu wechseln.

„Soviel ich weiß, haben Menschen den Palast gestürmt."

Sie richtete den Blick wieder geradeaus, auf Valerians Rücken. Unter der goldbraunen Haut sah sie Muskeln und Sehnen arbeiten. „Die Menschen wissen, dass es Atlantis gibt?"

„Manche schon."

Wow. Das Wissen um die Existenz von Atlantis wurde also geheim gehalten. „Hast du immer schon in diesem Palast gelebt?"

„Nein, wir haben ihn erst vor Kurzem in Besitz genommen."

In Besitz genommen? Also gestohlen. „Wem hat er denn vor dir gehört?"

„Den Drachen.“

Sie blieb so abrupt stehen, dass er ebenfalls stehen bleiben musste, wenn er sie nicht wie einen Kartoffelsack hinter sich herschleifen wollte. „Drachen? Sagtest du gerade, hier haben Drachen gelebt? Und du hast ihnen den Palast weggenommen?“ Das erklärte die Wandmalereien und Schnitzereien mit den vielen Drachenmotiven und auch das Drachenmedaillon, von dem er ihr erzählt hatte.

Langsam drehte er sich zu ihr um und sah sie verwirrt an. „Das scheint dich zu beunruhigen. Warum?“

„Drachen speien Feuer und fressen Menschen. Sie wollen ihren Palast bestimmt wiederhaben.“

„Ja.“

Sie sah ihn entgeistert an. „Und die Vorstellung, gegen solche wilden Bestien zu kämpfen, beunruhigt dich nicht?“

„Nein, warum sollte es?“ Seine Brust schien vor ihren Augen förmlich anzuschwellen. „Ich bin noch wilder. Noch stärker.“

Du lieber Himmel, so viel männliche Aufgeblasenheit. „Tut mir leid, dass ich deinen Optimismus nicht teilen kann“, entgegnete sie trocken.

Er runzelte die Stirn. „Wenn du schon vor Drachen so großen Respekt hast …“

„Entsetzliche Angst“, korrigierte sie ihn.

„… wie wirst du erst reagieren, wenn ich dich mit den Vampiren bekannt mache?“

Sie stieß ein ersticktes Keuchen aus und schlug sich eine zitternde Hand vor den Mund. „Darauf kann ich gern verzichten.“

„Sie sind unsere Freunde.“

Er hatte „unsere“ gesagt. Nicht „meine“, sondern „unsere“, als wären sie beide schon ein Paar. „Du hast zwar erwähnt, dass es diese Wesen in Atlantis gibt, aber ich hatte doch keine Ahnung, dass du mich ihnen vorstellen willst! Vampire sind Blutsauger, Valerian.“

„Dein Blut werden sie nicht trinken.“

Grrr. Es hatte keinen Sinn, mit ihm zu streiten. Er hatte auf alles eine Antwort. „Sehr richtig. Ich werde sie nämlich nicht treffen, und ich bleibe nicht hier."

„Die Vampire sind unsere Verbündeten. Du brauchst dich vor ihnen nicht zu fürchten. Du brauchst dich hier vor überhaupt niemandem zu fürchten. Ich werde dich immer beschützen. Notfalls schirme ich dich mit meinem eigenen Körper vor der Gefahr ab."

Das Versprechen seiner rauen Stimme rief ihr sofort wieder erotische Szenen von nackter, schweißnasser Haut und vor Lust bebenden Körpern vor Augen. *Grrr.*

„Weißt du, wenn du je eine Chance gehabt hättest, mich zum Bleiben zu überreden – was du nicht hattest –, dann hast du sie dir mit diesem Gerede von Drachen und Vampiren endgültig verdorben."

Er schüttelte den Kopf und runzelte die Stirn. „Du lenkst mich ständig ab, Moon. Warum reden wir jetzt überhaupt darüber? Ich habe einen Zweikampf vor mir, den ich zu gewinnen gedenke." Er zog sie weiter.

Mist. Der Kampf. Von Weitem konnte sie schon das Klirren von Schwertern hören. Grunzen. Grölen. Aufgeregte Männerstimmen.

„Ich sage es noch ein letztes Mal: Ich will nicht, dass du um mich kämpfst."

Jetzt war es um seine liebenswürdige Art ihr gegenüber geschehen. Er blieb abrupt stehen, fuhr herum und machte drohend einen Schritt auf sie zu. Dabei kam er ihr so nahe, dass sie die Hitze und den intensiven Duft seiner Haut wahrnahm. Sie sah die blauen und grünen Flecken in seinen Augen, die heller als die kostbarsten Juwelen funkelten. Er war sichtlich böse.

„Ich habe dich davor gewarnt, was passiert, wenn du noch einmal an mir zweifelst. Ich bin mächtig und gefürchtet, und du wirst an mich glauben."

Falls er dachte, dass sie sich jetzt entschuldigen oder zurückweichen würde, hatte er sich getäuscht. Sie machte einen Schritt auf ihn zu und verringerte den Abstand zwischen ihnen noch mehr. Woher sie den Mut dazu nahm, wusste sie nicht. Sie wusste nur, dass sie ihn nicht in diese Arena gehen lassen konnte. „Und ich habe dir gesagt, dass mich deine Warnung einen feuchten Dreck interessiert."

Das flackernde Licht der Wandleuchter warf tanzende Schatten auf sein Gesicht. Er sah plötzlich noch wilder aus als zuvor.

Shaye spürte, wie die gleichen Flammen der Leidenschaft in ihr zu lodern begannen wie bei seinem ersten Anblick, als er aus dem Meer aufgetaucht war.

„Du wirst an mich glauben." Er vergrub seine Finger in ihren Haaren und zog sie ungestüm an sich. Dann presste er seine Lippen dermaßen fest auf ihren Mund, dass sie erschrocken aufstöhnte.

Er nützte es aus, dass ihre Lippen geöffnet waren, und schob seine heiße Zunge so fordernd in ihren Mund, dass Shaye keine Chance hatte, sich zu wehren. Als er auch noch seine starken Arme um sie legte, spürte sie die himmlisch heißen Flammen durch ihren ganzen Körper züngeln. Das Feuer breitete sich mit atemberaubender Geschwindigkeit in ihr aus, und innerhalb von Sekundenbruchteilen verwandelte sie sich von der kalten, abweisenden Shaye in eine entfesselte, hemmungslose, leidenschaftliche Shaye. In eine Frau, der der Sinn nur noch nach Lust stand. Nach wildem, aufregendem Sex. Nach *diesem* Mann.

Der Kuss war so feurig, dass jede Faser ihres Körpers zum Leben zu erwachen schien. Ihre Nippel wurden hart, sie spürte ein sehnsüchtiges Ziehen zwischen den Beinen und ein Flattern im Bauch. Valerian schmeckte nach purer Leidenschaft, exotisch, süchtig machend. Allen guten Vorsätzen zum Trotz schlang sie die Arme um seinen Hals und schmiegte sich an ihn. Sie wollte mehr.

Ein animalisches Knurren löste sich aus seiner Brust. „Willst du mich?", fragte er drängend.

Wie immer erregte sie der Klang seiner tiefen, rauen Stimme. Diesmal sogar mehr denn je. Es war, als wäre er wie für sie geschaffen, nur für sie. Alles, was er tat, jeder Atemzug, den er machte, war nur dazu da, sie glücklich zu machen. Der Gedanke war berauschend. Wie der Mann selbst. Heißblütig, sinnlich und wunderbar.

„Willst du mich?", fragte er wieder.

„Nein", sagte sie gepresst, um sich selbst sofort zu widersprechen, indem sie über die Konturen seiner Lippen leckte. Wer war diese hemmungslose Frau, in die sie sich verwandelt hatte?

Valerians Frau, dachte sie benommen.

Er ließ seine kräftigen Hände ihren Nacken hinuntergleiten, strich über jeden Wirbel ihrer Wirbelsäule und umfasste dann zärtlich ihre Hüften. Dann schob er seine Finger langsam unter den Saum ihres Hemds.

„Ich will *dich*." Sein heißer Atem streifte ihre Wange.

Es gab gute Gründe, ihn wegzustoßen. Ja, es gab eindeutig gute Gründe. Dennoch wollte sie nur eines … sein Gesicht wieder an ihres ziehen, seine Lippen an ihren Mund. Ihn wieder schmecken. Seine breite Brust an ihrem Oberkörper spüren, fühlen, wie die kaum zu zügelnde Leidenschaft in seinen Adern pulsierte. Ihre Nippel wurden fester und taten weh, taten tatsächlich weh, weil sie nach seiner Berührung verlangten.

Er schob seine Hand unter das Hemd und streichelte zärtlich ihre Haut. Sie seufzte selig.

„Deine Nippel sehnen sich nach mir, ich weiß es." Sein feuriger Blick verharrte dort, wo sich ihre Brustwarzen befanden, die dadurch noch steifer wurden.

„Nein, tun sie nicht."

„Ich würde dir mit dem größten Vergnügen beweisen, dass ich recht habe. Ich könnte dich vor einen Spiegel stellen, dir langsam das Hemd ausziehen und Stück für Stück deiner nackten Haut entblößen. Ich könnte meine Hände um deine Brüste legen und dir deine Nippel präsentieren, wie sie förmlich nach mir schreien."

Obwohl sie sich innerlich dagegen wehrte, sah sie die Szene, die Valerian beschrieb, genau vor sich. Er umarmte sie von hinten und streichelte ihre Brüste. In ihrer Fantasie glitt seine Hand langsam ihren Bauch hinunter bis zu den hellen Locken zwischen ihren Beinen.

„Ich hasse diese Idee", log sie atemlos. „Hasse sie." Sie legte ihre Hände auf *seine* Brustwarzen. Sie waren klein und hart, und am liebsten hätte sie sofort an ihnen geleckt und gesaugt. Dann berührten ihre Finger sein silbernes Piercing, und sie hatte das Bedürfnis, auch darüber zu lecken.

Er stöhnte. „Ich mag deine Art, mich zu hassen."

Oh, sie mochte sie auch. Ihr Atem vermischte sich mit seinem, und sie sahen sich tief in die Augen – ein feuriges Aufeinandertreffen von Türkisblau und Braun, Leidenschaft gegen Leidenschaft.

„Hass mich noch ein bisschen mehr", flüsterte er.

Shaye dachte nicht einmal mehr daran zu widerstehen. Sie stellte sich auf die Zehenspitzen – ihr Körper schien einfach zu tun, was er wollte – und näherte ihre Lippen seinem Mund. Er umfasste fest und fordernd ihre Taille, sodass sie ihm nicht entkommen konnte. Dann presste er ihre Hüften an sein erigiertes Glied.

Sie stöhnte. Pfeile der Lust schossen durch ihren Körper.

„Ich möchte dich auch hassen", sagte er im gleichen sanften Flüsterton wie zuvor. „Ich will dich beim ersten Mal hart und schnell hassen. Langsam und zärtlich beim zweiten Mal."

„Mein König!", rief jemand.

Shaye nahm die Stimme nur wie von fern wahr. Sie hasste es, dass sie ausgerechnet jetzt gestört wurden. *Küssen.* Sie wollte *küssen.*

Valerian hörte anscheinend nicht, dass man nach ihm rief – oder vielleicht war es ihm auch egal. Er hatte den Blick auf ihre Lippen gerichtet. Seine Augen funkelten so sehr vor Leidenschaft, dass es Shaye den Atem verschlug. Es bestand kein Zweifel, dass dieser Mann sie so oft küssen würde, wie sie es sich wünschte.

„Mein König", sagte die Stimme noch einmal. Diesmal klang es nicht nur respektvoll, sondern auch ungeduldig.

Valerian ballte die Fäuste. „Ich will nicht aufhören, dich zu hassen", brummte er.

Es brachte sie fast um, „du musst" zu sagen.

„Ich muss dich hassen?"

„Du musst aufhören."

Er fuhr sich mit der Zunge über die Zähne. Seine Nasenflügel bebten, als würde er ihren Duft in sich aufsaugen. „Fürs Erste", nickte er.

„Für immer." *Hast du den Verstand verloren, oder was?* Shaye schluckte. Sie war noch nie so leidenschaftlich geküsst worden. So besitzergreifend. Als wäre der Mann, der sie küsste, ohne sie verloren. Und verdammt, sie wollte dieses Gefühl, dermaßen begehrt zu werden, noch einmal erleben.

Gefährlich, flüsterte ihr Verstand.

Aber das Risiko absolut wert, antwortete ihr Körper.

„Wage es nicht, mich noch einmal zu hassen", zwang sie sich zu sagen, befreite sich aus seiner Umarmung und drehte sich weg. Plötzlich war sie wieder ernüchtert und distanziert. Und innerlich so leer wie damals als Kind.

Er packte sie an den Schultern und drehte sie zu sich. Seine Augen waren zu schmalen Schlitzen zusammengekniffen, sodass sich seine dichten Wimpern berührten. „Es wird mir ein Vergnügen sein, dich dazu zu bringen, dass du zurücknimmst, was du gerade gesagt hast."

„Valerian!", rief wieder jemand. Diesmal war es Joachim, und er klang ungeduldig. „Du darfst die Frau nicht küssen. Sie gehört dir nicht."

Shaye schlang die Arme um ihren Oberkörper. Ihr graute so sehr vor dem, was jetzt kommen würde, dass sie zitterte. Sie schaute über die Schulter zu Joachim. Der dunkelhaarige Mann erschien ihr plötzlich wie ein Todesengel. Na toll. Ein Vorzeichen?

„Noch nicht", sagte Valerian, ohne den Blick von Shaye abzuwenden. Seine Stimme war scharf wie ein Schwert. „Noch nicht."

12. KAPITEL

Nachdem er Shaye ein letztes Mal angesehen hatte, drehte sich Valerian rasch zu seinem Cousin um und stellte sich schützend vor seine Mondscheinfrau. Wie konnte jemand es wagen, ihn bei seinem ersten Kuss mit Shaye, seiner Gefährtin, seinem Ein und Alles zu stören? Noch dazu *dieser* Mann! Valerian spürte kochend heißen Zorn wie flüssige Lava durch seine Adern schießen.

„Darf ich vorschlagen, dass ihr beide euch erst mal hinsetzt und in Ruhe über eure Probleme redet?“, meldete sich Shaye zu Wort und versuchte, sich vor Valerian zu schieben. Als ihr das nicht gelang, guckte sie ihm über die Schulter.

„Nein.“ Joachim. Seine Miene strotzte vor Selbstgefälligkeit. Dieser Mann war sichtlich entschlossen, zu gewinnen und König zu werden.

„Nein“, widersprach auch Valerian, obwohl er wusste, dass Shaye ihn nicht kämpfen sehen wollte. Auch wenn er ihr ungern einen Wunsch abschlug, diesen Kampf würde er ausfechten, und das, obwohl er Joachim gegenüber im Nachteil war. Schließlich hatte sein Cousin sich in der Nacht sexuell austoben können und dadurch neue Kraft geschöpft. Valerian … nicht. Er hatte sich nicht einmal selbst Lust verschafft.

Ohne sich umzudrehen, streckte er seine Hand hinter sich, damit Shaye sie ergriff. Sie hatte sich zuvor zweimal geweigert, es zu tun, und war nur mit mehr oder weniger sanftem Nachdruck dazu zu bewegen gewesen. Er rechnete damit, dass sie ihm wieder eine Abfuhr erteilen würde. Aber er musste es riskieren, musste sie noch einmal berühren, bevor er in die Arena ging.

Zu seiner Überraschung schoben sich ihre Finger langsam zwischen seine. Ihre Hand war zart und weich, die Knochen schmal, die Haut glatt. Er konnte nicht anders, als einen Moment innezuhalten und ihre Finger zu streicheln. Ihre Nägel waren perfekt gerundet und, wie er wusste, korallenrot. Am liebsten hätte er ihre Finger in den Mund genommen und daran gesaugt.

Zu seiner noch größeren Überraschung drückte sie jetzt seine Hand. Wollte sie ihm Mut machen? Oder war es eine stille Drohung? Er wusste es nicht, doch er genoss die kleine Geste.

Gewann sie ihn langsam lieb?

Sie hatte unglaublich leidenschaftlich auf seinen Kuss reagiert. Valerian hatte im Laufe der Jahre mit vielen Frauen geschlafen, mit mehr, als er zählen konnte, doch keine hatte sein Herz jemals so berührt wie Shaye. Es war beim Küssen nicht nur ihr Körper gewesen, den er begehrt hatte. Er hatte alles gewollt, was sie zu geben hatte.

Später, schwor er sich, *später*.

„Ich warte", sagte Joachim ungeduldig.

Valerians Miene verfinsterte sich. „Komm", sagte er zu Shaye, ohne seinen Cousin zu beachten, und führte sie den Gang hinunter.

Joachim blieb, wo er war, und ließ die beiden nicht aus den Augen.

Valerian schob ihn unsanft zur Seite und ging an ihm vorbei. Niemand durfte so respektlos mit ihm umgehen, wie Joachim es gerade getan hatte. Wenn dieser Privatkrieg zwischen ihnen beiden vorbei war, würde niemand mehr auf die Idee kommen, ihm den Thron streitig zu machen.

Vielleicht sollte er Shaye auf sein Zimmer bringen und ihre Tür bewachen lassen. Er war sich nicht sicher, ob er wollte, dass sie ihn von seiner brutalsten Seite erlebte. Dass sie das Tier in ihm sah. Aber sosehr er sie vor der Bestie in ihm schützen wollte, vielleicht war es nur gut, dass sie diesen Teil seiner Persönlichkeit kennenlernte. Shaye sollte wissen, wie stark er war, und wissen, dass er sie beschützen konnte. Egal, wer – oder was – der Feind sein mochte.

„Na, das ist ja ein Spaß", bemerkte sie trocken.

„Warte erst mal, bis der Zweikampf richtig angefangen hat", antwortete Valerian. Er spürte Joachims Blick in seinem Rücken, als er die überfüllte Arena betrat. Die Krieger, die sich an den Wänden aufgestellt hatten, vibrierten förmlich vor Spannung. Ausgezeichnet. Er wollte, dass alle Zeuge dessen wurden, was hier gleich passieren würde.

Einige Krieger hatten ihre Frauen mitgebracht. Sie trugen atlantische Togen, deren violettes, gelbes oder rosafarbenes Tuch mit Silberfäden durchwirkt war. An den fließenden Gewändern funkelten Saphire, Rubine und Smaragde, und die Togen waren so gewickelt, dass sie einen Blick auf die Oberschenkel freigaben. Um die Taille wurde der Stoff mit filigranen Metallschnallen zusammengehalten, sodass die vollen – oder zarten – Brüste der jeweiligen Frau betont wurden. Die Frauen unterschieden sich in Alter, Schönheit und Figur, aber jede strahlte etwas Interessantes aus.

So prachtvoll sie auch gekleidet waren – keine von ihnen konnte mit Shaye konkurrieren. Bei Weitem nicht.

Valerian blieb vor Broderick stehen. „Alles bereit?"

„Ich habe mich um jedes Detail gekümmert." Broderick grinste und legte den Arm um seine Auserwählte, eine hübsche dunkelhaarige Frau. „Frauen *und* ein Zweikampf. Die Götter meinen es heute anscheinend besonders gut mit uns."

Oder aber sie strafen uns. „Pass für mich auf sie auf." Valerian schob Shaye zu Broderick. „Lass sie nicht aus den Augen und sorge dafür, dass ihr niemand zu nahe kommt." Er schwieg einen Moment, während er an Brodericks frühere Affären dachte, und fügte dann hinzu: „Auch du selbst nicht."

Brodericks Grinsen verschwand. „Ich soll sie bei mir behalten, aber ich darf sie nicht anfassen? Aber sie ist doch das Biest, das sich dir widersetzt hat, oder? Was ist, wenn sie versucht wegzulaufen?"

„Wird sie nicht." Er sah Shaye an. „Oder?"

Sie betrachtete ihre Fingernägel. „Wenn du meinst."

Er seufzte genervt. „Ich will dich nicht bestrafen, Shaye, aber ich tue es, wenn du mich dazu zwingst."

„Wenn *ich* dich zwinge?" Sie guckte ihn wütend an. „Was für Macho-Sprüche sind das denn? Vielleicht sollte ich mal eine Grußkarte für Frauen entwerfen, die sich mit so einem Neandertaler rumschlagen müssen. ‚Hat jemand zufällig Rasierklingen für mich?'"

Er versuchte nicht einmal, so zu tun, als hätte er verstanden, worauf sie anspielte. „Versprich mir, dass du hierbleibst. Wenn ich mir Sorgen um dich machen muss, kann ich mich nicht auf das Schwert konzentrieren, das gegen mich geschwungen wird."

Sie erbleichte wieder. Valerian konnte sich nicht an ihr sattsehen. Seine schöne Eiskönigin.

„Versprich es mir", sagte er wieder, diesmal sanfter.

Ihre Züge wurden eine Spur weicher. „Na schön. Ich verspreche es. Aber nur für die Dauer des Kampfs." *Dieses Kampfs, auf den du dich gar nicht einlassen dürftest, wenn es nach mir ginge.* „Danach ..."

Zufrieden wandte Valerian sich an Broderick. „Wenn ich fertig bin, ist sie im gleichen Zustand wie jetzt, haben wir uns verstanden? Kein einziger blauer Fleck."

„Als ob ich einer Frau jemals wehtun würde", brummte Broderick.

„Als ob ich mir das von ihm gefallen lassen würde." Shaye schob trotzig das Kinn vor.

Broderick zog die Augenbrauen hoch. Sein Blick sprach Bände: *Wer ist diese Frau?* Valerian musste sich ein Grinsen verkneifen.

Die dunkelhaarige Frau an Brodericks Seite zeigte anklagend mit dem Finger auf Shaye. „Es gefällt mir nicht, dass du neben Broderick stehst."

Shaye verdrehte die Augen.

Brodericks Stimmung hellte sich sichtlich auf. „Was soll ich machen? Rissa ist eben sehr besitzergreifend, was mich betrifft", sagte er grinsend.

„Pass einfach auf, dass sie Shaye in Ruhe lässt."

„Ich kann mich schon gegen sie wehren, keine Sorge." Shayes braune Augen funkelten angriffslustig.

„Das weiß ich, Moon, aber wenn du ihr etwas tust, schulde ich Broderick eine neue Frau." Er legte ihr die Hände auf die Schultern und rieb dann ihre Oberarme. *Mutiges, süßes Ding.* „Und auf noch ein Problem mehr habe ich momentan wenig Lust."

Shaye presste die Lippen zusammen und starrte auf den Boden. Wenigstens widersprach sie ihm nicht.

Jetzt hätte er sie wahnsinnig gern geküsst. Ging aber nicht. Noch nicht. Nicht, wenn der bevorstehende Kampf gegen Joachim unheilvoll über ihnen schwebte.

„Valerian!", kreischte plötzlich eine Frau hinter Shaye. „Valerian!"

Er erstarrte. Verdammt! Shaye hatte ihm schon mehrmals deutlich zu verstehen gegeben, was sie von seinen früheren Ausschweifungen hielt. Und jetzt kam ausgerechnet eine der drei Frauen, mit denen er sich vor Kurzem vergnügt hatte, direkt auf ihn zu. Sie drängte sich mit wehender roter Mähne durch die Menge.

„Mein geliebter König, ich möchte dir alles Gute wünschen."

Auch Shaye erstarrte – und wurde von der Frau unsanft beiseitegeschoben. Valerians Miene verdüsterte sich, und er wollte die Frau gerade scharf zurechtweisen, als der Rotschopf plötzlich anfing, seinen nackten Oberkörper zu streicheln, ihn dann zart in die Brustwarzen kniff und zu guter Letzt auch noch die Hände auf seinen Hintern legte.

„Ich habe gerade von dem Kampf gehört und bin sofort gekommen, um dich anzufeuern."

„Ach, wie rührend", sagte Shaye in eisigem Ton. „Ein Familientreffen des Bums-Clans."

Valerian sah den Neuankömmling an. „Unsere Sache ist vorbei, Süße", sagte er bewusst sanft, da er der Frau nicht unnötig wehtun wollte. Er hatte ein schlechtes Gewissen, weil er sich nicht einmal ihren Namen gemerkt hatte. „Joachim ist jetzt dein neuer Geliebter. Wärm ihm schon mal das Bettchen vor. Er wird jede liebevolle Zuwendung brauchen können."

Schmollend ließ sie einen Finger um seinen Nabel kreisen. „Ich will aber nicht sein Bett vorwärmen. Mit dir ist es viel schöner als mit Joachim."

„War. War es schöner. Ich habe jetzt eine Gefährtin", korrigierte er sie. Seine Schuldgefühle wurden intensiver.

„Ich weiß aus Erfahrung, dass du mehr als eine Frau glücklich machen kannst. Wir drei können doch …"

„Diese Unterhaltung ist sterbenslangweilig", seufzte Shaye genervt, aber auch eine Spur bissig gegenüber Valerian. „Ich glaube, dein Cousin ist bereit, dir den Kopf abzuschlagen. Du solltest ihn nicht länger warten lassen."

Zähneknirschend legte Valerian der anhänglichen Rothaarigen die Hände um die Taille, hob sie hoch und reichte sie einem seiner Männer. Wem war ihm im Moment ziemlich egal. Sie machte den Mund auf, um zu protestieren, doch er hob abwehrend die Hand und brachte damit nicht nur sie, sondern alle Anwesenden zum Schweigen.

Valerian wollte keine Zuhörer bei dem Gespräch, das er Shaye nach dem kleinen Zwischenfall mit der Rothaarigen schuldig war. „Wir reden später darüber", sagte er zu ihr.

Sie zuckte scheinbar gleichgültig die Achseln, doch ihm entging das zornige Funkeln in ihren Augen nicht.

Er musste sich ein zufriedenes Grinsen verkneifen. Seiner Gefährtin gefiel es nicht, wenn andere Frauen ihn anfassten. Sie mochte es sich vielleicht nicht eingestehen, aber er wusste, dass sie eifersüchtig war. Mit Frauen kannte er sich ziemlich gut aus.

Endlich zeigten seine Verführungsversuche erste Erfolge.

„Bist du jetzt endlich fertig? Können wir anfangen?", fragte Joachim, der hinter ihm stand.

Nachdem Valerian Shaye ein letztes Mal angesehen hatte, drehte er sich um. Es war so weit. Joachim stand in der Mitte der Arena und schwang eine Lanze über seinem Kopf, um seine Muskeln zu lockern. Das Sirren und Zischen des Metalls glich fast einem Kampfschrei. In der anderen Hand hielt Joachim einen silbernen Schild, der sich von Valerians Schild nur durch die Farbe unterschied. Beide Schilde waren von einem Paar Flügel gesäumt, und in ihrer Mitte lag ein Schwert.

Joachim setzte seinen Helm auf, der Kopf und Ohren bedeckte. Seine Rüstung funkelte im Licht.

Valerian streckte die Hand aus, und Broderick legte eine Lanze hinein. Valerian spürte das vertraute Gewicht und nickte. Dann gab Broderick ihm seinen Schild. Valerian reichte ihn gleich wieder zurück. „Tausch den *Totenkopf* in der Mitte aus und gib mir ein anderes Schwert", befahl er.

„Aber, mein König, du hast doch noch nie ..."

„Tu es." Valerian hatte noch nie mit einem anderen Schwert als seinem eigenen gekämpft, doch er wollte seinem Cousin keine tödlichen Verletzungen zufügen. Und genau das würde mit dem *Totenkopf* passieren.

Er wollte nicht, dass Joachim starb. Schließlich waren sie, wie Joachim gesagt hatte, als Kinder Freunde gewesen. Beste Freunde. Dann war Valerians Vater gestorben, und Valerian hatte seine Nachfolge antreten müssen. Damals hatte sich Joachims Missgunst zum ersten Mal gezeigt.

Valerian wollte, dass Joachim überlebte und seinen Kriegern ein ewiges Beispiel dafür war, was mit denen passierte, die ihren König herausforderten.

„Gib mir irgendein Schwert. Egal welches", sagte er. „Nur nicht den *Totenkopf*."

Kurzes Schweigen, dann wurde ihm der Schild aus der Hand genommen. Schritte. Erneut der kalte Griff seines goldenen Schildes, aber jetzt lag ein anderes Schwert darin. Eine einfache Klinge mit scharfer Spitze. Valerian nickte zufrieden. Bei diesem Zweikampf ging es nicht nur um Shaye. Nicht mehr.

„Dein Helm, mein König", sagte Broderick.

„Nein." Er ließ Joachim nicht aus den Augen. „Diesmal nicht."

Broderick runzelte die Stirn. „Was ist mit dem Rest deiner Rüstung?"

„Nein."

„Ich hoffe, ihr schlagt euch gegenseitig zu Brei", murmelte Shaye hinter ihm. „Das Ganze ist einfach idiotisch."

Einige Krieger lachten über ihre Bemerkung, ein paar Frauen rangen entsetzt nach Luft. Valerian vermutete, dass Shayes Verärgerung nur ein Schutz vor etwas war, das ihr Angst machte. Ihn zu verlieren? Eigentlich hätte er gekränkt sein müssen, dass sie ihm so wenig zutraute, aber er fühlte sich merkwürdig beflügelt.

„Wie kannst du es wagen, so etwas zu sagen?", schimpfte die Rothaarige empört.

„Sie darf sagen, was sie will", verkündete Valerian laut, damit alle es hörten, „denn sie wird eines Tages eure Königin sein." Er drehte sich zu Shaye um und sah ihren genervten Blick. „Das heißt zwar nicht, dass sie immer ihren Willen durchsetzen kann. Aber diesmal werde ich ihr einen Teil ihrer Bitte mit dem größten Vergnügen erfüllen."

„Ich auch", sagte Joachim.

Valerian sah ihn finster an, hielt die Lanze in der einen Hand, den Schild in der anderen und betrat den Kampfplatz. „Sollen wir anfangen?"

Joachim nickte. „Ich bin bereit. Ich will schon seit Langem König sein."

„Ich weiß. Aber warum glaubst du, du wärst meiner Armee ein besserer Anführer? Du bist zu kriegslüstern und zu machthungrig."

„Alles lobenswerte Eigenschaften."

„Lobenswert? Was ist denn gut an unersättlicher Machtgier? Es wird immer jemanden geben, gegen den man kämpfen kann. Wenn du das Kommando über meine Armee hättest, würdest du meine Leute direkt in den Krieg schicken. Ich bin mir sicher, dass du Atlantis erobern und alle Könige und Königinnen besiegen würdest, aber gleichzeitig würdest du unser Land zerstören."

„Besser, man regiert ein geschwächtes Reich als gar keines." Mit einem Kampfschrei ging Joachim zum Angriff über.

Die Lanzen schlugen klirrend gegeneinander. Valerian ging sofort zum Gegenangriff über, doch Joachim wich aus. Wieder metallisches Klirren. Im nächsten Moment holte Joachim erneut aus, doch Valerian wehrte den Schlag ab, wirbelte herum und ließ seine Waffe auf Joachims Nacken niedersausen.

Joachim sprang grinsend zur Seite. „Du wirst langsam etwas schwerfällig, Valerian." Er nahm seinen Helm ab und warf ihn weg.

Valerian stürmte mit erhobener Lanze auf ihn zu. Jetzt grinste Joachim nicht mehr, sondern duckte sich und taumelte zurück. Valerians Lanze hätte sich fast in seinen Bauch gebohrt, aber Joachim wehrte sie ab, holte aus und stieß selbst zu.

Die Klinge traf Valerian am Oberschenkel, schlitzte allerdings nur den Stoff seiner Hose auf. Valerian fiel auf ein Knie und wehrte den nächsten Schlag mit seinem Schild ab. Sobald er wieder auf den Beinen war, stieß er mit der Lanze zu. Ihre Spitze zischte knapp an Joachims Seite vorbei und riss einen Teil seines Brustharnischs mit sich.

„Hältst du mich immer noch für schwerfällig?", fragte Valerian.

Ihre zornigen Blicke trafen sich. Joachim schwang seine Waffe nach rechts, verfehlte Valerian und schwang sie dann nach links. Als die Lanze sich nach unten neigte, sprang Valerian darüber, sodass sie zwischen seinen Beinen gefangen war, und rammte Joachim seinen Ellbogen ins Gesicht. Blut spritzte, Joachim heulte auf, verlor das Gleichgewicht und ging zu Boden.

„Steh auf", befahl Valerian.

„Das zahle ich dir heim." Sein Cousin sprang auf und rannte mit ausgestreckter Lanze direkt auf ihn zu.

Valerian tänzelte mit erhobener Waffe hin und her. Seine Muskeln begannen zu brennen, und ihm lief der Schweiß in Strömen über Gesicht und Oberkörper. Sein Atem ging flach und stoßweise. Verdammt! Wenn es so weiterging, würde er bald keine Kraft mehr haben. Mangel an Sex hatte auf Nymphe diesen Effekt.

Joachim, der ebenfalls Anzeichen von Müdigkeit erkennen

ließ, versuchte nun, Valerian mit einem vertikalen Schlag zu treffen. Valerian wehrte ab, indem er auf Joachims Handgelenk zielte und ihm die Waffe aus der Hand schlug. Joachim hechtete ihr hinterher, rollte sich ab und griff nach ihr. Er bekam sie zu fassen, aber als er sich schnell wieder mit ihr aufrichtete, war Valerian schon bei ihm und stampfte mit dem Fuß auf die Lanze, sodass sie in der Mitte durchbrach.

Ein animalisches Knurren löste sich aus Joachims Kehle, dann kickte er Valerian ebenfalls die Lanze aus der Hand. Beide Männer wichen zurück und zogen ihre Schwerter aus dem Schild.

Mit blutverschmiertem Gesicht sprang Joachim vor und schwang sein Schwert so wild, dass es wieder zischte und sirrte wie vor dem Kampf. Valerian, der sich bereits langsamer bewegte, konnte nicht rechtzeitig in Deckung gehen. Die Klinge schlitzte ihm den Unterarm auf. Er spürte einen stechenden Schmerz, das Brennen zerfetzten Fleischs.

Ohne sich etwas anmerken zu lassen, stieß er mit seinem Schwert erst nach unten, dann nach oben und vollführte dann, ehe Joachim kontern konnte, eine schnelle Drehung. Seine Schwertspitze verfehlte Joachims Gesicht nur um wenige Millimeter. Sein Cousin erbleichte, hob seinen Schild und rammte ihn gegen Valerians anderen Arm. Die scharfen Flügel schnitten in Valerians Haut, aber er nutzte die Gelegenheit, um Joachim mit einer geschickten Bewegung blitzschnell den Oberschenkel aufzuschlitzen.

Joachim schrie und ließ sich auf die Knie fallen.

„Steh auf“, knurrte Valerian. „Ich bin noch nicht fertig mit dir.“

Zähneknirschend stand Joachim auf. Er umklammerte immer noch seine Waffe und den Schild. Seine Augen waren dunkel vor Zorn, seine Lippen geradezu blutrünstig geschwollen. „Ich bin auch noch nicht fertig mit dir.“ Er ließ den Schild fallen und zog eine zweite Klinge aus seinem Gürtel, einen Dolch.

Valerian warf seinen Schild ebenfalls beiseite, streckte seine freie Hand aus und ließ sich von Broderick einen Dolch zuwerfen. Er fing ihn geschickt am Griff auf. Nun kämpften beide mit zwei Waffen in der Hand.

Sofort gingen er und Joachim aufeinander los. Ihre Klingen schlugen klirrend aufeinander, wieder und wieder, ein tödlicher Tanz aus Hieben und Ausweichmanövern.

„*Ich* hätte als Sohn deines Vaters geboren werden sollen. *Ich* hätte König werden sollen“, keuchte Joachim, während er sich vor einem Hieb duckte.

„Die Götter waren anderer Meinung.“ Hieb, Stich, Drehung.

„Ich bin zum Herrschen geboren.“

„Du wurdest geboren, ja, aber nicht, um zu herrschen. Verryn sollte jetzt unser beider Herrscher sein, aber er ist tot. Mein Vater ist auch tot. Und ich bin der Nächste in der Thronfolge. Es ist höchste Zeit, dass du das endlich akzeptierst.“ Endlich landete Valerian einen Treffer, die erste Klinge stach in Joachims Flanke.

Sein Cousin schrie auf und fiel auf die Knie. Valerian stieß ihm die zweite Klinge in die Brust, aber bewusst nicht ins Herz. Joachim rang nach Luft, und Blut lief aus seinem Mund.

In der Arena wurde es totenstill.

Valerian richtete sich keuchend auf.

„Warum … hast du … mich am … Leben gelassen?“, röchelte Joachim. „Hättest … mein Herz … treffen sollen.“

„Du wirst überleben, und du wirst bereuen“, erwiderte Valerian kalt und so laut, dass alle es hören konnten. „Falls du dich jemals wieder gegen mich auflehnst, werde ich dich töten. Ohne zu zögern. Gnadenlos. Ungeachtet der Tatsache, dass wir verwandt sind. Ungeachtet der Tatsache, dass wir einmal Freunde waren.“

Joachims Kinn sank auf seine Brust, und seine Augen schlossen sich. Ein dunkler Schatten breitete sich über sein blutüberströmtes Gesicht. Dann kippte er bewusstlos in den Staub. Der Sand, der dabei aufgewirbelt wurde, legte sich auf Valerians Stiefel.

Valerian stieß seinen Dolch neben seinem Cousin in den Boden und drehte sich zu der Menge um, die ihn mit offenem Mund entsetzt anstarrte. Vielleicht hatten sie erwartet, dass er seinen Cousin töten würde. Vielleicht hatten sie auch erwartet, dass er ihm den letzten Stoß gar nicht versetzte.

Er sah Shaye an. Sie gehört mir, dachte er triumphierend. *Jetzt gehört sie mir.* Niemand konnte mehr etwas anderes behaupten.

Auch ihr war der Schock ins Gesicht geschrieben. Und Entsetzen? Ihm war bewusst, dass er mit seinen blutverschmierten, sandverkrusteten Armen einen schrecklichen Anblick bieten musste. Seine Haare klebten schweißnass an seinen Schläfen.

Vielleicht kämpften die Bewohner der Oberwelt ja nicht ganz so brutal, aber Valerian konnte trotzdem nicht bereuen, was er hatte tun müssen. Shaye gehörte zu ihm, würde *hier* mit ihm leben, und daher war es besser für sie, wenn sie mit seiner Lebensweise vertraut wurde.

Er zwang sich, seinen Blick von ihr zu lösen, und sah seine Männer an. „Noch jemand, der meine Autorität infrage stellen will?"

Nachdem seine Worte verhallt waren, herrschte Stille. Valerian ging vor seinen Männern auf und ab. „Jetzt ist der richtige Zeitpunkt, mich herauszufordern."

Niemand sagte ein Wort.

Er blieb stehen und stemmte die Hände in die Hüften. „Dann gehört Shaye Octavia Holling hiermit offiziell mir. Sie ist meine Gefährtin. Eure Königin. Derjenige, der etwas dagegen einzuwenden hat, wird den Stahl meines Schwerts zu spüren bekommen."

Er hörte Shayes unterdrückten Schrei, als er vor Broderick trat. Aber er sah sie nicht an. Noch nicht. Er war nicht bereit, ihren Gesichtsausdruck zu sehen. War er rebellisch? Zornig? Angewidert? Er war nicht bereit zu erfahren, was sie über ihn dachte.

Broderick räusperte sich. „Was sollen wir mit Joachim tun?"

„Betet, dass Asclepius und seine zwei Töchter uns besuchen", antwortete er aus Gewohnheit. Wenn ein Nymph verletzt war, wurde zu diesen Göttern der Heilung gebetet. Und das, obwohl sie seit vielen, vielen Jahren nichts mehr von den Atlantern wissen wollten. Niemand wusste, warum die Götter sie im Stich gelassen hatten, nur, dass es so war.

Valerian wollte noch immer nicht, dass Joachim starb. Er wollte, dass er litt.

Er ließ seinen Blick über die Zuschauer schweifen. „Ist ein Heiler unter euch?“

Schweigen. Dann trat Shivawns stille, schwarzhaarige Frau vor. Sie hatte Tränen in den Augen, als sie zögernd die Hand hob. Valerian nickte ihr zu und wandte sich an Broderick. „Bring Joachim und die Heilerin in das Krankenzimmer. Sie soll seine Wunden versorgen, mehr nicht. Achte darauf, dass sie ihn nicht sexuell berührt.“ Wenn sie das tat, würden Joachims Verletzungen schneller heilen und bald vergessen sein. Vor dem Kampf hatte Valerian noch vorgehabt, dafür zu sorgen, dass sein Cousin schnell gesund wurde. Jetzt nicht mehr. Er hatte keine Zeit für die Probleme, die ihm dieser Mann mit Sicherheit noch machen würde.

Broderick nickte.

Ohne ein weiteres Wort zu verlieren, nahm Valerian Shaye an der Hand und zog sie in den Gang hinaus.

Jetzt gehörte sie wirklich ihm – und es wurde Zeit, es ihr zu beweisen.

13. KAPITEL

Poseidon langweilte sich.

Er war der Gott des Meeres, der Herrscher über Fische, Wassermänner, Nixen und Wellen, und er langweilte sich. In letzter Zeit hatte er nicht einmal mehr Spaß an den verheerenden Stürmen und anderen Naturkatastrophen, die er verursachte. Leute schrien, Leute starben, und so weiter und so fort. *Gähn.*

Vielleicht wäre ihm das alles nicht so gleichgültig gewesen, wenn die Menschen nicht seine Existenz vergessen hätten. Aber sie dienten ihm nicht mehr, und sie beteten ihn auch nicht mehr an, wie es sich geziemt hätte. Dabei hatte er schließlich selbst mitgeholfen, diese undankbare Spezies zu erschaffen.

Er ließ seine Finger durch das trübe Wasser gleiten, das ihn umgab. Es musste doch irgendetwas geben, mit dem sich seine Langeweile bekämpfen ließ. Einen Wirbelsturm oder Tsunami erschaffen – nein. Die letzten paar waren entsetzlich öde gewesen. Einen Krieg anfangen – auch nicht. Zu viel Aufwand für zu wenig Lohn. Seine Gewässer verlassen und im Olymp vorbeischauen – wieder nein. Die anderen Götter waren egoistisch und habgierig, und er hatte keine Lust, sich mit ihnen auseinanderzusetzen.

Was könnte er bloß anstellen, was könnte er anstellen? Die einzigen Welten, über die er Macht hatte, waren die Erde und Atlantis. Bei diesem Gedanken hob Poseidon plötzlich den Kopf. Oh, oh, oh. War das nicht … Ja, genau, das war's! Zum ersten Mal seit einer gefühlten Ewigkeit empfand er so etwas wie Aufregung.

An Atlantis und seine Bewohner hatte er seit Jahren nicht mehr gedacht. Er hatte sich von ihnen abgewandt und angenommen – vielleicht auch gehofft –, sie würden sich gegenseitig zerstören, sodass er diese grässlichen Geschöpfe nie mehr zu Gesicht bekommen musste. Stattdessen waren sie prächtig gediehen, und er hatte sie gewähren lassen, weil sie sich an seine

Regeln und Vorschriften gehalten hatten. Außerdem hatte Poseidon mit seinen Erdbewohnern schon genug zu tun gehabt, und auch deshalb hatte er nicht mehr an die Kreaturen gedacht, die erschaffen worden waren, bevor die Götter die Schöpfungsformel für den Menschen perfektioniert hatten.

Ja, es war höchste Zeit, dass er sich wieder einmal um die Atlanter kümmerte.

Poseidon konnte nicht anders. Er musste unwillkürlich grinsen.

Shaye starrte auf Valerians Rücken, während er sie auf dem gleichen Weg durch den Palast zurückführte, auf dem sie gekommen waren. Sie wehrte sich nicht. An seinen nackten Schultern sah sie die Muskeln arbeiten. Seine Haut war mit Blut und Dreck verschmiert.

Um ein Haar hätte er jemanden getötet. Noch dazu seinen eigenen Cousin. Vielleicht hatte er ihn tatsächlich auf dem Gewissen, falls Joachims Wunden sich entzündeten. Er hatte zugestochen, ohne zu zögern. Ohne Reue. Und sie hatte zugesehen, ohne mit der Wimper zu zucken.

Sie war zu erleichtert gewesen, dass *er* der Sieger war und überlebt hatte.

Das Ganze war wie im Film gewesen. Valerian hatte sich flink und geschmeidig bewegt, jede seiner gekonnten Bewegungen ebenso elegant wie gefährlich. Wie ein bedrohliches Ballett. Ihr Herz hatte vor Aufregung gehämmert und dann für einen Moment ausgesetzt, als Valerian verwundet wurde. Sie war nicht gefasst gewesen auf die Wut, die sie in diesem Moment auf Joachim gehabt hatte.

Sie hätte weglaufen und diesem Wahnsinn entkommen können. Aber sie hatte es nicht getan. Sie war geblieben. Nicht weil sie es Valerian versprochen hatte – ein erzwungenes Versprechen war ihrer Meinung nach kein richtiges Versprechen –, sondern weil ihr das Ergebnis des Zweikampfs als elementar wichtig für ihr eigenes Überleben erschienen war.

Dann gehört Shaye Octavia Holling hiermit offiziell mir. Sie ist meine Gefährtin. Eure Königin.

Seine Worte ließen sie immer noch innerlich beben. Als Valerian sie ausgesprochen hatte, hatte ihr das nicht so viel ausgemacht, wie es sollte. Tatsächlich hatte es ihr überhaupt nichts ausgemacht. In Wahrheit hatte sie – und sie stöhnte, als es ihr bewusst wurde – so etwas wie Freude empfunden. Triumph.

Valerian stolperte gerade über seine eigenen Füße. Er richtete sich rasch wieder auf, doch der Vorfall brachte Shaye in die Gegenwart zurück. „Du bist verletzt“, sagte sie, als wüsste sie das nicht längst. „Du brauchst einen Arzt.“

Er drehte sich kurz zu ihr um. „*Du* wirst meine Heilerin sein.“

Der Gedanke war ebenso reizvoll wie beunruhigend. „Ich verstehe nichts von Wundversorgung.“

„Ich habe Vertrauen in dich.“

Warum? Sie hatte kein Vertrauen in sich. Nicht in seiner Gegenwart. „Ich richte vielleicht mehr Schaden an, als zu helfen.“

„Shaye“, sagte er sichtlich gereizt. „Du bist die Einzige, von der ich mich überhaupt anfassen lasse.“

So gesehen ... „Na schön. Aber wenn du stirbst, kannst du dem lieben Gott ausrichten, dass ich dich gewarnt habe.“

Seine Schultern bebten, und Shaye hörte ihn lachen. Sie musste unwillkürlich lächeln und vergaß ihre Bedenken. Ihr gefiel, dass sie ihn zum Lachen gebracht hatte.

„Hast du ihn absichtlich am Leben gelassen“, fragte sie, „oder sein Herz zufällig nicht getroffen?“

Die Frage ließ ihn erstarren. „Ich verfehle nie mein Ziel.“

Männlicher Stolz war bei Nymphen offenbar ein ähnlich sensibles Thema wie bei Menschen. „Was ist, wenn er dich noch einmal zu einem Kampf herausfordert? Und was ist, wenn er nächstes Mal schummelt und dich in einem unerwarteten Moment angreift?“

„Das tut er nicht.“

„Wie kannst du dir da so sicher sein?“

„Joachim hat verloren. Alle haben gesehen, dass er mir unterlegen ist. Unabhängig davon, ob er mich umbringt oder nicht – er wird nie als Herrscher akzeptiert werden."

„Oh." Sie brachte das kurze Wort kaum über die Lippen, so entsetzt war sie über den Gedanken, Valerian könnte irgendwann sterben.

„Außerdem", fuhr er fort, ohne zu merken, was ihr gerade durch den Kopf ging, „war es nicht notwendig, ihn zu töten, damit du meine Frau wirst. Und *das* war der Hauptgrund, warum ich gegen ihn gekämpft habe."

Ein Schauer durchfuhr sie. „Ich bin *nicht* deine Frau."

„Hör auf, dich dagegen zu wehren, Moon. Das wird dir später nur peinlich sein, wenn du endlich zugibst, dass du mich liebst."

Sie schnaubte verächtlich, wechselte jedoch rasch das Thema. Seine Worte waren ein wenig *zu* … prophetisch. „Wohin bringst du mich?", fragte sie und sah sich um. Der von Fackeln beleuchtete Gang mit seinen beschädigten Wänden, aus denen offensichtlich Edelsteine herausgeschlagen worden waren, kam ihr bekannt vor. Plötzlich wusste sie die Antwort, und es verschlug ihr für einen Moment den Atem. „Nein!"

Schweigen. Ein Seufzer. „In mein Schlafzimmer", gab er zögernd zu. „Ja."

Ihr wurde plötzlich ganz flau vor Aufregung. *Valerian. Bett. Nein, zur Hölle!*

Erneut erschauerte sie. „Sperrst du mich ein?", fragte sie mit bebender Stimme.

„Nein."

Shaye hatte noch nie so viel Entschlossenheit aus einem einzigen Wort herausgehört. „Was … was hast du mit mir vor?" Insgeheim ahnte sie die Antwort bereits.

„Dich lieben, Moon. Ich werde mit dir schlafen."

„Nein. Nein!" Sie blieb wie angewurzelt stehen. „Ich weigere mich. Hast du gehört? Ich weigere mich!"

Ohne ihre Hand loszulassen, drehte er sich langsam zu ihr

um. Er hatte einen entschiedenen Zug um seinen schönen Mund, und seine harten Gesichtszüge waren wie in Stein gemeißelt. „Ich bin verwundet", sagte er, als ob sie wissen müsste, warum das jetzt eine Rolle spielte.

Sie sah ihn finster an. „Das weiß ich selbst. Ich habe dich doch eben noch daran erinnert. Aber du kannst dir sicher sein, dass du dir noch mehr Verletzungen zuziehen wirst, wenn du versuchst, mich in dein Bett zu kriegen."

„Ich bin verwundet", wiederholte er. „Sex gibt mir Kraft. Ich werde schneller heilen, sobald ich in dich eingedrungen bin."

Sie japste erschrocken nach Luft. „Ähm … von mir aus kannst du sterben. Ich lasse nicht zu, dass du …", sie fuchtelte mit einer Hand in der Luft herum, „… in mich eindringst."

„Du wirst sehen, ich bin ein wunderbarer Liebhaber." Er wirkte gekränkt. „Das kann ich dir versprechen."

„Nein."

„Shaye", flötete er. „Süße Mondscheinfrau."

„Valerian", blaffte sie zurück. „Unverbesserlicher Frauenheld."

Unter seinem Auge zuckte ein Muskel. „Ich habe deinetwegen alle anderen Frauen abgewiesen. Ich habe offiziell bekannt gegeben, dass ich dich zu meiner Königin mache."

„Und ich sage dir jetzt offiziell und zum Mitschreiben, dass mich das einen feuchten Dreck interessiert und meine Antwort Nein ist."

Sein Blick wurde eisig. Seine Nasenflügel bebten. Seine Wangenknochen traten scharf hervor. „Ich kann dich so weit bringen, dass du darum bettelst."

Sie zitterte innerlich vor Unruhe, ließ es sich jedoch nicht anmerken. „Ich bettle nie."

Eine Weile betrachtete er sie schweigend, dann fuhr er sich durch die Haare, sodass ihm ein paar blonde Strähnen ins Gesicht fielen. Irgendetwas in Shaye – ein unvertrauter Teil ihrer selbst, der sich in letzter Zeit immer öfter zeigte – hatte das Bedürfnis, die Hand auszustrecken und Valerian die zerzausten

Haare aus der Stirn zu streichen. Na gut, er konnte sie dazu bringen zu betteln. So. Sie hatte es zugegeben. Sie spürte immer noch den Druck seiner Lippen auf ihrem Mund. Sein Kuss hatte sich unauslöschlich in ihr Gedächtnis eingebrannt. Aber sie musste ihm widerstehen. Sie musste sich wehren.

Und sie musste ihm jetzt endlich entkommen.

Noch ehe sie einen Schritt machen konnte, kam er auf sie zu und leckte sich über die Lippen, ganz so, als ahnte er – *als wüsste er*, verdammt –, was für unanständige Gedanken ihr durch den Kopf gingen, und wollte auf jede erdenkliche Weise davon profitieren. Alle Gedanken an Flucht lösten sich in Luft auf.

„Ich brauche dich, Shaye. Mehr, als ich jemals irgendjemanden gebraucht habe."

Nur Valerian redete in diesem Ton mit ihr. Seine Stimme war rau und gleichzeitig sanft und weich wie warmer Honig. Er klang, als wäre Shaye in seiner Vorstellung bereits nackt und er schon in ihr. Sie hatte keine Antwort darauf, zumindest keine, die ihr behagt hätte.

Wieder herrschte Schweigen zwischen ihnen; diesmal war es ein wissendes Schweigen. Ein bedeutsames Schweigen. Ein verlockendes Schweigen. Er wartete, während ihr Verstand und ihr Herz miteinander kämpften. *Bleib stark. Gib nicht nach.* Wenn er sie berührte … Moment. Er berührte sie ja, und es fühlte sich wunderbar an.

Sie befreite sich aus seiner Umarmung und machte ein paar Schritte zurück. Es war ihr egal, wenn er sie für feige hielt. „Ich versorge deine Wunden, aber das war's dann. Mehr gibt es nicht. Hast du verstanden?"

Er sah sie nachdenklich an, als versuchte er, ihren inneren Konflikt zu ergründen. „Hast du Angst, mich an dich heranzulassen, weil ich fast jemanden getötet hätte?"

„Nein."

„Was ist es dann? Manche Frauen finden Gewalt abstoßend. Andere erregt es." Er kam näher, immer näher. „Wie ist es bei dir?"

„Weder noch." Sie stieß mit dem Rücken an die Wand und erschrak. „Es ist einfach so, dass ich dich …" *Sag es! Tu ihm weh!* „… nicht mag."

Er erstarrte und sah sie entgeistert an. Vielleicht hatte sie ihm wehgetan, vielleicht auch nicht. Auf jeden Fall hatte sie sich selbst wehgetan. Immer wenn sie log, zog sich ihr Magen schmerzhaft zusammen und sie hatte das Gefühl, als würde es ihr die Kehle zuschnüren.

„Wie du meinst", sagte er mit ausdrucksloser Miene. „Ich erlaube dir, dich um meine Verletzungen zu kümmern. Ich bin an beiden Armen verwundet worden."

Locker bleiben. Nichts anmerken lassen. „Oh, du erlaubst es mir! Herzlichen Dank." Sie schnaubte und hoffte, einigermaßen gleichgültig zu wirken. Würde er sie *rein zufällig* berühren, während sie sich um seine Verletzungen kümmerte? Würde er ihr seinen warmen Atem ins Ohr hauchen, ihn über ihre Haut streifen lassen und sie mit seinem feurigen Blick regelrecht verschlingen? „Aber kein …. Rumknutschen, okay?"

Die wichtigere Frage war allerdings: Würde sie ihm widerstehen können?

Ihre Selbstbeherrschung war schon jetzt stark gefordert. Daher waren Doktorspiele vielleicht keine besonders gute Idee. Es bedeutete, dass sie die ganze Zeit auf der Hut sein musste. Sie vermutete, dass mit Valerian zu schlafen so ähnlich sein würde, wie sich einen Schuss Heroin zu verpassen. Süchtig machend, tödlich und absolut dumm. Wenn es ihr gelang, es gar nicht erst auszuprobieren, würde sie sich später nicht mit Entzugserscheinungen herumschlagen müssen. Und wenn sie ihn verarztet hatte, konnte sie ihn mit gutem Gewissen verlassen.

Mach dir doch nichts vor. Du hast es bereits ausprobiert. Da war dieser wahnsinnig leidenschaftliche Kuss, schon vergessen? – Halt einfach die Klappe!

„Während du mir hilfst", sagte er, „wird es zu keinen Zärtlichkeiten kommen. Falls du es dir aber mittendrin anders überlegen solltest, brauchst du es nur zu sagen."

Ohne ihr die Gelegenheit zu geben, etwas einzuwenden, nahm er sie an der Hand, drehte sich um und ging weiter. Shaye, der das, was er gerade gesagt hatte, immer noch durch den Kopf ging, war sich jeder winzigen Berührung bewusst. Weiche Handfläche in rauer Handfläche.

„Hast du Neosporin?", fragte sie in der Hoffnung, dadurch auf andere Gedanken zu kommen, die rein gar nichts mit Sex zu tun hatten.

„Ich habe keine Ahnung, da ich nicht mal weiß, was das ist."

Wenn seine Haare nass waren wie jetzt, stellte Shaye fest, waren sie leicht gewellt. Sie runzelte die Stirn. Warum interessierten sie seine doofen Haare? „Es ist eine Salbe für deine Wunden."

„Ich besorge dir alles, was du brauchst." Sie waren bei der Tür zu seinem Schlafzimmer angekommen, und er schob mit seiner freien Hand den dünnen weißen Vorhang zur Seite.

Er ging hinein, sie folgte ihm. Das Zimmer gehörte zwar zur selben Suite wie das, in dem sie übernachtet hatte, war jedoch maskuliner eingerichtet und hatte eine irgendwie kriegerische und gleichzeitig gemütliche Atmosphäre. An der hinteren Wand stand ein großes Bett mit zerwühlter goldfarbener und violetter Bettwäsche. Auf dem Laken sah man, dass ein großer Männerkörper dort gelegen hatte. An den Wänden hingen an rubinroten Haken goldene Rüstungen und ein ganzes Arsenal an Waffen. Edelsteine im Mauerwerk reflektierten Licht in allen Farben des Regenbogens.

In einer Nische des Raums befand sich ein dampfendes Badebecken, in dem Blütenblätter schwammen. Das Ganze hatte einen äußerst femininen Touch, und Shaye war sofort klar, dass Valerian dafür nicht verantwortlich war. Eine seiner vielen Geliebten musste das Becken vorbereitet haben.

„Hier schläfst du also?", fragte sie.

„Ja." Er ließ ihre Hand los.

Sie drehte sich langsam um die eigene Achse und sah sich genauer um. „Mir ist aufgefallen, dass in ein paar Wänden im Palast

Löcher sind. Es sieht aus, als hätte jemand etwas herausgestemmt. Juwelen, stimmt's? So wie die hier?"

„Stimmt."

„Warum ist in diesem Zimmer nichts beschädigt? Und in dem anderen, in dem ich geschlafen habe, auch nicht?"

„Nachdem wir den Palast erobert hatten, habe ich dafür gesorgt, dass meine Räumlichkeiten meiner würdig sind."

In seinen Worten hatte weder Arroganz noch Stolz mitgeschwungen. Nicht einmal ansatzweise. Er hatte einfach die Wahrheit gesagt. „Wie ich sehe, hast du ja überhaupt keine hohe Meinung von dir", zog sie ihn auf.

Valerian stand bloß da und sah sie an. Er konnte sich an ihrer Schönheit einfach nicht sattsehen. Dann wanderte sein Blick zu dem Bett. Groß und einladend. Violette, golden gesäumte Bettwäsche. Er wollte Shaye dort liegen sehen. Sie berühren. In diesem Zimmer zu sein, in der Nähe seines Betts, und Shaye in seiner Reichweite zu haben erwies sich als ultimative Herausforderung für seine Selbstbeherrschung.

Warum hatte er versprochen, sie nicht anzurühren, während sie sich um seine Verletzungen kümmerte?

Er hatte noch nie zuvor eine Frau verführen müssen. Frauen begehrten ihn und mussten nie ermuntert werden, mit ihm zu schlafen. Shaye verunsicherte ihn. Während er sich danach sehnte, sie zu spüren, stieß sie ihn ständig weg. Dabei sollte von allen Frauen gerade sie ihn am meisten begehren.

Wie lange würde sein Körper diese Zurückweisungen noch aushalten?

Nicht mehr lange, vermutete er.

Er holte saubere Tücher, eine Schüssel heißen Wassers, ein Schälchen mit Reinigungsöl und eine Flasche mit Heilerde aus dem Drachenwald. Während er damit beschäftigt war, horchte er die ganze Zeit, ob Shaye vielleicht einen Fluchtversuch unternahm. Überraschenderweise geschah nichts dergleichen. Sie blieb genau dort stehen, wo er sie allein gelassen hatte – in der Mitte seines Zimmers.

Als er wieder zu ihr ging, trafen sich ihre Blicke. Götter, sie sah bezaubernd aus. Ihre hellen Haare fielen ihr wie ein verführerischer Schleier über die Schultern. *Küss sie.* Statt ihr das Tablett zu reichen, beugte er sich zu ihr hinunter – langsam, damit sie merkte, was er vorhatte.

Er konnte nicht widerstehen. Er musste es einfach tun. Kein *Rumknutschen*, wie sie sich ausgedrückt hatte, bloß ein Kuss.

Seine Lippen streiften sanft über ihre. Ein zarter Kuss, kein Zungenkuss. Und doch unglaublich erregend. Ihre alabasterfarbene Haut duftete betörend. „Danke, dass du dich um meine Wunden kümmerst." Seine Stimme war genauso sanft wie der Kuss.

Ihre Augen hatten sich geweitet und schienen jetzt etwas furchtsam zu schimmern. Hatte sie Angst vor ihm? Oder vor sich selbst? „Ich bin nicht gerade berühmt für meine zarten Hände", warnte sie ihn. Ihre Stimme bebte. „Also bedank dich nicht zu früh."

Er musste sich ein Lächeln verkneifen und richtete sich wieder auf. „Wofür bist du dann berühmt, kleine Moon?"

„Dass ich ein Biest bin." Sie biss sich auf die Lippen, nahm ihm das Tablett ab und drehte sich rasch um.

„Ich nehme an, das ist kein Kompliment, oder?"

Achselzuckend ging sie zu einer mit Amethysten besetzten Truhe und stellte das Tablett ab. „Für manche Frauen nicht."

Nachdem er ihr erklärt hatte, wie man das Öl und die Heilerde auftragen musste, trug er den einzigen Stuhl im Zimmer zu Shaye hinüber. Das Ding war schwer, aber er versuchte, sich die Anstrengung nicht anmerken zu lassen. „Du willst, dass die Leute dich für kalt und gefühllos halten. Bei mir hast du dich ja auch sehr bemüht, es zu beweisen. Immer wieder. Warum?"

Sie machte einen Schmollmund und deutete auf den Stuhl. „Setz dich einfach und halt die Klappe. Meine Mom hat mich schon als Kind zu diversen Seelenklempnern geschickt, ich brauche jetzt sicher keine Laiendiagnose."

Er blieb stehen. „Erzähl", bat er. Sie mochte vielleicht glauben, dass sie keine Gefühle hatte, aber er hatte ihre Warmherzigkeit und Sensibilität, die sie so gern verstecken wollte, schon ein paarmal gespürt. Ihm fiel auf, wie sie manchmal zögerte, ehe sie etwas Beleidigendes zu ihm sagte. Fast so, als müsste sie sich zwingen, es auszusprechen. Und jedes Mal, wenn sie von ihrer wenig liebenswürdigen Art redete, lag da immer diese Wehmut in ihrem Blick, eine Sehnsucht, die sie sich selbst noch nicht eingestanden hatte.

„Da gibt es im Grunde nicht viel zu erzählen. Im Laufe der Zeit habe ich gelernt, dass Gefühle nichts als Schmerz und Trauer bringen." Shaye legte ihre Hände auf seine Schultern und drückte ihn nach unten, damit er sich hinsetzte. Sie war ihm kräftemäßig in keiner Weise gewachsen, aber er nahm trotzdem Platz.

Mit leicht zitternden Fingern wischte sie ihm vorsichtig den Schmutz von den Schultern. Obwohl sie aufpasste, dabei seine Wunden nicht zu berühren, spürte Valerian einen stechenden Schmerz durch seinen Körper jagen.

Er runzelte die Stirn. „Ich müsste jetzt nicht so leiden, wenn du einfach das Unvermeidliche akzeptieren und mit mir schlafen würdest."

„Sei kein Weichei. Ich habe dich gewarnt, dass ich in diesen Dingen nicht sehr gut bin." Sie tränkte eines der Tücher in das Öl. „Riecht gut. Was ist das?"

„Ich glaube, bei euch Menschen sagt man Seife dazu."

„Unsere Seife riecht nicht nach Orchideen und mystischen Wasserfällen."

Er legte den Kopf schief und musterte sie. „Du möchtest für abgeklärt und unnahbar gehalten werden, und doch erfreust du deine Sinne gern an berauschenden Düften."

Zornig klatschte sie ein Tuch auf seine Wunde. Er lachte, denn langsam erkannte er das Muster hinter ihren Wutausbrüchen. Immer wenn sie ihre kühle Distanziertheit gefährdet sah, reagierte sie gereizt.

Sie tupfte vorsichtig die Wundränder ab. „Du hast übrigens ziemlich gut gekämpft."

Valerian war so verblüfft, dass ihm das Lachen verging. Ihm entfuhr sogar ein erleichtertes Seufzen. Vielleicht störte sie sich gar nicht so sehr an Gewalt, wie er befürchtet hatte. Das bedeutete, dass sie sich hier, wo Kriege praktisch an der Tagesordnung waren, unter Umständen schneller einleben würde als gedacht. „Ist es Männern in der Oberwelt erlaubt, sich mit Schwertern zu duellieren?"

„Nein. So etwas hat Konsequenzen."

„Was meinst du damit?"

„Wenn in der Oberwelt ein Mann einen anderen so zurichtet, wie du es heute getan hast, wird er festgenommen und weggesperrt. Wenn sein Opfer stirbt, kann es sogar sein, dass ihm die Todesstrafe droht."

Valerian überlegte. „Und wenn der Mann sich selbst oder die, die er liebt, verteidigt?"

„Dann hat das trotzdem Konsequenzen, bloß nicht so schwerwiegende. In meiner Welt verklagen die Leute einander oft wegen der albernsten Dinge, die man sich vorstellen kann. Ich habe von einem Fall gehört, bei dem jemand in ein Haus eingebrochen ist: Der Dieb ist vom Dach gefallen und hat dann gegen den Hausbesitzer geklagt. Er hat den Prozess sogar gewonnen. Idiotisch, oder?"

„Wenn das so ist, möchte ich nicht in der Oberwelt leben, glaube ich."

„Also mir gefällt's dort", sagte sie abwehrend.

Er seufzte.

„Diese Wunde ist ziemlich tief", murmelte sie und befühlte den Wundrand mit dem Finger. „Ich glaube, du musst genäht werden."

Er biss sich auf die Lippen, um nicht vor Schmerz das Gesicht zu verziehen. Bis jetzt waren Verletzungen für ihn noch nie ein Problem gewesen. Nach einem Kampf hatte er sofort mit einer Frau geschlafen, und die Wunden waren von selbst wieder verschwunden. „Was ich brauche, ist Sex." Er wollte es verführerisch klingen lassen, aber es hörte sich wie ein Vorwurf an. „Mit dir."

Mit finsterer Miene, aber sanften Händen trocknete sie die Wunde. „Ich kann dir liebend gern eine andere Frau besorgen."

Nachdem sie es ausgesprochen hatte, presste sie die Lippen zusammen. Über ihr Gesicht huschte ein Ausdruck, den Valerian als eine Mischung aus Ärger und Sorge deutete. Hatte sie etwa Angst, dass er auf ihren Vorschlag einging?

„Ach, Moon, wann begreifst du endlich, dass ich nur dich will?"

Sie entspannte sich, und ihre Gesichtszüge wurden wieder sanfter. „Tja, wann begreifst du endlich, dass ich nicht mit jedem in die Kiste springe?"

„Habe ich dir denn nicht schon erklärt, dass du meine Gefährtin bist?" Er wollte nicht schon wieder hören, wie sie es abstritt, deshalb fügte er rasch hinzu: „Deine ständigen Proteste sind lächerlich."

„Eine Gefährtin ist eine Partnerin, die aus freien Stücken mit einem Mann zusammen ist, richtig? Ich glaube, wir wissen beide, dass ich nicht freiwillig bei dir bin. Und ich bin auch nicht deine Partnerin. Oder Königin. Ich bin *keine* Königin."

Valerian ließ seine Finger durch ihre seidigen Haare gleiten. Er konnte einfach nicht anders. Dann roch er an ihnen. Was für ein himmlischer Duft. „Du riechst so gut."

„Das kann man von dir nicht behaupten."

Er nahm es ihr nicht übel. „Ich muss tatsächlich dringend ein Bad nehmen. Möchtest du dich mir vielleicht anschließen?"

Shaye durchlief ein Zittern, und ihr fiel das Tuch aus der Hand. „Hör auf, so zu reden, verdammt."

„Warum? Ich will dich. Und ich gehöre nicht zu denen, die ihre sexuellen Wünsche verleugnen."

„Ja, das habe ich schon begriffen." Sie hob das Tuch auf und warf es in den kalten Kamin. Dann nahm sie einen sauberen Lappen und befeuchtete ihn mit Heilerde. „Dir ist klar, dass ich gleich Erde in eine offene Wunde gebe, ja?"

„Ja."

„Und du willst immer noch, dass ich das mache?"

Er zog die Augenbrauen hoch. „Natürlich."

Sie schüttelte ungläubig den Kopf. „Wie du meinst. Es ist deine Infektion", sagte sie dann achselzuckend und begann – allerdings erst nach kurzem Zögern –, die grobkörnige Erde auf seine Verletzung zu schmieren.

Eine Weile sagte er nichts. Er konzentrierte sich auf ihren Atem, der sanft über seine Schultern streifte. Er konzentrierte sich auf ihre Zähne, die sich in ihre Unterlippe gruben. Sein Penis wurde zusehends steifer.

„Sexuelle Wünsche sind etwas ganz Natürliches, Moon", sagte er. „Je mehr du sie unterdrückst, desto stärker werden sie. Und irgendwann sind sie so stark, dass du an nichts anderes mehr denken kannst."

„Jetzt ist aber Schluss." An ihrer bebenden Stimme erkannte Valerian, dass seine Worte sie nicht kaltließen. Ihre Nippel pressten sich hart gegen den Stoff ihres Hemds. „Versuch nicht, mich in ein Gespräch über sexuelle Wünsche zu verwickeln, okay? Das interessiert mich nicht."

Er griff nach ihrem Handgelenk, umfasste energisch und gleichzeitig besänftigend ihre zarten Knochen. Immer noch kein Rumknutschen, beruhigte er sich. Er zog sie zu sich. Ihr Blick fiel zuerst auf seinen Mund, dann auf seine Erektion. Sie schnappte überrascht nach Luft.

„Du hast recht", sagte er. Er sehnte sich so sehr danach, mit ihr zu schlafen. „Wir sollten nicht darüber reden. Ich sollte es dir *zeigen*. Sag, dass ich es dir zeigen soll, Shaye. Sag es."

Plötzlich in Panik geraten, machte sie einen Satz zur Wand und griff sich eines der kleineren Schwerter. Sie richtete es drohend auf ihn und wirkte dabei ganz wie die Kriegerkönigin, die sie leugnete zu sein. „Nein. Nein! Hast du verstanden?"

Shaye hatte gegen ihr fast glühendes Verlangen angekämpft, seit Valerian sich hingesetzt hatte. Jedes Mal, wenn sie ihn berührt hatte, wenn er sie angesehen oder mit ihr geredet hatte, war ihr Widerstand ein bisschen schwächer geworden.

Er erstarrte, und seine Miene wirkte plötzlich verschlossen. Nur seine Augen verrieten, was in ihm vorging. In ihnen funkelten Leidenschaft, Zorn und Enttäuschung.

„Also gut", sagte er. „Heute Nacht sollst du deinen Willen bekommen. Ich werde dich nicht anfassen."

Nein, heulte ihr Körper auf. *Hör nicht auf mich. Kämpf um mich.* „Danke." Sie musste stark bleiben. Sie durfte nicht klein beigeben. Die Auswirkungen wären einfach zu weitreichend.

Sie starrten sich schweigend an, als würden sie einen stillen Kampf ausfechten. „Morgen allerdings geschieht dann, was ich will. Morgen wirst du mich nicht mehr zurückweisen. Hast *du* verstanden?"

Sie schluckte nur. Wagte kein Wort zu erwidern.

„Wenn du versuchst, dieses Zimmer zu verlassen, wirst du es bereuen." Er stand auf und ging, ohne sich auch nur ein einziges Mal nach ihr umzudrehen.

14. KAPITEL

Dr. Brenna Johnston band sich die schwarzen Haare mit einem Band zusammen. Wie immer ließen sich ein paar widerspenstige kurze Löckchen nicht bändigen und fielen ihr in die Stirn.

Wie bin ich bloß in diese Situation geraten?

Sie starrte den Mann an, der bewusstlos auf dem saphirblauen Seidenlaken im Bett lag. Seine schönen dunklen Haare fielen ihm über die breiten Schultern. Seine Wimpern warfen Schatten auf seine Wangen. Seine Nase war ein wenig schief, und er hatte volle Lippen.

Er sah aus wie ein gefallener Engel.

Ein sterbender, blutiger, leidender Engel.

Aus den klaffenden Wunden an seiner Brust und am Oberschenkel sickerte Blut. Seine Haut, die zuvor gesund und braun gebrannt ausgesehen hatte, war jetzt, da er sich in einem leichten Schockzustand befand, blass, ja, fast bläulich. Brenna war Chirurgin, aber sie wäre lieber in *ihrem* Krankenhaus gewesen, mit *ihren* Instrumenten und *ihren* Operationsschwestern. Nicht hier in diesem unsterilen Ambiente mit diesen komischen Schälchen voller Öl und Erde und diesem Holzkopf, der an der Tür Wache stand. Aber sie konnte ihren Patienten nicht sterben lassen. Sie *würde* ihn nicht sterben lassen.

Seit sie von diesen riesigen, muskelbepackten Wilden entführt worden war, hatte sie sich in einem dauerhaften Angstzustand befunden. Aber jetzt fühlte sie sich in dieser … wo auch immer sie sich gerade befand … zum ersten Mal als Herrin der Lage. Selbstsicher und in ihrem Element.

Brenna winkte den Türwächter zu sich und erklärte ihm in Zeichensprache, welche Gegenstände er ihr besorgen musste.

Er sah sie verwirrt an und hob abwehrend eine Hand, damit sie zu gestikulieren aufhörte. „Ich verstehe nicht, was du meinst. Kannst du nicht sprechen?“

Sie seufzte. Ihre Stimmbänder waren vor Jahren schwer beschädigt worden. Äußerlich merkte man ihr nichts an; nein, ihre Narben waren innerlich. Sie war damals brutal misshandelt worden, und sie konnte zwar sprechen, aber ihre Stimme war … grässlich. Der Vorfall war eine verschwommene, verdrängte, verhasste Erinnerung, die sie sich jetzt nicht ins Gedächtnis rufen durfte, wenn sie als Ärztin funktionieren wollte.

„Nadel", krächzte sie. „Faden." So primitiv, wie dieser Typ war, konnte er wahrscheinlich ohnehin ein Skalpell nicht von einem Buttermesser unterscheiden. „Operationsinstrumente."

Beim Klang ihrer brüchigen, rauen Stimme zuckte er erschrocken zusammen, nickte dann jedoch und eilte davon. Als er wenig später wiederkam, reichte er ihr eine zerfledderte zusammengerollte Tasche. Darin eingeschlagen waren ein Skalpell aus Bronze, lange, dünne Haken und ein paar Eisennadeln.

„Feuer", sagte sie. „Heißes Wasser."

Er nickte, nahm eine brennende Fackel von der Wand und warf sie in den Kamin. Die Holzscheite begannen bald zu glühen, und wenig später loderte ein knisterndes Feuer. Nachdem er noch eine Schüssel Wasser geholt hatte, erhitzte Brenna die Instrumente über den Flammen.

Als alles so steril war, wie es unter den gegebenen Umständen möglich war, und sie ihre Hände geschrubbt hatte, stellte sie sich neben ihren Patienten. Bis jetzt hatte er sich kein einziges Mal bewegt und auch keinen Ton von sich gegeben. Seine Gesichtszüge waren entspannt und so, als würde er nichts um sich herum mitbekommen.

Brenna fand das gleichermaßen beruhigend wie besorgniserregend. In diesem Zustand würde er wenigstens keinen Schmerz empfinden, wenn sie ihn nähte. Andererseits, dieser tiefe Schlaf … Sie straffte die Schultern und machte sich an die Arbeit. Als Erstes schnitt sie seine Hose ab und säuberte die klaffenden Wunden an seinen Beinen und seiner Brust. Dann bemühte sie sich, das zerfetzte Hautgewebe – das in einem besseren Zustand war, als sie befürchtet hatte – so gut es ging zu nähen. Leichter gesagt als getan. Tatsächlich verbrachte sie Stunden an seiner

Seite. Brenna stand der Schweiß auf der Stirn, und als die Prozedur sich ihrem Ende zuneigte, waren ihre Arme bleischwer vor Müdigkeit.

Das muss genügen. Sie hätte ihm gern eine Bluttransfusion gegeben, doch sie wusste, dass es so etwas hier nicht gab. Shivawn, der Mann, der sie gestern Abend ausgewählt hatte, hatte ihr erklärt, wo sie war und warum man sie hierhergebracht hatte. Er hatte ihr damit ihre Angst nehmen wollen, aber natürlich das genaue Gegenteil bewirkt.

Nymphe. Atlantis. Sex. Zuerst hatte sie ihm nicht glauben wollen. Nach allem, was sie heute gesehen hatte, konnte sie allerdings die Augen nicht länger vor der Wahrheit verschließen. Schwertkämpfe und Juwelen an den Wänden. Seidenkissen in allen Gängen und Krieger, die darauf Sex hatten. Meerjungfrauen und eine Kuppel aus Kristallprismen, die Licht spendete. Frauen, die den Verstand verloren und ständig Sex wollten.

Shivawn hatte damit gerechnet, dass sie genauso reagieren würde wie die anderen, und noch dazu mit Begeisterung. Wie überrascht er gewesen war, als sie sich mit Händen und Füßen – und, wie sie peinlicherweise zugeben musste, lautem Schluchzen – gewehrt hatte … Aber schließlich hatte er sie in Ruhe gelassen. Er war insgesamt seltsam … nett gewesen. Überraschend fürsorglich.

Aber wahrscheinlich bereute er seine Wahl schon. Heute Morgen hatte Brenna vom Gang aus andere (nackte) Männer mit ihren (ebenfalls nackten) Auserwählten in ihren Betten liegen sehen. Ein paar hatten … nicht geschlafen. Bestimmt wollte Shivawn das Gleiche, aber sie konnte es ihm nicht geben. Sie konnte einfach nicht.

Brenna hatte sich nur deshalb von ihm auswählen lassen, damit er sie von der Meute der anderen Männer wegbrachte. Gegen einen Krieger konnte sie sich (theoretisch) wehren. Gegen alle? Keine Chance.

Sie seufzte. Dann setzte sie sich ans Bett des bewusstlosen Mannes – er hieß Joachim, wie ihr einfiel – und tupfte ihm mit einem feuchten, warmen Tuch die Stirn ab. In den nächsten Stunden versuchte sie, es ihm so angenehm wie möglich zu machen und dafür zu sorgen, dass er sich nicht erkältete. Bei dem Blutverlust, den er erlitten hatte, war er anfällig für eine Hypothermie.

„Brenna“, hörte sie Shivawn plötzlich von der Schwelle her sagen. Er klang hoffnungsvoll. „Es wird Zeit, dass ich dich auf mein Zimmer bringe.“

Ihr Herz begann zu rasen. *Ganz ruhig bleiben.* Langsam drehte sie sich zu ihm um. Er stand neben dem Wachposten, der so tat, als würde er interessiert die Wand betrachten. Shivawn war mit seinen braunen Haaren und den grünen Augen ein gut aussehender Mann, und Brenna wünschte insgeheim, sie wäre eine normale Frau, die sich zu jemandem wie ihm hingezogen fühlen konnte. Zugegeben, sie spürte bei seinem Anblick so etwas wie ein ... schmerzhaftes Sehnen. Aber es durfte nicht sein. Sie schüttelte den Kopf.

Er ließ die Schultern hängen und presste die Lippen zusammen. „Warum weist du mich ständig zurück? Habe ich dich irgendwie gekränkt? Dich verletzt?“

Sie schüttelte ein zweites Mal den Kopf. Hatte er nicht, und darüber war sie eigentlich immer noch schockiert.

Er machte einen Schritt auf sie zu. „Ich möchte dich doch nur glücklich machen.“

Erneutes Kopfschütteln. „Ich bleibe.“

Er wusste bereits, wie ihre Stimme klang, darum zuckte er nicht mehr zusammen wie am Anfang. Würde er irgendwann aggressiv werden, wenn sie ihn weiterhin abwies? Würde er versuchen, sie zu zwingen, mit ihm zu schlafen? Sich vom netten Mann in ein Monster verwandeln? Sie begann, am ganzen Körper zu zittern, und ihr Magen zog sich zusammen.

Shivawns Miene wurde sanft, als er sie jetzt ansah. „Du verstehst das Wesen der Nymphe nicht. Wir müssen mit Frauen schlafen, sonst schwinden unsere Kräfte“, erklärte er so geduldig, als würde er mit einem Kind reden. „*Meine* Kräfte schwinden, während alle anderen immer stärker werden.“

„Nein." Wenn sie irgendwann einmal beschloss, mit einem Mann zu schlafen, würde es einer sein, der nicht so … Furcht einflößend war. Einer, der ihr nicht mit links das Genick brechen konnte. Außerdem hatte sie hier zu tun. Sie zeigte auf ihren Patienten. „Braucht mich."

Shivawn sah sie lange an. Über sein Gesicht huschte eine Vielzahl von Emotionen. Enttäuschung. Bedauern. Entschlossenheit. Dann drehte er sich abrupt um und ging. Brenna atmete erleichtert und – erschreckenderweise – auch ein wenig enttäuscht auf.

Konzentrier dich auf deine Arbeit, Johnston. Sie wandte sich wieder dem verwundeten Krieger zu und strich ihm über die allzu kalte Stirn. Würde er überleben? Er hatte sehr viel Blut verloren.

Joachim war größer als Shivawn. Wahrscheinlich auch stärker. Mit Sicherheit gefährlicher. Dennoch beugte sie sich jetzt dicht über ihn. Es war wie ein Zwang. So, als würde eine Macht, die stärker war als sie selbst, sie zu ihm hinziehen. Sie gab ihm einen zarten Kuss auf die Lippen. Sie hasste es, jemanden leiden zu sehen. Niemand wusste besser als sie, was es bedeutete, zerschunden und misshandelt in einem Bett zu liegen. Dem Tode nahe.

Er blinzelte und öffnete die Augen, als hätte der zarte Kuss ihm Kraft eingehaucht. Er sah sie dort über sich gebeugt und runzelte verwirrt die Stirn. Brenna richtete sich hastig auf.

„Bin ich tot?", hörte sie ihn sagen.

Seine Stimme war schwach, das Sprechen strengte ihn sichtlich an. Trotzdem musste Brenna sich beherrschen, nicht vor Angst aufzuspringen. *Er ist geschwächt. Er kann dir nicht wehtun.* Mit zitternder Hand strich sie ihm wieder über die Stirn. Seine Lider waren halb geschlossen, dennoch konnte sie den Schmerzen in seinen saphirblauen Augen erkennen.

„Bin ich in den Olymp aufgestiegen?"

Sie schüttelte den Kopf.

Er sah sich im Zimmer um. „Warum bist du hier? Warum bin

ich …“ Er brach ab. „Valerian“, knurrte er. „Der Kampf. Verloren. Ich habe verloren.“ Er versuchte, sich aufzusetzen.

Brenna drückte ihn sanft zurück und strich ihm die Haare aus dem Gesicht, um ihn zu beruhigen. Sie wusste nicht, was sie tun sollte, wenn er sich wehrte. Überraschenderweise schien ihn ihre Berührung jedoch zu besänftigen. Er entspannte sich.

Er holte tief Atem und hob dann seinen Arm, um nach ihrem Handgelenk zu greifen. *Bleib ganz ruhig, bleib ganz ruhig, bleib ganz ruhig.* Sie versuchte, sich loszumachen, doch er hielt sie fest.

„Was tust du hier, Frau von Shivawn?“

Ihr schlug das Herz bis zum Hals, als sie auf seine Verbände zeigte.

Er betrachtete sie mit gerunzelter Stirn. „Du bist eine Heilerin?“

Brenna nickte und versuchte wieder, sich loszumachen, doch er ließ ihr Handgelenk nicht los. Woher nahm er diese Kraft? Eigentlich hätte er doch schwach wie ein Baby sein müssen.

„Kannst du nicht sprechen?“, fragte er.

„Kaputt.“ Sie deutete mit ihrer freien Hand auf ihren Hals.

Zu ihrem Erstaunen schien ihn der Klang ihrer Stimme überhaupt nicht zu irritieren. Er ließ ihre Hand los und strich mit den Fingern über ihren Hals, als würde er nach einer Verletzung suchen. Brenna zitterte vor Angst, aber auch vor Erregung. Was war bloß los mit ihr? Sie hatte seit Jahren nichts mehr für einen Mann empfunden. Warum heute? Und warum gleich bei zwei Männern?

„Wie ist das passiert?“

Die Leute fragten sie das ständig. Ganz so, als würden sie sich nach dem Wetter erkundigen oder danach, wo sie ihre Schuhe gekauft hatte. Anfangs hatte diese Frage sie jedes Mal entsetzlich aufgewühlt und die grauenhafte Erinnerung daran wachgerüttelt, wie ihr vor Eifersucht kochender Freund sie gewürgt hatte. Mittlerweile antwortete sie immer mit einem beiläufigen „Autounfall“, aber sie bezweifelte, dass dieser archaische Krieger wusste, was das bedeutete.

Brenna biss sich auf die Lippen und beugte sich über ihn. Zögernd legte sie ihm eine Hand um den Hals, tat so, als würde sie ihn würgen, und zeigte dann auf ihren Hals.

Seine Augen verengten sich, und er griff wieder nach ihren Handgelenken, diesmal viel behutsamer. „Jemand hat versucht, dich zu erwürgen?"

Sie nickte.

„Ein Mann?", fragte er so leise, dass sie es kaum verstehen konnte.

Sie nickte noch einmal.

„Fass sie nicht an", sagte der Wächter, dem es anscheinend erst jetzt auffiel, dass die beiden sich berührten. „Befehl des Königs. Lass sie los, Joachim."

Brenna hatte den Wachposten ganz vergessen.

Joachims Blick schoss zur Tür, und seine Miene verfinsterte sich. Dann lieferten sich die beiden Männer eine hitzige Diskussion in einer Sprache, die Brenna nicht verstand. Während des gesamten Wortwechsels ließ Joachim ihre Hände nicht los.

Irgendwann gelang es ihr, sich von ihm loszumachen. Erleichtert massierte sie sich die Handgelenke. Dort, wo er sie berührt hatte, war ihre Haut ganz warm. Empfindlich. Dieser Mann war Furcht einflößend, launisch und *gewalttätig*. Allesamt Eigenschaften, die sie abstoßend fand. Sie durfte seine Berührungen nicht als angenehm empfinden.

„Soll ich ihn für dich töten?", fragte Joachim zu ihrer Verblüffung.

Sie guckte ihn verwirrt an und deutete fragend auf den Wächter.

„Nein, den, der dir wehgetan hat."

Sie zögerte kurz. Dann schüttelte sie den Kopf.

„Stark sein ist gut", sagte er mit plötzlich schwächer werdender Stimme. „Einer Frau wehtun nicht." Ihm fielen die Augen zu, doch er riss sie wieder auf.

Brenna wusste nicht, ob er das, was er gerade gesagt hatte, ernst meinte. Auf jeden Fall kam er ihr wie jemand vor, der sich nicht beherrschen konnte, wenn er wütend war. Nach dem heutigen Zweikampf …

„Wie heißt du?“, wollte er jetzt wissen.

„Brenna.“

„Brenna …“ Er ließ sich das Wort förmlich auf der Zunge zergehen. Im nächsten Augenblick jedoch hatte er einen grimmigen Zug um den Mund, und seine Augen funkelten zornig. „Wo ist Shivawn?“

Sie stand zitternd auf. Joachim war von einer Sekunde auf die andere wütend geworden. Warum? Was hatte sie falsch gemacht?

Er runzelte die Stirn, während ihm erneut die Augen zufielen. „Warum weichst du vor mir zurück? Gehst du etwa zurück zu deinem Liebhaber?“ Die letzte Frage klang spöttisch.

Bevor er aufstehen und sie festhalten konnte, drehte sie sich um und lief davon. Wohin sie gehen sollte, wusste sie nicht. Nur, dass sie schleunigst von hier wegmusste. Von *ihm* wegmusste.

Nachdem Brenna gegangen war, lag Joachim noch lange wach und fluchte vor sich hin. Er war noch nie zuvor so hilflos gewesen, und sein Zustand machte ihn wütend. Er wollte nicht, dass Brenna zu Shivawn zurückkehrte. Sie sollte hier sein, bei ihm, und mit ihm reden.

Wenn er dazu in der Lage gewesen wäre, wäre er aus dem Bett gesprungen und hätte sie gezwungen zurückzukommen. *Er* war schließlich derjenige, der hier das Sagen hatte. Und jetzt konnte er sie nicht einmal mehr trösten oder sich richtig für ihre Hilfe bedanken. Stattdessen kam Shivawn in den Genuss ihrer Gesellschaft. Der allerdings würde Brenna bestimmt nicht dankbar sein, dass sie Joachim geholfen hatte.

„Geh ihr nach, verdammt!“, befahl er Broderick, der in der Tür stand. „Sorg dafür, dass sie sicher dort ankommt, wo sie hinwill.“

„Hüte dich, mich so herumzukommandieren“, knurrte der Krieger, ehe er sich umdrehte und Brenna folgte.

Joachim hätte gern Valerian die Schuld an der misslichen Lage gegeben, in der er steckte. Aber er wusste, dass er selbst dafür verantwortlich war. Er hatte Valerian zum Zweikampf herausgefordert, und sein Cousin hatte ihn mit fairen Mitteln besiegt. Als ein Mann, dem Macht und Kontrolle über alles gingen, respektierte Joachim Valerians Sieg. Und jetzt verstand er auch, dass Valerian die blasse Frau unbedingt haben wollte und bereit war, alles dafür zu tun.

Joachim hätte in diesem Augenblick alles dafür getan, dass Brenna ihm gehörte.

15. KAPITEL

Meine eigene Frau bedroht mich mit einer Waffe, damit ich ihr bloß nicht zu nahe komme, dachte Valerian fassungslos, als er den Speisesaal betrat. „Meine eigene Gefährtin“, brummte er, „will nichts mit mir zu tun haben.“

Unglücklicherweise wusste er nicht, was er dagegen machen konnte.

Außer vielleicht, sich sinnlos zu betrinken.

Er blieb wie angewurzelt stehen, als er Shivawn bemerkte, der mit einer Flasche in jeder Hand am Tisch saß. Der Mann hatte bereits rote, glasige Augen und schwankte auf seinem Stuhl hin und her.

Shivawn war mit seinen fast hundert Jahren noch sehr jung. Ein richtiges Baby, verglichen mit Valerian, der schon sechshundert Jahre auf dem Buckel hatte. Aber Shivawn war auch ein starker Krieger, mutig und flink. Er versetzte seinen Gegnern, ohne mit der Wimper zu zucken, den Todesstoß. Und wenn ein Feind gefoltert werden musste, bot Shivawn sich sogar freiwillig an, es zu übernehmen.

Ein guter Mann, dieser Shivawn.

Allerdings war er impulsiv. Ließ sich von seinen Gefühlen leiten. Vielleicht lag das daran, dass sein Vater extrem konservativ gewesen war und sich eisern an Gesetze gehalten hatte. Genau wie Valerians eigener Vater. Weder er noch Shivawn wollten so enden wie ihre Väter, die beide im Kampf gegen Dämonen gestorben waren. Gegen Dämonen, die ursprünglich Verbündete gewesen waren, die es sich es im Zuge der Friedensverhandlungen dann aber plötzlich anders überlegt und alle anwesenden Nymphe ermordet hatten.

So waren sie nun mal, diese Dämonen. Valerian, der damals noch ein junger Mann gewesen war, hatte natürlich sofort seine Armee einberufen und am nächsten Tag das Lager der Dämonen angegriffen. In dieser Schlacht war viel Blut geflossen. Dämonenblut. Es war Valerians erster Sieg gewesen – der erste von vielen.

Was war nur aus seinen Siegerqualitäten geworden? Er konnte eine ganze Drachenarmee besiegen, aber gegen ein zartes Frauchen kam er nicht an.

„Frauen", sagte Shivawn mit schwerer Zunge.

„Frauen", sagte auch Valerian, ließ sich neben Shivawn nieder und nahm ihm eine nur noch halb volle Flasche aus der Hand. Er leerte sie in einem Zug. Leider empfand er das anschließende Brennen im Magen als nicht besonders tröstlich.

„Meine Auserwählte will nichts mit mir zu tun haben", sagte Shivawn bitter. „Wie ist das möglich? Ich bin doch ein Nymph."

„Ich auch. Noch dazu bin ich König. Mein Wort ist Gesetz."

„Vielleicht … vielleicht steht Brenna ja nur auf Frauen."

„Ach was! Ihre sexuellen Vorlieben spielen doch keine Rolle. Alle Frauen lieben Nymphe. Sie beten uns an."

Shivawn ließ die Schultern hängen. „Ich verstehe Brenna einfach nicht. Sie hat sogar Angst vor mir. Angst! Als wäre ich ein Monster, das ihr wehtun will. Ich habe noch nie einer Frau wehgetan, Valerian, noch nie. Alle Frauen sind begeistert von mir. Sie himmeln mich an." Er seufzte schwer.

„Was beklagst du dich? Wenigstens hält deine Frau dich nicht mit dem Schwert auf Abstand." Valerian nahm Shivawn die zweite Flasche aus der Hand und trank sie aus. „Außerdem ist Brenna nicht deine Gefährtin. Warum suchst du dir nicht eine andere Geliebte?" Ach, wenn er doch bloß seine eigenen Ratschläge beherzigen könnte. Da Shaye ihn nicht begehrte, wäre er selbst gut beraten gewesen, sich nach einer anderen Frau umzuschauen.

Nein, das stimmte nicht. Sie begehrte ihn sehr wohl. Er hatte es an ihren Augen gesehen, an ihrer Stimme gemerkt, und er hatte beobachtet, wie ihre Nippel hart geworden waren. Sie wollte ihn nur nicht begehren.

Der Kuss allerdings …

Sie war dabei plötzlich zum Leben erwacht. Die Funken hatten gesprüht. Beim Küssen hatte sie ihre Lust nicht versteckt, sondern ihr freien Lauf gelassen. Ihr Körper hatte sich brennend nach seinem gesehnt, danach, dass er ihr scheinbar unaufhaltsames Verlangen stillte.

Warum suchst du dir keine andere? Wieder ging ihm diese Frage durch den Kopf. Er knallte die beiden leeren Flaschen auf den Tisch. Er wollte keine andere. Konnte sich nicht einmal vorstellen, mit einer anderen zu schlafen. Er sehnte sich nur danach, Shaye im Arm zu halten und sie überall zu spüren. Sie verströmte einen ganz besonderen Duft, und jede andere Frau würde ihm nur wie ein billiges Imitat vorkommen.

Shaye hatte ihn in einen dauerhaften Zustand schrecklicher und wunderbarer, geliebter und gehasster Leidenschaft versetzt. Er verzehrte sich regelrecht nach ihr. Wie konnte er sie bloß für sich gewinnen? Sie hatte gesagt, dass sie ihr Zuhause und ihre Arbeit vermisste. Tja, Ersteres konnte er ihr nicht geben, Letzteres aber sehr wohl. Anti-Grußkarten, hatte sie gesagt. Sie schrieb gern, hatte sie erzählt. Er würde ihr gleich morgen früh Leinwand und Schreibsteine bringen lassen.

Würde das helfen, ihren Widerstand zu brechen?

Er konnte es nur hoffen.

Abgesehen davon, dass er ihr Herz erobern wollte, hatte er auch das Bedürfnis, alles über sie zu erfahren. Über ihre Vergangenheit, ihre Gegenwart, ihre Zukunftspläne. Wie war sie die Frau geworden, die sie jetzt war? Am liebsten hätte er alle Mauern, die sie um ihr Herz errichtet hatte, mit einem Schlag dem Erdboden gleichgemacht, aber er vermutete, dass Shaye sanft umworben werden musste. Er seufzte.

„… kann sie nirgends finden“, sagte Shivawn.

„Entschuldige, ich habe an Shaye gedacht. Was hast du gerade gesagt?“

Stirnrunzelnd schnippte Shivawn einen Krümel vom Tisch. „Die einzigen Frauen ohne Liebhaber sind die drei Oberweltfrauen, die als Erste nach Atlantis gekommen sind. Ich kann sie nirgends finden. Und glaub mir, ich habe überall gesucht.“

„Sie müssen hier irgendwo stecken.“ Valerian rieb sich das Kinn. „Sie werden schon wieder auftauchen. Du kannst dir eine nehmen und deine schwarzhaarige Hexe einem anderen Krieger überlassen.“

„Frauen …“, sagte Shivawn wieder. Er stand auf, ging in die Küche und kehrte mit ein paar juwelenbesetzten Flaschen zurück.

„Frauen …“ Valerian leerte rasch zwei der Flaschen. Jetzt brannte der Alkohol nicht mehr im Magen. „Ich habe Shaye erklärt, wie glücklich ich sie machen kann, aber sie hört ja nicht zu.“

„Vielleicht sollten ein paar deiner früheren Geliebten ihr erzählen, was für ein großartiger Liebhaber du bist.“

Valerian horchte auf. In seinem momentanen Zustand kam ihm die Idee gar nicht schlecht vor. Wenn er selbst Shaye von seinen sagenhaften Liebeskünsten erzählte, hielt sie ihn vielleicht bloß für einen Angeber. Aber wenn sie es aus dem Mund der Frauen hörte, die in den Genuss dieser Künste gekommen waren, musste sie es glauben. Oder? Alles andere hatte sie bis jetzt ja nicht überzeugt.

„Ich glaube nicht, dass Brenna die Erfahrungsberichte anderer Frauen interessieren.“ Shivawn lallte bereits ein wenig. „Ich glaube, sie hätte trotzdem noch Angst vor mir. Frauen …“, brummte er. „Wir brauchen sie nicht.“

„Brauchen sie nicht“, wiederholte Valerian und prostete Shivawn mit einer neuen Flasche zu. Aber seine Worte klangen hohl. Sein Überleben hing von Shaye ab, also brauchte er sie sehr wohl.

„Ich bin schon so schwach wie ein Neugeborenes“, gestand Shivawn. „Vorhin bin ich gestolpert und im Gang gestürzt wie ein ungeschicktes Drachenbaby, frisch aus dem Ei.“

„Unsere Abhängigkeit von Sex ist bestimmt ein Fluch der Götter.“

„Bevor wir hierhergekommen sind, hätte ich gesagt, sie ist ein Segen. Ich hätte gesagt, wir sind die erklärten Lieblinge der Götter.“

Im Moment konnte keiner von beiden sich dieser Illusion hingeben.

„Wenn das noch lange so weitergeht", fügte Shivawn hinzu, „hilft nicht einmal mehr Selbstbefriedigung."

„Wissen unsere Frauen denn nicht, dass wir Bedürfnisse haben?"

Beide schwiegen eine Weile vor sich hin. „Ich glaube", sagte Shivawn schließlich, „ich möchte meine Gefährtin gar nicht finden. Vielleicht durchstreife ich einfach ganz Atlantis und beglücke jede Frau, die mir begegnet."

„Die Gefahr dabei ist, dass dir dann viele Frauen sexuell hörig werden, mein Freund. Und da du allein und ohne Begleitung anderer Nymphe unterwegs bist, musst du sie alle befriedigen. *Alle*, ganz allein. Mit der Zeit werden sie es dir übel nehmen, dass du dich auf viele Frauen aufteilst. Außerdem ziehst du dir möglicherweise den Hass der verschmähten Liebhaber dieser Frauen zu. Sie werden sich rächen wollen."

Shivawn sah ihn finster an. „Danke, dass du meinen Traum zerstört hast", sagte er trocken.

„Gern geschehen."

„Theophilus hat mit seiner Menschenbraut keine Probleme. Warum, glaubst du, ist das so? Was macht er anders als wir?"

Valerian verschränkte die Hände im Nacken, starrte zur gläsernen Decke hinauf … und stutzte. Zwei Meerjungfrauen pressten Brüste, Hände und Gesicht an das Glas und sahen auf ihn und Shivawn hinunter.

Als sie merkten, dass Valerian sie entdeckt hatte, lächelten sie einladend und winkten. Er erwiderte den Gruß zwar, stöhnte aber innerlich. Dann massierte er sich die Nasenwurzel – eine Geste, die er schon ein paarmal bei Shaye beobachtet hatte. Diese Mädchen waren scharf auf ihn. Würden liebend gern mit ihm schlafen, wenn er nur ein Wort sagte (und auch dann, wenn nicht). Warum wollte Shaye es nicht?

Shivawn schlug ihm auf den Arm, um auf sich aufmerksam zu machen. „Hast du keine Antwort?"

„Ich habe deine Frage vergessen." Er riss sich vom Anblick der Meerjungfrauen los. „Entschuldige."

„Du bist abgelenkt." Eine Feststellung, keine Frage.

„Ja."

„Ich möchte wissen, warum Theophilus keine Probleme mit seiner Frau hat."

Das hätte Valerian auch gern gewusst. Theophilus' Auserwählte war ein verschrecktes kleines Vögelchen. Eher unauffällig, aber mit molligen Kurven, die wie geschaffen waren für die Hände eines Mannes. Sie hatte überhaupt keinen Widerstand geleistet. Hatte Theophilus bloß einmal angesehen und sich ihm hingegeben.

Ganz anders als Shaye, die alle glauben lassen wollte, sie wäre kalt und unberührbar. Die nicht über ihre Familie reden wollte. Deren Liebreiz Valerian blind für alle anderen Frauen machte. „Vielleicht haben unsere Frauen Geheimnisse – traurige, schmerzhafte Geheimnisse. Geheimnisse, die sie auf Distanz zu uns halten und sie unempfänglich für unseren Sex-Appeal machen."

Er wusste, dass Shaye Geheimnisse hatte.

Ihr diese Geheimnisse zu entlocken wurde langsam zu einer Besessenheit. Lebensnotwendig wie Atmen oder Sex. Wenn sie sich erneut weigerte, ihm alles zu erzählen, blieb ihm nichts anderes übrig, als sie betrunken zu machen. Es würde ihm gelingen, ihr die Wahrheit zu entlocken – egal wie.

Sie würde ihm jedes Detail erzählen. Und im Zuge dessen würde er vielleicht den Schlüssel zu ihrem Herzen finden.

Shivawn fuhr sich mit einer Hand durch die dunklen Haare, sodass die Perlen in seinen Zöpfen klirrend aneinanderschlugen. „Ich werde versuchen, Brennas Geheimnissen auf die Spur zu kommen. Mal sehen, ob sie dann mit mir zusammen sein will." Er formulierte genau das, was Valerian gerade durch den Kopf gegangen war. „Diese …", er machte eine Pause, „… Anstrengung, eine Frau für sich zu gewinnen, ist nicht gerade ein Vergnügen."

„Kann man so sagen."
„Ich mag es nicht, mich anstrengen zu müssen."
„Ich auch nicht."
„Frauen …", brummte Shivawn.
„Frauen …" Valerian nickte.
Sie stießen mit ihren Flaschen an und nahmen einen großen Schluck.

Shaye lag auf dem Bett und fragte sich, wo Valerian wohl gerade steckte. Oder in *wem* er steckte.

War er bei einer anderen?

Sie war erregt gewesen, als er gegangen war. Sehr sogar. So sehr, dass es wehtat. Er hatte zwar beteuert, an keiner anderen Frau als ihr interessiert zu sein, aber Männer änderten gern ihre Meinung. Besonders, wenn sie eine Erektion hatten und ihre Frau sie nicht ranließ.

Shaye zerknüllte das Seidenlaken mit den Händen. Sie war wütend auf sich selbst. Seit Valerian davongestürmt war, hatte sie keinen einzigen Fluchtversuch unternommen. Nein, sie hatte gebadet. Hatte die hübschen Kleider im Schrank anprobiert. An Valerian gedacht. Ein Nickerchen gemacht.

Sie … vermisste ihn.

Sie träumte von ihm, wenn sie die Augen zumachte, und sehnte sich nach ihm, wenn sie sie öffnete. Vor der Anziehungskraft dieses Mannes gab es kein Entkommen.

Der Tag war vergangen, die Nacht war vergangen, und der Morgen war angebrochen. Nichts davon hatte ihr Erleichterung gebracht. Heute, beschloss sie, würde sie nach Hause zurückkehren. Sie durfte es nicht länger hinausschieben. Durfte sich nicht länger ablenken lassen. Sie war schon nah dran gewesen, mit ihm zu schlafen. Verdammt nah dran, Valerian ihr Herz und ihre Seele zu schenken.

Er war zu gefährlich. Zu potent.

„Komm."

Shaye erschrak fast zu Tode, als sie seine Stimme hörte. Langsam setzte sie sich auf. Sie war aufgeregt. Als sie ihn sah, machte ihr Herz einen Freudensprung. Er stand in der Tür, hatte den Vorhang zur Seite gezogen und sah umwerfend männlich und sexy aus. Er trug schwarze Hosen und ein Schnürhemd gleicher Farbe, und seine Haare waren ganz zerzaust.

„Komm", sagte er noch einmal. Seine Stimme verriet keinerlei Emotionen. Sein Blick war entschlossen, und er hatte einen energischen Zug um den Mund, den sie nicht deuten konnte. War er verstimmt? Hatte er Schmerzen? Er streckte die Hand aus und winkte sie zu sich.

„Warum?" Sie fuhr sich durch ihre immer noch feuchten Haare. „Wohin bringst du mich?"

Er winkte sie erneut zu sich. „Ich werde nicht über dich herfallen, falls es das ist, was du befürchtest." Wie distanziert er wirkte, so ganz anders als sonst.

Hatte er sie bereits abgeschrieben? Hatte er jetzt vor, sie zurück in die Oberwelt zu bringen? Shaye erschrak. *Du solltest dich freuen, du Dummkopf!*

Sie versuchte, sich ihre Enttäuschung nicht anmerken zu lassen, stand auf und ging zu ihm. Dann ergriff sie seine ausgestreckte Hand. Er drehte sich sofort um und zog sie hinter sich her durch den Gang. „Was ist los?", fragte sie.

„Ich muss mit meinen Männern trainieren. Und damit du nicht auf dumme Gedanken kommst, während ich beschäftigt bin, wirst du auf einem Zimmer mit den anderen Frauen bleiben."

„Oh." Er brachte sie nicht zurück, und sie war ziemlich verärgert darüber … wirklich, ziemlich verärgert.

Obwohl sie keine Lust hatte, Zeit mit den liebeskranken, sexbesessenen Frauen von der Hochzeit ihrer Mutter zu verbringen, ließ sie sich widerstandslos in das Zimmer bringen. *Du kannst die Zeit ohne Valerian ja zur Flucht nützen. Wie du dir schon mehrmals vorgenommen hast, verdammt.*

Ja, genau das würde sie tun. Sich nicht mehr irgendwelchen Fantasien hingeben, in denen Valerian die Hauptrolle spielte.

Nicht mehr mit dem absurden Gedanken spielen, eventuell hierzubleiben.

Vor dem Eingang hielten ein paar Männer Wache. Einer hatte einen Stoß Papier und flache, bunte Steine in der Hand. Valerian nahm ihm die Materialien ab und reichte sie Shaye. „Ich dachte, du würdest vielleicht gern ein paar deiner Anti-Grußkarten schreiben."

Es dauerte ein paar Sekunden, bis sie begriff, was er meinte. Stumm vor Staunen, nahm sie Papier und Steine mit zitternden Händen in Empfang. Wie … süß von ihm. Er hatte ihr Materialien zum Schreiben besorgt. Sie spürte ein Flattern im Magen – Gefühle, die sie nicht benennen wollte. Er schenkte ihr nicht einfach nur Blumen oder Süßigkeiten. Nein, er hatte sich etwas Besonderes einfallen lassen, um ihr eine Freude zu machen.

„Danke", sagte sie leise.

„Gern geschehen", antwortete er mit rauer Stimme. Dann wandte er sich den Wächtern zu. „Ich will, dass zwei, nein, vier Leute diese Tür ständig im Auge behalten. Niemand darf ohne meine Erlaubnis hinein oder heraus, verstanden?"

Die Männer nickten.

Valerian drehte sich wieder zu Shaye um. „Ich muss gehen."

Ihre Blicke trafen sich, und Shaye musste sich beherrschen, um sich nicht auf die Zehenspitzen zu stellen und seinen Duft und seine Stärke einzuatmen. Küss mich, bat sie insgeheim. Sie hasste sich dafür, aber das Gefühl ließ sich nicht unterdrücken. Valerian küsste sie nicht. Er zog einfach den Vorhang zur Seite und schob sie sanft ins Zimmer.

„Bis später", hörte sie ihn flüstern. Dann war er verschwunden.

16. KAPITEL

Ich hatte in meinem ganzen Leben noch nie so traumhaften Sex wie letzte Nacht."

„Ich auch nicht."

„Oh Gott, ich auch nicht."

Shaye sah sich in dem Zimmer um. Es gab eine Couch, unzählige Seidenkissen, Bücher, die aussahen, als wären sie aus Leinwand statt Papier gemacht, Nadeln und Wolle. Ein Hobbyraum, dachte sie. Na toll. Überall waren Frauen, die sich fröhlich unterhielten und lachten. Shaye hatte noch nie ein klassischeres Beispiel für einen Harem gesehen.

Sie sah verstohlen zum Vorhang an der Tür. *Jetzt ist der ideale Zeitpunkt.* „Meine Damen …" Sie klatschte in die Hände, um sich Gehör zu verschaffen. „Wir sollten uns langsam überlegen, wie wir von hier wegkommen. Wir sind genug, um die Wachen zu überwältigen. Jetzt können wir nach einem Weg zurück nach Hause suchen."

Eine Frau lachte. „Warum um alles in der Welt sollten wir das tun wollen?"

„Ich gehe nicht von hier weg", sagte eine andere.

„Ich bleibe."

„Wenn du versuchst wegzulaufen, schreie ich nach Valerian."

Shaye biss vor Enttäuschung und Ärger die Zähne zusammen. „Warum wollt ihr denn bleiben?", fragte sie die anderen – und auch sich selbst. „Ihr bedeutet diesen Typen nichts."

Über eine Stunde lang schwärmten die Frauen von der sexuellen Ekstase, die sie erlebt hatten. Und über eine Stunde lang versuchte Shaye, sie zur Vernunft zu bringen. Ein paar Frauen konnten ihre Argumente irgendwann nicht mehr hören und riefen die Wachen herein. Zu Shayes Verdruss wurde Valerian verständigt.

Es dauerte nicht lange, und der König kam – verschwitzt und schmutzig – hereinmarschiert. Ohne ein Wort zu verlieren, ging er zu Shaye, umarmte sie und küsste sie so leidenschaftlich, dass ihr die Luft wegblieb.

Der Kuss dauerte nur ein paar Sekunden – gerade lang genug, um Shaye wieder in Valerians süßen Bann zu ziehen. Als er sich von ihr löste, war er außer Atem. Die Frauen umringten ihn, streckten sehnsüchtig die Hände nach ihm aus und … streichelten ihn.

Shaye starrte sie böse an.

„Sei brav“, sagte er, „dann gehe ich nach dem Training mit dir in die Äußere Stadt.“ Und weg war er wieder.

Oh Mann, dachte sie, wie unfair von ihm, mir so etwas zu versprechen.

Die Frauen seufzten enttäuscht. Shaye ließ sich in einer Ecke des Zimmers auf ein Kissen fallen und versuchte, sich zu beruhigen. Ihr Herz raste, ihre Wangen glühten. Sie konnte nichts dafür – sie wollte die Äußere Stadt wirklich unheimlich gern sehen. Schon der kurze Blick, den sie von Valerians Zimmer aus erhascht hatte, hatte sie total fasziniert. Sie wollte sich unbedingt alles aus der Nähe angucken.

Sie würde morgen fliehen.

Ich bin nicht erleichtert, dass ich noch einen Tag bleibe. Ich bin nicht froh, mehr Zeit mit Valerian zu verbringen. Um sich abzulenken, fing sie an, mit ihren neuen Materialien ein paar Anti-Grußkarten zu entwerfen. Sich Sprüche auszudenken hatte ihr schon immer geholfen, Stress abzubauen, und nie hatte sie das so nötig gehabt wie jetzt. Sie hatte schon ein paar gute Sprüche im Kopf.

„Die Tage vergehen, und ich bin unendlich froh, dass du nicht da bist und sie mir vermiest.“

„Du willst mein Herz zurück? Ups, tut mir leid, das gehört jetzt deinem Bruder.“

Sie hatte jetzt auch eine Idee für eine dritte Karte, aber die war dermaßen anders als die anderen, dass sie erstaunt blinzelte. „Manche Männer sind gar nicht so übel. Vermute ich jetzt mal.“

Ehe sie länger darüber nachdenken konnte, sagte jemand: „Ich bin total eifersüchtig, dass du von Valerian ausgewählt worden bist, diesem blonden Adonis.“ Sofort sahen alle anderen Frauen zu Shaye. „Ist er so toll, wie er aussieht?“

„Er hat sogar um dich gekämpft“, seufzte eine andere Frau verträumt. „Das ist ja so romantisch. Übrigens, ich bin Jaclyn.“

„Ich bin Shelly“, sagte eine elegante, fast majestätisch wirkende Blondine. „Ich gehöre Aeson.“

„Ich bin Barrie“, stellte sich eine unscheinbare Braunhaarige mit leiser Stimme vor.

„Rissa“, sagte die Frau, die sich in der Arena mit ihr angelegt hatte, als sie Broderick zu nahe gekommen war. Jetzt wirkte sie freundlich, fast herzlich.

Eine nach der anderen stellte sich vor. Obwohl sie alle auf der Hochzeit gewesen waren und Freundinnen ihrer Mutter – oder vielleicht ihres neuen Stiefvaters – sein mussten, hatte sie Shaye bis jetzt nie kennengelernt. „Sind wir nicht die glücklichsten Frauen auf der ganzen Welt?“, fragte Jaclyn.

Mehrere der Anwesenden kreischten begeistert ihre Zustimmung heraus.

„Aber jetzt sag mal: War Valerian gut im Bett?“, erkundigte sich Barrie neugierig. „Er wirkt wie der feuchte Traum aller Frauen … Ich wette, der König treibt es wie ein wildes Tier.“

Das hätte Shaye auch gewettet.

Und es gefiel ihr nicht, dass diese Frauen so begeistert von Valerian waren und sich ihn wahrscheinlich gerade nackt vorstellten. Plötzlich spürte sie so etwas wie Besitzansprüche in sich aufkommen. Es fühlte sich so an, als würde sie gleich fauchend die Krallen ausfahren. Die Intensität des Gefühls überraschte sie.

Du willst ihn nicht, schon vergessen? Du hast ihn dir mit einem Schwert vom Leib gehalten. Du hattest deine Chance bei ihm und hast sie nicht ergriffen, also stell dich nicht so an. Sie sollte froh sein, dass eine andere Frau mit ihm zusammen sein wollte. Sie sollte Barrie ermuntern, herauszufinden, ob Valerian tatsächlich ein Tier im Bett war.

Tat sie aber nicht.

Sie schaffte es einfach nicht.

Irgendetwas in ihr, eine Art Eifersucht, die sie in dieser Form nicht von sich kannte, sagte: *Er gehört mir. Mir allein.* Sie hasste das Gefühl, aber es war nun mal da. Und weigerte sich zu verschwinden.

Barrie und die anderen hatten es bald satt, auf ihre Antwort zu warten. Schließlich vergaßen sie Shaye und fingen wieder an, sich über ihre Liebhaber auszutauschen, als wäre dieses Gespräch nie unterbrochen worden.

Shaye streckte die Beine aus und legte ihre Füße auf ein Kissen. Sie war – aus verschiedensten Gründen – frustriert. Sexuell frustriert? Ja. Verwirrt? Eindeutig. Seufzend drückte sie das Papier und die Steine an ihre Brust. Sie wollte nicht eine dieser liebestollen Frauen werden. Wollte sich nicht für einen Mann aufgeben.

Aber genau das würde passieren, wenn sie Valerians Verführungskünsten nachgab. Dummerweise schien das immer unwichtiger zu werden.

Wenig später tauchten der Reihe nach Krieger auf, um ihre Frauen abzuholen. Sie waren verschwitzt und mit Sand, ja sogar mit Blut verkrustet. Jedes Mal, wenn der Vorhang beiseitegeschoben wurde, merkte Shaye, wie sie nervös wurde. Würde es Valerian sein?

Er war es nie.

Bald waren nur noch ein paar Frauen übrig. Eine war die junge Frau mit den schwarzen Locken und den traurigen braunen Augen, die sich am Strand mit Händen und Füßen gewehrt hatte und sich genauso wenig wie Shaye von einem Krieger auserwählen lassen wollte. Shaye beobachtete sie eine Zeit lang, sammelte dann ihre Materialien ein, stand auf und ging zu ihr.

Normalerweise sprach Shaye fremde Menschen nicht einfach an. Das entsprach nicht ihrem Bedürfnis, immer auf Distanz zu bleiben. Aber die junge Frau hatte irgendetwas Verletzliches an sich. Etwas fast … Gequältes. Shaye fühlte sich zu ihr hingezogen und empfand Mitleid mit ihr.

„Hi, ich bin, äh, Shaye.“ Oh Gott, sie fühlte sich unbeholfen. Ohne auf eine Aufforderung zu warten, setzte sie sich.

Die Frau warf ihr einen nervösen Blick zu. „Brenna.“ Ihre Stimme war tief und rau. Eine Raucherin?

„Mir ist aufgefallen, dass du außer mir der einzige Mensch hier bist, der nicht völlig ausflippt vor Begeisterung, in Atlantis zu sein. Hat man dich … hat der, der dich ausgesucht hat, dich …“

Brenna schüttelte den Kopf.

„Gott sei Dank.“ Shaye atmete erleichtert auf. Direkt vor ihr stand ein reich gedeckter Tisch. Sie beugte sich vor, nahm sich eine Handvoll Gebäck und teilte es mit Brenna. Eine Weile aßen sie schweigend. „Ich, äh, habe auch mitbekommen, dass du eine Heilerin bist und dich um Joachim kümmern musstest.“

Brenna nickte zaghaft.

„Wie geht es ihm. Wird er überleben?“

Wieder nickte sie, diesmal entschlossener. Und jetzt war da, wie Shaye bemerkte, ein ganz merkwürdiges Schimmern in Brennas Augen. Oh, oh. Hatte Brenna sich etwa in ihren Patienten verguckt? „Du magst ihn?“, erkundigte sie sich.

Brenna schüttelte energisch den Kopf. Eine Spur *zu* energisch, wie Shaye fand. Damit war sie bestens vertraut. „Hab Angst“, sagte Brenna.

Angst. Oh ja, auch das konnte Shaye gut nachvollziehen. Anfangs war es die Angst vor dem Unbekannten gewesen und davor, dass Valerian ihr wehtun könnte. Inzwischen hatte sie allerdings aus einem gänzlich anderen Grund Angst. Wenn sie Valerian schon jetzt so sehr begehrte, was würde erst passieren, wenn sie mit ihm schlief?

Versuch bloß nicht, es herauszufinden. Wehr dich gegen deine Gefühle. „Ich frage mich, warum die Hormone der anderen Frauen total verrücktspielen und unsere nicht“, überlegte sie laut.

„Schlauer“, sagte Brenna, und sie mussten beide lachen.

Shaye wurde jedoch schnell wieder ernst. „Ich fühle mich nicht schlau."

„Ich auch nicht." Brenna seufzte deprimiert. Ihr war das Lachen ebenfalls vergangen.

Shaye wollte schon fragen, warum, doch dann bemerkte sie die zwei Männer, die gerade hereinkamen. Shivawn und Valerian. Valerian blieb reglos stehen und betrachtete sie. Sein Blick ließ sie erschauern.

Sie stand unaufgefordert auf und umklammerte ihren Stoß Papier fester, ohne den Blick auch nur kurz von ihm abzuwenden. Er war das Schönste, was sie jemals gesehen hatte, und sie konnte an nichts anderes denken als an seinen Mund auf ihrem.

„Komm", sagte er, genau wie heute Morgen.

Sie folgte ihm. Widerspruchslos. Brenna und alles andere war vergessen. Er gehört mir, flüsterte ihre innere Stimme, und ihre besitzergreifenden Instinkte wurden erneut geweckt. Als Valerian ihre Hand nahm und sie den Gang entlangführte, spürte sie ihr Herz nervös flattern. Er wirkte entschlossen. Zu allem entschlossen.

„Wohin gehen wir?", wollte sie wissen.

„In die Äußere Stadt. Ich habe es dir doch versprochen."

Valerian führte Shaye aus dem Palast hinaus und in die Nachmittagshitze. Die Kristallkuppel über ihnen strahlte hell, und aus den Bäumen erklang fröhliches Vogelgezwitscher. Sie waren noch gar nicht richtig aufgebrochen, aber Valerian hatte es schon wieder eilig zurückzukehren. Er wollte endlich allein mit ihr sein. Als sie zu den Stallungen kamen, rief er einem der Zentauren zu, sich für die Reise bereit zu machen. Der dunkle Pferdemensch kam eilig zu ihnen getrabt.

„Es ist mir eine Ehre, dich in die Stadt zu bringen, mein König."

Shaye blickte Valerian verwirrt an. „Äh, dieses Pferd ist zur Hälfte ein Mann", sagte sie, „und du erwartest, dass ich auf ihm *reite*?"

„Ja."

Sie schluckte. Valerian stieg auf, streckte ihr die Hand entgegen und zog sie zu sich herauf. Er genoss es, sie so dicht an sich zu spüren. Allerdings wurde sein Bedürfnis, mit ihr allein zu sein, dadurch noch dringender. *Du willst doch, dass sie sich in dich verliebt, schon vergessen?*

„War das Training anstrengend?", erkundigte sie sich, nachdem sich der Zentaur in Bewegung gesetzt hatte. Sie klang nervös.

Valerian gab keine Antwort. Er hatte sich und seine Männer so hart rangenommen, dass der Schweiß in Strömen geflossen war. Bis zur völligen Erschöpfung. Er hatte ein Ventil für seinen Frust gebraucht und gehofft, Dampf ablassen zu können, aber es hatte nicht funktioniert.

Es gab nur eins, was funktionieren würde.

Shaye, in seinem Bett. Shaye, mit ihm vereinigt.

Er war nie entschlossener gewesen, ihr Herz zu gewinnen. „Es tut mir leid, aber wir können nicht lange bleiben."

„Das macht nichts. Ich bin schon glücklich, wenn ich mir die Stadt mal kurz aus der Nähe anschauen kann."

Glücklich. Genau, wie er sie sehen wollte.

Sie erreichten die Äußere Stadt innerhalb weniger Minuten. Wie üblich waren nirgends Frauen zu sehen. Die Straßenhändler, die an Buden und Ständen Essen, Gewänder und Schmuck feilboten – Zentauren, Minotauren und Formorier –, waren ausschließlich männlich.

Während sie in der Stadt waren, las Valerian Shaye jeden Wunsch von den Augen ab. Er bummelte mit ihr über den Markt, zeigte ihr alles, was sie sehen wollte, und kaufte ihr zu essen und zu trinken, worauf auch immer sie gerade Lust hatte. Irgendwann vergaß er, dass er es eigentlich eilig hatte, in den Palast zurückzukehren, und genoss einfach den Moment mit Shaye.

Anfangs verhielt sie sich zurückhaltend und distanziert. Als aber ein Grüppchen männlicher Sirenen an ihnen vorbeimarschierte und ein Liedchen über Liebe und Leidenschaft vor sich hin trällerte, begann sie aufzutauen, als könne sie einfach nicht anders. Sie sah sich alles mit Begeisterung an. Ein paar Greife sausten vorbei und versuchten, sich gegenseitig an den Schwänzen zu packen, und sie hüpfte ihnen ausgelassen hinterher. Valerian hatte sie noch nie so entspannt gesehen, er hatte sie noch nie so glücklich gesehen.

Als er sie so strahlen sah, wurde ihm ganz warm ums Herz. *Das* war die echte Shaye. Er wusste es, spürte es, und er würde sie, wenn es sein musste, jeden Tag hierherbringen. Nächstes Mal würde er ihr sogar die Wasserfälle zeigen und zuschauen, wie sie im See herumplanschte.

„Meinst du, es gibt hier irgendwo Orangen zu kaufen?", fragte sie sehnsüchtig und verlangsamte ihre Schritte wieder.

„Mal sehen." Allerdings waren die wenigen Buden, an denen Obst verkauft wurde, bereits leer. Shaye konnte ihre Enttäuschung nicht verbergen, und Valerian schwor sich, notfalls ganz Atlantis nach den Früchten absuchen zu lassen. Seine Gefährtin würde ihre Orangen bekommen, bevor der Tag sich neigte. „Bereit für die Rückkehr?"

Sie sah sich wehmütig um. „Ja. Ich kann gar nicht fassen, wie wunderbar es hier ist", sagte sie, als sie wieder auf den Zentauren stiegen. „Es ist wie ein Paradies."

Sie war das Paradies.

„Danke, dass du mich hergebracht hast."

„War mir ein Vergnügen, Liebes, war mir ein Vergnügen."

Er spürte, wie ihr Körper dicht an seinem bebte, und musste lächeln. Glücklicherweise konnte sie es nicht sehen. Sie hatte ihren Panzer abgelegt – genau wie er gehofft hatte –, und es war offensichtlich, dass sie sich zu ihm hingezogen fühlte. Als sie wenige Minuten später beim Palast ankamen, konnte Valerian es kaum noch erwarten. Gleich würde es so weit sein …

Im Stall stieg er ab und half dann Shaye, vom Zentauren herunterzuklettern. Jetzt zögerte sie nicht mehr, ihn zu berühren, wie er erfreut feststellte. Nachdem er sich bei dem Zentauren für den Ausritt bedankt hatte, führte er Shaye zu seinem Zimmer.

Auf dem Weg dorthin schickte er ein paar seiner Männer los, sich auf die Suche nach Orangen zu machen.

„Ich habe eine Überraschung für dich", sagte er zu Shaye.

„Eine angenehme oder eine unangenehme?"

Bevor er sie zu dem Ausflug abgeholt hatte, hatte er ein paar Köstlichkeiten für ein romantisches Dinner in seine Suite bringen lassen und höchstpersönlich Duftöle ins Wasser des Badebeckens gegossen. Außerdem hatte er einige der Wandleuchter entfernt, um für gedämpftes Licht zu sorgen. Zu guter Letzt hatte er ein paar Seidenkissen rund um einen niedrigen Tisch gruppiert, der üppig beladen war mit frischem Obst und allerlei Süßspeisen.

Shaye war sprachlos, als sie es sah. „Du bist ... das ist ..."

„Setz dich", sagte er.

Eine ganze Minute lang zögerte sie. Sah erst den Tisch an, dann Valerian und dann wieder den Tisch. Schluckte. Valerian machte sich schon auf eine ihrer bissigen Bemerkungen gefasst, doch zu seiner Überraschung ging sie schließlich zum Tisch hinüber und nahm Platz.

Ihm gefiel wahnsinnig gut, wie hübsch sie in seinem Hemd und seiner Hose aussah, aber eigentlich konnte er an nichts anderes denken, als *unter* diese Kleidungsstücke zu kommen.

Er zog seine goldene Rüstung aus, wusch sich das Gesicht über dem Waschbecken und spritzte sich kaltes Wasser auf die Haut. Er hätte baden sollen, bevor er sie abgeholt und in die Stadt gebracht hatte, aber er hatte es nicht mehr erwarten können, sie zu sehen. Und insgeheim hoffte er, mit ihr zu baden.

„Du und ich, wir werden uns jetzt mal unterhalten." Er nahm ihr gegenüber am Tisch Platz und füllte zwei silberne Becher mit Wein.

„Na schön." Sie klang zögerlich und leicht verunsichert. Wenigstens hatte sie nicht gleich abgelehnt.

„Eigentlich wollte ich ja, dass ein paar meiner früheren Geliebten dir von meinen Vorzügen als Liebhaber erzählen, aber dann schien mir diese Idee doch nicht mehr so gut."

„Nein." Sie hätte sich fast an ihrem Wein verschluckt.

„Stattdessen werde ich dir ein paar Dinge über mich erzählen, und dann erzählst du mir von dir. Wir werden uns also, wie gesagt, ein wenig unterhalten. Abgemacht?"

„Ich hasse es, über mich selbst zu reden." Sie ließ einen Finger über den Fuß ihres Bechers kreisen.

„Du wirst es aber trotzdem tun." Kurze Pause. „Bitte."

Sie biss sich auf die Lippen, nickte dann aber.

Er trank einen Schluck Wein und betrachtete sie dabei über den Rand des Bechers hinweg. „Ich fange an." Er schwieg eine Weile, um seine Gedanken zu ordnen. Wie stellte man es an, wenn man einander besser kennenlernen wollte? Welche Einzelheiten sollte er ihr aus seiner Vergangenheit erzählen? „Ich … ich hatte einen Bruder", begann er. Es war etwas, über das er selten redete – und nie mit einer Frau. Das Thema war zu schmerzlich.

„Du hattest?", fragte sie leise.

Er nickte, nahm sich mit den Fingern ein Stück Fisch von einem Teller und steckte es sich in den Mund. Er kaute. Schluckte. „Er war mein Zwillingsbruder und wurde meinen Eltern geraubt, als wir Kinder waren."

Sie sah ihn bestürzt an. „Wer hat ihn geraubt?"

Valerian spürte den vertrauten Zorn in sich aufsteigen, aber er unterdrückte ihn. „Die Gorgonen."

„Die Gor… was?" Sie schlug die Beine übereinander, beugte sich vor und stützte die Ellbogen auf den Tisch.

„Gorgonen sind weibliche Kreaturen, die einen Mann mit einem einzigen Blick versteinern können. Aus ihren Köpfen wachsen Schlangen. Sie sind bösartig. Unglaublich bösartig."

Aha, so ähnlich wie Medusa. „Warum haben sie ihn geraubt?"

Valerian schob einen Teller mit Weintrauben zu ihr hinüber und forderte sie auf zu kosten. Sie tat es. „Sie hatten gehofft, sie könnten ihn gegen die Unterstützung meines Vaters eintauschen. Allerdings", fügte er düster hinzu, „haben sie diese Unterstützung nicht bekommen und Verryn deshalb getötet. Mein

Bruder und ich waren im Geiste immer miteinander verbunden, und als diese Verbindung plötzlich abgebrochen ist, wusste ich, dass er tot war." Valerians letzter Satz war kaum mehr als ein Flüstern. Er sah Shaye an und versuchte, die verhasste Erinnerung wieder zu verdrängen. „Jetzt bist du dran. Erzähl mir etwas von dir."

Shaye überlegte. Er hatte ihr gerade etwas sehr Persönliches und Schmerzliches anvertraut, also konnte sie jetzt schlecht irgendetwas Banales erzählen. Trotzdem versuchte sie, nicht allzu offenherzig zu sein. Nicht allzu viel von sich preiszugeben. Er hatte sie heute so sehr in seinen Bann geschlagen, dass sie fürchtete, sie würde sich nie mehr davon erholen.

„Ich hatte mal eine Stiefschwester, die mir die Haare komplett abgeschnitten hat", sagte sie. „Ich habe geschlafen und es erst gemerkt, als ich am nächsten Morgen aufgewacht bin." Ihre Stiefschwester hatte Shaye dafür bestrafen wollen, dass jemand dasselbe mit ihrer Lieblingspuppe gemacht hatte. Sie hielt Shaye für die Schuldige, aber in Wahrheit war das Verbrechen von ihrem Stiefbruder begangen worden.

Als die damals zehnjährige Shaye weinend zu ihrer Mutter gelaufen war, hatte diese ihr erklärt, sie müsse mit der Situation eben „klarkommen wie ein großes Mädchen".

Valerians Miene verfinsterte sich. „Deine Haare sind unglaublich schön, wie Mondschein und Sterne. Jeder, der sie dir abschneidet, verdient den Tod."

Shayes Herz machte einen Freudensprung. Sie war es nicht gewohnt, dass man ihr Komplimente machte. „Danke schön."

„Mit diesem kleinen Monster zusammenzuleben muss ganz schön schwierig gewesen sein."

„Ja. Zum Glück war meine Mutter nur ein Jahr mit ihrem Vater verheiratet."

„Deine Mutter hatte mehr als *einen* Gefährten?"

Shaye nickte. „Sie hatte sechs Ehemänner."

„Sechs!"

Sie nickte noch einmal.

„Hier gibt es für einen Mann nur eine einzige wahre Gefährtin, und er bleibt für immer mit ihr zusammen."

Sie runzelte die Stirn und überlegte. „Was, wenn die beiden unglücklich miteinander sind?"

„In diesem Fall müssen sie einen Blutritus vollziehen und ein Opfer darbringen."

„Igitt." Sie biss sich auf die Unterlippe und verkniff sich die Frage, um was für ein Opfer es sich genau handelte.

Wie Valerian jetzt fasziniert ihren Mund betrachtete, machte sie ganz aufgeregt. Ihre Haut begann zu kribbeln, und ihr wurde heiß. Dann schüttelte er rasch den Kopf, als müsse er sich aus einem Bann befreien. „Was möchtest du sonst noch von mir wissen?", fragte er.

„Wie wär's, wenn du mir von deinem ersten Mal erzählst?", hörte sie sich selbst plötzlich fragen. Sie begehrte ihn, sehr sogar, und je länger sie sich unterhielten, desto schwächer wurde ihr innerer Widerstand. Von Valerians sexuellen Abenteuern mit anderen Frauen zu hören würde diesen Widerstand wieder stärken.

Er zog eine Augenbraue hoch. „Willst du das wirklich wissen?" Als sie nickte, sagte er: „Es war mit der Lieblingsdienerin meiner Mutter. Sie hat mir frische Wäsche in mein Zimmer gebracht, mich im Badebecken gesehen und mir im Wasser Gesellschaft geleistet."

Als er Shayes enttäuschten Blick sah, lachte er. „Was hast du denn erwartet? Irgendwas mit Sexspielzeug? Oder Orgien?"

„Tja, ehrlich gesagt, schon."

Sein Lächeln wurde noch breiter. „Und was ist mit dir? Wie war dein erstes Mal?" Kaum hatte er die Frage ausgesprochen, wurde er merklich nervös, und in seinen Augen blitzte etwas auf, das nach Wut aussah.

Okay … Worüber war er denn jetzt wütend? „Ich, äh …" Sie geriet ins Stottern und merkte, dass sie sogar ein wenig errötete. „Es hat bei mir noch kein erstes Mal gegeben."

Vor Staunen blieb ihm der Mund offen stehen. „Das ist jetzt aber ein Witz, oder?"

„Ganz und gar nicht. Es ist einfach so, dass ich mir nie die Probleme aufhalsen wollte, die sich bei einer sexuellen Beziehung ergeben."

„Welche Probleme?" Valerians Schock ließ nicht nach – er wurde eher noch stärker. Shaye war Jungfrau. Sie war noch unberührt.

Sie gehörte ihm.

In diesem Augenblick begehrte er sie mehr denn je. Er wollte ihr Erster und Einziger sein.

„Die Probleme beginnen, sobald man sich emotional auf jemanden einlässt", antwortete sie. „Und wenn ich für niemanden tiefe Gefühle entwickle, brauche ich mir keine Sorgen zu machen, dass ich verletzt werde."

„Ich werde dir nie wehtun, Shaye. Und ich werde dich nie belügen." Eigentlich hatte er vorgehabt, in diesem Gespräch mehr über sie zu erfahren und auch ihr die Gelegenheit zu geben, ihn besser kennenzulernen. Doch jetzt hörte er sich sagen: „Ich glaube, ich kann dich wohl nur davon überzeugen, indem ich es dir zeige. Ab jetzt wird nicht mehr geredet. Ich lasse Taten sprechen."

17. KAPITEL

Ich bin, froh, dass du zurückgekommen bist", sagte Joachim. Brenna ging langsam zu seinem Bett. Shivawn, der sie hierherbegleitet hatte, stand hinter ihr in der Tür und beobachtete sie. Sie hatte das bereits einmal zugelassen, und sie ließ es jetzt wieder zu. Normalerweise ertrug sie es nicht, wenn sich jemand hinter ihr aufhielt. So hatte sich nämlich der Überfall abgespielt. Ethan hatte sich ihr von hinten genähert, ehe er sie völlig überraschend zu sich herumgerissen hatte und sie dann ... Sie verdrängte die Erinnerung.

Sie waren eine Zeit lang zusammen gewesen, aber seine Launen waren immer unerträglicher geworden. Als sie versucht hatte, die Beziehung zu beenden, war er ausgerastet. An diesem Tag hatte er sie so schwer verletzt, dass sie nur wie durch ein Wunder überlebt hatte. Seither hatte sie sich oft gewünscht, sie wäre stattdessen gestorben.

Heute machte es ihr jedoch keine Angst, dass jemand hinter ihr stand – dass *Shivawn* hinter ihr stand. Sie fing langsam an, Shivawn und seine sanfte, umgängliche Art zu mögen. Trotz ihres Traumas und obwohl sie ihn erst so kurz kannte, fühlte sie sich in seiner Gegenwart sicher. Sie konnte sich mittlerweile sogar vorstellen, mit ihm ... intim zu werden. Mit ihm, versicherte sie sich selbst. Nicht mit Joachim.

Vorhin, als sie mit den anderen Frauen in einem Zimmer eingesperrt gewesen war und alle von ihren sexuellen Erlebnissen geschwärmt hatten, war sie von erotischen Fantasien regelrecht überschwemmt worden. Zwar hatte sie das Gesicht des darin auftretenden Mannes nicht erkannt, aber sie hatte gewusst, dass es Shivawn war. Und zwar deshalb, weil sie sich dabei geborgen gefühlt hatte. Und es war Shivawn, bei dem sie sich so fühlte. Nicht ... Joachim. Bei ihm wurde ihr schwindlig, und sie fühlte sich schwach, als würde sie die Beherrschung über sich verlieren.

Früher einmal hatte ihr das nichts ausgemacht. Im Gegenteil, sie hatte Sex geliebt. Sie hatte Männer geliebt. Aber das war jetzt anders. Glaubte sie zumindest.

Es ist Shivawn, auf den du scharf bist. Es muss Shivawn sein. Nur dass sie den ganzen Tag sehnsüchtig auf diesen Moment gewartet hatte. Sie hatte sich danach gesehnt, Joachim wiederzusehen, seine Stimme zu hören und ihn zu streicheln. Sie konnte es nicht leugnen, und es beunruhigte sie. Er war ganz anders als Shivawn. Er war weder sanft noch umgänglich. Er war ein wilder, temperamentvoller Krieger, der nicht davor zurückschreckte, seine Fäuste sprechen zu lassen. Sogar jetzt bekam Brenna Herzklopfen, wenn sie an ihn dachte – und nicht nur vor Angst.

Idiotisch, sagte sie sich zum hundertsten Mal. Wenn sie es jemals wieder wagte, mit einem Mann zu schlafen, würde es jemand wie Shivawn sein.

Hör auf, ständig an Sex zu denken, Johnston. Mach dich an die Arbeit. Schweigend reinigte sie Joachims Wunden und erneuerte die Verbände. Sie freute sich zu sehen, dass seine Verletzungen gut verheilten. Keine Anzeichen einer Infektion. Joachim war immer noch zu schwach, um aufzustehen, aber er würde bald wieder auf dem Damm sein. Er würde seine Arme und das verletzte Bein gleich wieder benutzen können, sobald das Gewebe vollständig zusammengewachsen war.

Sie war fast fertig, als ein ihr unbekannter Mann hereinkam. Er hatte ein langes, gefährlich aussehendes Schwert in der Hand; Brenna sah es aus dem Augenwinkel und wollte sich sofort zu Shivawn flüchten, der ihr als einziger verfügbarer Schutz erschien. Doch ehe sie es tun konnte, griff Joachim nach ihrer Hand und hielt sie fest. Sie erschrak – nicht nur, weil sie nicht darauf gefasst gewesen war, sondern auch, weil die Berührung sie auf eine geradezu verbotene Weise elektrisierte. Sie schrie laut auf, sodass Joachim sie sofort losließ, und taumelte in eine Ecke – weg von allen drei Männern.

„Du wirst im Speisesaal gebraucht", sagte der Mann zu Shivawn.

Shivawn ignorierte ihn und sah erst Brenna, dann Joachim an. „Hat er dir wehgetan?“, fragte er sie.

Sie massierte sich das Handgelenk und schüttelte den Kopf.

„Valerian ruft nach dir“, fügte der fremde Krieger ungeduldig hinzu.

Shivawn warf ihm einen gereizten Blick zu. Dann ging er zu Brenna und legte ihr beruhigend eine Hand auf die Schulter. „Ich lasse dich nur ungern allein, aber ich muss dem Ruf des Königs Folge leisten. Kommst du ohne mich zurecht?“

Brenna klopfte vor Angst das Herz bis zum Hals. Sie wollte nicht, dass Shivawn ging. Er war in diesem fremden, wilden Land zu ihrem sicheren Hafen geworden. Trotzdem zwang sie sich zu einem Nicken. So verzweifelt auf jemanden angewiesen zu sein war nicht gut.

„Möchtest du mitkommen?“, erkundigte er sich.

Sie schüttelte wieder den Kopf. Sie würde bleiben. Sie würde tapfer sein. Und sie würde nicht zulassen, dass Joachim ihr Angst machte oder sie sonst irgendwie aus der Fassung brachte. *Leichter gesagt als getan, Johnston.*

Shivawn sah Joachim kurz, aber eindringlich an, streichelte Brenna zärtlich über die Wange und folgte dann dem Boten hinaus auf den Gang. Jetzt waren Brenna und Joachim allein.

Du schaffst das. Du schaffst das. Joachim ist zu geschwächt, um dir etwas zu tun. Langsam wandte sie sich ihm zu und setzte sich wieder auf die Bettkante. Dabei vermied sie es, ihm direkt in die Augen zu sehen, diese blauen, blauen Augen, mit denen er ihr direkt in die Seele zu blicken schien. Mit zitternden Händen legte sie den letzten Verband an.

„Ich bin Joachim“, sagte er schließlich.

„Ich weiß.“ Ihre Stimme zitterte genauso sehr wie ihre Hände. „Hättest den König nicht herausfordern sollen.“

Sie glaubte zu sehen, wie seine Nasenflügel vor Wut bebten. Trotzdem fuhr sie fort. „Dumm. Stark ist, wer Mitgefühl hat. Nicht, wer kämpft.“

Für einen Moment war die Atmosphäre so angespannt, dass

Brenna dachte, Joachim würde sie gleich anbrüllen. Tat er aber nicht. Er wechselte das Thema. „Ich habe die ganze Nacht an dich gedacht“, gestand er widerwillig und leicht vorwurfsvoll. „Und den ganzen Tag. Ich kann anscheinend an nichts anderes mehr denken.“

Ehe sie es verhindern konnte, hob sie den Kopf und schaute ihn an. Sie erschrak, als sie seinen Blick sah. Er war sehnsüchtig. Geradezu feurig. Ihre Hände über seinem Oberschenkel erstarrten. Sie hatte aus Anstand ein Laken über seine Hüften gelegt – mehr zu ihrem eigenen Schutz als zu seinem. Es wölbte sich gerade verdächtig nach oben.

„Ich sehe die Angst in deinen Augen.“ Seine Stimme war immer noch leise und jetzt voller Leidenschaft. „Aber ich sehe auch Interesse.“

Sie biss sich auf die Lippen und schüttelte den Kopf. Sie würde kein wie auch immer geartetes Interesse zugeben. Das würde ihn bloß ermutigen. Allerdings …

„Rede mit mir, Brenna. Erzähl mir von dir.“

Es überraschte sie, wie sanft er klang. Von einem aggressiven Krieger hätte sie so etwas nie erwartet. „W-was … möchtest du … denn wissen?“ Ihre Kehle war wie zugeschnürt, sodass sie die Worte kaum herausbrachte.

„Alles.“ Joachim legte den Kopf schief und sah Brenna durchdringend an. „Ich möchte alles über dich wissen.“ Er wusste bereits, wie sie roch – wie Veilchen und die Sonnenstrahlen, die er während seines kurzen Aufenthalts in der Oberwelt erlebt hatte. Er kannte ihre Stimme – rau und brüchig. Jedes Mal, wenn er sie hörte, musste er sofort an nackte Haut und leidenschaftlich miteinander verschlungene Körper denken.

Jetzt wollte er alles über ihre Vergangenheit erfahren, alles darüber, was sie gern mochte und was nicht. Er wollte alles wissen, was sie zu Brenna gemacht hatte, jener Frau, die er mit jeder Sekunde faszinierender fand. *Stark ist, wer Mitgefühl hat,* hatte sie gesagt. Ein absurder Gedanke, bei dem er fast verächtlich geschnaubt hätte. Aber er konnte nicht. Warum, das wusste er nicht.

„Wir fangen mit etwas Einfachem an“, sagte er. „Was ist deine Lieblingsfarbe?“

Sie guckte verstohlen zur Tür, als würde sie überlegen, was sie tun sollte. Bleiben und reden oder weglaufen? „Blau“, antwortete sie schließlich.

Wenn sie seine Frau wäre, würde er ihr alle Saphire schenken, die er besaß. „Hast du Familie?“ Eine Familie, die sie vermisste? Zu der sie zurückwollte?

Sie schüttelte den Kopf. „Tot.“

Er wusste, dass er darüber nicht erleichtert sein sollte, aber er war es trotzdem. „Wie sind sie gestorben?“

„Autounfall.“

Auto? Die Vorstellung einer Waffe namens „Auto“, die eine ganze Familie auf einmal töten konnte, faszinierte ihn. Aber Brenna besser kennenzulernen interessierte ihn mehr. „Das tut mir sehr leid, Kleines.“

Sie winkte ab. Ihre Hand zitterte, wie Joachim auffiel. „Lange her.“

Am liebsten hätte er sie an sich gezogen und die Traurigkeit aus ihrem Gesicht weggeküsst, aber er beherrschte sich. „Gefällt dir diese neue Welt? Atlantis?“

Sie schaute weg und starrte auf die Wand hinter ihm. Dann schüttelte sie den Kopf.

„Warum nicht?“ Er war enttäuscht. Insgeheim hatte er gehofft, dass sie Atlantis mittlerweile genauso sehr liebte wie er.

„Angst.“ Sie strich mit einem Finger über das Laken.

„Du hast vor uns Angst?“

Sie gab keine Antwort. Saß völlig reglos da.

„Ich würde dir nie wehtun, Brenna“, sagte er so sanft, wie es seine raue Stimme erlaubte. „Das schwöre ich dir.“

Ein Zittern durchlief ihren Körper. „Vielleicht nicht mit Absicht, aber …“

„Nie. *Niemals.*“

„Was soll das, Joachim?“ Shivawn kam energischen Schritts ins Zimmer. „Du hast kein Recht, in diesem Ton mit ihr zu reden.“

Brenna sprang auf und sah erschrocken von einem zum anderen.

„Vergreif *du* dich nicht im Ton, Junge“, fuhr Joachim ihn an. „Du machst ihr Angst.“

Shivawn riss sich sofort zusammen. „Entschuldige“, sagte er zu Brenna. „Ich wurde weggerufen, um mich auf die Suche nach Orangen zu machen, aber jetzt bin ich wieder da. Ich bin nicht böse auf dich, das schwöre ich dir.“

Brenna blickte wieder von einem zum anderen. Sie war irgendwie leicht ... erregt, wusste aber nicht, wer – oder was – das ausgelöst hatte. Joachim und Shivawn versuchten offensichtlich beide, sie zu beruhigen, und es funktionierte. Es funktionierte! Sie stand tatsächlich zwischen zwei Männern, die sich hassten, zwei Männern, die sich jeden Moment aufeinanderstürzen und umbringen konnten, und ihre Angst löste sich in Luft auf.

Wie machen die das bloß? überlegte sie verwirrt.

Noch schockierender war, dass sie jetzt, da die Angst verschwunden war, etwas anderes spürte: Lust. Eine heiße, wilde Lust. Plötzlich waren Bilder von zwei nackten, sich windenden Körpern in ihrem Kopf. Wieder konnte sie das Gesicht des Mannes nicht erkennen, aber die Bilder waren so lebendig, dass sie in der Fantasie sogar das lustvolle Stöhnen des Paares hören konnte. Ihre Nippel wurden hart; sie wurde feucht zwischen den Beinen.

Joachim fletschte die Zähne und sog zischend die Luft ein. War er zornig? „Du bist erregt. Ich kann es an dir riechen.“

Ihre Wangen glühten.

„Ich rieche es auch“, sagte Shivawn. „Brenna ...“

Sie hörte, wie er von hinten auf sie zukam, hörte die Schritte seiner Stiefel. Wieder verspürte sie keine Angst. *Was ist los mit mir? Was passiert mit mir?* Sie reagierte anders als sonst, völlig anders.

Joachim setzte sich auf, und Shivawn ging weiter auf Brenna zu.

„Du brauchst einen Mann, Brenna“, stellte Joachim unverblümt und ohne Rücksicht auf ihre Verlegenheit fest. „Aber du hast Angst vor deinen Gefühlen. Es muss so sein, sonst könntest du nicht widerstehen."

„Ja", antwortete Shivawn an ihrer Stelle. „Sie hat Angst vor ihren Gefühlen."

„Hast du jemals mit einem Mann geschlafen?", fragte Joachim.

Sie nickte atemlos.

„Hat es dir gefallen?"

Erneutes Nicken. Sie hätte diesem Verhör ein Ende machen sollen, aber insgeheim war sie merkwürdig erleichtert, dass diese Sache endlich zur Sprache kam.

„Und der Mann, der dir wehgetan und deine Stimme kaputt gemacht hat ...", hakte Joachim nach, „... ist er schuld daran, dass du jetzt Angst vor Sex hast?"

Nach langem Zögern entschloss sie sich, mit der Wahrheit herauszurücken. „Ja."

Beide Männer knurrten so animalisch, als würden sie dem Mann am liebsten auf der Stelle den Hals umdrehen. „Jetzt verstehe ich", sagte Shivawn. „Wenn eine Frau einmal dazu gezwungen wurde, ist sie nicht mehr die, die sie einmal war."

„Ja." Joachim nickte. „Ich verstehe es auch." Seine Stimme klang leise und schwach. Wie aus weiter Ferne.

„Joachim?" Die plötzliche Sorge um ihn ließ sie alles andere vergessen.

Er sank zurück in sein Bett und war auf einmal kreidebleich.

Sie eilte zu ihm. „Alles in Ordnung?"

„Schwindlig. Erschöpft", brummte er verärgert. „Hätte mich nicht aufsetzen sollen."

Sie merkte ihm an, dass er sich über den Schwächeanfall nicht nur ärgerte; er verunsicherte ihn auch. Als Krieger war er es wahrscheinlich gewohnt, immer alles unter Kontrolle zu haben. Hatte er Valerian nicht gesagt, dass er ihn zwar mochte und als König respektierte, sich aber nichts mehr befehlen lassen wollte?

Jetzt kehrte die Angst langsam doch wieder zurück. Kontrolle war etwas, was sie ebenfalls schätzte. Sie konnte ihre nicht einfach aufgeben, so erregt sie auch sein mochte. Und sich einem dieser beiden Männer hinzugeben würde bedeuten, loszulassen und die kostbare Selbstbeherrschung aufzugeben. Wie hatte sie das auch nur für eine Sekunde vergessen können?

Stirnrunzelnd ging sie auf die Tür zu.

„Bleib“, sagte Joachim unvermittelt, als er merkte, was sie vorhatte.

Es klang wie ein Befehl. Klar, er erwartete völligen Gehorsam. Sie schüttelte wieder den Kopf und entfernte sich noch einen Schritt weiter. Sie merkte, dass sie ihre Augen gerade unnatürlich weit aufriss.

„Brenna.“ Er versuchte, sich wieder aufzusetzen, hatte aber nicht die Kraft dazu. „Ich werde nicht immer so schwach sein.“ Es klang wie eine Warnung.

Sie ging um Shivawn herum und sah erst ihn, dann Joachim an. Die beiden waren so schön, dass es fast wehtat, sie anzuschauen. Und sie wollten ihr all das geben, was sie sich früher einmal gewünscht hatte: Liebe, Leidenschaft, Freundschaft. *Dieser Traum ist gestorben, schon vergessen? Es ist viel zu riskant.*

Dennoch spürte sie eine Welle der Sehnsucht in sich aufsteigen. Einen Moment lang wünschte sie, einer der beiden Männer würde sie aufhalten. Sie berühren … küssen … in sie eindringen, tief und leidenschaftlich. Nein, nicht einer der beiden, sondern Shivawn, versicherte sie sich. Aber es waren keine grünen Augen, die in ihrer Fantasie über ihr hingen und auf sie herunterschauten. Die Augen dieses Mannes waren blau. Sie fuhr sich mit der Hand über ihre eigenen Augen, als wollte sie das Bild schnell wegwischen.

Wie war es möglich, dass jemand wie Joachim sie derart erregte, wenn doch seit Jahren kein anderer Mann das geschafft hatte?

„Ich tu dir nichts“, sagte Shivawn und hob die Hände, um seine Harmlosigkeit zu unterstreichen.

„Komm zu mir, Brenna“, sagte Joachim.

„Nein“, sagte sie zu Shivawn, und Joachim grinste. „Nein“, sagte sie zu Joachim, dem das Grinsen sofort wieder verging. Besser, sie verzichtete auf beide.

„Ich möchte dich besser kennenlernen“, sagte Shivawn sanft. „Bei mir bist du in Sicherheit. Ich lasse nicht zu, dass irgendjemand dir wehtut.“

„Lass dir nicht durch dein Sicherheitsbedürfnis die Freude am Leben verderben. Ich kann dir beibringen, deine Angst zu besiegen und endlich wieder zu leben“, sagte Joachim.

Shivawn sah Joachim herausfordernd an. „Ich kann ihr auch zeigen, ihre Angst zu besiegen.“

„Das kann schon sein. Aber du wirst sie nie richtig glücklich machen“, brauste Joachim auf.

Vielleicht konnte das keiner von beiden, dachte Brenna enttäuscht. Denn jetzt, da Joachims zorniger Charakter erneut aufflackerte, wusste sie wieder genau, warum sie niemals eine Beziehung mit ihm eingehen durfte. Wenn sich sein Zorn jemals gegen sie richten sollte, würde er sie töten. Kontrolle, ermahnte sie sich.

Einen Moment lang – diesen einen kostbaren Moment lang, als ihre Angst verschwunden war – hatte sie das Gefühl gehabt, endlich wieder *lebendig* zu sein. Jetzt … da sie erkannte, dass das unmöglich war, lief sie rasch aus dem Zimmer hinaus, ehe sie etwas Dummes tun konnte. Wie in Tränen auszubrechen.

Shivawn ging ihr nicht nach, sondern blieb im Zimmer. Eine Weile schwiegen er und Joachim vor sich hin.

„Ich möchte mit ihr zusammen sein“, gestand Joachim schließlich leise.

Shivawn ballte die Fäuste. Er hatte es gewusst, aber die Worte zu hören … „Ich will auch mit ihr zusammen sein, und sie ist *meine* Auserwählte.“

„Ich werde um sie kämpfen. Nimmst du die Herausforderung an?“

„Nein. Sie hat mich sehnsüchtig angeschaut, ich muss diesen Blick einfach noch einmal erleben."

„Dieser Blick hat mir gegolten, Junge. *Mir.* Alles, was du gesehen hast, war nur ein schwacher Abglanz dieser Sehnsucht."

Shivawn runzelte die Stirn. Ja, sie hatte Joachim tatsächlich voller Verlangen angesehen. Mit mehr Sehnsucht, als er selbst jemals bei einer Frau erlebt hatte, wie Shivawn sich wohl oder übel eingestehen musste. Aber sie hatte auch ihn begehrt. Er hätte schwören können, dass es so war. Frustriert breitete er die Arme aus. „Und was machen wir jetzt?"

„Überlass sie mir."

„Nein."

Joachim strich sich mit zwei Fingern über das Kinn. „Ich gebe nicht auf. Ich werde nicht lockerlassen."

„Ist das eine Drohung?"

„Nur eine Warnung. Ich will sie, und ich werde alles, was in meiner Macht steht, tun, um sie für mich zu gewinnen."

Jetzt wurde Shivawn so zornig, dass er fast sein Schwert gezückt hätte. Er verstand sich als Brennas Beschützer, wollte, dass sie glücklich wurde, und er ertrug den Gedanken nicht, dass ein so zartes Wesen in die Hände dieses brutalen Kriegers geriet. „Wenn du ihr Angst machst, bringe ich dich um. Hast du mich verstanden? Ich bringe dich um."

Joachims Miene verdüsterte sich. „Ich würde ihr nie Angst machen."

„Ha! Du hast sie gerade mit deiner aufbrausenden Art erschreckt. Deshalb ist sie weggelaufen."

„Rede dir bloß nicht ein, ihre Gründe zu kennen, und tu bitte nicht so, als wüsstest du, was sie braucht. Sie hat vor dir genauso viel Angst, sonst hätte sie längst mit dir geschlafen."

„Vielleicht tut sie's ja noch. Heute Nacht", stichelte Shivawn.

Joachims Augen blitzten zornig. „Nein, sie wird sich dir nicht hingeben. Das weiß ich, weil du sie nie so verstehen wirst wie ich."

„Du? Wie willst *du* sie denn verstehen können?", stieß Shivawn zwischen zusammengebissenen Zähnen hervor.

„Dass du das fragen musst, beweist, dass ich recht habe." Joachim schloss die Augen und stellte sich Brennas unschuldiges Gesicht vor. Jemand hatte ihr beim Sex wehgetan – jemand, der demnächst Joachims Schwertspitze in seiner Brust spüren würde. Wenn er in die Oberwelt reisen musste, um diesen Mistkerl zur Strecke zu bringen, würde er es tun.

Er hätte sein Leben darauf verwettet, dass Brenna einmal eine leidenschaftliche, lebensfrohe Frau gewesen war. Da war ein Funkeln in ihren Augen, das sie einfach nicht verbergen konnte. Tief in ihrem Herzen musste sie sich wieder nach diesem Leben sehnen – egal, wie groß ihre Angst auch sein mochte.

Er konnte sie Shivawn ausspannen, davon war er überzeugt. Sie hatte ihn mit unverhohlener Leidenschaft angesehen, und er wusste, dass sie mit keinem anderen Mann glücklich werden konnte. Als sie Shivawn angesehen hatte, hatte nichts Leidenschaftliches in ihrem Blick gelegen.

Eine gewisse Sehnsucht vielleicht, okay, aber nichts Sexuelles. Ihr Blick war … Hilfe suchend gewesen. So, wie ein Kind manchmal seine Mutter anschaute. Wenn es Schutz brauchte.

Was bedeutete, dass Joachim ihr tatsächlich Angst machte. Was wiederum bedeutete, dass er erst mit ihr zusammen sein konnte, wenn er ihre Ängste zerstreut hatte. Für immer.

Und das würde ihm gelingen. Egal, was er dafür tun musste.

Mehr als sein eigenes Glück lag ihm das ihre am Herzen. *Stark ist, wer Mitgefühl hat.* Wieder gingen ihm ihre Worte durch den Kopf. Mitgefühl … eine Eigenschaft, die sie schätzte.

Sie brauchte etwas Besonderes bei ihrem ersten Mal. Oh, er wusste schon, dass sie keine Jungfrau mehr war. Zumindest so viel hatte sie ihm anvertraut. Aber nach ihrem Martyrium – denn genau das war es gewesen – hatte sie keinen Mann mehr an sich herangelassen. Das nächste Mal würde also wie ein erstes Mal für sie sein. Sie hatte ihre Leidenschaft und ihr Bedürfnis nach Intimität die ganze Zeit unterdrückt und brauchte etwas, das sie aus diesem tristen Zustand herausriss. *Einfühlungsvermögen.*

Sobald er wieder gesund war, würde ihn nichts mehr abhalten.

„Sie wird mir gehören, Shivawn", sagte er. „Sie wird sich immer danach sehnen, in *meinen* Armen zu liegen."

An Shivawns Wange zuckte ein Muskel. „Du irrst dich. Sie will sich sicher und geborgen fühlen. Für sie verkörpere *ich* diese Sicherheit. Nicht du. Und ich werde es beweisen."

Poseidon genoss es ungeheuer, wie die Wellen ihn umtosten und gegen ihn schlugen. Für die Erdenbürger wäre die Wucht der blauen Wogen tödlich gewesen, aber er war hier in seinem Element. Er liebte den vertrauten salzigen Geschmack und den Duft des wilden Meeres.

Keinem Atlanter war es erlaubt, die Oberwelt zu betreten. Nun ja, ganz stimmte das nicht. Als Wächter des Portals durfte man in die Oberwelt, um die Geheimnisse des Reichs unter dem Meer zu beschützen. Aber keiner der Nymphe war ein Wächter – und trotzdem waren sie anscheinend durch das Portal in die Oberwelt gelangt. Es war Poseidon eine große Freude, sie jetzt dafür zu bestrafen.

„Ihr sagt also, dass ihr gesehen habt, wie ein paar Nymphe Menschenfrauen aus der Oberwelt entführt und nach Atlantis gebracht haben?" Poseidons Stimme donnerte über den Meeresgrund. Sand wirbelte auf, und die rosa und weißen Korallen erzitterten. Bunte Fischschwärme suchten eilig das Weite und stoben in alle Richtungen davon.

Die zwei Meerjungfrauen, die vor ihm im Wasser schwebten, senkten ehrfürchtig den Kopf, und ihre nachtschwarzen Haare wallten um ihre zarten Schultern.

„Ja", sagte Denae.

„Ja", bestätigte Marie.

„Durch das Portal?", fragte er nach und stieß seinen Dreizack so fest in das Marmorplateau, auf dem er stand, dass sich im Stein ein langer Riss auftat. So etwas Aufregendes hatte er seit einer Ewigkeit nicht mehr erlebt.

„Ja", antworteten beide Frauen wie aus einem Mund.

„Ausgezeichnet.“ Poseidons Mundwinkel zogen sich langsam zu einem Lächeln hoch, als er von dem Plateau heruntersti eg. Sein weißes Gewand bauschte sich um seine Knöchel. Von dort, wo er gerade stand, konnte er die Kristallkuppel erkennen, die sich über die Stadt der Verdammten spannte. Die Kuppel strahlte goldenes Licht aus und funkelte, als wäre sie mit Glitter überzogen. Mit einem einzigen mächtigen Schritt war Poseidon bei der Kuppel angelangt. Er brauchte kein Portal, um in eine Welt zu gelangen, die er gemeinsam mit den anderen Göttern selbst erschaffen hatte. Die Welt war sein Werk, und er ging einfach durch die Kuppel durch, als wäre sie überhaupt nicht vorhanden.

Da die Bewohner von Atlantis noch nicht wissen sollten, dass er da war, zog er seinen Tarnumhang fester um sich. Er atmete die klare, salzige Luft tief ein, schloss die Augen und genoss den Augenblick. Ja, er hatte diesem Reich unter dem Meer und seinen Bewohnern viel zu lang den Rücken gekehrt. Ein Fehler.

Seit seinem letzten Besuch waren Hunderte von Jahren vergangen, doch in Atlantis schien alles in ruhigen, geregelten Bahnen zu laufen. Ein paar Minotaurenkinder spielten in Schlammpfützen, und eine Herde Zentauren galoppierte ausgelassen über die feuchte, sattgrüne Wiese.

Diese monströsen Kreaturen waren das Produkt eines ersten Versuchs der Götter, den Menschen zu erschaffen. Doch sie waren kraftvoller und mächtiger ausgefallen als beabsichtigt. Ein paar Götter hatten es mit der Angst zu tun bekommen und die Wesen dazu verdammt, ihr Dasein unter dem Meer zu fristen. Poseidon selbst hatte sie zwar als grässliche Ungeheuer, aber nie als Bedrohung empfunden. Vielleicht hätten er und seine unsterblichen Brüder und Schwestern die ganze Bande ja schon vor tausend Jahren vernichten sollen, aber sie hatten gedacht, dass diese Wesen vielleicht doch noch zu irgendetwas nutze sein konnten. Für Sex? Ein paar der Frauen in Atlantis waren wirklich hübsch, wie Poseidon jetzt feststellte. Wie kam es, dass er das nicht gewusst hatte? Oder für Kriege? Die atlantischen Krieger waren tatsächlich stark.

Er konnte sich nicht mehr erinnern, was die Götter seinerzeit mit den Atlantern vorgehabt hatten, und es interessierte ihn jetzt auch nicht mehr sonderlich.

Hm, wie konnte er die Nymphe wohl am besten bestrafen ...? Er schwang seinen Dreizack, mit dem er sich von einem Ort zum anderen transportieren konnte, und war im Nu in dem Palast, wo Valerian, der König der Nymphe, jetzt residierte. Er fand sich in einem Raum mit drei sehr menschlich aussehenden Frauen wieder. Sie unterhielten sich gerade über die verschiedenen Positionen, in denen sie Sex gehabt hatten beziehungsweise nächstes Mal haben wollten. Außerdem äußersten sie ihr Bedauern darüber, dass Valerian jetzt eine Gefährtin hatte und daher kein Interesse mehr an ihnen zeigte.

Poseidon ließ seinen Körper langsam Gestalt annehmen – allerdings nicht als Meeresgott, sondern als Nymphenkrieger. Dunkle Haare, leuchtend blaue Augen. Muskulös. Braun gebrannt.

Als die Frauen ihn bemerkten, lächelten sie, sprangen auf und eilten sofort zu ihm.

„Bist du gekommen, um mit uns zu schlafen?"

„Du bist der schönste Mann, den ich je gesehen habe! Sogar noch schöner als Valerian."

„Schweigt", sagte er mit donnernder Stimme. Jetzt war nicht der Zeitpunkt, sich zu vergnügen. Später allerdings ... „Setzt euch." Er deutete auf den Berg aus Kissen hinter ihnen.

Die Frauen setzten sich folgsam und ohne ein Wort zu sagen und sahen ihn an, als wäre er eine Schachtel Pralinen. Er setzte sich zu ihnen und erlaubte, dass sie ihre Beine über seine legten und ihn verzückt streichelten wie ein Schoßhündchen. *Mmh, angenehm. Sehr angenehm.*

Nymphe brauchten Sex, um zu überleben. Wahrscheinlich hatten sie die Frauen deshalb aus der Oberwelt entführt. Aber ihre Gründe spielten keine Rolle. Es gab schließlich Gesetze, und die Nymphe mussten sich an diese Gesetze halten. Wenn Atlanter die Oberwelt betraten, würden sie sie zerstören – zumindest laut Prophezeiung.

„Als Erstes werdet ihr mir genau berichten, wie ihr hierhergekommen seid", sagte er. Er wollte die Wahrheit aus erster Hand erfahren. „Dann werdet ihr mir alles erzählen, was ihr über die Nymphe wisst."

Eine der Frauen bedeckte seinen Oberschenkel mit Küssen. Eine andere küsste seine Schulter. Er schloss die Augen und seufzte selig. Was interessierten ihn eigentlich die Nymphe?

Er räusperte sich. „Ich gestatte euch, es mir später zu erzählen", sagte er und fing an, die Küsse zu erwidern. Sein Ausflug nach Atlantis entpuppte sich schon jetzt als wirksamere Therapie gegen Langeweile als tausend Tropenstürme.

18. KAPITEL

Es ist so weit, Shaye."

Shaye sprang auf und schrak vor Valerian zurück, als wäre er Gift. Er saß immer noch am Boden auf dem Kissen und sah sie lächelnd an. Sein Blick war unmissverständlich: Er wollte nicht mehr länger über *sein* erstes Mal reden – er wollte, dass sie mit ihm *ihr* erstes Mal erlebte.

Hatte sie Angst? Oh ja! War sie aufgeregt? Und wie! Dieses Funkeln in seinen Augen … diese verführerische Stimme …

„Ich muss deinen Arm neu verbinden. Durch den Verband sickert Blut."

„Später." Er stand langsam auf, ohne den Blick von ihr abzuwenden. Seine Hose spannte sich über seinen muskulösen Oberschenkeln – und noch mehr über seiner unübersehbaren Erektion.

Ihre Augen weiteten sich, als er näher kam. Seit sie ihn zum ersten Mal gesehen hatte, hatte sie sich schon viele Male danach gesehnt, mit ihm zu schlafen. Jetzt, da es unmittelbar bevorstand, bekam sie Panik. Noch mehr als sonst. „Bleib, wo du bist, ja? Ich brauche Zeit zum Nachdenken."

„Dein Nachdenken hat uns bis jetzt keinen Schritt weitergebracht." Während er noch näher kam, deutete er zur Wand. „Wie du vielleicht bemerkst hast, habe ich alle Waffen entfernt."

Sie schaute sich um. Tatsächlich, die Schwerter fehlten. „Valerian!", sagte sie in warnendem Ton.

„Du hast einfach Angst vor dem Unbekannten, Shaye. Das ist mir mittlerweile klar."

„Bleib, wo du bist!" Sie straffte die Schultern und blieb stehen. Sie weigerte sich, noch weiter vor ihm zurückzuweichen.

„Du bist meine Frau, und doch gibst du gern Befehle und erwartest, dass man sie befolgt. Vielleicht sollte ich dich ja zu einem Krieger ausbilden – und dich auch so behandeln."

Sie lachte gezwungen, ohne Humor. „Ich bin nicht deine Frau." *Noch nicht.* „Und ich bin nicht einer von deinen Kriegern. Willst du jetzt etwa mit mir kämpfen?"

„Oh nein, ich werde dir einen Befehl geben, und du wirst ihn befolgen. Falls du ihn verweigerst, werde ich dich bestrafen."

Ihre Nasenflügel bebten. „Wage es bloß nicht, mir zu drohen."

„Drohen? Aber nein, ich mache dir nur ein Versprechen." Er sah sie wieder mit diesem verführerischen Schlafzimmerblick an.

„Haben wir das nicht schon am allerersten Tag besprochen? Weder lasse ich mich bestrafen, noch bin ich bereit, dir zu gehorchen."

„Doch, das wirst du. Und du wirst es genießen, das schwöre ich dir."

Sie stampfte mit dem Fuß auf, weil sie wusste – *wusste* –, dass sie diesen Kampf jeden Moment verlieren würde. Und insgeheim war sie froh darüber. „Falls du glaubst, ich lasse mir von dir einfach den Po versohlen, hast du dich getäuscht."

„Was für eine schmutzige Fantasie du doch hast, Moon. Mir hat lediglich vorgeschwebt, dich meine Zunge spüren zu lassen. Aber wenn dir Klapse auf den Po lieber sind, werde ich das natürlich berücksichtigen. Du weißt, dass ich dir alle Wünsche erfüllen möchte."

Wie gerissen er doch war. Sie zitterte vor … Erregung. „Bestrafst du deine Krieger etwa auf diese Weise? Indem du sie leckst?"

„Du hast gesehen, wie ich meine Krieger bestrafe. Aber da es für mich nicht infrage kommt, dir wehzutun, muss ich mir notgedrungen etwas anderes einfallen lassen." Noch näher.

Ihr Magen zog sich zusammen. Am liebsten hätte sie sich in seine Arme geworfen, um das, was er angeboten hatte, anzunehmen. Wirklich. Doch ihr graute zu sehr davor, was danach passieren würde. Würde er sie dann links liegen lassen? Sich eine andere Geliebte nehmen? Würde sie sich danach noch mehr nach ihm sehnen? Sich verlieben? Sich für ihn zum Narren machen? Würde er ihr letztlich wehtun, so, wie es alle in ihrem Leben immer getan hatten?

„Ich brauche Zeit, Valerian."

Die Worte – und alle ihre Ängste und Wünsche – hingen bedeutungsschwer zwischen ihnen in der Luft. Er sah Shaye schweigend und mit gequältem Blick an. Dann nickte er kurz. Er wollte es nicht, das sah sie ihm an seinen Augen an, aber er tat es. Er gab nach. Ein weiteres Mal. Ihr Wunsch war ihm Befehl. „Wenn es Zeit ist, was du brauchst, dann sollst du diese Zeit bekommen." Dann fügte er sofort hinzu: „Ich brauche ein Bad. Du kannst dich mir gern anschließen, wenn du möchtest, oder mir zusehen. Du hast die Wahl."

„Ich … ich wähle keines von beidem." Sie würde auf keinen Fall mit ihm baden, und sie würde ihm auch nicht dabei zugucken. Wassertropfen würden seinen Nacken hinunterrinnen, vielleicht auch an seinen Brustwarzen hängen bleiben, bevor sie auf seine Bauchmuskeln hinabfielen. Er würde sich mit den Händen … überall einseifen. „Ich möchte zurück auf mein Zimmer."

„Entweder du siehst zu, oder du badest mit mir. Geben und Nehmen, Shaye. Ich gebe dir Zeit, also musst du mir auch etwas geben. Entscheide dich."

Sie kniff die Augen so weit zusammen, dass sie zwischen ihren Wimpern nur noch einen schmalen Streifen sah. Jeder Millimeter dieses Streifens war mit *ihm* ausgefüllt. „Was ist daraus geworden, dass du mir alles gibst, was ich will?"

„Du weißt nicht, was du willst." Er kam so nah an sie heran, dass sein Oberkörper ihre Brüste streifte. Auf dem Boden hinter ihm hinterließ er eine Spur aus Dreck und Blut. Seine Wunden waren aufgeplatzt, aber er ließ sich nicht anmerken, dass er Schmerzen hatte. Er zuckte nicht einmal mit der Wimper. Er war wirklich ein Krieger, durch und durch.

Sie nahm seinen Geruch wahr, männlich und sexy. Die sinnliche Hitze, die er ausstrahlte, war so intensiv, dass sie kaum atmen konnte. Eine Welle der Leidenschaft durchflutete sie.

Er war jene Art Mann, von dem Frauen träumten, ohne ihn je kennenzulernen. Und Valerian bot sich ihr ständig an wie ein nie versiegender Quell erotischer Freuden. Sie konnte sich jederzeit bedienen.

Wie reizvoll es doch wäre zuzugreifen …

Er leckte sich die Lippen und beugte sich zu ihr hinunter. Shaye dröhnte ihr Herzschlag in den Ohren, und zwischen den einzelnen Schlägen verstrich eine Ewigkeit. *Schlaf mit ihm oder weis ihn zurück, aber tu es jetzt!*

Unter Aufbietung all ihrer Kräfte löste sie sich aus seinem Bann und wich so abrupt zurück, dass sie über ihre eigenen Füße stolperte. „Nein", sagte sie. „Nein."

Unter einem seiner Augen zuckte ein Muskel. „Nie wurde ein Wort zu einem unpassenderen Zeitpunkt ausgesprochen", stieß er zwischen zusammengebissenen Zähnen hervor.

Sie schob selbstbewusst das Kinn vor. „Etwas anderes wirst du nicht von mir hören."

„Ich könnte dich rumkriegen, Shaye. Das wissen wir beide. Und wir wissen beide, dass es dir gefallen würde."

„Nein", sagte sie noch einmal. Diesmal war es ein zitterndes, fast tonloses Flehen.

Valerian, der gegen die Intensität seiner Leidenschaft kämpfte, betrachtete Shaye schweigend. Verflucht! Er wollte sie nicht dazu zwingen, sich ihre sexuellen Wünsche einzugestehen. Er wollte, dass sie sie – und ihn – von sich aus akzeptierte.

Als sie ihm gestanden hatte, dass sie noch Jungfrau war, hatte er einfach reagiert. Die Leidenschaft hatte ihn durchzuckt wie ein Blitz, und er hatte eine geradezu schmerzhaft starke Erektion gehabt. Er war von dem Gedanken besessen gewesen, sie zu besitzen und für alle Zeit zu seiner Frau zu machen. Tief in seinem Herzen hatte er gewusst, dass sie auf ihn gewartet hatte. Er wünschte bloß, er hätte auch auf sie gewartet.

Allerdings fühlte er sich in ihrer Gegenwart so, als wäre er selbst noch unberührt. Unsicher, ungeduldig. Aufgeregt angesichts der Möglichkeiten. Obwohl sie sich erst kurz kannten, bedeutete sie ihm alles.

Begehr mich. Komm zu mir.

Sie tat es nicht. Und je mehr Sekunden verstrichen, desto fester schien ihr Entschluss zu werden, ihm zu widerstehen. „Und wieder muss ich feststellen“, sagte er schließlich, „dass ich dich nicht dazu zwingen kann zu erkennen, was unvermeidlich ist.“

„Valerian ...“, sagte sie wieder mit dieser zitternden Stimme.

„Sag jetzt nichts, Moon.“

„Es liegt nicht an dir, verstehst du? Na gut, vielleicht doch. Ein bisschen. Ich ... kann einfach nicht, okay? Ich darf es nicht zulassen. Noch nicht.“ Sie sah ihm an, wie gequält er jetzt wieder war, wie traurig, wehmütig und ... hart. „Ich wünschte, ich könnte es. Ehrlich. Aber ...“ Es gab zu viele Hindernisse. Die Vorstellung, jemanden so nah an sich heranzulassen, machte ihr wahnsinnige Angst.

Ohne etwas zu erwidern, verschwand er in der Nische, in der sich das Badebecken befand, und ließ sie allein zurück. Allein mit ihrer pochenden Sehnsucht und ihren leidenschaftlichen Fantasien.

Warum war er einfach gegangen? Er hatte doch darauf bestanden, dass sie eine Entscheidung traf.

Egal, sagte sie sich im nächsten Augenblick. *Er ist ohnehin nicht der Richtige für dich.* Er hatte gern Sex, und er hatte ihn gern mit vielen Frauen. Shaye war nicht ihre Mutter und würde sich nicht mit ein paar halbherzigen Liebesbeweisen begnügen, zu denen irgendein Mann sich mal herabließ. Sie würde sich nicht verlieben und dieses trügerische Gefühl als Entschuldigung für alles Negative in einer Beziehung heranziehen, nur um ab und zu auch mal ein paar positive Momente zu erleben.

Sie war gern allein. Sie war mit ihrem Leben zufrieden, wie es war. Und insgeheim wusste sie, wenn sie erst mit Valerian schlief, würde sie sich so sehr in den Mann verlieben, dass sie alles für ihn aufgeben würde. Sogar sich selbst.

Der Vorhang vor dem Badebecken raschelte. Sie hörte Kleidungsstücke auf den Boden fallen, dann Wasser plätschern. Shaye schluckte. War er jetzt nackt? Höchstwahrscheinlich. Vermutlich saß er im dampfenden Wasser, und seine Haut glänzte feucht. Vermutlich sah er aus wie ein Engel, der über den Wolken schwebte.

In diesem Moment lösten sich alle Bedenken in Luft auf. Verlangen. So starkes Verlangen. Sie hatte zwar gesagt, dass sie ihm nicht beim Baden zusehen würde, aber was war denn so schlimm daran, mal einen kurzen Blick zu riskieren? Nur einen ganz kurzen ... Ehrlich, da war doch nichts dabei.

Sie merkte, dass sie ganz automatisch einen Fuß vor den anderen setzte. Er konnte doch unmöglich so umwerfend aussehen wie in ihrer Vorstellung, oder? Leise schob sie den Vorhang beiseite – aber nur ein paar Zentimeter. Dahinter kam Valerians nackter Rücken zum Vorschein. Die Muskeln arbeiteten gerade unter seiner braun gebrannten Haut, während er mit den hohlen Händen Wasser schöpfte und über sich goss.

Wie er so dasaß und von Dampfwolken eingehüllt wurde, wirkte er wie ein Traumbild, ein Fantasiewesen, ein Geist, der aus seiner Flasche gekommen war, um ihr jeden Wunsch zu erfüllen. Aus seinen Haaren tropfte Wasser seinen Rücken hinunter. Shaye biss sich auf die Lippen. Vielleicht schadete es ja nicht, ein einziges Mal mit ihm zu schlafen und ihren Körper von seinen Sehnsüchten zu erlösen. Was konnte schon passieren, wenn sie dabei auf ihr Herz achtgab? Dann wäre die ganze Sache ein für alle Mal erledigt.

Valerian drehte sich zur Seite und nahm eine saphirblaue Glasflasche in die Hand. Er goss sich etwas Flüssigkeit – mehr von diesem Orchideenöl? – in die andere Hand. Ach, was gäbe ich drum, jetzt dieses Öl zu sein, dachte Shaye, während sie zusah, wie er das Öl auf seiner Brust verteilte. Der Orchideenduft vermischte sich mit dem Wasserdampf und wehte zu ihr herüber.

„Du kannst mir immer noch Gesellschaft leisten, weißt du", sagte er mit rauer Stimme.

Erschrocken ließ sie den Vorhang fallen. Ihre Wangen glühten.

Es blieb ihr erspart, sich mit dem, was sie gerade getan hatte, auseinanderzusetzen, da in diesem Augenblick Brenna ins Zimmer stürmte. Die junge Frau war völlig außer Atem, ihr Blick verstört. Die schwarzen Locken hingen ihr wirr ins Gesicht. Als sie Shaye bemerkte, blieb sie stehen und atmete erleichtert auf.

„Was ist los?“ Bestürzt eilte Shaye zu ihr. „Ist etwas passiert?“

Hinter sich hörte sie Wasser platschen, dann Schritte, und plötzlich stand Valerian in der Tür. Er war nackt. Wundervoll nackt. Dass Brenna bei ihr in seinem Zimmer war, schien ihn nicht zu überraschen, obwohl sie kaum ein Geräusch gemacht hatte. „Ist etwas passiert?“, fragte auch er.

Shaye starrte ihn mit offenem Mund an. Es war das erste Mal, dass Valerian nackt vor ihr stand. Er war groß und muskulös, aber das hatte sie bereits gesehen. Was sie noch nicht gesehen hatte, war sein erigierter Schaft. Bis jetzt. Er war genauso groß und steif, wie sie es sich vorgestellt hatte. Valerian wirkte völlig unbekümmert und versuchte nicht, seine Blöße zu bedecken. Aus seinen Haaren tropfte Wasser auf seinen Bauch und lief von dort hinunter auf seinen …

Du lieber Himmel.

Brenna blieb ebenfalls der Mund offen stehen, und Shaye musste den Impuls unterdrücken, ihr die Augen zuzuhalten. „Alles in Ordnung“, sagte Shaye und drehte sich ruckartig um. „Geh zurück in dein Bad, Valerian. Bitte! Wir wollen uns nur mal kurz von Frau zu Frau unterhalten.“

Er nickte und ging. Verdammt, dieser Mann sah von hinten genauso gut aus wie von vorn.

Erst als er hinter dem Vorhang verschwunden war, konnte Shaye wieder normal atmen.

„Groß“, sagte Brenna mit ihrer brüchigen Stimme. Sie hatte die Augen immer noch weit aufgerissen.

Er gehört mir, hätte Shaye fast gezischt. Dann runzelte sie die Stirn. Sie hatte keine Ansprüche auf Valerian. Sie hatte ihn gerade zurückgewiesen. Wieder einmal. *Konzentrier dich.* „Hat dir irgendjemand wehgetan, Brenna? Oder dich bedroht?“

Brenna schüttelte den Kopf. „Probleme.“

„Was für Probleme? Mit wem?“

„Joachim."

Shaye sah sie besorgt an. „Ist ihm etwas zugestoßen?"

„Nein."

„Hat er dir etwas getan?"

„Nein."

O-kay … Shaye ergriff die Hand ihrer Freundin – war Brenna ihre Freundin? Sie hatte noch nie eine richtige Freundin gehabt. Assistentinnen, ja. Mitarbeiterinnen, ja. Aber hatte sie jemals privat ihre Zeit mit einem lieben Menschen verbracht? Nun ja, was auch immer Brenna sein mochte – Shaye führte sie zu der Couch. „Was ist los?", erkundigte sie sich wieder und machte es sich auf den Kissen bequem.

„Shivawn."

Shaye legte die Stirn in Falten. „Ist *ihm* etwas zugestoßen?"

„Nein."

„Hat *er* dir etwas getan?"

„Nein."

Hatte sie jemals ein Gespräch mehr verwirrt? Shaye seufzte frustriert. Auf diese Weise kamen sie nie auf einen grünen Zweig. „Du musst mir helfen zu verstehen, was los ist."

Brenna errötete zart und nagte an ihrer Unterlippe. „Will. Beide."

„Du … willst beide?" Shaye sah sie verdutzt an. „Du meinst, sexuell?"

Die junge Frau errötete noch stärker und wich Shayes Blick aus. „Vielleicht. Aber … glaube, will einen, obwohl ich anderen wollen sollte. Angst. Durcheinander."

„Das würde mir auch Angst machen." Shaye nickte. Schließlich kam sie selbst kaum damit zurecht, wie sehr sie Valerian begehrte. Sie wusste auch nicht, was sie tun würde, wenn sie eigentlich mit einem anderen Krieger zusammen sein sollte. „Es geht um dieses ewige ‚Pflicht oder Leidenschaft'-Dilemma, was? Wie man es immer im Film sieht?"

Brenna drückte Shayes Hände, als wollte sie ihren Worten Nachdruck verleihen. „So ungefähr. Vielleicht. Ich weiß nicht!"

„Ich wünschte, ich hätte eine Antwort für dich, und wenn wir noch in der Oberwelt wären, könnte ich dir vielleicht einen Rat geben. Aber diese Männer, diese … Nymphe, schlagen alles, was weiblich ist, in ihren Bann und bringen uns um den Verstand." In Shayes Worten schwang Bitterkeit mit. „Es gefällt mir nicht."

„Du hast mal von Flucht geredet", flüsterte Brenna, damit Valerian es nicht hörte.

Shaye erstarrte; sogar ihr Herz stand kurz still. Flucht. Das, was sie von Anfang an gewollt hatte. Das, was sie momentan vielleicht nicht mehr wollte und von dem sie trotzdem wusste, dass es das Richtige war. *Du hast ein Zuhause. Einen Job. Mitarbeiterinnen, die finanziell auf dich angewiesen sind.*

„Ich habe noch keinen Fluchtweg gefunden", gestand sie leise. Nicht, dass sie sich besonders angestrengt hatte, einen zu suchen. „Aber ein Weg zurück nach Hause bleibt uns immer. Erinnerst du dich an das Portal?"

Brenna nickte.

„Valerian sagt, dass ich die Reise durch das Portal allein nicht überleben würde. Aber wir beide zusammen könnten es schaffen, bis in die Oberwelt zu tauchen. Wir müssen das Portal bloß finden."

Sie starrten beide auf den Vorhang vor dem Badebecken. „Jetzt ist der ideale Zeitpunkt", sagte Shaye und merkte, dass sie plötzlich einen Kloß im Hals hatte. Sie wünschte, sie könnte sich noch von Valerian verabschieden, wünschte, sie könnte ihn noch einmal küssen. „Bist du bereit?"

Brenna nickte wieder.

„Shaye!", rief Valerian plötzlich, als hätte er das Gespräch mitgehört.

Sie riss die Augen auf, und Brenna zuckte erschrocken zusammen. Wenn sie jetzt nicht sofort die Flucht ergriffen, würde sich nie mehr die Gelegenheit dazu bieten. „Komm, Brenna." Sie liefen hinaus auf den Gang.

„Shaye!", rief Valerian wieder, diesmal als Befehl. Hinter ihnen ertönte das Geräusch von spritzendem Wasser.

Shaye stolperte über ein Paar, das gerade Sex auf dem Gang hatte, und fiel der Länge nach hin. Eilig half Brenna ihr auf. Das Paar machte nach einem kurzen Aufschrei gleich weiter. Shayes Lungen platzten schon beinahe vor Anstrengung, als sie es wagte, im Laufen einen Blick über die Schulter zu werfen. Ein nackter Valerian war ihnen auf den Fersen. Wie war es möglich, dass sie ihm am liebsten *entgegen*gelaufen wäre?

„Lauf!", keuchte sie. „Los, schneller! Kennst du den Weg?" Sie selbst konnte sich nur noch daran erinnern, dass die Wände immer kahler wurden, je näher man dem Portal kam. Weniger Juwelen, weniger Fackeln im Mauerwerk.

„Ja."

Sie kamen an eine Weggabelung, und Brenna bog rechts ab. Shaye folgte ihr. Gott, sie hoffte nur, dass es die richtige Richtung war. Wenn Valerian sie einfing ... Die Wände sahen für sie alle gleich aus. Türen gingen in alle Richtungen ab. Sie rasten an anderen Frauen vorbei, und an anderen Kriegern. Die Männer betrachteten sie mit Neugier, aber versuchten nicht, sie aufzuhalten.

Dann spürte Shaye plötzlich, wie sich zwei eiserne Bügel um ihre Taille legten und sie nach oben gerissen wurde. Sie kreischte und schlug wild um sich. Brenna blieb stehen und drehte sich um, als Shaye gerade versuchte, wieder festen Boden unter die Füße zu bekommen, indem sie mit den Beinen strampelte.

Starke Arme fingen sie auf und hielten sie fest. Shaye rang nach Atem. Sie traute sich nicht, Valerian in die wahrscheinlich zornig funkelnden Augen zu schauen. Oder an seinem nassen, erregten Körper hinabzusehen.

„Wenn ein Krieger seinem Anführer wegläuft", sagte er unheilvoll, „dann wird er bestraft. Bist du bereit für deine Strafe, Shaye?"

19. KAPITEL

Ohne ein Wort zu verlieren, brachte Valerian Brenna zu Shivawn zurück. Der Krieger nahm sie stirnrunzelnd in Empfang, murmelte „Danke, großer König“ und verschwand mit der jungen Frau. Shaye war in ihrem ganzen Leben noch nie so nervös gewesen. Es war das erste Mal, dass Valerians Zorn sich gegen sie richtete.

Dennoch war sie merkwürdig erleichtert, dass ihr Fluchtversuch gescheitert war.

„Macht euch wieder an eure Arbeit“, knurrte Valerian die Männer an, die im Gang herumstanden und das Geschehen neugierig verfolgten.

Die Krieger setzten sich eilig in Bewegung und bemühten sich, weder ihren nackten König anzusehen noch Shaye, die er sich kurzerhand über die Schulter geworfen hatte. „Vale…“

„Sei still“, fuhr er sie an.

Sie ließ sich nicht einschüchtern. „Valerian“, fuhr sie fort, „ich habe dir doch gesagt, dass ich versuchen würde zu fliehen. Du kannst also nicht behaupten, ich hätte dich nicht gewarnt. Wenigstens habe ich dich nicht belogen. Wir wollten immer ehrlich zueinander sein, erinnerst du dich?“

„Ich habe dir alles zugestanden, was du wolltest, Shaye. Ich habe dich nicht bedrängt, mit mir zu schlafen, und du bist trotzdem vor mir geflüchtet.“ Valerian konnte immer noch nicht fassen, dass sie es gewagt hatte, sich ihm zu widersetzen. Er marschierte in ihr Zimmer und warf sie auf das Bett. Dann schaute er auf sie hinunter. Sie versuchte nicht, wieder wegzulaufen, sondern sah ihn nur misstrauisch an.

Leicht, wie sie war, hätte es ihn eigentlich nicht anstrengen sollen, sie zu tragen. Trotzdem war er außer Atem. Er ließ erschöpft die Arme sinken und merkte, dass er immer schneller an Kraft zu verlieren begann.

Er brauchte Sex.

Er brauchte Shaye.

Er hatte es gespürt, als sie ihn beim Baden beobachtet hatte. Hatte ihre Erregung förmlich riechen können. Hatte gedacht, der Sieg wäre in greifbarer Nähe. Und dann war sie weggelaufen. Weggelaufen! War die Vorstellung, mit ihm zu schlafen, denn dermaßen abstoßend für sie?

„Es ist so weit“, sagte er düster.

Sie kroch ans andere Ende des Betts, als hätten seine Worte den Fluch der Schockstarre aufgehoben, in der sie sich befunden hatte. Er starrte sie immer noch an. Der Ausschnitt ihres übergroßen Hemds gewährte ihm jetzt einen höchst erfreulichen Blick auf den Ansatz ihrer Brüste.

„Lass uns darüber reden“, sagte sie nervös.

„Du hast versucht, vor mir zu fliehen. Die Zeit fürs Reden ist vorbei.“

„Paare sollten sich immer Zeit nehmen, miteinander zu reden.“

Er zog eine Augenbraue hoch. „Sind wir jetzt ein Paar?“

Shaye hatte den Blick starr auf seine Brust gerichtet und wagte es nicht, nach weiter unten zu gucken. Valerian bemerkte, dass sie zitterte. Vor Angst? Vor Erregung? Irgendetwas in ihm zog sich zusammen. Sein Herz? Er stieß einen Seufzer aus. Würde sie ihn immer so verwirren? Er beschloss, die Sache anders anzugehen.

„Du siehst so schön aus, wie du da auf meinem Bett liegst, Moon, mit deinen Haaren, die deine Schultern umfließen, und deinen ausgestreckten langen Beinen. Aber …“

„Aber?“ Sie runzelte die Stirn.

„Aber auf mir wirst du noch besser aussehen.“ Er kniete sich aufs Bett und kroch langsam auf allen vieren auf sie zu.

Mit weit aufgerissenen Augen versuchte sie, noch weiter wegzurutschen, aber da war schon die Wand in ihrem Rücken. Es gab kein Entkommen. „Stopp“, sagte sie. Sie klang atemlos. Aufgeregt. „Bleib, wo du bist.“

„Du spürst die Anziehung zwischen uns, das weiß ich genau.“

Sie biss die Zähne zusammen, und über ihr Gesicht huschte ein dunkler Schatten. „Und wenn schon“, zischte sie. „Das heißt nicht, dass ich mit dir schlafen will.“

„Ach, meine unschuldige kleine Mondscheinfrau, keiner von uns wird schlafen.“ Er ließ den Blick über ihren Körper schweifen und wünschte sich plötzlich, er besäße die Gabe, Feuer zu speien wie die Drachen. Dann könnte er ihre Kleider einfach wegbrennen. „Ich weiß, dass du noch nie richtig mit einem Mann zusammen warst. Aber hast du je Zärtlichkeiten mit einem ausgetauscht?“

Sie presste die Lippen zusammen. „Das geht dich gar nichts an.“

„Ich rieche keinen Mann an dir. Nicht mal einen Hauch männlichen Geruchs.“

„Ich … ich habe dich vorhin angelogen, okay?“ Sie betrachtete ihre Fingernägel und gähnte übertrieben. „Ich war schon mit vielen Männern zusammen. Tausenden.“

Er war mittlerweile unmittelbar vor ihr und stützte sich mit den Händen links und rechts von ihren Knien ab. Dass sie nicht versuchte, nach ihm zu treten, war vielsagender, als ihr wahrscheinlich bewusst war. Insgeheim wollte sie mit ihm zusammen sein.

Unberührt, ging ihm durch den Kopf. Seine Gefährtin war unberührt. Er würde ihr Erster sein. Ihr Einziger. Er würde behutsam sein. „Ich finde es schön, dass du Jungfrau bist, Moon.“

Sie zupfte einen Fussel von ihrem Hemd. „Aber ich finde es nicht schön, dass du eine männliche Hure bist, Valerian.“

„Es tut mir leid, dass ich nicht unberührt zu dir komme.“ Nymphe sparten sich nie für ihre Gefährtinnen auf; dafür waren sie zu sinnlich und ihr Sexualtrieb zu groß. Aber jetzt wünschte Valerian, er hätte auf Shaye gewartet. „Vielleicht waren all die anderen Frauen ja nur eine Übung, eine Vorbereitung auf den Tag, an dem ich dich getroffen habe.“

Sie schluckte und nagte an ihrer Unterlippe. Die Nippel unter ihrem Hemd wurden hart, und sie konnte nicht länger so tun, als wäre sie gelangweilt. „Das ist wahrscheinlich das Kitschigste, was ich je gehört habe.“

„Aber es stimmt trotzdem.“ Das Blut in seinen Adern begann vor Erregung zu kochen, und er spürte plötzlich den gleichen Eroberungsdrang, der ihn erfüllte, wenn seine Armee einen Palast stürmte. Kein Mann hatte je hinter die unnahbare Fassade dieser Frau geblickt und die Leidenschaft dahinter entdeckt, aber er stand jetzt kurz davor. So nahe am Sieg. *Ich werde sie so glücklich machen, dass sie vor Lust schreit.*

Er kroch noch näher zu ihr, bis sein Gesicht unmittelbar vor ihrem war. „Hatte ich recht? Hast du mich deshalb abgewiesen? Hast du deshalb deine sexuellen Wünsche vor dir selbst geleugnet?“ Er küsste sie sehr sanft auf ihre vollen Lippen. „Weil du nie einem richtigen Mann begegnet bist?“

Sie stöhnte leise. Vielleicht war es auch ein seliges Seufzen. „Mach … mach dir doch nichts vor.“ Sie leckte sich über die Lippen. „Du lässt mich total kalt. *Deshalb* habe ich dich abgewiesen.“ Wieder klang sie atemlos. Geil.

„Ich glaube, ich mache dich total heiß.“

„Du hast ja Wahnvorstellungen.“

„Vielleicht durchschaue ich dich mehr, als dir lieb ist.“

Sie kniff die Augen zusammen, um sich die Gefühle, die sich darin spiegelten, nicht anmerken zu lassen. „Wie lange willst du noch reden? Wann ziehst du endlich deine Verführungsnummer durch, damit wir es hinter uns bringen können?“

Als sie die letzten Worte aussprach, legte er seine Hände auf ihre Brüste. Shaye schloss genießerisch die Augen, und ihre Hüften bogen sich ihm leicht entgegen.

„Wir können es auch einfach durchziehen“, sagte er. „Aber willst du wirklich, dass es schnell vorbei ist?“

„Ich … ich weiß nicht“, hauchte sie.

„Sag, dass ich gehen soll, und ich tu’s. Sag es.“

Sie öffnete den Mund, sagte aber nichts.

„Sag mir, dass ich gehen soll, Shaye. Ich werde dich zu nichts zwingen. Ich werde dich in Ruhe lassen.“

Wieder sagte sie kein Wort. Er streichelte ihre Nippel. „Hasst du mich, wenn ich das tue?“

Sie stöhnte leise. „Es fühlt sich … es fühlt sich schrecklich an.“

Oh Götter, er liebte es, wie ihre Wangen sich vor Erregung röteten. „Dann stell dir mal vor, wie schlimm es sich erst anfühlen wird, wenn ich diese harten, kleinen Perlen in den Mund nehme und an ihnen sauge.“

Sie stöhnte wieder, diesmal so lustvoll, dass es Valerian durch und durch ging. Als er – nur für den Bruchteil einer Sekunde – aufhörte, sie zu streicheln, wurde ihr Stöhnen zu einem Knurren. Er ließ seine Finger unter ihr Hemd und über ihren nackten Bauch gleiten. Es war die zarteste Haut, die er je gespürt hatte.

Sie machte ein verzücktes Gesicht, und ihr Körper bebte.

„Schüttelt es dich schon vor Ekel vor dem, was ich hier mache?“, fragte er gepresst. Einer seiner Finger streifte über die Unterseite ihrer Brust.

„Fürchterlich“, keuchte sie.

„Mich auch. Oh, mich auch. Siehst du, ich zittere vor lauter Abscheu.“

„Es ist … wirklich … das Allerletzte“, hauchte sie. Ich muss ihm sagen, dass er aufhören soll, dachte Shaye. *Ich sage es ihm … jetzt … jeden Moment.* Seine Finger auf sich zu spüren war elektrisierend, und jeder Zentimeter ihrer Haut schien zu brennen.

Als sein Streicheln intensiver wurde, vergaß sie alles um sich herum. Sie nahm nichts anderes mehr wahr als seine Hände auf ihren nackten Brüsten. Instinktiv spreizte sie die Beine, eine stumme Einladung an ihn, sich auf sie zu legen.

Er tat es nicht. Stattdessen lehnte er sich sogar ein wenig zurück.

Fast hätte sie ihn laut verflucht.

Mit einer Hand schob er den Saum ihres Hemds hoch. „Wenn ich mich jetzt auf dich lege, werde ich dich nehmen“, erklärte er. „Aber ich muss dich zuerst sehen.“

„Ja“, antwortete sie und fragte sich, wer dieses leidenschaftliche Wesen war, das da aus ihr sprach. Sicher nicht Shaye. Ihrer beider Vergangenheit spielte plötzlich keine Rolle mehr, und sie hatte keine Angst davor, was passieren würde, nachdem sie sich geliebt hatten. Sie hob ihr Becken an, um es leichter für ihn zu machen, und spürte seine Härte zwischen ihren Oberschenkeln. Das Gefühl war ungeheuer intensiv. Pure Lust.

Sie stöhnten beide leise. Obwohl sie immer noch ihre Kleidung trug, fühlte es sich an, als würde er ihr Innerstes berühren. „Mmh, ja“, sagte sie. „Das ist schön. Nein, schrecklich. Ich hasse es.“

Sie bewegte ihre Hüften, um ihn wieder zu spüren. Valerian stöhnte erneut. Dann zog er ihr hastig das Hemd über den Kopf und genoss den Anblick ihrer nackten Brüste.

„Ich muss sie küssen. Muss diese süßen Knospen zwischen meinen Lippen spüren.“

Shaye wusste, dass sie beide an dieser Stelle aufhören sollten, aber ihre Neugier war zu groß. Zumindest bezeichnete sie es als *Neugier*, dieses wahnsinnige Verlangen, ihn in sich zu spüren. Sie wollte endlich wissen und verstehen, wie Leute wegen dieses einen Vorgangs zu Sklaven ihrer Gefühle wurden.

Valerians Finger schlossen sich um ihr Handgelenk. „Woran denkst du?“

„Leidenschaft“, gestand sie. „Sex.“

„Sieh mich an.“

Sie gehorchte, schaute zu ihm hinauf und war überwältigt von dem, was sie sah. Valerian genoss den Anblick ihrer Brüste, als wären sie das Schönste, was er jemals gesehen hatte. Als wäre ihre allzu blasse Haut und ihr durchschnittlicher Busen das beste Geschenk, das man sich denken konnte.

„Ich habe noch nie in meinem Leben etwas Wundervolleres gesehen. Du bist bezaubernd“, sagte er. Seine Stimme war erfüllt von ehrfürchtigem Staunen.

„Aber du hast schon Tausende Frauen gehabt. Und alle tausendmal schöner als ich.“

„Keine ist schöner als du, Liebes.“

„Ich bin nichts“, widersprach sie. „Ich bin …“

„Alles.“ Er umfasste ihr Kinn, streichelte mit dem Daumen

über ihre Wange und zwang sie, ihn anzusehen. Ihn wirklich zu *sehen*. „Ich habe es dir schon einmal gesagt – du bist alles für mich."

Es war zu erstaunlich, um es zu glauben, und doch war es alles, was Shaye sich jemals zu hören gewünscht hatte. Solche Worte hatte noch nie jemand zu ihr gesagt. Sie wischte sich die Tränen aus den Augen. Ihr Leben lang war sie stolz auf ihre Unabhängigkeit gewesen. Darauf, niemanden zu brauchen, der ihr versicherte, dass sie ein wertvoller Mensch war. Erst jetzt wurde ihr bewusst, wie unglaublich es war, geschätzt zu werden und jemandem wirklich etwas zu bedeuten. Sie hatte bis zu diesem Augenblick nicht geahnt, mit welcher Kraft dieses Gefühl einen erfüllte.

Ich muss distanziert bleiben. Wie oft musste sie sich das noch sagen? *Ich muss auf mein Herz aufpassen.* Doch als sie Valerian jetzt ansah, schaffte sie es nicht mehr, ihm – und ihren Gefühlen – zu widerstehen.

Wie er jetzt über ihr kniete, war sein breiter, durchtrainierter Körper eingehüllt in einen goldenen Lichtschein. Seine Muskeln traten hervor und strahlten Kraft und Männlichkeit aus, während sein Bauch flach und hart war. Sein großer Schaft streckte sich ihr entgegen, schien sich nach ihr zu sehnen.

Der Anblick dieser göttlichen Schönheit nahm ihr den Atem. „Du …" Sie räusperte sich. „Du siehst auch nicht übel aus." Sie hatte noch nie zuvor einem Mann ein Kompliment gemacht; sie hatte immer versucht, alle Männer ebenso schnell wieder loszuwerden, wie sie in ihr Leben getreten waren.

Seine Mundwinkel zuckten. „Ich bin froh, dass du mich nicht hässlich findest, denn du bist alles, was ich mir jemals gewünscht habe."

Aufreizend langsam beugte er sich über sie und nahm eine ihrer Brustwarzen in den Mund. Als er begann, daran zu saugen, vergrub Shaye ihre Hand in seinen Haaren und drückte seinen Kopf an sich. Dann fing er an, gleichzeitig ihre andere Brust zu streicheln, und Shaye wand sich vor Lust unter ihm.

„Habe ich dir nicht versprochen, dass es sich furchtbar anfühlen würde?“

„Schrecklich, einfach schrecklich. Hör nicht auf.“ *Moment.* Eigentlich hatte sie ihm doch sagen wollen, er solle aufhören. Sie verlor langsam die Kontrolle.

„Du machst mich ganz fiebrig, als ob mein ganzes Leben von dir abhinge.“ Er saugte so fest an ihrer Brustwarze, dass sie vor Lust und Schmerz aufstöhnte. Dann leckte er den stechenden Schmerz mit ein paar Zungenschlägen weg, und sie seufzte vor Wonne. „Wenn ein Nymph Liebe macht, vergisst er alles um sich herum und wird zu einem wilden Tier. Außer seiner Frau ist ihm nichts mehr wichtig.“

Trau dich, ihn so zu begehren wie er dich begehrt, dachte sie, und plötzlich spürte sie, wie dabei etwas in ihr zerbrach. Waren es die letzten Reste der Mauern, die sie um ihr Herz errichtet hatte? Die Ängste? Die Zweifel? All das hatte sich plötzlich in nichts aufgelöst – verdrängt durch den Wunsch, Valerian zu erkennen. Ihn in seiner Ganzheit zu erkennen. In diesem Augenblick war er wichtiger für sie, als zu atmen.

Stöhnend schlang sie die Beine um seine Hüften, überkreuzte die Fußknöchel hinter seinem Rücken und zog ihn auf sich. Was für ein unsagbar erhebendes Gefühl es doch war, ihn endlich ganz auf sich zu spüren. Shaye genoss es, sich erstmals ganz jemandem hinzugeben und ihre Bedürfnisse und geheimen Wünsche nicht mehr leugnen zu müssen.

„Shaye?“ Seine Stimme war rau. Er hatte die Augen geschlossen, und sein Gesichtsausdruck war wie entrückt.

„Valerian.“

Er küsste ihr Schlüsselbein und ließ seine Zunge über ihren Hals gleiten. Dann schob er eine Hand unter den Bund ihrer Hose und weiter durch die zarten Löckchen ihrer Schamhaare.

Sie unterdrückte einen Schrei und drängte ihm ihre Hüften entgegen, damit er weitermachte.

„Die meisten Frauen glauben, dass hier der erregbarste Teil

ihres Körpers ist.“ Seine Finger glitten zart über ihre Klitoris. Er musste sich so sehr beherrschen, es trotz ihres Drängens langsam anzugehen, dass er ins Schwitzen geriet.

Diese einzige Berührung war so intensiv, dass Shaye das Gefühl hatte, die Tore des Paradieses würden sich auftun. Sie war dem Orgasmus so nahe. *So* nahe. „Und sie haben recht“, hauchte sie atemlos.

„Nein, haben sie nicht.“ Er schob einen Finger zwischen ihre feuchte Weiblichkeit und ließ ihn in sie gleiten. „Schmal“, sagte er gepresst. „Eng. Wunderbar.“

Hatte sie vorhin gedacht, das Paradies wäre nahe? Es war nichts gegen die Wonne, die sie *jetzt* spürte. Ihr Schoß zog sich fest um seinen Finger zusammen, den er immer wieder hinein- und hinausgleiten ließ. Langsam. Quälend langsam. Sie stöhnte und seufzte ununterbrochen.

„Manche Frauen glauben, dass dieser Rhythmus sie in Ekstase versetzt.“

„Irren sie sich ... auch?“ Grundgütiger, sie brannte vor Lust. Das Blut, das heiß durch ihre Adern raste, schien sie von innen her zu versengen.

„Und *wie* sie sich irren.“

Er ließ seinen Finger weiter in sie, und Shayes Bauchmuskeln spannten sich an; ihre Oberschenkel begannen zu zittern. Sie würde jede Sekunde kommen. „Valerian“, flehte sie leise.

„Ach, wie ich es liebe, wenn du meinen Namen sagst.“ Er streichelte ihre Klitoris mit dem Daumen.

Sie warf den Kopf hin und her. Sie stand in Flammen und würde jeden Moment vor Lust explodieren. „Zeig mir die empfindlichste Körperstelle einer Frau.“ Sie musste kommen. Musste kommen ... würde sonst ... gleich sterben.

„Für einen Kuss“, sagte er. „Ich schenke dir die ganze Welt für einen Kuss.“

Ohne zu zögern, presste sie ihre Lippen auf seine. In dem Augenblick, als ihre Zungen aufeinandertrafen, schien sie sein ganzes Sein zu spüren. Das erregende Gefühl zwischen ihren

Beinen wurde intensiver. Sie löste den Griff um seine Hüften, ließ ihre Knie auf das Bett sinken und öffnete sich für alles, was nun kommen mochte.

Der Lust verfallen, das war sie jetzt. Sie war genau das geworden, wovor sie immer Angst gehabt hatte: eine Sklavin der Lust, die verzweifelt nach Erlösung lechzte. Aber es war ihr egal. Der Kuss war feurig und fordernd, wurde immer leidenschaftlicher. Valerians Finger waren immer noch in ihr, stießen vor und zurück, genauso unersättlich wie seine Zunge.

Doch dann hörte er plötzlich auf. Hörte auf, sie zu küssen und zu streicheln. Sein abruptes Innehalten war so qualvoll, dass Shaye beinahe aufgeschluchzt hätte.

„Warum hörst du auf?“, stöhnte sie, vergrub beide Hände in seinen Haaren und versuchte, ihn wieder zu küssen. Endlich hatte sie ihrer Leidenschaft freien Lauf gelassen, und jetzt machte Valerian einfach nicht weiter?

„Jetzt zeige ich dir, wo du am empfindlichsten bist, worauf du jedes Mal, wenn ich dich berühre, fast kommen wirst.“

Mmh. Ja. „Beeil dich.“

Ihm lief immer noch der Schweiß über die Schläfen, und seine Züge waren angespannt. Auch er brauchte Erlösung, begriff Shaye jetzt. War seine Lust genauso quälend schön und wild wie ihre? Hatte er auch das Gefühl, gleich zerspringen zu müssen, wenn er sie nicht mehr spüren durfte?

Er streifte mit seinen Lippen zart über ihre. „Dich zu riechen, zu schmecken und zu spüren ist … einzigartig. Ich habe noch nie so etwas erlebt. Es macht süchtig. Ich glaube, ich würde ohne dich sterben.“

Berühr mich. Schlaf mit mir. „Valerian, ich freue mich ja wirklich, dass es dir gefällt, mich zu schmecken und all das, aber du wolltest mir etwas zeigen, und ich bin ein wenig enttäuscht, dass ich dich daran erinnern muss.“

Er lachte leise und angespannt. „Du hast recht. Ich muss dich nur noch einen Moment lang ansehen. Muss nur noch einen Moment deinen Anblick genießen. Gleich werde ich dich ganz ausziehen. Gleich werde ich dir die Hose über deine Schenkel nach unten ziehen und über deine …"

Während er es sagte, sah sie schon vor sich, was er tun würde. Sie sah ganz deutlich vor sich, wie er sie auszog. In ihrer Fantasie umfasste er gerade ihre …

„Knöchel", sagte er. „Und ich ziehe deinen Fuß an meinen Mund. Ich lecke …"

… langsam über meine Fußsohle. Shaye sah es vor sich, sah die Bilder mit jeder Sekunde lebendiger werden. Sein Mund wanderte ihren Unterschenkel hinauf, und seine Zunge malte dabei kleine Herzen auf ihre Haut. Dann …

„… beiße ich dich ganz zart in die Innenseite deiner Oberschenkel. Du stöhnst und windest dich hin und her, und du bist schon ganz feucht zwischen den Beinen. Unglaublich feucht. Ich nehme deine Hand, schiebe sie zwischen deine Beine und sehe zu, wie du dich selbst streichelst. Du lässt deinen …"

… Finger auf meiner Klitoris kreisen, und ich schaue ihm dabei unablässig in die Augen. In ihrer Fantasie hatte Valerian die Augen halb geschlossen, umfasste mit einer Hand seinen Schaft und schob sie langsam vor und zurück. Er gestand ihr, wie sehr er sich wünschte, dass ihr Mund seine Hand ablöste, und wie gern er ihre Finger mit den Lippen ablösen würde. Dann küsste er sie, aber es …

„… genügt mir nicht. Ich lechze danach, dich noch intensiver zu spüren und zu schmecken, noch intimer, und es mit Worten zu beschreiben ist zu wenig. Ich senke meinen Kopf zwischen deine Beine. Deine Hände greifen nach meinen Haaren und ziehen fest und wild daran, weil du so ekstatisch bist, dass du die Kontrolle über deine Reaktionen verloren hast."

Shaye verlor bereits *jetzt* die Kontrolle. Sie wand sich inzwischen vor Lust. Obwohl sie immer noch ihre Hose anhatte, fühlte es sich für sie so an, als würde er sie bereits zwischen den Beinen lecken. Sie keuchte vor Erregung.

„Valerian, Valerian", stammelte sie. „Valerian, bitte."

„Bitte was?" Seine Stimme war heiser, wahnsinnig heiser.

„Bitte lass mich kommen."

„Aber ich kann mich an dir und deiner Lust nicht sattsehen."

„Zeig mir die empfindsamste Stelle meines Körpers, verdammt. Wenn du nicht schnell machst, wirst du mich nicht mehr lang lebend genießen."

„Ich werde ohnehin vor Lust sterben." Valerian war so erregt, dass seine Stimme brach. Jetzt nahm er ihre Klitoris zwischen zwei Finger, und das Gefühl war so wahnsinnig lustvoll, dass Shaye beinahe aus dem Bett gesprungen wäre. „Ich werde dich genau hier küssen, bevor ich mit dir schlafe", sagte er. „Und wenn ich dich liebe, wirst du erleben, was der empfindsamste Teil *meines* Körpers ist."

„Dein Schwanz?", stöhnte sie gepresst. Sie brachte kaum noch ein Wort heraus. Es war alles zu viel. Er war zu viel. Das, was er sagte, das, was er tat. Sein ganzes Wesen. Alles, was er war.

„Nein, mein …"

„Mein König", sagte plötzlich jemand in dringlichem Tonfall.

Valerian erstarrte. Sein tiefes, kehliges Knurren klang nach einem Tier, das gleich zur reißenden Bestie werden würde.

Es dauerte einen Moment, bis Shaye begriff, was los war. Direkt neben dem Bett stand ein Krieger und sah Valerian mit ernster Miene an. Shaye griff kreischend nach der Bettdecke und zog sie hastig über ihren Busen.

„Dreh dich um, Broderick", knurrte Valerian und fletschte die Zähne. „Ich bin ohnehin schon kurz davor, dich zu töten."

Broderick gehorchte sofort.

„Lass uns allein, oder ich bringe dich tatsächlich um."

„Drachen", sagte Broderick, als hätte er Valerian nicht gehört. „Sie sind fast schon vor den Toren des Palasts. Und sie wollen Krieg."

20. KAPITEL

Valerian konnte es nicht fassen, dass jemand in sein Zimmer gekommen war, ohne dass er es gemerkt hatte. Normalerweise war sein kriegerischer Instinkt auch dann hellwach, wenn er sich seinen animalischsten Lüsten hingab.

Nicht so bei Shaye. Bei ihr vergaß er alles um sich herum. So etwas war ihm noch nie passiert.

Und ausgerechnet jetzt mussten sie gestört werden. Es war ihm mit Shaye endlich das gelungen, wonach er sich die ganze Zeit gesehnt hatte, und ausgerechnet jetzt musste er gehen. Aber sie zu beschützen war wichtiger, als mit ihr zu schlafen. Das würde immer so sein.

Ihre Sicherheit hatte Priorität vor seiner Lust.

Vielleicht träumte er ja nur, und das alles war gar nicht wahr. Denn diese Störung war das Schlimmste, was ihm passieren konnte. Ein Albtraum. „Gib den anderen Kriegern Bescheid", sagte er zu Broderick. „Sie sollen sich bewaffnet und in voller Rüstung in der Arena versammeln. Ich bin gleich da."

„Wird gemacht", antwortete Broderick und eilte davon.

Valerian fuhr sich mit einer Hand über das Gesicht. Ach Götter, er hatte gewusst, dass dieser Tag kommen würde. Aber warum ausgerechnet heute? „Broderick", rief er seinem stellvertretenden Kommandanten nach. „Wurden die Frauen in Sicherheit gebracht?"

Broderick kam zurück. „Man bringt sie in dieser Sekunde in ein Versteck."

„Ausgezeichnet. Und jetzt geh. Du weißt, was du zu tun hast."

Broderick verließ zum zweiten Mal das Zimmer, und kurz darauf hörte man seine Schritte durch den Gang hallen.

„Es tut mir leid, Moon", sagte Valerian und schaute auf Shaye hinunter. Ihre Wangen waren gerötet, ihre hellen Haare lagen wie weiße Seidenbänder auf dem Kissen, und er konnte sehen, wie sich ihre harten Nippel unter der dünnen Decke abzeichneten. „Ich muss gehen."

Sie schwieg.

Er wusste nicht, was er sonst noch sagen sollte. Sich aus ihrer Umarmung zu lösen und aufzustehen fiel ihm schwerer als alles, was er je hatte tun müssen. Er wünschte, sie hätten wenigstens noch so viel Zeit, um sie zum Orgasmus zu bringen, damit zumindest einer von ihnen Erlösung fand.

Während er sich hastig seine Hose anzog und den Brustharnisch anlegte – der vom heutigen Training immer noch blutverkrustet war –, merkte er, dass er immer noch nicht seine ganze Kraft wiedererlangt hatte. Sein Griff war nicht so fest, wie er sein sollte, und er war etwas wackelig auf den Beinen. Daran ließ sich jetzt nichts ändern. Resigniert band er sich die Stiefel zu.

„Du ziehst in den Krieg?“ Endlich sagte Shaye wieder etwas. Allerdings verriet ihre Stimme nichts darüber, was in ihr vorging. Sie klang so emotionslos und kühl, als wäre nichts zwischen ihnen geschehen. Als hätte er sie nie gestreichelt. Nie seine Finger in ihr gehabt.

Das ärgerte ihn genauso sehr wie die Tatsache, dass Broderick sie gestört hatte. „Wenn es nötig ist, um diesen Palast zu behalten, dann werde ich in den Krieg ziehen, ja.“

„Aber … du bist verletzt.“

„Ja.“

„Du solltest jetzt nicht kämpfen. Deine Wunden werden wieder aufbrechen.“

Er wandte ihr den Rücken zu und nahm seinen Helm und den Schild, an dem der *Totenkopf* befestigt war. „Zweifle nicht schon wieder an mir, Moon. Ich bin durchaus in der Lage zu kämpfen.“

„Warum gibst du den Drachen nicht einfach ihren Palast zurück?“

Er würde nicht zulassen, dass seine Krieger wieder ohne ein richtiges Zuhause durch das Land ziehen mussten. „Er gehört jetzt mir, und ich behalte, was mir gehört. Immer.“ Seine Worte waren als Warnung an Shaye gerichtet. Sie gehörte jetzt ihm, und er würde sie nie mehr hergeben. „Zieh dich an.“

Sie schaute an sich hinunter und stellte erschrocken fest, dass sie sich nicht ganz bedeckt hatte. Ihre Hose stand weit offen. Verlegen hob sie das schwarze Hemd vom Boden auf und zog es sich über den Kopf.

Valerian bedauerte, dass sie nicht mehr halb nackt vor ihm lag. Er streckte ihr eine Hand entgegen und bedeutete ihr, mit ihm zu kommen. Sie tat es – überraschenderweise ohne zu protestieren – und band im Gehen ihren Gürtel zu. Seine Hand nahm sie allerdings nicht.

„Wohin bringst du mich?" Ihr Blick war voller Sorge. Um ihn? Dass sie um sich selbst Angst hatte, bezweifelte er.

„Ich will nicht, dass dir etwas zustößt. Deshalb bringe dich zu den anderen Frauen."

„Wohin?", fragte sie wieder. „In das Zimmer, indem wir heute Vormittag waren?"

„Nein, du wirst schon sehen." Er wusste, dass sie Widerstand leisten würde, wenn er ihr sagte, wohin er sie brachte. Wenn er sie einfach hinführte, würde ihnen beiden viel Zeit und Mühe erspart bleiben.

Er hatte es eilig. Shaye musste in Sicherheit gebracht werden.

Er nahm sie an der Hand und zog sie durch drei verschiedene Gänge. Einige seiner Männer, die unterwegs in die Arena waren, überholten ihn und Shaye und nickten ihm kurz zu. Die Arena war nicht Valerians Ziel. Als er mit Shaye weitereilte, wurde die Luft plötzlich kalt und feucht. Nebel stieg zur Decke auf.

„Du bringst mich zum Portal?" Shaye schlug ihm auf die Schulter. „Hast du nicht gesagt, ich würde ertrinken, wenn ich es benutze?"

„Ich würde dich niemals in das Portal hineinschicken – egal, was passiert." Am Ende des Ganges waren bereits die schroffen Höhlenwände mit den erotischen Malereien zu sehen. Valerian ging an dem Portal vorbei und achtete darauf, dass weder er noch Shaye mit der gallertartigen Flüssigkeit darin in Berührung kamen, die Atlantis vom Meer trennte.

„Ich verstehe nicht ganz …", sagte Shaye.

Jetzt hörte Valerian Frauenstimmen. Unter seinen Sohlen knirschten Zweige und Knochen, die noch aus der Zeit stammten, als die Drachen im Palast residiert und jeden Menschen getötet hatten, der versuchte, durch das Portal nach Atlantis zu gelangen. Valerian hatte sich schon oft gefragt, warum Atlanter nicht in der Oberwelt überleben konnten, die Menschen aber kommen und gehen konnten, wie es ihnen gefiel. Einmal hatte sogar eine ganze Armee das Portal passiert, und das war der Grund, warum die Drachen Eindringlinge so gnadenlos getötet hatten, warum diese Höhle zu einem Ort des Todes und der Zerstörung geworden war.

Valerian war der Meinung, dass die Höhle in seinen Händen besser aufgehoben war. Unschuldige Menschen hatten es nicht verdient zu sterben. Was wäre gewesen, wenn Shaye vor seiner Eroberung des Palasts hier aufgetaucht wäre? Man hätte sie ermordet.

„Sind das etwa Knochen?“ Shaye schlug sich eine zitternde Hand vor den Mund. „Die sind mir vorher gar nicht aufgefallen.“

„Menschen haben immer wieder versucht, uns Atlanter auszurotten, um an unsere Reichtümer zu kommen“, erklärte er. „Die Drachen haben getan, was ihrer Meinung nach nötig war, um die Bewohner von Atlantis zu beschützen.“

Valerian zog Shaye eine Treppe hinunter, die in einer schmalen Kluft zwischen zwei blutverschmierten Felsen versteckt war. Das Portal war der Grund, warum die Drachen diesen Palast zurückerobern wollten. Sie würden bis zum Äußersten gehen, um es in ihren Besitz zu bringen. Darius, der Drachenkönig, war als Wächter für das Portal verantwortlich. Er musste alle Eindringlinge umbringen.

„Du hast mir noch immer nicht verraten, was die erogenste Zone einer Frau ist“, sagte Shaye. Sie klang verängstigt und versuchte offenbar verzweifelt, an irgendetwas anderes als an Krieg und Tod zu denken.

„Und das werde ich auch erst, wenn ich wieder mit dir im

Bett bin." Valerian hoffte, dass das Geheimnis sie eine Weile beschäftigen würde und sie so von der gefährlichen Situation ablenkte, in der sie sich alle befanden.

„Du bist ein Idiot."

„Und du bist wunderschön."

Sie schwieg. Dann blieb sie erschrocken stehen. „Wo sind wir hier?" Ihre Stimme hallte von den Wänden wider.

Sie hatten den Fuß der Treppe erreicht und einen Raum betreten, den Shaye nicht kannte. Valerian lehnte seinen Schild an die Wand, legte einen Arm um Shaye und drückte sie an sich, damit sie nicht türmte, wenn sie die Gefängniszellen sah. „Willkommen im Kerker, Moon."

Die Frauenstimmen verstummten für einen Moment, dann brachen sie in begeistertes Kreischen aus. „Valerian, du Prachtkerl! Wie wunderbar, dich zu sehen!"

„Valerian!"

„Huhu, Valerian!"

Shaye erblickte leuchtende blaue Gitterstäbe, hinter denen sich all die anderen Frauen befanden.

„Auf keinen Fall", protestierte Shaye, als sie das Gefängnis sah – ein Gefängnis, das selbst einen Unsterblichen dauerhaft festhalten konnte, wenn es sein musste. Sie riss sich von Valerian los. „Ich lasse mich von dir nicht einsperren!"

Er sah sie entschlossen an. Sie erwiderte seinen Blick mit der gleichen Entschlossenheit. Ihre dunklen Augen funkelten, als er sie mit dem Rücken gegen die Wand drückte.

„Versuch ruhig, mich einzuschüchtern." Sie straffte die Schultern und reckte das Kinn trotzig empor. „Ich bleibe nicht hier unten, während du dich da oben mit Drachen prügelst."

„Hier ist es am sichersten für dich."

„Was ist, wenn du stirbst? Sitzen wir dann bis an unser Lebensende hier unten fest?"

„Das wird nicht passieren."

„Kannst du das mit hundertprozentiger Sicherheit garantieren?"

„Ja." Er würde nicht zulassen, dass ihm etwas zustieß. Schließlich hing Shayes Leben von ihm ab. Das war eine Tatsache.

Sie verschränkte die Arme. „Wie kannst du dir so sicher sein? Bist du Hellseher?"

Sein Augenlid zuckte, als er mit einer schnellen Handbewegung auf die Krieger deutete, die vor dem Gefängnisgitter standen. „Falls mir etwas passiert, lassen euch diese Männer frei. Beruhigt?"

„Ich bin kein kleines Mädchen, das auf dumme Gedanken kommt, während der große, starke Mann draußen für sie kämpft. Du brauchst keine Angst zu haben, dass ich mich in den Kampf stürze. Ich bleibe hier unten, okay? Du musst mich nicht einsperren."

„Die Gitterstäbe sind nicht für euch. Sie sind für die Drachen. Wenn sie euch erwischen, verbrennen oder vergewaltigen sie euch. Vielleicht beides. Willst du das?"

Ihr ohnehin schon blasses Gesicht wurde noch bleicher.

Er schlug einen sanfteren Ton an. „Versuch, die anderen zu beruhigen, solange ich weg bin. Würdest du das für mich tun?"

Sie schaute ihn an, und für den Bruchteil einer Sekunde sah er Angst in ihren Augen. Angst um ihn. Doch sie runzelte die Stirn und nickte. „Na schön, ich mach's. Aber die Frauen sind gar nicht in Panik", brummte sie. „Sie sind bloß ganz aus dem Häuschen, dich zu sehen."

„Das stimmt, Valerian." Eine dunkelhaarige Frau, die eine dottergelbe Toga trug, kam zum Gitter und legte die Hände um zwei Gitterstäbe. „Wir freuen uns *sehr*, dich zu sehen."

Shaye presste zwei Finger auf ihre Nasenwurzel. „Wenn du nicht zurückkommst, bringe ich dich um, das schwöre ich dir."

Valerian nickte Terran zu, der die Zellentür bewachte. Terran streckte den Arm aus und ließ seine Finger über die Gitterstäbe gleiten, sodass sie sich plötzlich in Luft auflösten. Valerian konnte einfach nicht anders: Er küsste Shaye ein letztes Mal, leidenschaftlich und feurig, und während sie seinen Kuss ebenso stürmisch erwiderte, schob er sie sanft in die Zelle hinein. Dann riss er sich von ihr los, trat einen Schritt zurück, und die Gitterstäbe materialisierten sich direkt vor ihrem Gesicht.

Einen Moment lang sahen sie sich schweigend an. Dann wurde Shaye bewusst, was er gerade getan hat, und sie rüttelte empört an den Stäben. Sie bewegten sich keinen Millimeter. „Du Mistkerl! Ich habe gesagt, ich bleibe freiwillig hier. Du hättest mich nicht mit einer List in die Zelle verfrachten müssen."

„Entschuldige bitte." Valerian hasste es, sie hierzulassen. Wollte sie noch einmal küssen. Wollte noch bleiben. Es durfte nicht sein. Er nahm seinen Schild, drehte sich um und verließ den Kerker. Shayes Flüche hallten ihm nach, während er zum Speisesaal ging.

Broderick kam ihm bereits entgegen. „Die Männer sind bereit."

Valerian verdrängte Shaye aus seinen Gedanken. Er musste jetzt wie ein Krieger handeln. Kalt, emotionslos. Bereit zu töten. „Ausgezeichnet. Wie weit sind die Drachen noch vom Palast entfernt?"

„Sie sind immer noch in der Äußeren Stadt."

„Haben sie Verbündete?"

„Nein, sie sind allein unterwegs."

„Hat Darius das Kommando?"

„Ja."

Valerian nickte. Darius und er hatten schon einmal gegeneinander gekämpft, und obwohl Valerian diese monströse Bestie verwundet hatte, war der Kampf unentschieden ausgegangen. Keiner der beiden Männer hatte den anderen wirklich besiegt. „Ich will, dass unsere besten Männer auf den Festungsmauern Stellung beziehen. Eine Gruppe Soldaten soll sich im Wald rund um den Palast positionieren. Uns darf keine Bewegung des Drachenheers entgehen. Ich will wissen, ob sie Drachen auf das Palastdach fliegen lassen."

„Und wenn das passiert?"

„Werden sie eliminiert." Alle Drachen hatten Flügel, die ihnen erlaubten, durch die Lüfte zu segeln. Außerdem spien sie

Feuer, und wenn man sie nicht rasch außer Gefecht setzte, machten sie alles um sich zu Asche.

Die größte Stärke der Nymphe waren ihr Verführungskräfte. Nicht einmal Männer waren immun dagegen und wurden willenlos, sobald sie in ihren Bann gerieten. Darüber hinaus zeigte sich die Leidenschaftlichkeit der Nymphe in allen Lebensbereichen. Nicht nur beim Sex. Sie hatten auch eine leidenschaftliche Kampfeswut.

Da Drachen erfahrungsgemäß dem Zauber der Nymphe nicht verfielen, mussten Valerians Männer sich auf ihre Kampftaktik, ihre Schwertkampfkünste und ihren mächtigen Zorn verlassen. Wenigstens war der Palast, der ursprünglich für Drachen gebaut worden war, feuerfest.

„Sollen wir Fallen aufstellen?“, wollte Broderick wissen.

Valerian überlegte. „Nein, lassen wir die Drachen ruhig kommen. Dann können wir bei Einbruch der Dämmerung selbst einen Überraschungsangriff starten.“

Broderick eilte davon, um die Befehle weiterzugeben.

Im Speisesaal trat Valerian an die Fensterfront und starrte hinaus. Die Straßen waren leer. Die Bewohner der Äußeren Stadt hatten wohl Wind von der Drachenarmee bekommen und in Todesangst in ihren Häusern Zuflucht gesucht.

Es herrschte Krieg.

Valerian drehte sich energisch um und ging in die Arena, wo Broderick bereits dabei war, die Männer zu instruieren. Sobald sie ihre Befehle bekommen hatten, eilten sie davon. „Mögen die Götter mit euch sein“, sagte Valerian zu denen, die an ihm vorbeikamen.

„Und mit dir, mein König“, hörte er die Krieger viele Male antworten.

Jene, die noch keinen Auftrag erhalten hatten, stellten sich in einer Reihe auf und sahen Valerian erwartungsvoll an. Er begann, vor ihnen auf und ab zu gehen. „Ich möchte, dass ihr die Äußere Stadt unauffällig einkreist und dabei hinter den Drachen bleibt. Ich will, dass sie auf allen Seiten von Nymphen umstellt sind.“

Alle nickten.

„Sobald ihr ein Zeichen von mir bekommt, zieht ihr den Ring um sie zu und lasst sie wissen, dass ihr da seid. Und jetzt geht."

Nachdem die Krieger sich eilig entfernt hatten, war Valerian allein. Er blieb einen Moment mit seinem Schwert in der Hand stehen und dachte an Shaye. Wenn sie nicht hier im Palast gewesen wäre, hätte er höchstwahrscheinlich einen Teil seines Heers in die Randbezirke der Stadt geführt und die Drachen von dort aus angegriffen. Aber so, wie die Dinge jetzt lagen, brauchte er all seine Truppen in der Nähe, als eine Art Schutzwall rund um den Palast.

Jetzt musste er nur noch warten, bis die Drachen auftauchten. Und sie dann töten, natürlich. Jeder einzelne seiner Feinde musste eliminiert werden.

21. KAPITEL

Shaye musterte die Frauen, die mit ihr die Zelle teilten. Es waren natürlich dieselben, mit denen sie zuletzt in dem Hobbyraum eingesperrt gewesen war. Ihnen schien ihre aktuelle Situation nichts auszumachen. Im Gegenteil. Sie plauderten fröhlich miteinander.

Wie war es möglich, dass sie von demselben Planeten stammten wie Shaye selbst? Oh Gott, was für ein Albtraum. War Brenna hier? Shaye brauchte dringend eine Verbündete. Jemanden, mit dem sie ihre Sorgen teilen konnte und der sie davor bewahrte durchzudrehen. „Brenna?", rief sie.

Die junge Frau drängte sich durch die Menge der Frauen zu ihr. „Hier!"

„Gott sei Dank." Shaye zog sie rasch in eine Ecke. „Wie geht es dir? Hat Shivawn dich für deinen Fluchtversuch bestraft?"

„Flucht", stöhnte diejenige, die Tiffany hieß. Sie lehnte an einem der Gitterstäbe. „Sagt bloß, ihr beide wollt schon wieder flüchten. Wisst ihr denn nicht, dass man wartet, bis alle schlafen, und erst *dann* wegläuft? So machen es jedenfalls die Leute im Film."

„Ich verstehe noch immer nicht, warum du vor Valerian weglaufen willst." Die dunkelhaarige Frau, die am ersten Abend aus Valerians Zimmer gekommen war, mischte sich frech in das Gespräch ein. „Er ist umwerfend."

Allerdings, dachte Shaye und ballte eifersüchtig die Fäuste.

„Ich träume immer noch von ihm", fügte die Frau ganz verklärt hinzu. „Redet er manchmal von mir? Ich bin übrigens Kathleen."

Die Vorstellung, wie sich Valerian und Kathleen nackt im Bett wälzten, war Shaye unerträglich. Eifersucht war etwas Neues für sie, und sie wusste nicht genau, wie sie damit umgehen sollte. „Nein, er hat dich nicht erwähnt."

„Oh." Kathleen ließ enttäuscht die Schultern hängen. „Hoffentlich hat er bald genug von dir. Ich möchte ihn unbedingt zurückhaben."

„Wie kommst du auf die Idee, er könnte jemals genug von mir haben?", zischte sie. Sie hasste es, dass sie selbst Angst davor hatte. Wie lange würde Valerians Interesse an ihr anhalten? Wie lange würde es dauern, bis er sich nach einer anderen umschaute? Nach einer, die hübscher und williger war?

Kathleen zuckte die Achseln. „Du hast versucht, ihm davonzulaufen. Ich kann mir nicht vorstellen, dass ihm so ein Verhalten auf die Dauer gefällt. Ich gebe dir eine Woche. Vielleicht zwei."

Shaye machte einen Schritt auf sie zu und wäre fast auf sie losgegangen, wenn Brenna sie nicht zurückgehalten hätte. „Kein Verbandszeug für Kathleen hier unten", krächzte ihre Freundin.

Shaye atmete tief durch und kehrte dem Miststück den Rücken zu. Sie wollte aus dieser Zelle raus, weg von diesen Frauen. Sie wollte nach Hause, wollte allein sein ... Seltsamerweise spürte sie bei dem Gedanken ein schmerzhaftes Ziehen in der Brust.

Die Frauen begannen, sich darüber zu unterhalten, dass ein neuer Nymph aufgetaucht war, einer, der noch schöner war als alle anderen – Valerian inbegriffen. Offenbar stellte dieser Nymph gern Fragen und konnte Frauen zum Orgasmus bringen, indem er sie nur ansah. Nach einer Weile blendete Shaye das Geplapper aus. Zorn schoss durch ihre Adern wie eine tickende Zeitbombe, die jeden Moment zünden würde.

Wenn sie hierblieb, würde *das* ihr Leben sein. Sie würde jedes Mal, wenn Krieg drohte, in eine Zelle gesperrt werden. Eines Tages würde Valerian das Interesse an ihr verlieren, und sie würde nichts anderes als eine seiner unzähligen Eroberungen sein. Und nach einer Weile würde sie Sehnsucht nach ihm bekommen, weil er sexuelle Bedürfnisse in ihr geweckt hatte, die sie längst begraben glaubte.

Was würde sie tun, wenn er sie satthatte? Er hatte ihr zwar versichert, dass das nie passieren würde, aber er konnte schließlich nicht in die Zukunft sehen. Irgendwann würde eine andere Frau sein Interesse wecken. Schließlich war er ein Nymph, und von Nymphen konnte man nichts Besseres erwarten.

Ich kann nicht riskieren, dass er mit mir Schluss macht.

Jeder, den sie je geliebt hatte, hatte sie entweder verlassen oder enttäuscht. Keiner war bei ihr geblieben. Keiner wollte an Beziehungen arbeiten. Das wusste Shaye. Sie wusste auch, dass ihr das Ende einer Beziehung nicht wehtun würde, wenn sie gar nicht erst liebte.

Und dennoch war sie gerade dabei, sich in Valerian zu verlieben und ihn so nah an sich heranzulassen wie noch nie jemanden zuvor.

Ihr Bauchgefühl hatte von Anfang an recht gehabt. Sie *musste* ihn verlassen.

Entschlossen wandte sie sich an Brenna. „Jetzt ist die beste Gelegenheit, um zu fliehen“, flüsterte sie. Das Gefühl der innerlichen Leere, das sie vorhin gespürt hatte, war nun noch intensiver. Sie ignorierte es, beugte sich vor und umfasste die Gitterstäbe. „Machst du mit?“

Brenna wirkte unentschlossen. Sie nagte an ihrer Unterlippe und knetete nervös ihre Hände. Schließlich nickte sie, wenn auch nur zögernd.

Die blauen, leuchtenden Gitterstäbe waren ungefähr so dick wie Baseballschläger und fühlten sich heiß an. Zwar nicht so heiß, dass man Blasen auf der Haut bekam, aber doch heiß genug, dass es brannte. Shaye rüttelte an ihnen. Sie bewegten sich nicht.

„Brenna, weißt du, wie Valerian das Gitter zum Verschwinden gebracht hat?“ Shaye versuchte noch einmal, an den Stäben zu rütteln.

Brenna schüttelte den Kopf.

Shaye ließ Valerians Abschiedskuss noch einmal Revue passieren. Er hatte sie auf den Mund geküsst und durch die Stäbe in die Zelle geschoben. Bloß waren da keine Stäbe mehr gewesen. Sie hatten sich … hm … in Luft aufgelöst? Shayes

Augen weiteten sich. Vielleicht hatten sich die Stäbe tatsächlich entmaterialisiert. Vielleicht musste man sie von außen berühren. Valerian hatte auf keinen Knopf gedrückt und auch keinen Schlüssel verwendet. Der Krieger, der als Wache vor der Zelle gestanden hatte, war einfach mit der Hand über die Stäbe gefahren, und plötzlich waren sie nicht mehr da gewesen.

Sie musste einen der Wächter dazu bringen, eine Hand in die Zelle zu schieben. „Ich hab's", sagte sie zu Brenna und ging dann zu Kathleen hinüber. „Wenn du mich loswerden willst, dann musst du mir helfen." Sie erklärte, was Kathleen tun sollte.

Kathleen sah sie mit zusammengekniffenen Augen an. „Du willst Atlantis also verlassen? Für immer?"

Shaye spürte einen Stich im Herzen. „Ja."

„Dann helfe ich dir mit dem größten Vergnügen." Kathleen drängte sich durch die Menge nach vorne, umfasste die Gitterstäbe und sagte: „Terran, du siehst heute besonders unwiderstehlich aus. Ich hätte große Lust, dich zu vernaschen."

Er lächelte sie an. Seine Augen funkelten lüstern.

„Du siehst auch toll aus, Dylan", fügte Kathleen hinzu. Sie spielte ihre Rolle außerordentlich überzeugend. „Ihr habt so starke Muskeln. Darf ich mal fühlen?"

Beide Männer trotteten brav und wie magnetisch angezogen zum Gitter. Allerdings berührten sie Kathleen nicht.

Shaye ließ die beiden Männer und die Gitterstäbe nicht aus den Augen. Sie war bereit zu flüchten, sobald die Gelegenheit da war.

„Darf ich deinen Hals lecken, Dylan?", säuselte Kathleen. „Bitte. Ich muss einfach wissen, wie du schmeckst."

Dylan zögerte keine Sekunde. „Klar." Er hielt sich am Gitter fest und schob Kathleen seinen Kopf entgegen.

Im selben Augenblick verwandelte sich die ganze Zellenwand in Nebel.

„Ich möchte dich auch lecken", hörte Shaye die anderen betteln.

Die Frauen strömten durch den Nebel zu den Wächtern und schmiegten sich an sie, sodass die Männer für einen Moment alles andere um sich herum vergaßen.

Mit Brenna an ihrer Seite verließ Shaye unauffällig ihr Gefängnis und eilte auf Zehenspitzen davon. Sie lächelte triumphierend.

„Frauen, zurück in eure Zelle, zurück in eure Zelle!“, riefen die Wächter aufgeregt, als sie und Brenna um die erste Ecke bogen. *Ja! Wir haben es geschafft!* Sie folgten den Nebelschwaden bis zum Portal und näherten sich zögernd der zähflüssigen Masse, in deren Zentrum sich der Strudel befand. Shaye zitterte vor Kälte – nicht vor Traurigkeit, versicherte sie sich – und schlang fröstelnd die Arme um ihren Oberkörper.

„Ich kann nicht fassen, wie leicht das war“, sagte sie, machte jedoch keinen weiteren Schritt auf das Portal zu.

Brenna reagierte nicht.

Shaye riss sich vom Anblick des Portals los und sah ihre Komplizin an, die unglücklich ihre Hände knetete. „Was ist los?“

„Joachim braucht mich.“

Mist. Die Nymphe hatten also noch eine Frau ihrer Gehirnwäsche unterzogen. Das konnte Shaye jetzt gar nicht gebrauchen. Wenn Brenna kniff … „Er ist auf dem Wege der Besserung. Das hast du selbst gesagt.“

Brenna nagte an ihrer Unterlippe – vermutlich eine nervöse Angewohnheit, da sie es auffallend oft tat. „Und Shivawn ist so nett.“

Shaye seufzte ungeduldig und fuhr sich mit einer Hand durch die Haare. „Das heißt, du möchtest in Wahrheit lieber bei ihnen bleiben?“

Zuerst sagte Brenna nichts, doch dann nickte sie langsam. „Glaube schon. Wollte fliehen, aber jetzt …“

„Und was ist mit der kleinen Dreiecksbeziehung, die dir solche Angst gemacht hat?“

Brenna errötete. „Würde mich lieber arrangieren, als zu fliehen.“

Großartig. Einfach großartig. „Na schön, dann bleib." Stirnrunzelnd machte Shaye einen Schritt auf das Portal zu. Zuvor hatte sie Angst gehabt, es allein zu durchschreiten. Valerian hatte gesagt, sie würde ertrinken. Der Gedanke, dass Brenna sie begleiten würde, hatte ihr Mut gemacht. Sie hätten gemeinsam gegen die Wellen des Ozeans angekämpft. Jetzt war sie allerdings ganz auf sich allein gestellt …

Sie streckte eine Hand nach dem Portal aus, hielt jedoch inne, ehe sie es tatsächlich berührte. *Ich habe es schon einmal überlebt. Ich werde es wieder überleben. Ich bin eine gute Schwimmerin. Ich tauche bis zur Oberwelt durch.* Sie nickte, um sich noch mehr Mut zu machen. Sich durch das Meer zu kämpfen war schließlich besser, als hierzubleiben, oder? Gott, warum nur wurde ihr die Brust so eng?

Langsam streckte sie die Hand weiter nach vorn. Fast … da. Wieder zuckte sie zurück, ehe es zu einer Berührung kam. Shaye drehte sich irritiert zu Brenna um. Die junge Frau sah ihr gebannt zu. „Ich weiß gar nicht, warum ich zögere. Ich wollte von Anfang an hier weg. Valerian weiß das."

Brenna nickte verständnisvoll.

Verdammt. Wenn Valerian im Krieg gegen die Drachen verwundet oder getötet wurde, würde sie es nie erfahren. Vielleicht sah sie ihn nie wieder. „Wenn er verletzt ist", sagte sie zu Brenna, „kümmerst du dich dann um ihn? Verbindest du seine Wunden?"

Brenna nickte wieder.

Shaye hätte froh und erleichtert darüber sein sollen, aber sie war es nicht. Sie wollte gar nicht, dass Brenna ihn anfasste, auch nicht als Ärztin. *Was ist bloß los mit mir?* Es war dumm hierzubleiben. Gut, sie würde Valerian noch eine Weile für sich haben, aber er würde sie bald an einen seiner Männer weiterreichen – genauso wie alle seine anderen Geliebten.

„Ich gehe. Es ist am besten so." Sie straffte die Schultern, reckte das Kinn empor – nervöse Angewohnheiten, die sie in letzter Zeit gehäuft an sich beobachtete. Dann holte sie tief Luft und streckte wieder die Hand aus. Ihre Finger begannen zu zittern, und das Vibrieren breitete sich in ihrem ganzen Körper aus. *Au, au, au.* Ihre Brust schmerzte jetzt so sehr, dass sie sich fast krümmen musste.

Was ist, wenn er bei dir bleiben würde? Was, wenn er wirklich für immer mit dir zusammen sein will? Sie erstarrte. *Was, wenn er dich liebt?*

Bei dem Gedanken begann ihr Herz zu flattern. Ich glaube nicht an die Liebe, rief sie sich in Erinnerung. Liebe war etwas für Leute wie ihre Eltern, die eine Ausrede brauchten, dumme, egoistische Dinge zu tun. In Shayes Leben war kein Platz für Liebe. Liebe war nebensächlich. Liebe …

… wäre so wunderbar, wenn sie von Valerian käme.

Shaye schlug sich die Hände vors Gesicht. „Ich bin nicht bereit, ihn zu verlassen“, gestand sie mit brüchiger Stimme.

Brenna tätschelte ihr die Schulter.

Shaye wischte sich über die Augen und seufzte frustriert. „Du hast ja gehört, was Kathleen gesagt hat. Ich bin für ihn nur ein kurzes Abenteuer. Es ist so idiotisch, dass ich bleiben will.“

„Angst?“

Ihn zu verlieren? „Ja.“

„Zeit, deine Ängste zu überwinden. Zeit für mich, das Gleiche zu tun.“

„Ja.“ Shaye tröstete sich mit dem Gedanken, dass sie ja nicht für immer in Atlantis bleiben musste. Sie konnte sich einfach noch ein paar Tage mehr mit Valerian gönnen. Dadurch würde sie ihn etwas besser kennenlernen und vielleicht auch das zu Ende bringen, was sie beide in seinem Zimmer begonnen hatten. Und wenn er sie schlecht behandelte … tja, sie wusste ja, wo das Portal zu finden war.

Vom Entführungsopfer zum freiwilligen Gast, überlegte sie, schnaubte verächtlich und kehrte dem nebelumwölkten Portal den Rücken zu. Plötzlich hörte das schmerzhafte Ziehen in ihrer Brust auf.

„Ich will nicht in diese Zelle zurück", sagte sie. „Du etwa?"

„Nein."

„In den Palast können wir allerdings auch nicht." Valerian hatte sie gebeten, hier unten zu bleiben, also würde sie sich daran halten. Sie wollte ihn nicht ablenken oder unnötig in Gefahr bringen. Außerdem wollte sie nicht zufällig in die Hände der Feinde geraten und ihnen dadurch einen Vorteil geben.

Allerdings spürte sie das dringende Bedürfnis, Valerian zu helfen, ihn sogar zu beschützen. Es zu ignorieren erwies sich als beinahe unmöglich.

Seufzend führte sie Brenna in die Höhle neben der Kerkerzelle. „Wir bleiben hier." Die Wächter würden sie nicht hören, da das Tropfen des Wassers zu laut war. Außerdem konnten sie sich ohnehin nicht auf die Suche nach ihnen machen, da sie die Frauen nicht allein lassen durften – wenn sie überhaupt merken, dass sie und Brenna verschwunden waren. Valerian würde eine ziemliche Überraschung erleben, wenn er Shaye später abholen wollte und sie nicht da war. Die Vorstellung, ihn austricksen zu können – selbst in diesem bescheidenen Ausmaß –, brachte sie zum Lächeln.

Gesetzt den Fall, er überlebte.

Shayes Lächeln erstarb.

Während die Zeit quälend langsam dahinschlich, betrachtete sie die Höhlenwände, um sich abzulenken. Sie fuhr mit den Fingern über die Malereien. „Hübsch, nicht wahr?" Dann sah sie sich die einzelnen Bilder genauer an und begriff, dass sie eine Geschichte erzählten. Sie winkte Brenna zu sich. „Komm, das musst du dir ansehen."

Das erste Bild zeigte eine Gruppe … *Götter?* Sie thronten über einer leeren Welt und betrachteten sie von oben. Auf dem zweiten Bild war eine Welt mit schrecklichen Monstern zu sehen, die gerade aus einer Mischung von Blutstropfen und den vier Elementen entstanden. Im dritten Bild wurden die Geschöpfe in ein verstecktes Gefängnis verbannt. Shaye sah ein Portal – *das* Portal. Dann noch ein zweites.

Die nächsten Bilder zeigten, wie die Wesen sich an ihre neue Umgebung anpassten. Dann jedoch folgte ein Bild, das zeigte, wie eine Armee durch eines der Portale in das Land einmarschierte und alles niedermetzelte, was sich ihr in den Weg stellte.

Eine Armee von Menschen? Sie waren mit Schwertern und Gewehren bewaffnet, eine merkwürdige Kombination aus Antike und Moderne. Vielleicht war das Land ja von zwei verschiedenen Heeren überfallen worden. Einige der monströsen Rassen leisteten Widerstand und besiegten die feindliche Armee schließlich.

„Schaurig“, stellte Brenna fest.

Shaye nickte. Was für ein grausamer Ort Atlantis doch war. Wollte sie wirklich hierbleiben, selbst wenn es nur für kurze Zeit war? Plötzlich hatte sie wieder Valerians Gesicht vor Augen – wie er sich über sie gebeugt hatte, kurz davor, in sie einzudringen. Seine Haare waren ihm wirr über die Schultern gefallen. Seine Augen hatten geglüht vor Leidenschaft.

Ja, dachte sie, ich will bleiben. Trotz der Gewalt, die hier herrschte, wollte sie bei Valerian bleiben.

Eine Weile, ermahnte sie sich. *Nur eine Weile.* Außerdem fand sie die Äußere Stadt faszinierend.

Aus dem Augenwinkel sah sie am anderen Ende der Höhle eine merkwürdige Felsformation. „Was ist das?“

Brenna runzelte die Stirn und ging zu der Stelle.

Shaye folgte ihr. Je näher sie kamen, desto kälter wurde es. Shaye lief ein Schauer über den Rücken. Als sie sich direkt vor dem Felsen befanden, sah Shaye, dass es sich um eine Art Durchgang handelte. Sie sah Brenna an. „Sollen wir?“

„Bin nicht sicher.“

Mit klopfendem Herzen trat Shaye durch den Spalt zwischen den Felsen und merkte, dass es vor ihr steil hinab zu einem weiteren Verlies ging. Sie hörte schlurfende Schritte und lauschte. Wen hatte Valerian hier eingesperrt?

Sie erinnerte sich, dass er sich am Tag ihrer Ankunft mit einem seiner Männer über „Gefangene“ unterhalten hatte. Von Neugier getrieben, schlich sie weiter und spähte um die Ecke. Dann riss sie die Augen auf. Mehrere große Krieger gingen in einer Zelle auf und ab. Sie sahen nicht wie Nymphe aus; dafür fehlte ihnen die unwiderstehlich starke erotische Ausstrahlung. Diese Krieger hier waren dunkler, kräftig, offensichtlich jung, und alle hatten glühende goldene Augen.

Shaye wich entsetzt zurück, als einer der Männer sie entdeckte.

„Du da“, sagte der Mann. „Lass uns hier raus. *Bitte.*“

22. KAPITEL

Valerian ging auf der Festungsmauer des Palasts auf und ab. Er hatte die schweren, rhythmischen Schritte der feindlichen Armee anfangs nur von fern gehört, doch jetzt sah er Hunderte von Drachenkriegern am Horizont auftauchen. Dass sie zu Fuß zum Palast unterwegs waren und nicht Drachengestalt angenommen hatten, um herzufliegen, bedeutete, dass sie nicht blindwütig angreifen würden. Noch nicht.

Das Warten auf die Drachen war unerträglich. Valerian war ein Mann der Tat. Mehr noch war er ein Mann, der diesen Krieg rasch hinter sich bringen wollte, damit er zu seiner Frau zurückkehren konnte.

Sein Fuß verfing sich in einem Ast am Boden. Er stolperte, stützte sich mit den Händen an der Mauer ab und atmete zitternd ein. Das Warten hatte ihm noch mehr Energie geraubt. Was er brauchte, war Sex. Mit Shaye.

„Mein König." Broderick war plötzlich an seiner Seite und machte ein besorgtes Gesicht. „Ist alles in Ordnung?"

„Mir geht es gut." Valerian richtete sich auf. Aber es ging ihm alles andere als gut, und er war sich dessen nur allzu sehr bewusst. Seit zwei Tagen hatte er weder Sex gehabt, noch sich selbst befriedigt, und er spürte, wie er zusehends schwächer wurde. Er hoffte, dass er stark genug war, um zu kämpfen. Seine Kräfte reichten immerhin, um sein Heer zu kommandieren, das wusste er. Aber wie lange noch?

Sein verletzter Arm war schuld, dass seine Kräfte noch schneller schwanden. Hätte er es vorhin geschafft, sich mit Shaye zu vereinen, wäre er jetzt vollständig geheilt. „Wenn die Drachen sich dem Palast auf hundert Meter nähern, dann schießt sie nieder", befahl er.

Broderick nickte. „Bogenschützen!", rief er. „Macht euch bereit!"

Die Männer knieten sich hin und spannten ihre Bogen. Warten. Warten. Die Zeit schlich dahin. Unerwartet kam nun Joachim auf die Festungsmauer und näherte sich Valerian. Der Mann hinkte, und sein Gesicht war schmerzverzerrt, aber er schaffte es, sich auf den Beinen zu halten.

„Was willst du hier?“, fragte Valerian streng.

„Kämpfen“, war die ebenso barsche Antwort. „Es wird Krieg geben, oder etwa nicht?“

„Du bist noch nicht gesund.“

„Das heißt noch lange nicht, dass ich im Bett bleibe, während meine Brüder in den Kampf ziehen.“

Valerian sah die Entschlossenheit im Blick seines Cousins, das Bedürfnis, etwas wiedergutzumachen. „Also gut.“ Valerian nickte. „Dann geh hinunter zu den anderen Kriegern und nimm deinen Platz ein.“

Joachim drehte sich um, um den Befehl auszuführen. Dann blieb er stehen. „Ich werde mich nicht dafür entschuldigen, dass ich dich zum Kampf herausgefordert habe“, sagte er, „aber ich möchte dir sagen, dass ich deine Fähigkeiten als Anführer respektiere.“

Joachims Worte überraschten Valerian. Noch mehr überraschte ihn jedoch der Ton seines Cousins. Joachim hatte herzlich geklungen, so als wären sie immer noch die unzertrennlichen Freunde, die sie früher einmal gewesen waren. „Danke.“ Valerian klopfte ihm leicht auf die Schulter. Dann trat er an den Rand der Festungsmauer und schaute auf die Wiese hinunter, die den Palast umgab. Die Drachen kamen immer näher. Ihre Rüstungen glänzten im Tageslicht, und ihre Schritte waren so schwer, dass der Boden unter ihnen bebte, die Blätter der Bäume raschelten und bunte Blütenblätter von den Blumen geweht wurden.

Als er Darius, den Drachenkönig, erspähte, der seinem Heer voranmarschierte, zückte Valerian sein Schwert. Auch Darius hatte ein Schwert in der Hand, an dessen langer, gefährlich aussehender Klinge das Blut der vielen Feinde klebte, die er getötet hatte. Ja, Darius war ein grausamer, unbarmherziger Mörder, ein kaltblütiger Krieger, der Valerians Erfahrung nach kein Gewissen hatte. Ein würdiger Gegner, zweifellos.

Die Drachenarmee blieb abrupt stehen.

„Wartet“, befahl Valerian seinen Männern. „Wartet, bis ich das Signal gebe.“ Den Drachen rief er zu: „Willkommen in meinem bescheidenen Heim, Feuerspucker. Ihr habt bestimmt Verständnis dafür, dass ich euch nicht hereinbitte.“

Darius knurrte. „Du weißt sehr gut, dass der Palast mir gehört.“

Valerian schnalzte spöttisch mit der Zunge. „Wenn er dir so am Herzen liegt, hättest du ihn von einem stärkeren Bataillon bewachen lassen müssen.“

„Was hast du mit den Drachen gemacht, die im Palast waren?“

„In den Kerker geworfen natürlich. Sie werden mir als Tauschobjekte gute Dienste leisten.“

„Dann habe ich also dein Ehrenwort, dass du sie nicht getötet hast?“

„Du hast mein Ehrenwort, dass ich nicht *alle* getötet habe.“

Darius deutete ein Nicken an. „Meine Frau hat mich gebeten, nicht deine ganze Spezies auszurotten, obwohl ihr gewagt habt, mir mein Eigentum wegzunehmen. Ich werde – vorerst – ihrem Wunsch entsprechen, wenn du zwei Dinge tust.“

„Und die wären?“

„Lass meine Männer frei und räume den Palast.“

Valerian lachte. „Mir gefällt es ziemlich gut hier. Ich denke, ich bleibe.“

„Du provozierst einen Krieg, Nymph.“

Valerians Augen verengten sich zu Schlitzen, und er versuchte gar nicht mehr, so zu tun, als würde er scherzen. „Genau wie du, Drache.“

„Ja, aber *du* ziehst den Zorn der Götter auf dich, weil du nicht weißt, was du mit den Eindringlingen aus der Oberwelt tun sollst. Einen Menschen hast du bereits nach Atlantis gelassen – einen Mann, der das Juwel von Dunamis an sich genommen hat.“

Valerian zuckte gleichgültig die Achseln. Das Juwel war bei einem Menschen besser aufgehoben. Wenn ein Atlanter es besaß, verlieh es demjenigen zu große Macht, machte ihn nahezu unbesiegbar.

„Weißt du, was passiert, wenn Menschen erfahren, dass Atlantis existiert, Valerian? Sie erzählen es weiter, und bald werden ganze Heerscharen von Menschen hier einfallen und versuchen, uns alle zu töten."

„Da muss ich dir widersprechen. Keinem meiner Menschen wurde erlaubt, in die Oberwelt zurückzukehren. Sie können also niemandem zeigen, wie man hierherkommt. Außerdem sind sie zu sehr damit beschäftigt, sich in unseren Betten zu vergnügen." Ein paar von Valerians Männern lachten verhalten.

„Also sind noch mehr Menschen durch das Portal nach Atlantis gelangt?" Darius knurrte.

„Habe ich das nicht gerade gesagt?"

Die Augen des Drachenkönigs funkelten zornig. „Sag mir, dass du sie umgebracht hast. Oder sag wenigstens, dass du ihre Erinnerungen gelöscht hast."

„Ich habe nichts dergleichen getan. Wie gesagt, wir schlafen mit ihnen."

„Du scheinst dich tatsächlich mit den Göttern anlegen zu wollen, Valerian."

„Die Götter haben uns vergessen. Das dürfte dir doch bekannt sein, oder? Und für mich ist unser Gespräch jetzt beendet. Es langweilt mich."

Aus Darius' Nasenlöchern kamen Rauchwolken – das erste Anzeichen, dass er bald seine Drachengestalt annehmen würde. „Du willst also unbedingt Krieg? Den kannst du haben. Denn ich werde meinen Palast zurückerobern und mir diese Menschen holen, an denen du scheinbar einen Narren gefressen hast."

„Versuch es", stieß Valerian zwischen zusammengebissenen Zähnen hervor, „und ich werde dich höchstpersönlich umbringen. Das Portal und alle, die mit seiner Hilfe nach Atlantis gekommen sind, gehören mir. Mir!"

Darius verschlug es für einen Moment die Sprache. Mit einer so heftigen Reaktion hatte er offenbar nicht gerechnet. „Warum liegt dir so viel an diesem Portal? Du selbst kannst in der Oberwelt nicht überleben."

Valerian lag schon eine schlagfertige Antwort auf der Zunge, doch dann besann er sich eines Besseren. Warum sollte er Darius nicht die Wahrheit sagen? „Mich interessiert die Oberwelt nicht. Mich interessieren meine Leute, mein Zuhause", sagte er im Brustton der Überzeugung. „Die Nymphe hatten noch nie ein eigenes Zuhause. Seit es uns gibt, ziehen wir von einem Ort zum anderen, leben mal bei dieser, mal bei jener Spezies, schlafen in ihren Betten und essen mit ihnen am selben Tisch. Ihr alle habt uns immer nur als Verbündete im Krieg gebraucht oder dafür, euch sexuell zu befriedigen. Unsere Frauen verdienen endlich ein eigenes Zuhause."

„Apropos ..." Darius lächelte arrogant. „*Ich* habe deine Frauen."

„Wie bitte?" Jetzt schäumte Valerian vor Wut.

„Sie waren gerade auf dem Weg zu diesem Palast, und da haben wir sie gefangen genommen."

„Hast du ihnen etwas angetan?"

„Nein. Sie sind unversehrt."

„Dafür danke ich dir", sagte Valerian gepresst, obwohl er gerade große Lust hatte, so lange auf den Drachenkönig einzuprügeln, bis Blut floss. Für diese Frauen war er als König verantwortlich.

„Ich weiß, dass deine Männer ohne Sex geschwächt sind. Und da ich eure Nymphen habe, gehe ich davon aus, dass ihr leicht zu besiegen seid. Bist du sicher, dass du Krieg willst?"

„Wir strotzen vor Kraft, Darius. Ich habe dir doch erklärt, dass die Menschenfrauen aus unseren Betten praktisch nicht mehr rauszukriegen sind."

Darius knurrte wieder. Das arrogante Lächeln war ihm vergangen. „Wie sollen wir es also angehen, damit es ein fairer Kampf wird?"

Ein fairer Kampf mit den Drachen? Unvorstellbar. Andererseits ... Wenn Darius mit schmutzigen Tricks kämpfen wollte, hätte er das bereits getan und bei Nacht einen Überraschungsangriff gemacht. Allerdings würde es Valerian auch nicht wundern, wenn Darius eine andere Strategie plante. „Ich schlage einen Schwertkampf vor."

„Ausgezeichnet. Sollen wir uns morgen auf dem Schlachtfeld treffen?"

„Warum noch warten?" Valerian wollte vermeiden, dass Shaye länger als nötig in der Zelle bleiben musste. Er wollte die Sache so schnell wie möglich hinter sich bringen. „Wir können es unter uns ausmachen, du und ich. Niemand sonst braucht zu kämpfen."

„Einverstanden." Darius grinste, als hätte er insgeheim die ganze Zeit auf diesen Vorschlag gehofft, und seine spitzen Zähne blitzten. Er trug keine Rüstung, aber das war auch schlecht möglich. Nicht, wenn er sich in einen echten Drachen verwandeln wollte. „Dem Sieger gehört der Palast und alles, was sich darin befindet."

„Gut."

„Aber mein König", sagte Broderick, der dicht hinter ihm stand, leise, „du hast doch nicht ..."

„Keine Sorge, mein Freund. Ich besiege ihn."

Broderick wirkte nicht überzeugt. „Geh wenigstens vorher noch zu Shaye. Lass dich von ihr mit dem Mund befriedigen oder dring in sie ein, aber geh nicht in diesen Kampf, ohne ..."

„Schweig." Valerian hob gebieterisch die Hand. Er wollte auf keinen Fall, dass Shayes erstes Mal nur eine schnelle Nummer war, die allein dazu diente, dass er seine Kräfte stärken konnte. Nein, ihr erstes Mal zusammen würde langsam und zärtlich sein. Sie würde vor Begehren nach ihm fast durchdrehen. Er würde ihr ihre erogenste Zone zeigen und dann seine. „Ich komme gleich herunter, Darius!", rief er.

Der Drachenkönig nickte.

Valerian drehte sich zu Broderick und den Männern, die sich um ihn versammelt hatten.

„Das könnte eine Falle sein." Joachim legte die Hand um den

Griff seines Schwerts. „Sobald du unten auf dem Feld bist, werden dich die Drachen umzingeln und töten. Ich würde an ihrer Stelle das Gleiche tun.“

„Sag den Bogenschützen, sie sollen in Stellung bleiben“, wies Valerian ihn an. „Wenn ein Drachenkrieger eine verdächtige Bewegung macht, sollen sie ihn erschießen.“

Broderick nickte.

„Da ist noch etwas, was ich vor meiner Begegnung mit den Drachen erledigen muss.“ Keiner seiner Männer sagte ein Wort, als er davonschritt. Alle wussten, was er vorhatte, oder zumindest vermuteten sie es. Sie lagen mit dieser Vermutung teilweise richtig.

Valerian verließ die Festungsmauer, ging in den Palast und suchte sich ein Zimmer, in dem ihn niemand stören würde. Er würde zwar nicht Shaye aufsuchen, aber er würde sich dem Kampf gegen den Drachenkönig auch nicht stellen, ohne vorher *etwas* zu tun. Er stellte sich das blasse Gesicht seiner Gefährtin vor, ihre halb geöffneten Lippen und das leidenschaftliche Funkeln in ihren Augen. Während er sich ausmalte, wie er in sie eindrang, schob er eine Hand in seine Hose, legte sie um seinen großen, harten Penis und ließ sie daran auf und ab gleiten.

Er konnte förmlich spüren, wie feucht und heiß es in ihr war, fast hören, wie sie vor Erregung stöhnte und seufzte. Er würde schneller werden, weil sie wie entfesselt war und mehr wollte. Es härter, wilder, fester wollte.

Als er hörte, wie sie auf dem Höhepunkt seinen Namen schrie, stöhnte er auf und kam. Und während er seinen Samen ergoss, spürte er, wie ihn neue Kraft erfüllte. Nicht so viel, als wenn er tatsächlich mit Shaye geschlafen hätte, aber es genügte ihm.

Er machte sich rasch frisch und ging zurück zu seinen Männern.

„Hier ist dein Schild“, sagte Joachim. Es war bemerkenswert, wie sehr sich seine Einstellung gegenüber seinem König geändert hatte. Mehr als Valerian je zu hoffen gewagt hatte. „Der *Totenkopf* steckt in der Halterung.“

„Brauchst du deine Lanze?“, fragte Shivawn.

Valerian nahm den Schild und warf einen kurzen Blick auf Darius, um den sich die Drachenkrieger bereits im Halbkreis aufgestellt hatten. Darius hatte nur sein Schwert bei sich. Da Valerian schon einmal mit ihm gekämpft hatte, wusste er, dass es nicht seine einzige Waffe war. Valerian würde seine Zähne, seine Klauen und sein Feuer einsetzen, und deshalb würde Valerian jede Waffe brauchen, die ihm zur Verfügung stand.

„Ja“, antwortete er. „Gib mir die Lanze. Ich werde auch ein Drachenmedaillon brauchen.“

Shivawn reichte ihm beides. „Mögen die Götter mit dir sein, mein König.“

Valerian legte sich die Kette mit dem Medaillon um den Hals und klopfte Shivawn auf die Schulter. „Endlich habe ich etwas, wofür es sich zu kämpfen lohnt. Ich werde nicht zulassen, dass ein Drache sie mir wegnimmt.“

„Sie?“ Broderick zog fragend eine Augenbraue hoch. „Kämpfst du nicht um den Palast?“

„Ich kämpfe für Shaye. Ich kämpfe für alle unsere Frauen – Nymphen und Menschen –, damit sie ein Zuhause haben.“

„Die Hälfte der Männer sollten mit dir auf den Platz hinuntergehen“, schlug Joachim vor. „Wir können den Kreis mit *deinen* Leuten schließen.“

Valerian nickte. „Ausgezeichnet.“

Gefolgt von einer Gruppe Nymphe, marschierte er die Treppe an der Innenseite der Festungsmauer hinunter und schritt auf das Tor zu. „Öffne dich“, befahl er und zog dabei sein Medaillon aus dem Hemd. Das Tor gehorchte sofort, und zwischen den weißen Steinplatten tat sich ein Spalt auf, der langsam größer wurde.

Gemeinsam mit seinen Männern schritt er durch das Tor. Die Drachen rührten sich nicht von der Stelle, sondern knurrten nur. Die Nymphe fauchten als Antwort. Valerian sah Darius in die Augen. Der Drachenkönig war der Einzige seiner Spezies, der eine blaue Iris hatte.

Darius' Blick war ernst, entschlossen und brutal. Aus der Nähe konnte Valerian nun die Narbe sehen, die sich über sein Gesicht zog – eine Narbe, die er sich selbst zugefügt hatte. „Das Ganze entbehrt eigentlich nicht einer gewissen Komik", stellte Valerian fest.

Darius zog zur Begrüßung drohend die Augenbrauen hoch. „Und warum?"

„Du hast eine Menschenfrau zur Gefährtin genommen, und jetzt kritisierst du uns, weil wir das Gleiche getan haben."

„*Du* hast dir eine Gefährtin genommen?" Darius lachte. „Ausgerechnet du, der du berüchtigt bist für deine vielen Eroberungen?"

„Und für meine Siege", ergänzte Valerian und reckte stolz das Kinn empor. „Ich werde kämpfen bis zum Tod – deinem Tod –, um meine Frau zu beschützen."

Darius hörte auf zu grinsen und sah Valerian an, als würde er langsam zu verstehen beginnen. „Auch wenn die Götter uns seit vielen Jahren nicht beachtet haben, wird ihnen so viel Ungehorsam sicher nicht gefallen. Mir wurde vor langer Zeit eingeschärft, niemals die Oberwelt zu betreten und niemals einen Menschen hierherzubringen." Er spie ein paar Flammen. „Ich befürchte, dass du den Zorn der Götter auf uns alle ziehst."

„Ich? Was ist mit dir?" Valerian machte einen Satz nach vorn. Er richtete seine Lanze auf Darius' Oberkörper und stieß zu. Der Kampf hatte begonnen.

Darius sprang zur Seite und spie dabei noch mehr Feuer. Valerian warf sich auf den Boden, rollte sich zur Seite und schaffte es nur mit Mühe, den Flammen auszuweichen. Ihm stieg der Geruch von versengten Haaren in die Nase. Er nützte den Schwung seiner Drehung und stach erneut nach Darius.

Die Waffe zischte durch die Luft und verfehlte ihr Ziel. Darius breitete seine Flügel aus und hob ein Stück vom Boden ab. Valerian sprang auf, wich einem neuen Feuerstoß aus, fuhr dann herum und tat so, als würde er zu einem Angriff ausholen. Stattdessen schwang er seine Lanze hinter sich und stach dann von der anderen Seite aus zu. Die Spitze streifte den Drachenkönig, der immer noch in der Luft schwebte, am Oberschenkel.

Die anderen Drachen fauchten zornig, doch Darius ließ sich nichts anmerken. Er öffnete einfach seinen Mund und richtete seinen Flammenstrahl direkt auf seinen Gegner. Im letzten Augenblick konnte Valerian seinen Schild hochreißen und die Flammen abwehren. Das heiße Metall brannte beinahe unerträglich in seiner Hand. Er machte einen Satz vorwärts und schwang wieder seine Lanze.

Klirr. Die Vibration des Schlags, den Darius mit seinem Schwert abgewehrt hatte, verursachte einen stechenden Schmerz in Valerians verletztem Arm. Unbeirrt ließ er seine Waffe erneut durch die Luft sausen, sodass Darius gezwungen war, sich zu ducken. Darius ging sofort zum Gegenangriff über, Valerian wehrte seine Schwerthiebe ab und stach selbst wieder zu. Abwehr, Attacke. Abwehr, Attacke.

„Wir können den ganzen Tag die Klingen kreuzen, nur um am Ende wieder einmal festzustellen, dass wir einander ebenbürtig sind“, knurrte Darius.

Valerian schwang seine Lanze nun von oben nach unten, in der Hoffnung, Darius dabei auch den anderen Oberschenkel aufzuschlitzen. Wenn er es schaffte, dass der Drache sich nicht mehr auf den Beinen halten konnte und auf seine Flügel angewiesen war, konnte Valerian das zu seinem Vorteil nutzen. Doch Darius sprang blitzschnell hoch, trat mit einem Fuß auf die Lanze und zerschmetterte sie.

Valerian zog unverzüglich den *Totenkopf* aus der Scheide, die an der Innenseite seines Schilds befestigt war. Er nahm zwei Schritte Anlauf, sprang in die Luft und ließ sein Schwert auf Darius niedersausen. Diesmal gelang es seinem Gegner nicht, schnell genug auszuweichen, und die Klinge verletzte seinen Arm.

Die Drachen fauchten erneut, und wieder zeigte Darius keinerlei Reaktion. Es schien, als wäre er schmerzunempfindlich. Leider traf das auf Valerian nicht zu. Die Wunde an seinem Arm pochte, und seine Beine fingen bereits an zu zittern. Wenn dieser Kampf nicht bald vorbei war …

Wie aus weiter Ferne hörte er, wie seine Männer ihn anfeuerten.

„Für Shaye“, schrie Broderick. „Shaye, Shaye, Shaye!“

Valerian sah ihr geliebtes Gesicht vor sich und mobilisierte all seine Kräfte. Riss sich zusammen. Er war schon früher über sich selbst hinausgewachsen. Es hatte Zeiten gegeben, in denen er ohne Essen und Trinken überlebt hatte und ohne ein Dach über dem Kopf. Er konnte trotz allem siegen. Vielleicht sollte er seine Kampfstrategie ändern. Vielleicht sollte er nicht versuchen, Darius zum Fliegen zu zwingen, sondern besser seine Flügel verletzen. Ihn flugunfähig machen …

Plötzlich rammte ihn der Drachenkönig mit voller Wucht, stieß ihn um und attackierte seinen Brustharnisch. Valerian schmeckte Dreck im Mund, spürte warmes Blut auf der Haut. Er trat mit den Füßen nach Darius, der sich wieder in die Lüfte schwang und Valerians Schild mit sich riss. Diesmal machte Valerian sich nicht die Mühe aufzustehen. Er sah Darius aus dem Augenwinkel auf sich zufliegen und streckte einfach schnell sein Schwert in dessen Richtung.

Es bohrte sich zwischen Arm und Rippen in Darius’ Seite.

Den Drachen verschlug es vor Entsetzen den Atem. Sie schienen nicht glauben zu können, was gerade passiert war. Die Nymphe jubelten. Aber dann schlug Darius das Schwert mit seinem eigenen beiseite und zeigte, dass es ihn gar nicht richtig getroffen hatte, sondern an seinem Fleisch vorbeigeschrammt war. Valerian sprang auf und schwang das Schwert hinter sich. *Klirr.* Schnell drehte er sich um die eigene Achse und schwang es erneut. *Klirr.*

„Willst du ewig so weitermachen? Warum gibst du den Palast nicht endlich auf?“, keuchte Darius.

Klirr. „Falls es dir nichts ausmacht“, antwortete Valerian, „würde ich dich lieber töten.“

„Ich lasse dir die Frauen.“ *Klirr.*

„Und wo sollen wir sie unterbringen, wenn wir den Palast

nicht mehr haben?“ Valerian holte tief Luft ... und merkte plötzlich, dass der Geruch von Blut und Tod in der Luft lag.

„Vampire“, zischte ein Drache.

Ein Raunen ging durch die Menge. Vampire waren ein Fluch für die Drachen, ein Segen für die Nymphe. Niemand kämpfte erbitterter gegen die Vampire als die Drachen.

Darius hielt inne. Valerian ebenfalls. Jetzt sah er, dass sich die Vampire zwischen die Krieger gemischt hatten, die die Drachen umzingeln sollten.

„Du hast mich reingelegt“, fauchte Darius. „Das war von vornherein nicht als fairer Kampf geplant. Du hast es gewagt, Vampire zu holen, damit sie dir helfen.“

„Ich habe sie nicht gebeten herzukommen, aber wegschicken werde ich sie sicher nicht. Sie sind meine Verbündeten. Wir beide können den Kampf hier und jetzt zu Ende bringen, nur du und ich.“

„Als wäre ich so dumm zu glauben, die Vampire würden sich nicht auf mich stürzen, sobald ich auch nur einen Moment abgelenkt bin. Wir werden uns jetzt zurückziehen, Valerian, aber wir sind noch lange nicht fertig mit dir und deinen Leuten.“

Die schwarz gekleideten Vampire kamen näher. Sie gingen nicht, sondern schwebten, und stießen Flüche aus, die gegen die Drachen gerichtet waren. Darius’ Krieger wiederum nahmen Drachengestalt an. Ihre Kleidung zerriss, ihnen wuchsen Flügel aus dem Rücken, und ihre Haut überzog sich mit grün-schwarzen, bedrohlich aussehenden Schuppen. Ihre Zähne verwandelten sich in Fangzähne, und ihnen wuchsen Schwänze.

Sie machten jedoch keine Anstalten, die Vampire oder die Nymphe anzugreifen. Nein, sie erhoben sich einfach in die Lüfte und stiegen höher und immer höher, bis Valerian sie nicht mehr sehen konnte.

Er wusste, dass sie wiederkommen würden. Allerdings würde der Kampf dann nicht so glimpflich ausgehen wie heute. Es würde kein Zweikampf sein, sondern ein Krieg zweier Spezies, bei dem es zu einem Blutbad kommen würde.

Als Layel, der König der Vampire, und seine Armee die Drachen wegfliegen sahen, brachen sie in Jubel aus.

„Schön, dich wiederzusehen, mein Freund", sagte Valerian, als die Jubelschreie verebbten.

„Als ich gehört habe, dass die Drachen zu deinem Palast unterwegs sind, habe ich beschlossen, dir zu Hilfe zu kommen."

Valerian legte Layel eine Hand auf die Schulter. „Als ich dich zuletzt gesehen habe, hast du gerade gemeinsame Sache mit der Königin der Dämonen gemacht." Er hatte diesen abscheulichen Kreaturen immer noch nicht verziehen, was sie seinen Leuten angetan hatten. „Bist du immer noch ihr Verbündeter?"

Layel schmunzelte. Er hatte weißblonde Haare, allerdings nicht so hell wie die von Shaye. Eisblaue Augen, markante, geheimnisvolle Züge. „Ich habe mich nie mit ihr verbündet. Ich habe sie benutzt und dann getötet."

Valerian erwiderte sein Lächeln. „Dann sind du und deine Krieger bei uns im Palast herzlich willkommen."

„Mein König", sagte ein weiblicher Vampir und trat an Layels Seite. Die Frau hatte die gleichen hellen Haare und blauen Augen wie ihr König, doch ihre Gesichtszüge waren sanft und von einer gespenstischen Schönheit.

Normalerweise duldete Layel nicht, dass seine Frauen sich den Nymphen näherten.

„Alyssa?"

„Haben wir deine Erlaubnis zu … flirten?" Sie starrte mit unverhohlener Lust auf Shivawn.

Aha. Jetzt verstand Valerian, warum Layel ihr gestattet hatte mitzukommen. Sie hatte es auf Shivawn abgesehen und sich vermutlich nur deshalb der Armee angeschlossen, um ihn zu sehen.

Layel sah Valerian fragend an. Als Valerian zustimmend nickte, lächelte die Frau verführerisch und schwebte zu Shivawn hinüber.

„Kommt, Freunde." Valerian drehte sich um, schritt auf den Palast zu und zog vor dem Tor sein Drachenmedaillon aus dem Hemd. Dann hielt er es in die Höhe, damit das Tor sich öffnete.

Layel und die anderen folgten ihm.

„Hast du eigentlich je das Juwel von Dunamis gefunden?", erkundigte sich Valerian, während sie die Eingangshalle betraten. „Ich weiß, dass du eine groß angelegte Suche gestartet hast, aber Darius hat mir erzählt, es wäre jetzt im Besitz eines Menschen."

„Leider ist es mir entwischt. Eigentlich ist es uns allen entwischt."

„In die Oberwelt?"

„Ja."

„Gibt es irgendeine Möglichkeit, es zurückzuholen?"

„Ich fürchte nein."

Valerian kam plötzlich eine Idee. Vielleicht konnte er ja in die Oberwelt reisen und nach dem Juwel suchen. Schließlich konnte er Shaye mithilfe des Juwels am besten beschützen. Er würde später darüber nachdenken. Zuerst musste er sich von den Strapazen des Kampfs erholen. Er war geschwächt, müde und brauchte seine Gefährtin.

„Broderick", rief er, „sorg dafür, dass der gesamte Palast bewacht wird. Ich will überall Wachposten sehen. Sowohl drinnen als auch draußen."

„Meine Männer können helfen", schlug Layel vor.

„Nein, ihr seid meine Gäste. Dorian, sorg dafür, dass Layel und seine Männer es bei uns so angenehm wie möglich haben."

Layel zog die Augenbrauen hoch. „Du leistest uns keine Gesellschaft?"

„Nein. Es gibt da eine Frau, um die ich mich kümmern muss."

Sein Freund grinste, aber sein Blick war wehmütig. Layel hatte vor Jahren seine Gefährtin verloren. „Verstehe. Na, geh schon, los. Wir kommen auch ohne dich zurecht."

Valerian ließ sich das nicht zweimal sagen. Er konnte es kaum erwarten, Shaye wiederzusehen. Endlich würde sie ihm gehören. Und zwar ganz.

23. KAPITEL

Shaye drückte sich mit dem Rücken an die Mauer, die am weitesten von den Gitterstäben entfernt war. Sie wollte verhindern, dass sie die Gefangenen versehentlich befreite. Da die Männer nicht aufhörten, sie anzuflehen, versuchte sie, sich ein paar Sprüche für Anti-Grußkarten einfallen zu lassen. Gut, nicht wirklich *anti*. Alle ihre Ideen waren für eine neue, weniger negative Serie. Etwa „*Ich möchte mehr Zeit mit dir verbringen*" oder „*Mit dir zusammen zu sein ist gar nicht mal so übel*".

„Lass uns raus!", sagte einer der Gefangenen wieder und riss sie aus ihren Gedanken.

Valerian hatte sie als Bestien bezeichnet. Als Mörder.

Sie sahen gar nicht wie Mörder aus. Eher wie attraktive Männer, deren Haut vor Kälte schon ganz bläulich war. Na ja, eigentlich auch nicht richtig wie Männer. Kaum mehr als Jungs.

„Sei vorsichtig", sagte sie zu Brenna.

„Wer sind die?" Brenna klang leicht verängstigt.

„Ich weiß es nicht genau."

„Bitte", flehte der Jüngste. „Ich heiße Kendrick. Lasst uns frei. Wir tun euch nichts. Wir würden niemals einer Frau etwas tun. Vielleicht können wir uns gegenseitig helfen", redete er hastig weiter. „Ich kann euch helfen, dem Zauber der Nymphe zu widerstehen, und ihr könnt mich befreien. Berührt einfach die Gitterstäbe."

Ob sie ihnen glaubte oder nicht, es spielte keine Rolle. Diese Jungs hassten die Nymphe. Als Kendrick das Wort *Nymphe* ausgesprochen hatte, hatte er dabei total verächtlich gegrinst. Daher waren sie in diesem Kerker eindeutig besser aufgehoben. Valerians Sicherheit hatte oberste Priorität. „Warum hat man euch eingesperrt?", fragte sie.

„Weil wir Drachen sind. Weil das hier *unser* Palast ist und die Nymphe ihn für sich selbst wollten."

So etwas Ähnliches hatte Shaye sich schon gedacht. „Tut mir

leid, Jungs", sagte sie bedauernd. „Ich kann euch nicht rauslassen. Aber ich werde Valerian vorschlagen, dass er euch irgendwo in der Wildnis aussetzt oder so."

Sie sahen Brenna an.

Die nagte an ihrer Unterlippe und schüttelte den Kopf.

„Verstehst du denn nicht?" Der hübscheste der jungen Drachen umklammerte die Gitterstäbe und sah Shaye mit seinen goldenen Augen eindringlich an. „Valerian hat dich in seinen Bann geschlagen. Dich verzaubert. Wehr dich dagegen, sonst wirst du für alle Ewigkeit seine Sklavin bleiben."

Verzaubert ... wie wahr. Seit sie Valerian zum ersten Mal gesehen hatte, war sie nicht mehr sie selbst. Aber lag das an der allgemeinen Verführungskraft der Nymphe oder war sie Valerians Charme als Mann erlegen? Sie tippte auf Letzteres. Schließlich fand sie keinen der anderen Nymphe anziehend.

„Trotzdem." Sie straffte energisch die Schultern. „Ich lasse euch lieber da drin. Und, glaubt mir, ich fühle mich gar nicht gut dabei, aber ..."

„Du siehst wirklich aus, als ob du dich nicht gut fühlst", sagte Kendrick trocken. „Deine Augen glänzen ganz komisch."

Das kam von dem Gedanken daran, dass sie Valerian bald wiedersehen würde. „Hey!" Sie blinzelte, denn ihr war plötzlich etwas bewusst geworden. „Du sprichst ja Englisch. *Meine* Sprache."

Er zuckte gleichgültig die Achseln. „Unser König hat eine Menschenfrau geheiratet."

Sie sah ihn verdutzt an. „Heißt das, es gibt noch mehr Menschen in Atlantis? Wie ..."

„Wo ist sie?", hörte sie eine Männerstimme rufen. Sie klang außer sich vor Sorge und Wut.

Valerian.

Shayes Herz begann zu rasen, und ihr wurde heiß. „Ich muss los", sagte sie zu den Jungs. „Ich vergesse euch nicht, das verspreche ich, und ich werde bei Valerian ein gutes Wort für euch einlegen. Komm, Brenna."

„Shaye!“, schrie Valerian verzweifelt. „Shaye!“

„Geht nicht“, bettelte Kendrick. „Kämpft gegen die Verlockung an.“

Sie winkte ihm mit dem kleinen Finger und eilte mit Brenna im Schlepptau davon. Nachdem sie durch die Felsöffnung geschlüpft waren, bogen sie um die Ecke und blieben direkt hinter dem Portal stehen. Shaye hörte, wie Valerian erneut nach ihr rief – diesmal klang es noch verzweifelter als zuvor.

„Ich bin so schnell es geht wieder zurück“, sagte er jetzt zu jemandem.

Shaye begriff, dass er gerade kurz davor war, durch das Portal zu schreiten. „Ich bin hier, Valerian. Ich bin hier.“

Er fuhr herum, streckte instinktiv die Hand nach ihr aus und ergriff ihren Arm. Dann zog er sie an sich und sah sie an. Über sein Gesicht huschte ein Ausdruck der Erleichterung ... dicht gefolgt von Zorn. Er ließ sie wieder los und verschränkte die Arme über der Brust, und da sah sie, was er in der Hand hielt. Fast hätte sie vor Rührung geweint. Es war eine Orange.

Ein Kloß bildete sich in ihrem Hals. Er hatte ihr eine Orange besorgt ... Sie hatte einmal erwähnt, dass sie gern eine hätte, und er hatte ihr trotz des drohenden Krieges eine besorgt.

Ihre Knie zitterten. Sie nahm ihm die Frucht aus der Hand, und da war es wieder, dieses Knistern zwischen ihnen. „Danke“, sagte sie leise. Ihn wiederzusehen war ein berauschendes Gefühl.

Seine Haare hingen ihm schweißgetränkt und schmutzig in die Stirn, sein Gesicht und seine Arme waren blutverschmiert, und seine türkisfarbenen Augen funkelten. Vor Zorn, ja, aber auch vor Leidenschaft.

Als ihr Blick weiter hinunterwanderte, ließ sie vor Schreck fast die Orange fallen. Auf seiner Brust klaffte eine tiefe Wunde. „Du bist ja verletzt ...“, sagte sie und ärgerte sich sofort darüber, wie dumm es sich anhörte. Dass er verletzt war, war offensichtlich.

„Es geht mir gut. Wie bist du aus der Zelle rausgekommen?“ Sein Ton war leise und ruhig ... und viel unheilvoller, als wenn er gebrüllt hätte. „Und wie ich sehe, hast du Brenna mitgenommen.“

Shaye straffte die Schultern. Wenn er selbst sich wegen seiner Verletzung keine Sorgen machte, würde sie es auch nicht tun. „Lass Brenna aus dem Spiel. Dass ich mich aus der Zelle befreit habe, verdanke ich einer Eigenschaft, die sich Einfallsreichtum nennt.“

Er fuhr sich mit der Zunge über die Zähne. „Wie lange bist du schon hier draußen?“

„Lange genug, um das Portal benutzen zu können.“

Seine Miene entspannte sich zusehends. „Aber du hast es nicht getan.“

„Aber ich habe es nicht getan“, wiederholte sie. Warum redeten sie eigentlich die ganze Zeit? Sie wollte seine Zunge überall spüren. Sie wollte – endlich – wissen, wo die erogenste Stelle ihres Körpers war, und sie wollte, dass er sie zu einem gewaltigen Orgasmus brachte. Zweimal hintereinander. Sie wollte die Orange über ihm auspressen und den Saft von seiner Haut lecken.

Hinter ihr führten Dylan und Terran gerade die restlichen Frauen aus dem Kerker. „Nehmt die hier auch gleich mit“, sagte Valerian und deutete auf Brenna.

„Nein“, sagte Brenna. „Nicht anfassen.“

„Nehmt sie mit, aber fasst sie nicht an“, berichtigte er sich.

Brenna ging ohne Widerrede zu den anderen Frauen.

Als Kathleen Shaye bemerkte, runzelte sie die Stirn. „Ich dachte, du wolltest fliehen.“

„Hat nicht geklappt.“ Am liebsten hätte Shaye Valerian ein Schild umgehängt, auf dem gut sichtbar „Meiner!“ stand. Sie drehte sich zu ihm. „Hör mal, ich habe gerade mit den Drachen geplaudert, und …“ Sie biss sich auf die Lippe. Vielleicht war es keine gute Idee, das zuzugeben.

Valerians Nasenflügel bebten. „Ich habe dich in diese Zelle gesteckt, damit du in Sicherheit bist. Und du brichst nicht nur aus, du besuchst auch noch meine Feinde.“

Shaye baute sich vor ihm auf. „Ganz recht. Na und? Ich lasse mich nicht einsperren. Das habe ich dir doch gesagt. Und wie wäre es mit einem kleinen Dankeschön, dass ich hier unten geblieben bin, statt in die Oberwelt zurückzukehren?“

„Du willst, dass ich mich bei dir bedanke? *Bedanke?*“ Er schlug sich mit der Faust in die Handfläche. „Haben dir die Drachen etwas getan? Haben sie dich in irgendeiner Weise belästigt?“

„Nein, und da wir gerade beim Thema sind, ich glaube, du solltest sie freilassen. Es sind praktisch noch Kinder, Valerian.“

Er fuhr sich mit der Hand übers Gesicht. „Es sind Drachen, Shaye.“

„Dann gib sie einfach den anderen Drachen zurück.“

„Aber genau das habe ich ja vor.“ Er warf die Hände in die Luft. „Sie werden hervorragende Tauschobjekte abgeben.“

„Schön.“

„Schön.“ Er schüttelte den Kopf. „Mir gefällt es, wie du dich mit deiner Rolle als Königin identifizierst, mich berätst und mir Befehle erteilst, aber ganz ohne Bestrafung kommst du mir nicht davon.“

Seine Worte erregten sie spürbar. Das war zwar nicht das, was Valerian beabsichtigte, aber das hatte er jetzt davon. Sie senkte die Lider. „Dann bestraf mich. Los, mach schon. Du weißt, wie sehr ich es hasse.“

Sein Zorn verpuffte, und er spürte nur noch eines: Begierde. „Du hasst es? Ist das wahr?“

„Ich kann gar nicht sagen, wie sehr“, flüsterte sie. Sie hatte Schmetterlinge im Bauch, und es fühlte sich an, als hätte Valerian nie damit aufgehört, ihr Lust zu bereiten. Alle Gefühle waren wieder da. Und sie waren stark.

Sie, die Frau, die immer so stolz darauf gewesen war, niemanden an sich heranzulassen, war machtlos gegenüber Valerians Anziehungskraft. Sie, die Abgeklärte, die Zynische, wurde jetzt von Gefühlen dermaßen überschwemmt, dass sie innerlich bebte. Sich vor Sehnsucht und Verlangen verzehrte. Da war eine

Verletzlichkeit in ihr, von der sie nicht gewusst hatte, dass es sie gab, und die nach jener Liebe und Zuwendung schrie, die sie nie bekommen hatte. Von niemandem.

Außer von diesem Mann.

Langsam und ohne den Blickkontakt abzubrechen, ging Valerian auf sie zu. Je näher er kam, desto heißer schien die Luft um Shaye zu werden. Keine Spur mehr von der Kälte, die sie zuvor frösteln ließ. Ihre Nippel waren hart und sehnten sich danach, berührt zu werden.

„Diesmal höre ich nicht auf", sagte er in warnendem Ton. „Egal, was geschieht."

„Sehr gut. Wir sind schon wieder einer Meinung." *Berühr mich.* Es war ihr egal, dass ein paar Meter weiter weg, gleich hinter dem Felsen, noch andere Leute waren. Alles, was sie interessierte, war Valerian.

„Lauf", sagte er leise.

Sie sah ihn verdutzt an. „Wie bitte?" Wollte er sie loswerden?

„Lauf los. In mein Zimmer. Sofort."

Nichts an seiner Stimme deutete darauf hin, dass er einen Witz machte oder genug von ihr hatte. Im Gegenteil, aus ihm sprach eine Leidenschaft, die glühender war als je zuvor. Shaye verschlug es den Atem. Sie wich vor ihm zurück, und ihr Herz setzte einen Moment aus. Valerians Blick war feurig und wild. Durch und durch wild.

„Lauf", wiederholte er. „Sofort."

Mit ihrer Orange in der Hand duckte sie sich an ihm vorbei, ohne ihn zu berühren, und sprintete dann die Treppe hinauf. Hinter sich hörte sie schon die Schritte ihres Verfolgers. Sie rief sich den Weg zu seinem Zimmer ins Gedächtnis und hetzte um eine Ecke nach der anderen. Vorbei an Kriegern, die die Korridore durchstreiften und ihre Gespielinnen einsammelten. Manche hatten es nicht mehr auf ihr Zimmer geschafft und kamen gleich auf dem Gang zur Sache.

Shaye hastete unbeirrt weiter. Zum Glück versuchte niemand, sie aufzuhalten. Valerians ungebändigte Leidenschaft war beängstigend. Und aufregend. Und erschreckend. Und wunderbar.

Als seine Gemächer in Sicht kamen, beschleunigte sie ihr Tempo. Was würde er mit ihr tun, wenn er sie erwischte? Sie raste durch die Tür mit dem weißen Vorhang, und einen Sekundenbruchteil später hörte sie, wie er hinter ihr aufgezogen wurde.

Valerian. Nah, so nah.

Sie schluckte. Wollte sich zu ihm umdrehen und eine Erklärung verlangen, warum er sie nicht hochgehoben und hergetragen hatte. Warum er nicht zugelassen hatte, dass sie ihre Beine um seine Hüften schlang, damit sie jeden Schritt, den er machte, zwischen den Beinen spürte. Doch sie kam nicht dazu, ihn zu fragen, denn im selben Moment prallte er von hinten auf sie und riss sie mit sich. Shaye schrie und ließ ihre Orange fallen. Kurz bevor sie mit voller Wucht auf sein Bett stürzte, drehte Valerian sich in der Luft und fing den Aufprall mit seinem eigenen Körper ab.

Blitzschnell zog er sie zu sich heran und legte einen Arm um sie. Mit der anderen Hand zog er ihr das Hemd aus.

„Warum … warum?“, keuchte sie, unfähig, mehr zu sagen.

„Konnte nicht mehr warten.“ Er nahm eine ihrer Brustwarzen in den Mund. Pure Hitze. Shaye stöhnte und ließ ihre Hände an seinem Oberkörper auf und ab gleiten. Irgendwo unterwegs hatte Valerian seinen Harnisch verloren, und seine harten Nippel waren herrlich rau unter ihren Händen; sein Brustwarzen-Piercing fühlte sich kühl an und verbrannte sie dennoch mit seiner Männlichkeit.

Sie setzte sich auf ihn. Genau hier ist mein Platz, ging ihr durch den Kopf. Ihre Haare fielen ihr über die Schultern. Das Adrenalin von ihrem Sprint hierher rauschte immer noch durch ihr Blut und potenzierte ihre Erregung. Machte alles noch intensiver. Ihre Haut empfand jede Berührung als elektrisierend.

Valerian löste ihren Gürtel, warf ihn auf den Boden und starrte auf ihre offen stehende Hose.

„Ich werde dich dort küssen", murmelte er rau und ließ einen Finger an ihrem Slip hinuntergleiten. „Dann mache ich dich so glücklich, dass du vor Lust schreien wirst. Das wünsche ich mir schon, seit ich dich zum ersten Mal gesehen habe."

„Ja." Sie liebte es, wie er darüber sprach. Fand es erregend. „Tu es."

„Nichts wird mich aufhalten."

„Nichts." Sie schob ihre Hüften leicht nach vorn, sodass ihre Scham über seine Erektion glitt. Das Gefühl war so herrlich, dass sie aufstöhnte.

„Du wirst alles lieben, was ich mache." Eine Hand griff nach ihrer Taille und krampfte sich in sie. Seine Augen schlossen sich, und er biss sich auf die Unterlippe. „Du wirst mich anflehen, nicht aufzuhören."

Sie glitt wieder über seinen Schaft. Beide stöhnten. „Werde es lieben", versprach sie. „Werde dich anflehen."

Er drehte sie auf den Rücken, zog ihr dabei die Hose über die Knie und schob sie mit den Füßen ganz hinunter. Dann kickte er das Kleidungsstück auf den Boden. Bei ihrem Slip hatte er nicht mehr die Geduld, ihn ihr umständlich auszuziehen. Er zerriss ihn einfach.

Jetzt machte sie sich ungeduldig und fast verzweifelt vor Verlangen an seiner Hose zu schaffen. Mit wenig Erfolg. „Ich kriege sie nicht runter", murmelte sie. „Hilf mir."

Innerhalb weniger Sekunden hatte er sich ausgezogen, und Shaye war im siebten Himmel. Haut an Haut.

„So zart …" Er strich mit einem Finger über ihr Schlüsselbein, küsste ihren Hals und biss sie zärtlich in den Nacken.

Sie spürte seine Erregung auf ihrem Bauch, heiß wie glühender Stahl. Sie bäumte Valerian die Hüften entgegen, musste ihn in sich spüren. „Jetzt."

Er biss sie etwas fester in den Nacken. „Ich will dich küssen", sagte er mit heiserer Stimme, leckte über ihre Brüste, saugte an ihren Nippeln und ließ seine Zunge dann um ihren Nabel kreisen. „Halt dich am Kopfteil des Betts fest", befahl er.

Sie hatte gerade nach unten greifen wollen, um ihre Finger durch seine Haare gleiten zu lassen. „Aber …“

„Tu es. Halt dich fest.“

Sie gehorchte. Im selben Augenblick, als sie mit den Händen das Kopfteil aus Elfenbein ergriff, glitt seine Zunge über ihre Klitoris. Sie bäumte sich auf und stöhnte seinen Namen.

Mit einer Hand öffnete er sie ganz, mit der anderen schob er einen Finger in sie. Währenddessen hörte er nicht auf, sie zu lecken. Die Kombination beider Gefühle war überwältigend. Seine Zunge glitt noch einmal über das Zentrum ihrer Lust, während er den Finger noch ein Stück in sie schob. Jetzt saugte er an ihr und wurde schneller. Shaye schrie, schluchzte. Selige Lust. Sie schlang die Beine um seinen Nacken und presste Valerians Kopf an sich. Ihre Hände krampften sich so fest in das Kopfteil des Betts, dass die Haut über ihren Fingerknöcheln weiß hervortrat.

Sie schloss die Augen. Vor ihrem geistigen Auge sah sie Valerian zwischen ihren Beinen, sah seine blonden Haare zwischen ihren Schenkeln. An seinen angespannten Rückenmuskeln merkte sie, dass er sich selbst nur noch mit Mühe zurückhalten konnte.

„Valerian! Ich halte es nicht mehr aus.“

„Nach heute Nacht wirst du alles haben, was ich dir geben kann.“

„Nimm mich … gib es mir … lass mich kommen.“

Er schob einen zweiten Finger in sie. Dehnte und erkundete sie. So … gut. Und seine Zunge leckte gnadenlos weiter über ihre Klit. Nicht, dass Shaye Gnade gewollt hätte. Es war unbeschreiblich. Es war alles, was sie sich je erträumt hatte, alles, wonach sie sich unbewusst immer gesehnt hatte.

„Ich komme jetzt ganz zu dir, Shaye. Spreize deine Beine und lasse mich zu dir kommen. Zentimeter für Zentimeter.“

„Ja.“ *Oh Gott, ja.* Die Vorstellung, dass er gleich in sie eindringen würde, war so überwältigend, dass sie kam. Sie krampfte sich um seine Finger zusammen. Ein Schrei, ein Schluchzen. Weiße Blitze zuckten hinter ihren Augenlidern.

Jetzt war er plötzlich über ihr, winkelte ihre Beine an und spreizte sie. Jeden Moment würde er in sie eindringen. „Sobald ich in dir bin, gehörst du mir. Sag es."

„Ich gehöre dir. Dir allein." Es hatte keinen Zweck, es zu leugnen. Sie gehörte wirklich ihm. Jetzt, in diesem Augenblick, gehörte sie ihm. Sie legte ihre Hände um seinen Hals und fuhr ihm durch die Haare. Er presste seinen Oberkörper an ihren Busen, und sie konnte den Sand spüren, der vom Kampf noch an ihm klebte. Das Kratzen der feinen Körner auf ihrer Haut machte alles noch intensiver, noch aufregender. „Küss mich", bettelte sie.

Im selben Moment, als er seinen Mund auf ihren presste, drang er fest und schnell in sie ein. Kein Vortasten. Kein langsames Vordringen, sodass sie sich an alles gewöhnen konnte. Es war, als hätte er es einfach nicht mehr ausgehalten. Er musste ganz in ihr sein. Ganz *bei* ihr.

Shaye schrie, und er nahm ihren Schrei in seinen Mund auf und verschluckte ihn. Sie war so feucht vor Erregung, so bereit für ihn, dass sie nur ein leichtes Stechen spürte. Und danach nur noch pure Lust.

Sie hörten nicht auf, sich zu küssen. Shaye schmeckte sich selbst auf seinen Lippen. Schmeckte ihn, seine Lust, seine Leidenschaft. Seine Zunge bewegte sich im gleichen Rhythmus wie sein muskulöser Körper. Rein und raus, schneller und immer schneller dem siebten Himmel entgegen.

„Kann … nicht … langsamer", keuchte er.

„Nicht aufhören."

Er schien sie jetzt in ihrem tiefsten Inneren zu berühren – genau dort, wo sie es wollte und brauchte. Gleich würde sie wieder kommen. Die Spannung baute sich zum zweiten Mal in ihr auf, und alle Muskeln zogen sich zusammen.

„Shaye!", schrie er und stieß unerhört kraftvoll in sie. „Du gehörst mir."

Und du gehörst mir, wiederholte sie tonlos und erreichte den Höhepunkt. Noch intensiver als beim ersten Mal und so heftig, dass ihr ganzer Körper zuckte. Sie umklammerte Valerian mit ihren Beinen und hob ab vor Glück. Flog höher und höher.

Er war bei ihr. Sein Körper bäumte sich auf, dann stieß er ein letztes Mal in sie und schloss die Augen. Ein seliger Ausdruck breitete sich auf seinem Gesicht aus.

„Mir“, sagte er mit tiefer Stimme. „Du gehörst mir.“

Valerian hatte sich nie stärker gefühlt. Er strotzte förmlich vor Energie. Sex hatte schon immer eine belebende Wirkung auf ihn gehabt, aber das eben … So war es noch nie gewesen. Und mit Shaye war es nicht bloß *Sex* gewesen. Sie hatten sich geliebt. Sie waren eins gewesen. Besonders beim letzten Mal, als sie sich gegenseitig den Saft von Shayes Lieblingsfrucht von der Haut geleckt hatten.

Sie gehört mir, dachte er wieder. Noch nie hatte er einen Menschen so sehr für sich allein haben wollen. Eigentlich hatte er noch nie *irgendetwas* so unbedingt besitzen wollen wie sie. Nicht einmal sein Schwert. Nicht einmal den Palast. Mit keiner Frau war es je so gewesen wie mit ihr. Keine andere war jemals so gekommen wie sie. Keine hatte ihm je solche Lust beschert. Er war der Nymph, aber sie war es, die ihn in ihren erotischen Bann geschlagen hatte. Sie war es, die ihn verzaubert hatte.

Shaye kuschelte sich an ihn. Er konnte ihren sanften Atem spüren. Ohne diese Frau würde er sterben. Einfach zugrunde gehen. Aufhören zu existieren. Er wollte ihr die ganze Welt zu Füßen legen und ihr alles geben, was ihr Herz begehrte.

Jetzt war er entschlossener denn je, den Palast zu behalten. Er würde nicht zulassen, dass diese Frau mit ihm durchs Land ziehen und in irgendeinem Verschlag schlafen musste. Ja, er würde diesen Palast vor den Drachen verteidigen.

Er würde Shaye nicht mehr hergeben. Nie mehr.

Als er in den Kerker zurückgekommen war und sie nicht mehr dort vorgefunden hatte, war ihm vor Schreck das Herz stehen geblieben. Er hatte vor Angst, Entsetzen und Zorn weder ein noch aus gewusst. Er hätte Dylan und Terran fast den Hals umgedreht. Und als er Shaye dann unmittelbar neben dem Portal stehen sah, völlig entspannt und bester Dinge, hatte er zum zweiten Mal Panik bekommen.

Wie nahe er dran gewesen war, sie zu verlieren …

Und dann hatte sie angefangen, ihm ganz unerschrocken weise Befehle zu erteilen und sich genauso zu benehmen wie die Königin, die er in ihr sah, und er hatte sich aufs Neue in sie verliebt.

Irgendwie würde er es schaffen, dass sie für immer bei ihm bleiben wollte. Er würde sie nie mehr fortlassen.

24. KAPITEL

Nachdem Poseidon sich mit den Frauen vergnügt und sich ihre Geschichten angehört hatte, transportierte er sich im Handumdrehen in den nächsten Fluss. Auf dem friedlich dahinplätschernden, glitzernden Wasser trieben Lilien, und er ließ sich treiben, während er das kühle Nass genoss.

Die Nymphe hatten tatsächlich das Gesetz gebrochen. Er musste sie schnell bestrafen, bevor jemand anderes auf dieselbe Idee kam. Und er wusste auch schon, wie …

An der nächsten Flussgabelung hielt er an, und auch das Wasser hörte plötzlich auf, sich zu bewegen. Keine Wellen mehr, keine Strömung. Bis auf den sanften Wind und das Getrappel von ein paar Tieren in der Nähe war es vollkommen still. Dann … landeten wie aus dem Nichts unzählige Drachenkrieger am linken Ufer. Trotz ihrer heftig schlagenden Flügel blieb die Wasseroberfläche glatt.

Poseidon beobachtete die Drachen. Es dauerte eine Weile, bis sie ihre Menschengestalt angenommen hatten. Glatte, wenn auch vernarbte Haut statt Schuppen. Seidige Haare. Ein menschliches Gebiss statt Reißzähnen. Kein Schwanz. Natürlich waren sie jetzt komplett nackt, bis auf die Drachenmedaillons um ihre Hälse und die Schwerter in ihren Händen.

Die Männer begannen, Wasser aus dem Fluss zu trinken, während ihr wütendes Geplapper durch den Wald schallte. Poseidons Blick fiel auf Darius. Der Drachenkönig erteilte gerade Befehle an einige seiner Krieger. Seine Miene war finster.

Es hatte ihm, wie Poseidon wusste, gar nicht gefallen, den Palast den Nymphen zu überlassen. Sein Instinkt hatte ihm geraten, zu bleiben und gegen die Nymphe – insbesondere gegen Valerian – zu kämpfen. Aber Darius war, wenn Poseidon sich richtig erinnerte, ein Krieger, der bei jeder Entscheidung das Für und Wider abwog und sich ausrechnete, wie seine Chancen standen. Diesmal waren er und seine Männer dem Gegner zahlenmäßig stark unterlegen gewesen, und Darius hatte nicht riskieren wollen, dass seine Männer verwundet wurden. Und warum auch dieses Risiko eingehen, wenn sich doch ein Überraschungsangriff viel eher zu ihren Gunsten auswirken würde?

Darius war ein kluger Mann. Genau das, was Poseidon brauchte.

Komm zu mir, befahl er Darius, und der Wind trug seine Worte zum Ufer hinüber.

Darius verstummte und erstarrte. Er ließ den Blick suchend über die umstehenden Bäume und den Fluss schweifen und wandte sich, da er nichts Ungewöhnliches erkennen konnte, wieder seinen Männern zu. Seine Schultern allerdings blieben angespannt, seine Haltung aufrecht, und er legte beide Hände fest um den Griff seines Schwerts.

Komm, sagte Poseidon wieder.

Darius starrte erneut auf den Fluss. Er kniff die Augen zusammen. Poseidon wusste, dass das Wasser nur ein Spiegelbild seiner göttlichen Gestalt reflektierte – nicht mehr als ein Glitzern im schwächer werdenden Abendlicht. Dennoch folgte Darius jetzt seinem Ruf und kam näher ans Wasser. Die Männer, mit denen er gerade geredet hatte, sahen ihm verwirrt nach.

„Stimmt etwas nicht?“, erkundigte sich ein großer, muskelbepackter blonder Krieger.

„Ruh dich ein wenig aus, Brand“, antwortete der Drachenkönig, ohne sich umzudrehen. Als er allein war, sagte er: „Du hast gerufen, Wassergott?“

Die offensichtliche Respektlosigkeit in Darius’ Stimme ärgerte Poseidon. „Du kennst mich also?“

„Vom Hörensagen.“

Poseidon biss so grimmig die Zähne zusammen, dass sich die Wasseroberfläche kräuselte. „Dann weißt du ja, welche Konsequenzen es hat, wenn man in diesem Ton mit mir redet. Du weißt, wie ich euch leiden lassen kann.“

Darius deutete ein Nicken an.

Eine untertänige Verneigung wäre Poseidon zwar lieber gewesen, aber er akzeptierte die Geste. „Seit meiner Ankunft sind mir ein paar Dinge zu Ohren gekommen, Dinge, die mir ganz und gar nicht gefallen. Aus diesem Grund habe ich mehrere Aufträge für dich."

Unter Darius' Auge zuckte ein Muskel. „Dann stehe ich dir selbstverständlich zu Diensten."

„Ausgezeichnet. Ich wünsche, dass du zu dem Palast zurückkehrst."

Schweigen. „Das hatte ich eigentlich nicht vor."

„Nein, du willst vorher noch ein größeres Heer zusammenstellen. Aber das braucht Zeit, und ich will, dass mein Befehl umgehend ausgeführt wird. Auf der Stelle."

Darius beharrte auf seinem Standpunkt. „Das würde bedeuten, das Leben meiner Krieger aufs Spiel zu setzen, und das kann ich nicht zulassen."

„Euch droht keine Gefahr, wenn ihr euch heimlich in den Palast schleicht."

„Ich hatte auch vor, mich in den Palast zu schleichen. Aber es droht uns sehr wohl Gefahr, wenn ich nicht genug Krieger dabeihabe, um den Palast erobern zu können, sobald wir drinnen sind."

Poseidon grinste wissend. „Nicht, wenn es euch gelingt, die Hälfte der Nymphe und Vampire auszuschalten, noch ehe ihr einen Fuß in die Palastgänge setzt."

Darius zog überrascht die Augenbrauen hoch. Sein Interesse war geweckt. „Verrate mir, wie das gehen soll."

„Es gibt einen geheimen Eingang unter dem Portal."

„Wo genau?" Darius klang abwesend, ganz so, als ginge er das Szenario bereits in Gedanken durch.

„Zerbrich dir darüber nicht den Kopf. Ich zeige ihn dir, sobald du dort bist. Du schleichst dich hinein und bringst die Frauen in die Oberwelt zurück, nachdem du ihr Gedächtnis gelöscht hast."

„Betrachte es als erledigt."

„Sobald die Frauen wieder zu Hause sind, tötest du die Nymphe. Ohne ihre Frauen werden sie keine Kraft haben und leicht zu besiegen sein. Jeder Einzelne von ihnen muss sterben, weil sie es gewagt haben, die Oberwelt zu betreten. Nymphe sind keine Portalwächter, und das bedeutet, dass sie die Gesetze der Götter missachtet haben.

An Darius' Kiefer zuckte ein Muskel. „Du meinst aber sicher nicht alle, oder?"

„Alle."

„Männer *und* Frauen?"

„Alle. Das sollte doch kein Problem für dich sein, Wächter. Schließlich ist es nicht das erste Mal, dass du so etwas tust. Falls du dich meinem Befehl widersetzt, werde ich deine Frau zurück in die Oberwelt schicken müssen. Von dort hast du sie dir doch geholt, nicht wahr?"

Darius stieg die Zornesröte ins Gesicht – sie ließ erahnen, was für ein gnadenloser Mörder er einmal gewesen war. „Ich lasse nicht zu, dass man mir Grace wegnimmt. Sie ist meine Gefährtin und längst eine Tochter von Atlantis. Außerdem bekommt sie ein Kind von mir."

„Ja, ich weiß", sagte Poseidon unbeeindruckt. „Das Kind ist der einzige Grund, warum ich dir bis jetzt erlaubt habe, sie zu behalten. Aber du als Wächter hättest sie gar nicht erst zurück nach Atlantis bringen dürfen."

„Ich weiß es zu schätzen, dass du dich endlich für deine Geschöpfe interessierst, großer Gott", erwiderte Darius trocken.

„Hast du diesen Sarkasmus von deiner Frau gelernt?" Poseidon gefiel Darius' Ton ganz und gar nicht. „Hüte deine Zunge, sonst verfüttere ich sie an die Vampire. Es war mein gutes Recht, mich eine Zeit lang anderswo zu amüsieren. Und jetzt geh", sagte er. „Geh zum Palast zurück. Ich werde dort auf dich warten und dir den Eingang zeigen."

„Bevor du gehst", sagte Darius, und seine Augen funkelten spöttisch, „könntest du uns vielleicht noch mit ein paar Kleidungsstücken aushelfen."

„Mit Vergnügen." Als kleine Revanche für Darius' Unverschämtheiten blies Poseidon seinen Atem über die Drachenarmee, besprühte sie mit einem feinen, salzigen Sprühregen und ließ die Männer in Damenschals gehüllt zurück.

Im Geiste hörte er immer noch ihr empörtes Zischen, als er längst woanders war.

Brenna knetete nervös ihre Hände. Sie stand in der Tür zum Speisesaal und wartete darauf, dass Shivawn sie bemerkte. Die Wächter hatten sie zu ihm gebracht, nachdem sie gemeinsam die Höhle verlassen hatten. Er unterhielt sich gerade angeregt mit einer Frau, die Brenna noch nie gesehen hatte – eine weißhaarige Schönheit, die ihm verträumt die Brust kraulte.

Brenna beobachtete die beiden mit einem Hauch von … Eifersucht? Sie war sich nicht sicher. Das war ein Gefühl, das sie seit Jahren nicht mehr gespürt hatte. Was auch immer sie gerade fühlte, vermutlich rührte es daher, dass sie nicht wusste, was mit ihr passieren würde, wenn Shivawn eine andere Frau fand. Würde sie dann an jemand anderen weitergereicht werden? An Joachim vielleicht?

Aber ihr ging noch eine andere Frage durch den Kopf. Wäre sie eifersüchtig, wenn es Joachim gewesen wäre, der sich so intensiv mit einer anderen Frau beschäftigte? Sie hatte Angst vor der Antwort.

Schon wenn sie nur an diesen Mann dachte, hatte sie Schmetterlinge im Bauch. *Nein, nein, nein, nein.* Es war ja schließlich auch möglich, dass sie dieses Magenflattern wegen Shivawn hatte. Er bedeutete Sicherheit, während Joachim alles war, was ihr Angst machte: herrschsüchtig, dominant und aufbrausend. Warum also gefiel er ihr überhaupt? Warum konnte sie nicht einfach Shivawn begehren?

Sie seufzte. Als sie heute in das Portal gestarrt hatte und kurz davor gewesen war, nach Hause zurückzukehren, hatte sie eine wundervoll aufwühlende Erkenntnis gehabt. Sie wollte die Vergangenheit hinter sich bringen und sich auf eine neue Zukunft einlassen. Und wenn sie offen für diese Zukunft war, konnte sie vielleicht endlich erleben, was echte Zufriedenheit und wahres Glück bedeuteten. Sie konnte endlich *leben*.

In dem Moment, als ihr all das bewusst geworden war, hatte sie beschlossen, mit Shivawn zu schlafen. Doch dann hatte sie plötzlich an Joachim denken müssen, und … tja, jetzt wusste sie nicht recht, was sie tun sollte. Sie würde sich jedenfalls auf eine Beziehung einlassen. Eine emotionale, sexuelle, intime Beziehung. Aber für welchen Mann sollte sie sich entscheiden? Das Leben mit Shivawn würde sanft und zärtlich sein, das Leben mit Joachim turbulent und aufregend.

Als sie so dastand und vor sich hin grübelte, drehte Shivawn ruckartig seinen Kopf zur Seite. Gerade zischte er der jetzt sichtlich ungehaltenen Frau etwas entgegen, als sein Blick auf Brenna fiel. Er brach seinen Satz mittendrin ab, stand auf und kam auf sie zu. Ohne ein Wort zu sagen, nahm er sie an der Hand und zog sie energisch mit sich hinaus.

Die Vorstellung, mit ihm auf sein Zimmer zu gehen und mit ihm zu schlafen, ihn überall zu streicheln und überall von ihm gestreichelt zu werden, erregte Brenna ungeheuer. Ihre Nippel wurden hart und … Plötzlich wurde ihr bewusst, dass es nicht Shivawns Gesicht war, das sie in ihrer Fantasie vor sich hatte.

Aber wie sie gleich darauf merkte, ging Shivawn mit ihr gar nicht zu seinem Zimmer. „Wohin willst du?“, fragte sie ihn. Der Gang, durch den er sie zog, sah anders aus als der, der zu seinen Gemächern führte. Noch ehe Shivawn antworten konnte, wurde ihr plötzlich klar, wohin er sie brachte. Sie riss überrascht die Augen auf. Sie gingen zu Joachim! Das wusste sie deshalb, weil sie sein Zimmer zuvor schon einmal aus Neugier gesucht und auch gefunden hatte. Die bedrohlich aussehenden Waffen, die sie darin gesehen hatte, hatten ihr mehr als deutlich vor Augen geführt, dass dieser Mann eindeutig der Falsche für sie wäre. Jetzt zog sich ihr Magen, teils vor Aufregung, teils aus Angst, zusammen.

„Ist mit Joachim alles okay?“

„Es geht ihm gut.“

Das bedeutete ... ja, was? Im nächsten Augenblick standen sie vor Joachims Tür, und Shivawn schob, ohne sich anzukündigen, den Vorhang zur Seite. Dann ließ er Brennas Hand los, ging zu einem kleinen Tisch und schenkte sich einen Drink ein. Er drehte Brenna den Rücken zu und leerte das Glas.

Das Erste, was ihr an dem Zimmer auffiel, waren die fehlenden Waffen. Sie waren weg. An der Wand hing kein einziges Schwert mehr. Warum waren sie entfernt worden?

Ihr Blick schweifte zu Joachim, der auf der Bettkante saß und die Ellbogen auf die Knie gestützt hatte. Er schien sie mit den Augen zu verschlingen. „Brenna." Die Art, wie er ihren Namen aussprach, war wie ein erotisches Streicheln.

Ihr wurde mit einem Mal ganz heiß. Ihre Nippel wurden noch härter. Sie wurde feucht zwischen den Beinen. Das alles hatte Joachim mit einem einzigen Wort ausgelöst. Und plötzlich begriff sie, warum Shivawn sie hergebracht hatte. Die beiden Männer würden sie vor die Wahl stellen. Beim letzten Mal war sie davongelaufen. Vor ihren Gefühlen geflohen. Diesmal nicht. Sie straffte die Schultern. Die anderen Frauen im Palast waren alle bestens gelaunt. Sexuell befriedigt. Sie hatten ständig ein Lächeln im Gesicht, und nichts konnte ihnen Angst machen. Brenna wünschte sich nichts sehnlicher, als eine von ihnen zu werden. Sie *würde* eine von ihnen werden.

Nein, sie würde nicht mehr davonlaufen. Aber durfte sie die Geborgenheit und Sicherheit, die Shivawn ihr geben würde, wegen Joachim aufs Spiel setzen? Es würde kein Zurück mehr geben, sobald sie ihre Entscheidung getroffen hatte. Dafür waren beide Männer zu besitzergreifend, zu sehr davon überzeugt, „der Richtige" zu sein.

Shivawn kam ohne Umschweife zur Sache. „Du hast mich lange genug warten lassen. Du hast *dich selbst* lange genug warten lassen. Mach dieser Ungewissheit ein Ende, Brenna, und gib mir eine Chance." Er ging zu ihr, legte ihr sanft die Hände auf die Schultern und drehte sie zu sich, damit sie ihn ansah. „Ich lasse nicht zu, dass dir jemals wieder ein Mann wehtut. Ich passe auf dich auf und werde dich so glücklich machen, dass du vergisst, jemals traurig gewesen zu sein."

Sie nagte an ihrer Unterlippe.

„Der Mann auf dem Bett", fuhr Shivawn fort, „wird dir nie die Geborgenheit und Aufmerksamkeit geben, die du meiner Meinung nach brauchst." Er drehte sie wieder um, sodass sie Joachim ansehen musste.

Ein Blick und sie hatte sofort wieder Schmetterlinge im Bauch.

„Schau ihn dir an", sagte Shivawn. „Selbst jetzt hat er etwas Wildes, Unberechenbares an sich. Er wird sich nie im Griff haben. Mit seiner Art wird er niemals in der Lage sein, die Dämonen, die dich quälen, zum Schweigen zu bringen."

Shivawns Worte sollten sie offenbar trösten und ihr versichern, dass es die richtige Entscheidung war, wenn sie sich für Sicherheit statt Leidenschaft entschied. Aber Brenna war alles andere als überzeugt. Denn es gab keinen stärkeren Krieger als Joachim. Ja, er hatte etwas Wildes, Unberechenbares an sich. Aber wenn jemand die Dämonen der Vergangenheit besiegen konnte, dann er. Er strotzte vor Lebenskraft.

Joachim sagte kein Wort, sondern zog vier Stoffstreifen unter seinem Kissen hervor und legte sie auf seine Knie.

„Wofür sind die denn?", wollte Shivawn wissen.

„Fessle mich ans Bett, Brenna", sagte Joachim.

Sie betrachtete die Stoffstreifen verwirrt ... und fasziniert. „Wie bitte?"

„Fessle mich ans Bett."

Sie sah rasch wieder hinauf zu seinen Augen. Seine Miene war entschlossen, energisch und leidenschaftlich. Unglaublich leidenschaftlich. Dieser feurige Blick ging ihr durch und durch. „Warum? Ich verstehe nicht ganz ..."

„Ich sage jetzt nicht, dass du es bereuen wirst, wenn du dich für Shivawn entscheidest. Du würdest vielleicht glücklich mit ihm werden, und du würdest dich immer sicher bei ihm fühlen. Aber deine innere Leere kann er nicht füllen, und er kann dir auch nicht das Gefühl geben, lebendig zu sein. Ich schon. Das Einzige, was du tun musst, ist, darauf zu vertrauen, dass ich dir nie wehtun werde. Niemals. Lieber würde ich sterben. Ich werde alles tun, um dich davon zu überzeugen."

„Joachim", knurrte Shivawn.

„Fessle mich ans Bett, dann kannst du selbst bestimmen, was passiert", fuhr Joachim fort. Unter einem seiner Augen zuckte ein Muskel. „Ich gebe dir die absolute … Macht über mich. Du musst dir das Gefühl zurückerobern, dass du die Kontrolle hast, und genau dabei werde ich dir helfen."

Er redete über Bondage. Über Sex. Sie blickte verstört von einem Mann zum anderen. „Shi… Shivawn?" Hatte er nichts dazu zu sagen?

Jetzt war Shivawn derjenige, der schwieg. Er schien wie gelähmt vor Zorn.

„Mir ist aufgefallen, dass du jedes Mal erschrickst, wenn sich dir jemand von hinten nähert", sagte Joachim. „Deshalb werde ich dir zeigen, wie reizvoll es ist, einen Mann hinter sich zu haben. Später. Zuerst möchte ich dir zeigen, wie reizvoll es ist, die Kontrolle zu übernehmen."

Dieser große, starke – und machtbesessene – Krieger war also bereit, für sie die Zügel aus der Hand zu geben. Diese Erkenntnis war so aufwühlend, dass Brenna am ganzen Körper bebte. Gleichzeitig spürte sie, dass sie sich plötzlich *gestärkt* fühlte. Sie sehnte sich nach Leidenschaft, das hatte sie sich ja bereits eingestanden. Niemand konnte ihr mehr Leidenschaft geben als Joachim. Auch das hatte sie bereits gewusst. Aber es hatte ihr Angst gemacht. *Er* hatte ihr Angst gemacht. Und das war der Grund gewesen, warum sie so verzweifelt versucht hatte, sich einzureden, dass sie in Shivawn verliebt sei. Vielleicht hätte sie es schließlich sogar geglaubt. Eine Weile zumindest. Irgendwann wäre ihr allerdings die Wahrheit bewusst geworden.

Es war die ganze Zeit Joachim gewesen, in den sie verliebt war. Sie hatte es nur nicht wahrhaben wollen. Mit seiner Bereitschaft, sich von ihr fesseln zu lassen, ging er ein Risiko ein. Sie musste ebenfalls etwas riskieren. *Ich werde keine Angst mehr haben.*

Mit Tränen in den Augen sah sie Shivawn an. Er war so freundlich, so gütig und warmherzig. Doch als sie ihn nun betrachtete, wurde ihr klar, dass er genau das war, was sie nicht mehr brauchte. Ein Beschützer. Sie konnte jetzt selbst auf sich aufpassen. Sie war seit Tagen in diesem Palast, und ihr war nichts zugestoßen. Sie hatte den Kriegern die Stirn geboten, und keiner hatte ihr etwas getan.

„Du kannst dich auch gegen uns beide entscheiden", sagte Joachim mit rauer Stimme. „Wir werden es akzeptieren."

Weglaufen und in ihrer sicheren kleinen Welt bleiben. Keine Gefühle. Weder Traurigkeit noch Glück. *Ich werde nie mehr weglaufen.* „Es tut mir schrecklich leid, Shivawn." Ihr Kinn zitterte. „Ich wäre gern mit dir zusammen gewesen, wirklich, aber …"

„Hör auf. Bitte. Hör einfach auf." Shivawn sah sie lange nachdenklich an. Dann drehte er sich langsam zu Joachim um. „Sie gehört dir. Ich erhebe keinen Anspruch mehr auf sie."

„Danke", sagte Joachim gepresst.

Shivawn sah Brenna noch ein letztes Mal an, nickte ihr dann zu und ließ sie mit Joachim allein. Brenna schluckte, nahm ihren ganzen Mut zusammen und sah ihn an.

Ihren Mann.

Niemals mehr würde sie ihr Leben von Angst bestimmen lassen.

Sie hatte sich für ihn entschieden. Ihr tat nur leid, dass sie so lange gebraucht hatte, um zu erkennen, was für ein Ehrenmann Joachim war. Er vertraute ihr so sehr, dass er sich von ihr fesseln lassen wollte; sie würde darauf vertrauen, dass er ihr nicht wehtat.

Bereit, die Vergangenheit hinter sich zu lassen, ging sie zu ihm. Ihr Herz raste, doch sie blieb nicht stehen, bis sie unmittelbar vor ihm stand. Joachim, der immer noch die Stoffstreifen in der Hand hatte, erhob sich.

Sein Blick war entschlossen. Unerbittlich. „Hat dein Angreifer dir damals mit seinen Händen wehgetan oder hatte er eine Waffe? Wenn er eine Waffe hatte, möchte ich, dass du mich ebenfalls mit einer Waffe bedrohst."

Zuerst gab sie keine Antwort. Sie wollte nicht, dass die Erinnerung an damals diesen Moment zerstörte. „Nur mit den Händen", antwortete sie schließlich mit bebender Stimme.

Joachim nickte und gab ihr die Fesseln. Langsam, ganz langsam machte er seinen Gürtel auf und schob seine Hose über die Hüften. Sie rutschte auf den Boden, und Brenna sah seinen großen, erigierten Penis.

„Komm her." Er legte sich aufs Bett. „Fessle mich."

Ihre Hände zitterten, als sie zuerst seine Handgelenke, danach seine Fußknöchel an den Bettpfosten festband. Dann blieb sie neben dem Bett stehen und sah auf ihn hinunter. So viel prachtvolle Männlichkeit, über die sie allein verfügen durfte.

Joachim sagte kein Wort, beobachtete jedoch jede ihrer Bewegungen. Brenna bekam weiche Knie, weil sie wusste, was er von ihr erwartete. Was er wollte. Jetzt war sie an der Reihe, sich auszuziehen. Nach dem Überfall hatte sie aufgehört, ins Fitnessstudio zu gehen und versucht, so unattraktiv wie möglich auszusehen. Würde Joachim ihren Körper begehrenswert finden?

Mit zitternden Fingern löste sie die Schulterträger ihrer Toga und entblößte ihre Brüste. Dabei sah sie Joachim unverwandt an, um zu sehen, wie er auf den Anblick reagierte. In seinem Blick lag keine Enttäuschung. Nur Verlangen. Langsam gewann sie mehr Selbstvertrauen. Die Art, wie er sie ansah, war so erregend, dass ihre Haut prickelte.

„Du bist wunderschön, Brenna."

Sie ließ ihre Toga auf den Boden gleiten und war endlich nackt – wie er. Als Joachim sie von oben bis unten bewundernd ansah, errötete sie. Vor gar nicht langer Zeit wäre sie bei der Vorstellung, mit einem Mann zu schlafen, vor Angst wie gelähmt gewesen. Jetzt waren ihre Hormone viel zu sehr damit beschäftigt, regelrecht zu jubilieren.

„Schließ die Augen“, sagte er.
Sie dachte nicht einmal daran zu zögern.
„Stell dir vor, ich bin hinter dir. Stell dir vor, ich streichle deine Schultern und lege meine Hände auf deine Brüste. Stell dir vor, ich drehe deine Nippel zwischen meinen Fingern.“
Sie sah es deutlich vor sich, genau wie vorhin, nur war das Bild diesmal klarer. Sie würde ihren Kopf zurückfallen lassen, ihn an seine Schulter schmiegen, und ihre Haare würden sie beide kitzeln. Seine Hände wären überall.
Es sich vorzustellen war fast genauso schön, wie es wirklich zu tun. Fast. Feucht zwischen den Beinen wurde sie allerdings nicht nur in ihrer Fantasie.
„Ich möchte dich lecken“, sagte Joachim.
„Ja“, hauchte sie und setzte sich, ohne auch nur eine Sekunde zu zögern, rittlings auf ihn, sodass sie seine Erregung zwischen ihren Schamlippen spürte. Das Gefühl war so intensiv, dass sie laut aufstöhnte.
„Lehn dich vor“, sagte Joachim fast barsch.
Er mochte zwar gefesselt sein, aber er war immer noch ein Krieger. Zum ersten Mal spürte Brenna einen Anflug von Angst. *Du bist in Sicherheit. Du bist geborgen.* Sie rutschte weiter vor, bis ihre Brüste über seinem wartenden Mund waren. Ihre dunklen Locken fielen wie ein Vorhang über seinen Kopf, während er an ihren Brustwarzen saugte. Seinen heißen, so heißen Mund zu spüren war mit nichts zu vergleichen, was sie jemals erlebt hatte. Seine Lippen schienen elektrische Ströme direkt in ihren Körper zu schicken.
Sie seufzte vor Lust.
Während Joachim an ihren Knospen saugte, gab sie sich wieder ihren Fantasien hin. Wenn er nicht gefesselt wäre, würde er seine Hände über ihre Wirbelsäule und über ihren Po gleiten lassen. Sie sah es ganz deutlich vor sich. Konnte es wirklich spüren. Konnte fühlen, wie er sie überall dort leckte, wo seine Hände sie gerade gestreichelt hatten. Jetzt konnte sie sich nicht mehr beherrschen und fing an, ihn zu reiten, ohne dass er in

sie eindrang. Zwischen ihren Schenkeln war es so feucht, dass er ohne Widerstand zwischen ihren Beinen vor und zurück glitt.

„Du schmeckst wie der Himmel", sagte er.

In ihrer Fantasie streichelte er sie zwischen den Beinen, zwang sie dann, sich aufzurichten und schob zwei Finger in ihre heiße, feuchte Mitte. Wieder stöhnte sie laut auf.

Warum hatte sie ihn bloß gefesselt?

Er saugte wunderbar fest an ihrer Brustwarze.

„Ja", stöhnte sie atemlos und warf den Kopf in den Nacken. Sie war nicht mehr in der Lage, irgendetwas anderes zu sagen. „Ja."

„Willst du, dass ich dich zwischen den Beinen lecke?"

„Ja." Es hatte keinen Sinn, die Schüchterne zu spielen und so zu tun, als sehnte sie sich nicht danach. Sie wollte Joachims Mund dort spüren. Hatte unbändige Lust darauf. Hätte dafür getötet.

„Komm her." Joachims Haut glänzte vor Schweiß.

Sie rutschte so weit vor, bis sie über seinem Kopf kniete und ihre Schenkel nur noch wenige Zentimeter von seinem Gesicht entfernt waren.

„Näher", befahl er mit tiefer Stimme.

„Joachim …" Sie ließ sich auf ihn sinken, und im nächsten Augenblick waren seine Zunge, seine Lippen und seine Zähne überall. Das Gefühl war so intensiv, dass sie vor Erregung laut schrie. Sie ließ die Hüften kreisen.

„Komm, Brenna, komm für mich", sagte er, und sie gehorchte. Ihr Orgasmus war so heftig, dass ihr ganzer Körper zuckte und bebte und sie sich fühlte wie im siebten Himmel. Joachim machte weiter, bis sie glaubte, es nicht mehr aushalten zu können.

„Nimm mich", sagte er. „Ich will in dir sein."

Schwach vor Erschöpfung, setzte sie sich, ohne zu zögern, auf Joachim, schob seine Härte zwischen ihre gespreizten Beine und ließ sich auf ihn sinken. Er war groß, und es war schon so lange her. Er dehnte sie, aber es war ein wundervolles Dehnen. Gab ihr das Gefühl, lebendig zu sein.

Joachim stöhnte laut auf.

Brenna seufzte immer wieder seinen Namen. „Joachim …“ Sie konnte ihn gar nicht oft genug aussprechen. Er war in ihrem Kopf und in jede Zelle ihres Körpers eingebrannt. Ihr ganzes Sein war durch ihn zu neuem Leben erwacht.

Sie stützte sich mit den Händen auf seinen Oberkörper. Ihre Gesichter waren nur Zentimeter voneinander entfernt, sein Atem ein Teil von ihr, ihrer ein Teil von ihm.

„Küss mich“, sagte er.

Sie presste ihre Lippen auf seine, und seine Zunge duellierte sich – heiß, fordernd, sanft, schnell, langsam – mit ihrer, während sie ihn ritt. Es war der Himmel. Die totale Verzückung.

Je leidenschaftlicher er sie küsste, desto leidenschaftlicher ritt sie ihn. Sie seufzte, stöhnte und wimmerte.

„Genau so“, sagte Joachim. „Geh aufs Ganze.“

„Ja.“

„Keine Angst mehr.“

„Nie mehr“, keuchte sie.

„Zeig’s mir, Süße.“ Joachim biss in die Haut über ihrem Schlüsselbein und zerrte an seinen Fesseln. „Zeig mir, wie du es genießt, dass ich in dir bin.“

Jetzt war es um Brenna geschehen. Sie konnte sich nicht mehr zurückhalten und kam zum zweiten Mal. Ihr Orgasmus war so intensiv, dass ihr schwarz vor Augen wurde und sie das Gefühl hatte, sich aufzulösen und zu sterben. Sie konnte nicht atmen, fühlte sich aber gleichzeitig so lebendig, dass sie wünschte, es würde nie aufhören. „Joachim!“, schrie sie, und diesmal war es ihr egal, wie rau und brüchig ihre Stimme klingen mochte.

„Brenna!“, brüllte Joachim laut und lang gezogen, bäumte sich noch einmal auf und drang dabei tief in sie ein, tiefer, als sie es je für möglich gehalten hatte.

Sie ließ sich auf seine Brust fallen. „Danke“, hauchte sie außer Atmen. „Danke.“

„Binde mich los.“

Sie dachte nicht daran, ihm die Bitte abzuschlagen. Mit halb geschlossenen Augen streckte sie die Arme aus und löste die Fesseln um seine Handgelenke. Er schlang sofort seine Arme um sie und drückte sie an sich.

„Keine Angst mehr“, sagte er wieder.

„Nie mehr.“ Momentan hätte sie allem zugestimmt, was er sagte. Ihn heiraten? Ja. Seine Sklavin sein? Selbstverständlich. Seine Wärme umgab sie, als wären sie miteinander verschmolzen.

„Du gehörst mir“, sagte er.

„Ich gehöre dir“, hauchte sie. Jetzt spürte sie, wie ihre Lider schwer wurden und ihr langsam die Augen zufielen. Gleich würde der friedliche, entspannte Schlaf sie einhüllen, nach dem sie sich schon so lange gesehnt hatte. Und sie würde sich ihm endlich ohne Angst hingeben. „Lass mich nie mehr los.“

„Nie mehr.“

Und dann schlief sie ein. Mit einem Lächeln auf dem Gesicht.

Shivawn stand schon seit einer ganzen Weile auf dem Gang und hing seinen Gedanken nach. Er wünschte, Brenna hätte sich für ihn entschieden, aber der Blick, mit dem sie Joachim angesehen hatte, hatte Bände gesprochen. Wahrscheinlich war es immer schon Joachim gewesen, den sie begehrt hatte. Shivawn war wütend, so wütend. Brenna war schön, sie war leidenschaftlich, und sie war liebevoll. Aber sie gehörte ihm nicht. Das wusste er jetzt. Egal, wie glücklich er sie machen wollte, egal, wie viel Geborgenheit er ihr geben konnte – für sie hatte es immer nur Joachim gegeben.

Die beiden waren fureinander bestimmt, daran bestand kein Zweifel mehr.

Und er selbst war wieder allein.

Vielleicht würde er ja eines Tages eine Frau finden, die ihn so sehr liebte wie Brenna Joachim. Eine, die nur ihn allein wollte.

Er schaute auf und merkte, dass Alyssa den Gang betreten hatte und jetzt ein paar Schritte von ihm entfernt stand. Er blickte sie finster an.

Sie runzelte die Stirn. „Du riechst nach Mensch", stellte sie fest. „Hast du mit einer Frau aus der Oberwelt geschlafen? Ist sie deine Gefährtin?"

„Was geht dich das an?" Er drehte sich um und ließ sie stehen.

Sie ging ihm nach. „Ist sie es?"

„Nein", knurrte er.

„Ich habe dir doch gesagt, dass du jederzeit mit mir schlafen kannst", blaffte sie zurück. „Du hättest zu mir kommen sollen."

„Und ich habe gesagt, dass ich nicht will." Alyssa war schön, und Shivawn war für ihre Reize durchaus empfänglich, aber er würde sie nicht anrühren. Im Gegensatz zu Valerian hatte er für Vampire nichts übrig.

Vampire brauchten Blut, um zu überleben, und manchmal waren sie unersättlich. Shivawn hatte einmal den Fehler begangen, mit einer Vampirfrau zu schlafen, und wäre dabei fast gestorben. Er hatte sich geschworen, dass das nie mehr wieder passieren würde. Alyssa wusste das, aber sie machte ihm trotzdem jedes Mal Avancen, wenn sie die Nymphe besuchte.

„Mach's gut, Alyssa", sagte er und entfernte sich eiligen Schritts von ihr.

Aber dieses Mal fand sie sich nicht damit ab, dass er sie einfach so stehen ließ. Sie lief ihm nach, überholte ihn und stellte sich ihm in den Weg. Ihre Augen funkelten. „Ich habe immer gewusst, dass ich dich eines Tages kriegen würde, Shivawn, und ich habe beschlossen, dass dieser Tag heute ist."

Sie presste heftig ihre Lippen auf seine und schob ihre Zunge in seinen Mund. Sie schmeckte gar nicht nach Blut und Tod, sondern nach Frau. Shivawn musste feststellen, dass er ihren Kuss tatsächlich erwiderte. Er war entsetzt über sich selbst, aber wer weiß, vielleicht konnte Alyssa ihm ja helfen, seine Einsamkeit zu vergessen.

„Eine Nacht", brummte er. „Mehr nicht."

Ihre Augen funkelten triumphierend, und ihre tiefroten Lippen umspielte ein genüssliches Lächeln.

„Mehr verlange ich ja gar nicht."

25. KAPITEL

Shaye saß im dampfenden Badebecken. Der blumige Duft des heißen Wassers verlieh dem Raum eine sinnliche Atmosphäre. Sie atmete tief ein. Ihr Körper fühlte sich wund an, doch ihre Lebensgeister waren geweckt.

Valerian saß hinter ihr und massierte ihr gekonnt die Schultern. Er wusste genau, welchen Muskel er kneten und wie viel Druck er ausüben musste, damit es am angenehmsten für Shaye war. Sie ließ den Kopf nach hinten auf seine Schulter fallen. Ihre Haut war feucht vom Wasserdampf, und Valerians Atem streifte kühl über ihren Hals.

„Danke, dass du mir deine Jungfräulichkeit geschenkt hast", sagte er.

„War mir ein Vergnügen." Es stimmte. Sie hatte nie etwas so sehr genossen. Und sie hätte nie gedacht, dass es so wunderbar sein konnte, die Kontrolle aufzugeben und sich gehen zu lassen.

Als sie in den letzten Stunden immer wieder miteinander geschlafen hatten, war ihr einiges klar geworden. Sie hatte sich Valerian nicht nur körperlich hingegeben, sondern, genau wie befürchtet, auch mit ihrer Seele. Es war nicht ihre Absicht gewesen. Sie hatte versucht, sich davor zu schützen, aber es war ihr nicht gelungen. Doch es war in Ordnung so.

Er war ein Nymph, und Nymphe liebten Sex (jede Menge davon), aber sie würde diejenige sein, zu der Valerian kommen würde, wenn er ihn brauchte. Sie würde ihm vertrauen. Nicht lieben, versicherte sie sich rasch. Dieses Gefühl würde sie sich nicht gestatten. Aber ihm vertrauen.

Es würde schwer sein, das wusste sie. Aber sie war bereit, es zu versuchen, damit er bei ihr blieb.

„Deine Verletzungen sind verheilt", sagte sie, ohne sich zu ihm umzudrehen.

„Ja."

„Freut mich."

„Mich auch."

„Jetzt bist du doch stark genug, um mir diese geheime Stelle am weiblichen Körper zu verraten", sagte sie. „Die Stelle, an der die Lust am allergrößten ist."

„Hm, na gut. Ich verrate sie dir für einen Kuss." Er knabberte an ihrer Wange.

Hach, sie liebte es, dass er immer mit ihr handeln wollte. „Ich küsse dich, wenn du mir sagst, was ich wissen will", sagte sie mit kehliger Stimme und rieb sich an seinem steifen Penis, den sie in ihrem Kreuz spürte.

Er stöhnte leise. „Ich liebe es, wenn du dich so bewegst. Hör nicht auf, dann verrate ich dir alle meine dunkelsten Geheimnisse."

Sie machte weiter, hoch und runter. Er legte ihr die Hände um die Taille. „Schließ die Augen."

Sie hatten erst vor einer Stunde miteinander geschlafen, aber es fühlte sich an wie eine Ewigkeit. Sie musste ihn wieder in sich spüren. Er machte sie süchtig.

„Shaye ..." Er schnalzte missbilligend mit der Zunge. „Schließ die Augen."

Sie machte die Augen zu und spürte, wie er erst ihre Schultern, dann ihren Hals und schließlich ihre Brüste streichelte.

„Stell dir vor, was ich gerade mit dir mache."

„Aber ich dachte ..."

„Tu's einfach."

Stell es dir vor, hatte er gesagt, also stellte sie es sich vor. In ihrer Fantasie malte sie sich aus, wie seine kräftigen Hände auf ihrem Busen lagen. Ihre Nippel, rosa und hart, lugten zwischen seinen Fingern hervor. Das Bild war fast unerträglich erregend.

Wie als stumme Einladung spreizte sie die Beine. Ein kurzes Streicheln, ein sanftes Kneifen, irgendetwas. *Irgendeine* Berührung. Sie sehnte sich danach, oh, sie sehnte sich so wahnsinnig danach.

Valerians Hände glitten über ihren Bauch nach unten. Shaye spürte es – und es war genau so, wie sie es sich gerade gewünscht hatte –, aber mehr noch *sah* sie es in ihrer Fantasie. Noch ein

Bild von ihnen beiden. Valerian hinter ihr, diesmal mit einer Hand zwischen ihren feuchten Schenkeln. Doch er berührte sie nicht dort, wo sie es am meisten brauchte. Noch nicht. Seine Hand verharrte knapp vor ihrer Mitte.

„Was siehst du?“ Seine Stimme klang gepresst, als müsste er sich extrem beherrschen, seine Hand nicht zu bewegen.

„Dich. Mich.“

„Siehst du, dass ich dich hier lecke oder dass ich meine Finger in dich gleiten lasse?“

„F… Finger“, stammelte sie.

„Schiebe ich sie langsam in dich? Oder schnell?“

Bei seinen Worten hatte sie sofort wieder eine Flut von Bildern im Kopf. Doch Valerian tat immer noch nichts, tat nicht das, wonach sie sich jetzt regelrecht verzehrte. Sie schob ihre Hüften sehnsüchtig vor. Sehnsüchtig zurück. Vor, zurück. Bäumte ihr Becken auf. „Fass mich an, Valerian, bitte.“

„Sag mir erst, was du siehst. Langsam oder schnell?“

„Schnell. Fest.“ Das Wasser schwappte über den Beckenrand. „Ganz fest.“

Er kniff sie in einen Nippel, und sie spürte den süßen Schmerz wie einen Blitz zu ihrem Schoß hinunterjagen.

„Shaye. Moon. Deine Fantasie zeigt dir, was du brauchst, bevor du es tatsächlich weißt.“

Hör auf zu reden, hätte sie am liebsten geschrien. *Schlaf mit mir!* „Ich verstehe nicht …“

„Die erogenste Zone einer Frau ist ihre Fantasie. Wenn ein Mann ihr die richtigen Bilder vermittelt, kann er es hundertmal lustvoller für sie gestalten.“ Er biss ihr ins Ohr. „Beug dich für mich vor, Moon.“

Sie tat es, und das Wasser streichelte so erregend über ihre Klitoris, dass Shaye zitterte.

„Halt dich am Rand fest“, flüsterte Valerian.

Sie legte die Unterarme auf den Wannenrand. Ihre Brüste und Hüften waren nun nicht mehr im Wasser, und Valerian konnte sie in all ihrer Pracht von hinten sehen.

Eine Weile sagte keiner von beiden ein Wort. Shaye blieb in ihrer Position und wartete auf die erste Berührung. Ihre nassen Haare klebten auf ihren Schultern und ihrem Rücken. Ein paar lange Strähnen streiften die Wasseroberfläche. Wann würde er sie anfassen? Sie brauchte es. „Valerian?"

„Du bist atemberaubend schön", sagte er bewundernd und strich über das Tattoo knapp über ihrem Po.

Ihr lief ein köstlicher Schauer über den Rücken.

„Das gefällt mir", sagte er. „Ein Totenkopf mit einer süßen Schleife obendrauf. Es ist ein Symbol dafür, dass du eine Kriegerin, aber trotzdem sehr feminin bist." Seine Lippen streiften über die Tätowierung. Dann ließ er seine heiße, feuchte Zunge um den Totenkopf kreisen, küsste sich ihre Wirbelsäule entlang bis zu ihrem Nacken hinauf und schob mit einer Hand ihre Haare zur Seite.

„Als ich dich zum ersten Mal gesehen habe", sagte sie, „dachte ich, du wärst ein Gott, der aus dem Meer auftaucht."

„Und ich dachte, du bist das, wonach ich mich mein ganzes Leben gesehnt habe."

Seine Worte hatten die gleiche betörende Wirkung wie ein intimes Streicheln. Shaye leckte sich die Lippen. Dann biss sie sich darauf, um ihren lauten, langen Schrei zu ersticken, als Valerian in sie eindrang.

„So eng", stöhnte er bewundernd.

„Tiefer."

Er schob sich ein paar Zentimeter weiter in sie. „Willst du mehr?"

„Mehr."

Noch ein Stück. Nicht genug.

„Und jetzt?"

„Mehr, mehr, mehr."

Er drang ganz in sie ein. Shaye keuchte, doch er bewegte sich nicht. „Kennst du die empfindsamste Stelle am Körper eines Mannes, Moon?"

Shaye konnte nicht mehr sprechen. Sie brauchte ihn so sehr.

Sie brannte vor Verlangen. Ja, sie brannte lichterloh. Durch ihre Adern schienen elektrische Stöße zu zucken, eine ungeheure Spannung, die darauf wartete, sich zu entladen.

„Sein Herz", sagte Valerian schließlich. „Sein Herz."

Sein Herz … Shaye bäumte sich auf, schrie schluchzend auf. Ihr Orgasmus war so gewaltig, dass alles in ihr pochte und vibrierte. Valerian glitt vor und zurück, stieß wieder und wieder tief in sie hinein, hart und schnell.

„Shaye!", schrie er und drängte sich ein letztes Mal bebend in sie. „Liebe … dich." Seine Hände krallten sich in ihre Hüften. „Ich liebe dich."

„Ich vernachlässige meine Gäste. Sehr unhöflich von mir", sagte Valerian eine ganze Weile später. Er lag mit Shaye im Arm im Bett und wollte sie nur ungern wieder loslassen. Sie waren beide nackt, und am liebsten wäre er ewig so mit ihr liegen geblieben.

Er liebte es, wie Shayes Kurven sich perfekt an ihn schmiegten. Wie das letzte Teilchen eines Puzzles, das das Bild komplett machte.

Sie gähnte. „Welche Gäste?" Ihr Atem streifte über seine Brust.

„Vampire. Sie haben uns bei unserem Problem mit den Drachen unterstützt und uns zu einem vorübergehenden Waffenstillstand verholfen."

„Eigentlich sollte ich jetzt wohl laut schreiend davonlaufen, aber ich bin gerade zu müde, um Angst vor Vampiren zu haben. Selbst wenn sie sich im gleichen Gebäude befinden wie ich." Sie kicherte. „Hast du ein schlechtes Gewissen, weil du dich nicht um sie kümmerst?" Sie streichelte mit einer Fingerspitze über seine Bauchmuskeln.

„Es ist mir ein Vergnügen, mich nicht um sie zu kümmern", sagte er mit rauer Stimme, erregt von ihrem Streicheln *und* ihren Worten. Langsam schien sie sich an das Leben in Atlantis zu gewöhnen. Vielleicht lernte sie es ja sogar lieben. Das war sein größter Wunsch.

Sie steckte ihren Finger durch sein Brustwarzen-Piercing und kicherte erneut.

Ihm gefiel dieses leise Lachen. Bis jetzt hatte er Shaye nie richtig lachen gehört, wurde ihm gerade bewusst. „Wie alt bist du?“, fragte er. Er wollte alles über sie wissen.

„Fünfundzwanzig. Und du?“

„Viel älter“, sagte er trocken. „Hunderte von Jahren älter.“

Sie starrte ihn mit offenem Mund an. „Aber nicht im Ernst, oder?“

„Doch.“

„Heißt das, du wirst ewig leben? Du wirst nie alt?“

„Ich altere sehr wohl, nur eben langsamer als Menschen.“

Sie erstarrte. „Willst du damit sagen, wenn ich hierbleibe, werde ich mit der Zeit alt, während du weiterhin *so* aussiehst?“

„Du bist jetzt in Atlantis, mein Schatz. Dein Alterungsprozess wird sich ebenfalls verlangsamen.“

„Oh.“ Nach und nach entspannte sie sich wieder. „Dann ist ja alles okay.“

„Vermisst du dein Leben in der Oberwelt immer noch?“

Sie schwieg eine Weile. „Schwer zu sagen.“

„Ein Ja oder ein Nein genügt als Antwort.“ Er wollte nicht, dass sie ihr altes Leben vermisste. Er wollte, dass sie wunschlos glücklich mit ihm war. Wenn sie ihr altes Leben vermisste … was sollte er dann tun? Dann wäre er hin- und hergerissen zwischen seinen beiden größten Wünschen: dem Wunsch, dass sie bei ihm blieb, und dem Wunsch, dass sie glücklich war.

Sie seufzte. „Ich weiß nicht, ob ich es vermisse. Ich meine, ich stehe meiner Familie ja nicht besonders nahe, und das war schon immer so, aber trotzdem wäre es nett gewesen, wenn ich die Gelegenheit gehabt hätte, mich zu verabschieden.“

„Warum genau habt ihr euch nicht nahegestanden?“ Er konnte sich so etwas mit seinem Bruder nicht vorstellen, wenn Verryn noch gelebt hätte.

„Sie haben von mir erwartet, etwas zu sein, was ich nicht bin.“

„Was denn?“

„Ein liebes, süßes Mädchen."

Er schnaubte. „Aber das bist du doch. Du spielst zwar gern die Unnahbare, aber du bist ohne Zweifel das Süßeste, wovon ich je naschen durfte."

Shaye biss ihm in die Schulter und leckte dann rasch über die Stelle. Dieser Mann schaute ihr direkt in die Seele; er sah die Frau, die sie insgeheim immer sein wollte. Ihre eigene Mutter hatte das nie gekonnt.

„Wie ist es möglich, dass deine Familie nicht merkt, was für ein wunderbarer Mensch du bist? Sie sollten sich schämen."

Sie hob den Kopf, sah ihn an und legte ihre Hände auf seine Wangen. „Danke, dass du das sagst."

Valerian wurde ganz warm ums Herz. Diese Frau hatte sein Herz erobert, das stand fest. Jetzt wollte er ihres. „Konntest du deine Anti-Grußkarten hier entwerfen?"

„Ja."

„Was würde denn draufstehen, wenn du eine für mich machen würdest?"

„Tja, mal sehen …" Sie legte den Kopf auf seine Schulter. Eine Minute verging, dann noch eine. „Willst du es wirklich wissen?"

„Ja."

„Wenn ich für dich eine Karte machen und sie dir schicken würde …" Sie brach ab und runzelte die Stirn. „Da würde draufstehen: *Ich vertraue darauf, dass du mir nicht das Herz brichst. Sollte es auch nur einen Kratzer abbekommen, breche ich dir das Genick.*"

Um seinen Mund zuckte es. „Du brichst mir das Genick?"

„Ganz recht."

Sie würde ihm das Genick brechen, wenn er ihr das Herz brach … Ihr Herz. Valerian erstarrte, als ihm die Bedeutung dessen, was sie gerade gesagt hatte, endlich bewusst wurde. Sogar das Blut in seinen Adern schien stillzustehen. Die Erkenntnis war so überwältigend, dass ihm der Atem stockte und ihm schwindlig wurde. „Du vertraust mir dein Herz an?" Er traute sich fast nicht, es auszusprechen – aus Angst, dass er sie missverstanden haben könnte.

Er, ein Krieger, der sein ganzes Leben lang jeder Gefahr ins Gesicht gelacht hatte, fürchtete sich davor, dass diese winzige, blasse Frau ihn nicht liebte.

„So ungefähr. Also, ich will damit nicht sagen, dass ich dich liebe oder so." Jetzt klang auch sie ängstlich. „Aber ich vertraue darauf, dass du mit niemandem etwas anfängst, solange du mit mir zusammen bist. Das heißt: keine anderen Frauen."

„Moon, ich will keine andere außer dir."

„Jetzt vielleicht nicht. Aber was ist, wenn du irgendwann das Interesse an mir verlierst?"

Er drehte sie auf den Rücken und schaute auf sie hinunter. „Du bist meine Gefährtin. Das habe ich dir schon mehrmals erklärt, aber ich glaube, du verstehst nicht, was es bedeutet. Keine macht mich so heiß wie du. Mich interessiert sonst niemand. Ich fühle mich zu keiner anderen hingezogen. Nur zu dir. So ist das nun mal, wenn ein Nymph eine Frau zur Gefährtin nimmt. Jetzt und für alle Zeit."

Er sah ihr an, dass sie ihm glauben wollte. „Na gut", sagte sie. „Wir werden ja sehen, was in den nächsten Tagen passiert."

„Heißt das, du bleibst bei mir?"

„Ja", flüsterte sie zaghaft.

Valerian war überwältigt vor Freude. Aber sein Glück war nicht vollkommen. Noch nicht. „Du willst bei mir bleiben, aber du liebst mich nicht?"

„Genau. Liebe ist kompliziert und bringt alles durcheinander."

„Ich liebe es, wie deine Nippel sich an meinen Oberkörper pressen. Das ist nicht kompliziert."

Sie machte einen Schmollmund. „Das habe ich nicht gemeint, und das weißt du. Jemand, der geliebt wird, kann einem schreckliche Dinge antun, weil er weiß, dass ihm immer verziehen wird."

„Was für schreckliche Dinge haben die, die du geliebt hast, dir angetan?" Die Frage stand bedrohlich im Raum. Valerian würde jeden umbringen, der es gewagt hatte, seiner Gefährtin wehzutun – egal, ob Mann oder Frau.

„Sie haben mich nicht akzeptiert, wie ich bin, haben mich im Stich gelassen und vergessen. Und ich habe gesehen, wie du die Frauen vor mir einfach fallen lassen hast."

„Ich habe nicht damit gerechnet, dich zu treffen, Moon. Du warst eine Überraschung. Ich kann nicht ungeschehen machen, was in der Vergangenheit passiert ist. Aber ich gebe dir mein Ehrenwort, dass ich nie genug von dir bekommen werde. Irgendwann wirst du das begreifen." Er schwieg. „Du hast zwar gesagt, dass du bei mir bleibst, aber ich möchte, dass du es mir versprichst. Schwör mir, dass du mir Zeit gibst, dir zu beweisen, dass ich es ernst mit dir meine."

Sie sah ihn prüfend an. Dann nickte sie zögernd und lächelte. „Ich schwöre."

Sichtlich erleichtert beugte er sich vor, streifte mit seinen Lippen über ihren Mund und verschränkte seine Finger mit ihren. Dann legte er ihre Arme über ihren Kopf, und ihre Brüste pressten sich noch fester an ihn. Sie leckte sich über die Lippen und schloss genießerisch die Augen.

„Du hast die Liebe nur von ihrer schlechtesten Seite erlebt. Ich von ihrer besten. Meine Mutter und mein Vater waren Gefährten und haben sich innig geliebt."

„Wo sind deine Eltern jetzt?"

„Sie sind vor langer Zeit gestorben. Mein Vater ist im Krieg gefallen, und meine Mutter ist wenig später aus Trauer über seinen Tod gestorben."

Mein Gott, dachte Shaye. Jemanden so sehr zu lieben, dass man ohne ihn, im wahrsten Sinn des Wortes, nicht mehr leben konnte. Dass ohne diese Liebe einfach der Lebenswille erlosch. So etwas gab es doch nur im Film. Und doch konnte ein bisher ungekannter Teil von ihr diese Hingabe nachvollziehen. Die Vorstellung war beängstigend, aber gleichzeitig spürte Shaye zum ersten Mal so etwas wie Vorfreude auf eine derart innige Verbindung.

„Es tut mir sehr leid, dass deine Eltern gestorben sind“, sagte sie mitfühlend.

„Siehst du, da ist sie wieder, deine liebenswürdige, sanfte Art.“

Sie grinste. „Wie kannst du so etwas sagen? Ich bin ein eiskaltes Luder.“

„Und du hasst alles, was ich mit dir im Bett anstelle.“

„Ich *hasse* es“, stimmte sie ihm lachend zu.

Sie spürte erst seinen Atem, dann seine Zunge in ihrem Ohr. Vor Erregung zitternd vergrub sie ihre Hände in seinen Haaren.

„Genauso sehr, wie du mich hasst“, hauchte er.

Sie wusste, nach welcher Antwort er sich eigentlich sehnte. Weil sie ihm diese nicht geben konnte, flüsterte sie stattdessen: „Ja. Ich hasse dich wirklich wahnsinnig.“

„Gut so. Ich werde dich nämlich so lange hassen, bis du dir ein Leben ohne mich nicht mehr vorstellen kannst.“

Zu spät, flüsterte Shayes innere Stimme, als er in sie eindrang.

26. KAPITEL

Seine schlafende Liebste allein in seinem Bett zurückzulassen – in ihrem *gemeinsamen* Bett, korrigierte sich Valerian – war das Schwerste, was er jemals hatte tun müssen. Shayes seidige, weißblonde Strähnen waren wie Engelshaar fächerartig auf dem violetten Laken ausgebreitet. Ihre Gesichtszüge waren entspannt, und ihre hellen, langen Wimpern warfen Schatten auf ihre Wangenknochen. Ihre Lippen waren von seinen Küssen noch prall und gerötet.

Er hatte sich schnell – sehr schnell – ein schwarzes Hemd und eine Hose angezogen, damit er seine guten Vorsätze nicht in letzter Sekunde über Bord warf und sich doch wieder zu Shaye legte. Als Herrscher über den Palast war es seine Pflicht, sich um seine Gäste zu kümmern. Aber mehr noch wollte er sich vergewissern, dass der Palast gut genug bewacht war, um auch den stürmischsten Angriff abzuwehren.

Valerian wusste, dass der Waffenstillstand, zu dem ihm die Vampire verholfen hatten, nicht ewig dauern würde. Darius würde zurückkommen. Valerian hoffte allerdings, dass ihm bis dahin noch genügend Zeit blieb, seine Beziehung zu Shaye zu festigen.

Er konnte nicht widerstehen, ihr rasch noch einen Kuss auf die Nasenspitze zu geben. Was, wie sich sofort herausstellte, ein Fehler gewesen war. Sie murmelte im Schlaf ein paar unverständliche Worte, aber eines davon klang fast nach seinem Namen, und das machte ihn so geil, als hätte er noch nie mit ihr geschlafen. *Geh. Sofort. Bevor du dazu nicht mehr in der Lage bist.*

Einen Fuß vor den anderen zu setzen bedurfte seiner ganzen Willenskraft. Aber er schaffte es.

Ihm war klar, dass Shaye jetzt, da sie beschlossen hatte, bei ihm zu bleiben, sein Zuhause auch zu ihrem eigenen machen würde. Sie würde seinen Räumen ihre persönliche Note verleihen. Bald würde es hier überall Blumen geben. Bilder, bemalte Steine, Zierkissen. Er würde mit ihr in die Stadt gehen und alles kaufen, was ihr Herz begehrte. Alles, was Frauen brauchten, um ein Zuhause, nun ja, zu einem richtigen Zuhause zu machen. Es sollte Shaye an nichts fehlen, und er würde ihr jeden Wunsch von den Augen ablesen.

Mit einem Lächeln im Gesicht betrat er den Speisesaal, in dem die Vampire am Tisch saßen. Valerian ging davon aus, dass sich in den meisten Bechern, die vor ihnen standen, irgendeine Art von Blut befand. Ein paar Nymphe waren ebenfalls anwesend. Der Großteil seiner Männer schob allerdings Wache, und die, die nicht im Dienst waren, hatten gerade Sex mit ihren Partnerinnen. Es befand sich keine einzige Frau im Speisesaal.

Layel, der an der Spitze der Tafel saß, hatte Valerian soeben bemerkt und winkte ihn zu sich.

„Du benimmst dich ja schon ganz wie der König des Palasts, was?“, stellte Valerian grinsend fest und nahm auf dem gerade frei gewordenen Stuhl neben seinem Freund Platz.

„Natürlich.“ Layel trank einen Schluck. „Übrigens, ich glaube, du hast noch nie so entspannt und zufrieden ausgesehen wie jetzt, Valerian.“

„Das Leben mit meiner Gefährtin tut mir gut.“

Über Layels Gesicht huschte ein trauriger Schatten. „Ich erinnere mich gut daran, an dieses Leben mit einer Frau.“

Layel hatte seine Gefährtin vor vielen Jahren verloren. Sie war ein Kind jener Menschen gewesen, die die Götter einst zur Strafe nach Atlantis verbannt hatten. Eine abtrünnige Gruppe von Drachen hatten sie brutal vergewaltigt und anschließend verbrannt. Darius war nicht daran beteiligt gewesen, aber bei den Verbrechern hatte es sich um Männer seines Lehrmeisters gehandelt. Für Layel spielte es keine Rolle, dass Darius unschuldig war. Der Vampirkönig verachtete alle Drachen und wollte die ganze Spezies ausgerottet sehen.

Valerian hatte noch gut in Erinnerung, wie verzweifelt Layel gewesen war, als er die verkohlten Überreste seiner Geliebten gefunden hatte. Mit ansehen zu müssen, wie sehr Layel litt, war herzzerreißend gewesen.

„Die Drachen haben eine Gruppe unserer Frauen gefangen genommen“, sagte Valerian, „und das ist etwas, was ich ihnen nicht durchgehen lassen kann.“

„Es wäre mir ein Vergnügen, sie für dich zu befreien.“ Layel fand den Gedanken sichtlich reizvoll.

„Nein, ich will nicht, dass du ihnen deine Vampire auf den Hals hetzt. Ich würde gern meine eigenen Männer ausschicken, aber wenn ich das tue, brauche ich Leute, die mir helfen, den Palast zu bewachen.“

„Du möchtest, dass wir bleiben?“

Valerian nickte. „Wenn das für dich denkbar wäre.“

Layel zögerte keine Sekunde. „Wenn du uns brauchst, bleiben wir selbstverständlich. Da gibt es gar keine Diskussion.“

So war Layel schon immer gewesen. Loyal. Großzügig. Deshalb schätzte Valerian die Freundschaft mit ihm auch so sehr. Es gab nicht viele Männer, die so bereitwillig einer anderen Spezies halfen. Den meisten lag nur das Wohl des eigenen Volkes am Herzen.

Jene, die einmal den Hass des Vampirkönigs auf sich gezogen hatten, blieben allerdings für alle Zeit seine Feinde. Layel lebte dafür, sie leiden zu sehen. Er vergaß niemals ein Unrecht.

„Danke, mein Freund.“ Valerian klopfte ihm auf die Schulter. „Ich bin immer für dich da, falls du einmal etwas brauchst.“

Layels Gesicht war so blass wie das von Shaye, doch jetzt waren seine Wangen leicht gerötet. „Ich bin froh, dich zum Freund zu haben, Valerian.“

„Geht mir genauso.“ Er stand auf. „Nehmt euch so viele Tiere, wie ihr braucht. Wenn ihr allerdings Frauen benötigt – und dessen bin ich mir sicher –, dann müsst ihr sie euch selbst aus der Äußeren Stadt holen, fürchte ich. Vor uns verstecken sie sich nämlich.“

Layel lachte laut auf. „Das spricht für ihre Intelligenz.“

Valerian schnaubte. Er machte Layel nicht das Angebot, sich mit den Menschenfrauen zu vergnügen, und der Vampirkönig schien dieses Privileg auch nicht zu erwarten. Ein Nymph mochte seine Geliebte zwar mit anderen Nymphen teilen, aber niemals mit Männern einer anderen Spezies. Diesen Frauen würde dann nämlich der Geruch der anderen Männer anhaften, und das mochten die Nymphe naturgemäß nicht. Nun ja, ganz stimmte das auch wieder nicht. Valerian fielen gar nicht wenige seiner Männer ein, die das sogar antörnte.

„Wir reden später weiter", sagte er. „Ich muss mich jetzt um den Palast kümmern."

„Ich kenne dich, Valerian. Du magst vielleicht im Palast nach dem Rechten sehen, aber in Wahrheit zieht es dich wieder in dein Bett."

Er grinste. „Ja, du kennst mich wirklich gut."

Eine schwere, raue Hand presste sich auf Shayes Mund. Sie wachte sofort auf und wollte um Hilfe rufen, doch der Schrei blieb ihr im Hals stecken. Sie wusste, dass es nicht Valerians Hand war. Sie roch anders – weder vertraut noch erotisch.

Vielleicht ein Vampir? Valerian hatte erwähnt, dass Vampire im Palast waren. In Panik schwang sie ihre Fäuste und traf etwas Festes. Ihr Kidnapper grunzte.

„Bleib liegen, Mädchen. Wir tun dir nichts."

Sie schlug und trat weiter um sich.

„Wir tun dir nichts", wiederholte der Mann mit tiefer Stimme und starkem Akzent. „Bitte, halt still."

Wir? Sie schaute sich panisch im finsteren Zimmer um. Was hätte sie in diesem Moment für eine Taschenlampe gegeben. Quatsch, was sie jetzt brauchte, war ein Elektroschocker. Oder ein Messer. Sie packte den Mann am Handgelenk und riss an seinem Arm.

„Wenn es sein muss, kann ich auch dafür sorgen, dass du das Bewusstsein verlierst. Und keinem von uns beiden wird gefallen, wie ich das bewerkstellige."

Sie hörte auf, sich zu wehren. Wenn sie bewusstlos wurde, hatte sie von vornherein verloren. Falls es ihr gelang, sich irgendwie zu befreien, konnte sie immerhin schreiend weglaufen und Valerian suchen.

„Schon besser", sagte der Mann – oder Vampir? „Ich nehme jetzt meine Hand von deinem Mund. Wenn du deinen Geliebten zu Hilfe rufst, werden wir ihn, ohne zu zögern, töten. Verstanden?"

Sie nickte. Innerlich allerdings schrie sie unaufhörlich. *Nein. Nein!* Valerian war stark, aber er war auch ein Wesen aus Fleisch und Blut. Sie wusste nicht, wie viele Männer sich im Zimmer befanden. Sie wusste nicht, welche Waffen sie bei sich hatten.

Sie musste ihn warnen, ohne ihn in eine Falle zu locken. Was sollte sie bloß tun? *Denk nach, Shaye, denk nach.*

Der Mann nahm wie versprochen seine Hand von ihrem Mund. Shaye rang zitternd nach Luft. „Wer seid ihr? Was wollt ihr?"

„Wir sind Drachen, und wir bringen dich nach Hause."

Drachen. Der Feind. Du lieber Himmel! Sie werden dich vergewaltigen und verbrennen, hat Valerian einmal gesagt. Sie schüttelte energisch den Kopf. „Ich *bin* zu Hause."

„Das haben die anderen auch gesagt, aber das hat uns nicht von unserem Vorhaben abgebracht."

„Ihr könnt mich nicht mitnehmen. Das lasse ich nicht zu." Ich habe Valerian versprochen zu bleiben, schrie es in ihrem Kopf. Langsam gewöhnten sich ihre Augen an die Dunkelheit. Sie zählte insgesamt vier finstere Gestalten, eine größer als die andere. Sie hatten Waffen in allen Größen und Formen umgeschnallt.

„Wir können tun, was wir wollen", entgegnete einer der Männer belustigt. „Setz dich auf. Langsam."

Sie gehorchte. Dabei rutschte ihr das Laken, mit dem sie sich zugedeckt hatte, bis zur Taille hinunter. Die Kälte im Raum ließ sie frösteln. Erschrocken zog sie das Laken wieder hoch. „Ich bin nackt!", rief sie unwillkürlich und ärgerte sich sofort darüber. *Vollidiot! Warum bittest du sie nicht gleich, dich zu vergewaltigen?*

„Da", sagte ein Mann, der links neben ihrem Bett stand. „Zieh das an."

Zu ihrer Überraschung wurde ihr ein undefinierbares Etwas über den Kopf gestülpt. „Warum tut ihr das?“, fragte sie und zog den Stoff, der sich als weichfließende, dünne Toga entpuppte, hastig nach unten. Das Ding war fast durchsichtig, aber immerhin war ihre Blöße jetzt bedeckt.

„Es ist der Wille der Götter“, war die gelassene Antwort. „Steh auf. Lass die Arme unten.“

Sie stand auf und schob sich so leise wie möglich vom Bett weg, in der Hoffnung, die Drachen könnten ihre genaue Position im Dunkeln nicht orten. Die Tür war zu ihrer Linken, und sie machte unauffällig einen Schritt darauf zu. Dann noch einen. Kurz bevor sie den Vorhang erreicht hatte, legten sich starke Arme um sie und rissen sie zurück.

„Verdammt.“ Sie strampelte. „Lass mich los.“

„Mädchen, ich habe dich gewarnt.“

Da Shaye wusste, dass er sie jetzt gleich bewusstlos schlagen würde, wehrte sie sich noch verzweifelter. Sie kratzte und biss, riss ihren Angreifer an den Haaren und boxte ihm in den Bauch. „Ich werde dafür beten, dass eure Götter euch verfluchen!“

„Das haben sie schon.“ Ein schwerer Seufzer. „Tut mir leid, dass ich das jetzt tun muss, aber du lässt mir keine andere Wahl.“

Irgendjemand murmelte etwas Unverständliches, und dann legte sich plötzlich eine bleierne Müdigkeit über Shaye. Ihre Augen wurden dermaßen schwer, dass sie sie einfach nicht mehr offen halten konnte. Der Schlaf zog sie ebenso verführerisch in seinen Bann wie ein Nymph die Frauen. *Hilfe!* versuchte sie zu rufen, denn sie wusste, dass man sie von Valerian wegbringen würde, wenn sie jetzt einschlief. Sie brauchte mehr Zeit mit ihm.

Schlaf … schlaf … nein. Sie schüttelte den Kopf. *Schrei!* Sie öffnete den Mund, doch es kam kein Ton heraus. Und immer noch lockte der Schlaf, sich ihm hinzugeben.

„Sie ist eine Kämpferin“, stellte irgendjemand bewundernd fest.

„So etwas habe ich noch nie gesehen.“

„Sie müsste längst bewusstlos sein."

„Schlaf, Mädchen. Morgen wirst du dich an nichts mehr erinnern."

Ihre Arme und Beine wurden langsam schwach. Vielleicht auch ganz schnell. Shaye war sich nicht sicher. Die Zeit schien stillzustehen. Eine absolute Finsternis griff mit knorrigen Fingern nach ihrem Gedächtnis. *Kämpfe … kämpfe … käm…*

Sie kannte nichts anderes.

27. KAPITEL

Nachdem sich Valerian vergewissert hatte, dass seine Gäste gut versorgt waren und die Palastwachen ihre Posten bezogen hatten, eilte er zurück in sein Schlafzimmer. Bald würde der neue Tag anbrechen, und Valerian hatte Sehnsucht nach Shaye. Er verzehrte sich nach ihr. Je mehr Zeit er mit ihr verbrachte, desto mehr brauchte er sie. Je mehr Zeit er ohne sie verbrachte, desto mehr brauchte er sie.

Er brauchte sie einfach.

Und er spürte, dass sie ihn brauchte. Gerade eben hatte er ihre Stimme in seinem Kopf gehört. Shaye hatte ihn gerufen. Also beschleunigte er seine Schritte, raste durch den Gang zu seinem Zimmer und schob den Vorhang vor der Tür zur Seite. Er würde sich schnell ausziehen, zu Shaye unter die Decke kriechen und sie dann mit einem Kuss zwischen ihren Beinen wecken. Sie würde seinen Namen so laut schreien, dass das Echo noch draußen am Gang zu …

Er blieb abrupt stehen. Das Bett war leer. Nichts als zerwühlte Laken. „Shaye?"

Als er keine Antwort erhielt, sah er sich in seinen Gemächern um. In der Nische mit dem Badebecken konnte sie nicht sein; das hätte er beim Betreten des Zimmers gleich gesehen. „Shaye?"

Wieder keine Antwort. Nur beängstigende Stille. Wo war sie? Hoffentlich nicht allein im Palast unterwegs. Man konnte, was Shayes Sicherheit betraf, nicht vorsichtig genug sein. Valerian versuchte, ruhig zu bleiben und nicht in Panik zu geraten. Ihr unverkennbarer Duft lag noch in der Luft, aber da war noch ein anderer Geruch … Valerian schnupperte und runzelte die Stirn. Vielleicht roch er ja nur die ehemaligen Bewohner des Palasts, die vor ihm in diesem Zimmer gelebt hatten.

Er ging zu der Badenische, dann hinaus auf den Gang. Die nächsten zwanzig Minuten verbrachte er damit, die wichtigsten Räume abzusuchen: den Speisesaal, wo er neugierige Blicke auf sich zog, den Trainingsbereich und, für den Fall, dass Shaye sich verlaufen hatte, auch die Waffenkammer. Er schalt sich dafür, dass er es versäumt hatte, ihr zu erklären, wie man sich im Palast zurechtfand.

Er fragte alle, die ihm begegneten, ob sie wussten, wo Shaye war. Niemand hatte sie gesehen. Nicht wenige Krieger waren sogar selbst auf der Suche nach ihren Frauen.

„Ich kann Brenna nirgendwo finden“, sagte Joachim mit vor Sorge erstickter Stimme.

Also hatte Joachim Shivawn Brenna weggenommen – oder vielleicht hatte Shivawn sie auch freiwillig hergegeben. Valerian wusste es nicht, und im Moment interessierte es ihn auch nicht. Im Moment zählte nur Shaye.

„Ich kann meine Gespielin nirgends finden“, sagte ein anderer Krieger.

„Ich meine auch nicht.“ Noch einer.

Jetzt wurde Valerian von Panik ergriffen. Er rannte zur Höhle hinunter. Shaye hatte ihn doch bestimmt nicht verlassen … Hatte doch sicher nicht die anderen Frauen zum Portal geführt … Sie hatte ihm versprochen zu bleiben. Hatte ausdrücklich gesagt, dass sie bei ihm bleiben wollte. Sie war ganz kurz davor gewesen, ihm ihr Herz zu schenken. Hatte sie es sich anders überlegt?

Hatte sie gelogen?

Ihm brach der Schweiß aus. Was war, wenn sie ihn reingelegt hatte? Was war, wenn sie sich sein Vertrauen erschlichen hatte, damit er sie allein ließ, unbewacht, sodass sie die anderen Frauen holen und mit ihnen …

Nein, sagte er sich. *Nein.* Sie hätte ihn nie freiwillig verlassen. Sie hatte nicht gelogen. Als er sie zuletzt gesehen hatte, hatte sie entspannt und glücklich gewirkt. Er hatte die Verletzlichkeit in ihren Augen gesehen, als sie ihm versprochen hatte, ihm zu vertrauen. Sie hatte erklärt, dass sie Treue von ihm erwartete, und so etwas sagte keine Frau, die vorhatte zu gehen.

Er boxte mit der Faust gegen eine Wand. Als Shaye in seinen

Armen gelegen hatte, waren ihre Gefühle echt gewesen. Aufrichtig.

Das konnte nur eines bedeuten: Sie musste entführt worden sein. Aber wohin? Und von wem? In seinem Zimmer hatte es nach Drachen gerochen. Waren seine Feinde schneller zurückgekehrt als vermutet? Und wenn ja, warum hatten sie dann nur die Frauen entführt und keinen einzigen Nymph getötet?

Verdammt! Was zum Hades war hier los? Valerian machte kehrt, ging wieder hinauf und ließ die Kälte der Höhle hinter sich. Oben stieß er mit Broderick zusammen.

„Wo sind die Frauen?", fragte Broderick. „Ich brauche eine Gespielin."

„Sie sind entführt worden. Es ist in den letzten paar Stunden passiert, das heißt, die Chancen stehen gut, dass sie noch hier sind. Such weiter." Aber es gab keinen Ort, an dem man noch suchen konnte, und Valerian wusste es. Er hatte den Palast von oben bis unten durchkämmt.

Er ging zurück in den Speisesaal, wo Layel immer noch am Tisch saß und in Gedanken versunken traurig vor sich hin starrte. Valerian fluchte zähneknirschend. Wenn Shaye und die anderen in die Äußere Stadt verschleppt worden waren ... Das war kein guter Platz für unbewaffnete Frauen. Die Dämonen würden vor nichts zurückschrecken; sie brauchten Massaker wie die Luft zum Atmen, und die Frauen würden willkommenes Frischfleisch für sie sein.

„Layel", sagte er. Er war davon überzeugt, dass weder der Vampirkönig noch sein Gefolge für die Entführung verantwortlich waren. Wenn sie etwas damit zu tun gehabt hätten, hätte es Blutflecken am Boden und in den Betten gegeben oder irgendeinen anderen Hinweis. „Ich brauche deine Hilfe."

Sein Freund schaute auf. „Jederzeit."

„Vertragen du und deine Leute Tageslicht?"

„Die meisten schon."

„Ihr wittert doch Menschen so gut wie sonst niemand. Geh

mit deinen Vampiren in die Stadt und such nach den Frauen. Jemand hat sie entführt."

Layel erhob sich so schnell und geschmeidig, dass die Bewegung mit bloßem Auge fast nicht wahrzunehmen war. „Wird gemacht. Begleitest du uns, oder bleibst du hier?"

Valerian wusste nicht, was er tun sollte. Wenn er hierblieb und der Vampirkönig Shaye tatsächlich in der Stadt fand, würde sie sich gegen ihn wehren und vielleicht dabei verletzt werden. Schließlich kannte sie Layel nicht. Wenn er sich den Vampiren anschloss und Shaye vielleicht doch irgendwo im Palast festgehalten wurde, würde er sich nie verzeihen, dass er sie allein gelassen hatte.

Valerian war hin- und hergerissen zwischen Angst und Hoffnung. Gehen? Bleiben? „Ich komme mit", sagte er schließlich. „Ruf deine Männer."

Layel nickte und eilte davon.

Valerian lief in sein Zimmer und holte das Drachenmedaillon, das er abgelegt hatte, als er mit Shaye ins Bett gegangen war. Er steckte es schnell in seine Hosentasche und machte sich dann auf die Suche nach Broderick, der gerade eine kleine Truppe bewaffneter Krieger ausschickte, jeden Raum im Palast zu durchsuchen und alle Nymphe und Vampire zu befragen. „Ich gehe in die Stadt. Schick mir einen Boten, falls ihr die Frauen findet … was auch immer ihr finden mögt", fügte er düster hinzu.

Broderick nickte.

Als Valerian allein war, fiel er auf die Knie und betete. Zum ersten Mal in seinem Leben betete er. Er flehte die Götter an, Shaye zu beschützen und sie – heil und ganz – zu ihm zurückzubringen.

Dann stand er auf und lief, immer noch panisch vor Angst, ins Freie. Vampire konnten sich mit übernatürlicher Geschwindigkeit fortbewegen. Sie würden ohne ihn viel schneller vorankommen, und so gern er auch als Erster bei Shaye gewesen wäre – er würde ihnen nicht zur Last fallen.

Die Vampire hatten sich bereits beim äußeren Tor versammelt

und bereiteten sich gerade auf die Suche vor. „Nehmt keine Rücksicht auf mich“, sagte er zu Layel. „Macht so schnell ihr könnt. Ich gehe allein in die Stadt. Sammelt alle Frauen ein, die ihr findet.“

Layels blaue Augen glühten. „Wir finden deine Gefährtin, Valerian.“

Valerian wandte sich rasch ab. Dann brach er zusammen. Fiel einfach auf die Knie und schluchzte. Das Gefühl, jemanden zu verlieren, war ihm nicht unbekannt, aber dieser Verlust würde ihn umbringen. „Geht“, stieß er mühsam hervor. „Los, geht.“

Die Vampire gehorchten. Gerade waren sie noch da, im nächsten Augenblick bereits verschwunden. Valerian ging in den Stall und schwang sich auf den gleichen Zentauren, der ihn und Shaye in die Stadt gebracht hatte. Während sie durch den Wald rasten, Bäumen und Stellen mit Treibsand auswichen, schrie er immer wieder Shayes Namen. Dazwischen horchte er auf jeden Laut, der einen Hinweis darauf geben konnte, wo sie steckte.

Sie war nicht im Wald.

Sie war auch nicht in der Äußeren Stadt. Keine der Menschenfrauen war dort. Valerian suchte, bis die Abenddämmerung hereinbrach. Quälende Gefühle suchten ihn heim. Vor allem Angst. Unbeschreibliche Angst. Wo war sie? Sie war nicht … tot. Er durfte nicht einmal daran denken. Er würde es spüren, wenn es so wäre. Als Shayes Gefährte würde er es einfach wissen. Genauso, wie er es gewusst hatte, als sein Zwillingsbruder damals gestorben war. Oder?

Nachdem er Layel und seiner Armee Anweisungen für die Fortsetzung der Suche gegeben hatte, kehrte er zum Palast zurück. Als er das äußere Tor erreichte, stieg er ab und rannte auf den Palasteingang zu. Im Laufen zog er das Drachenmedaillon aus der Hosentasche. Die Kristalltür öffnete sich und schloss sich hinter ihm wieder.

Im Palast war es gespenstisch still. Seine Männer waren nirgendwo zu sehen. „Broderick?“, rief er. „Joachim? Shivawn?“

Dann stellten sich ihm plötzlich die Nackenhaare auf, und er erstarrte. Hier in der Eingangshalle roch es genauso wie vorhin in seinem Zimmer. Rasch zog er das Schwert aus der Scheide an seinem Gürtel.

„Deine Männer sind anderweitig beschäftigt“, sagte eine Stimme über ihm.

Die Stimme eines Drachen. Darius.

Valerian schaute nach oben. Dort, auf der Balustrade im ersten Stock, stand die gesamte Drachenarmee und starrte auf ihn herunter. „Was habt ihr mit meiner Gefährtin gemacht?“

„Wir haben sie nach Hause geschickt, Nymph. Wir haben sie nach Hause geschickt.“

28. KAPITEL

„Wach auf, Shaye.“ Schütteln. „Wach auf.“ Shaye hörte die Stimme wie von fern. Ja, dachte sie. *Ich … muss … aufwachen.* Gefahr drohte. Ihr. Valerian. Langsam verzog sich die Dunkelheit in ihrem Kopf, und sie kam wieder zu Bewusstsein.

„Wach auf.“

Mühsam schlug sie die Augen auf. Das grelle Tageslicht blendete. Ihr Mund war trocken, und sie war von oben bis unten mit einer Kruste aus Sand und Salz bedeckt. Der Stoff ihrer Toga war hart und steif, als wäre er nass geworden und dann direkt auf ihrer Haut getrocknet. Das Rauschen der Wellen, das sie jetzt hörte, war vertraut und beruhigend. Und doch irgendwie … falsch. Auch die Gerüche stimmten nicht. Ja, sie roch das Meer, aber keine Orchideen. Keinen Valerian.

„Valerian?“ Ihr Hals war rau und tat weh. „Valerian?“

„Nein, ich bin’s.“

Shaye sah verwundert in die Richtung, aus der die Stimme kam. Das war doch … „Mom?“ Sie rieb sich ungläubig die Augen. „Was tust du denn hier?“

„Seit deiner Entführung bin ich immer wieder an diesen Strand gekommen. Bist du …“, ihre Mutter schluckte, „… okay? Haben sie dir etwas angetan?“

„Mir geht es gut.“ Aus dem Augenwinkel sah sie Kathleen vorbeilaufen. Auch sie hatte nasse Haare und ein mit Sand verkrustetes Gesicht. „Was ist hier los?“, wollte Shaye von ihr wissen.

„Man hat uns in die Oberwelt zurückgebracht“, antwortete Kathleen, ohne ihre Schritte zu verlangsamen.

Zurückgebracht … Allmählich begann Shaye sich zu erinnern. Ja, die Drachen waren in Valerians Zimmer eingedrungen, hatten ihr gedroht, sie in die Oberwelt zurückzubringen, und dann irgendetwas mit ihr getan, damit sie bewusstlos wurde. Shaye stand auf. Ihr Gleichgewichtssinn war durcheinander, sodass sie ins Schwanken geriet. Ihre Mutter legte einen Arm um sie.

„Bist du sicher, dass alles in Ordnung ist?“

„Ja, es geht gleich wieder.“ Shaye massierte sich die Schläfen. Als sich das Schwindelgefühl gelegt hatte, sah sie sich um. Goldener Sand, so weit das Auge reichte. Sanfte Wellen liefen auf den Strand und ließen weiße Schaumkronen zurück. Die Sonne schien hell, und im Gegensatz zu Atlantis wurden die Strahlen nicht durch eine Kristallkuppel gebrochen.

Nicht weit von ihr saßen ein paar Männer in Taucheranzügen. Sie erinnerten Shaye an den Moment, als Valerian aus dem Meer gekommen war und sie ihn zum ersten Mal gesehen hatte. Die Taucher schauten sich verwundert um.

„Ich war nicht da, als sie aufgetaucht sind“, erklärte ihre Mom, als sie Shayes Blick bemerkte, „aber ich habe mit ihnen geredet, nachdem sie aufgewacht waren. Sie wissen nicht mehr, wie sie heißen, und auch nicht, warum – und wie – sie hierhergekommen sind.“

Hatten die Drachen auch die Erinnerung dieser Männer ausgelöscht? *Schlaf,* hatten sie zu ihr gesagt. *Morgen früh wirst du dich an nichts mehr erinnern.* Aber Shaye konnte sich sehr wohl erinnern. An alles. Auch Kathleen konnte sich offenbar erinnern.

„Da drüben liegt sogar ein Boot vor Anker.“ Ihre Mom deutete nach rechts. „Die Männer an Bord wissen auch nichts, aber ich habe die Abkürzung OBI auf ein paar Papieren gesehen – was auch immer das heißen mag.“

„Ich verstehe immer noch nicht, warum du hier bist.“ Shaye sah ihre Mutter mit gerunzelter Stirn an.

Tamaras Gesicht nahm einen gequälten Ausdruck an. „Nachdem du verschwunden warst, sind ein paar Polizisten ins Zelt gekommen. Sie haben uns nicht geglaubt, als wir ihnen erzählt haben, was passiert ist. Sie haben uns sogar ausgelacht und gemeint, ihr Mädchen wärt wahrscheinlich einfach abgehauen, weil euch langweilig gewesen sei. Ich konnte an nichts anderes denken als daran, dass du verschwunden bist, ich dich nie mehr wiedersehen würde und wir uns zuletzt gestritten haben."

„Ich ..." Shaye merkte, dass sie nicht wusste, was sie sagen sollte. Ihre Mutter hatte sich noch nie von dieser verletzlichen, schuldbewussten Seite gezeigt.

„Mir ist bewusst, dass ich dir nicht gerade die beste Mutter war", fuhr Tamara zerknirscht fort. „Und mir ist klar, dass wir wahrscheinlich nie ein wirklich entspanntes Verhältnis zueinander haben werden. Aber ich bin schrecklich froh, dass dir nichts zugestoßen ist."

Shaye brannten heiße Tränen in den Augen, als sie ihre Mutter umarmte. „Danke, dass du das sagst." Sie hatte sich eine Versöhnung gewünscht, damit sie mit ihrer Vergangenheit abschließen konnte. Jetzt hatte sie die Gelegenheit dazu.

Tamara drückte sie sichtlich aufgewühlt an sich.

„Und, bist du glücklich?", erkundigte sich Shaye.

„Ja." Ihre Mutter ließ sie los und wischte sich die Tränen mit dem Handrücken weg. „Ich glaube, Conner ist wirklich die Liebe meines Lebens, und auch Preston scheint mich zu mögen. Die beiden verteilen gerade Zettel mit deinem Foto am Strand und fragen alle Leute, ob sie dich gesehen haben."

Wow. Zum ersten Mal in ihrem Leben hatte Shaye das Gefühl, als hätte sie tatsächlich eine Familie. Eine *richtige* Familie. Aber ... „Ich muss zurück, Mom." Sie sehnte sich nach Valerian. Sie brauchte ihn. Er dachte wahrscheinlich, dass sie ihn verlassen hatte. Falls er nicht ... Nein! Nein, sie durfte nicht einmal daran denken, dass ihm etwas zugestoßen sein könnte. Er war stark, der stärkste Mann, den sie jemals getroffen hatte. Bestimmt hatten er und seine Armee die Drachen besiegt.

„Ich muss zurück", sagte sie wieder.

„Wohin zurück?"

Shaye hatte keine Zeit für lange Erklärungen. „Such einfach Conner und Preston und sag ihnen, dass es mir gut geht. Und richte Preston bitte aus, dass mir leidtut, wie ich ihn bei der Hochzeit behandelt habe. Ich komme wieder, wenn ich kann.

Wenn nicht, brauchst du dir keine Sorgen um mich zu machen. Ich habe nämlich auch den Mann meiner Träume gefunden und bin glücklich."

„Aber ..."

„Vertrau mir, bitte." Shaye umarmte ihre Mom ein letztes Mal und ging auf das Meer zu. Überall um sie herum erwachten gerade Frauen in atlantischen Togen. Jeder, der sie auf seinem Strandspaziergang sah, musste wohl denken, die Frauen kämen von einem Kostümfest, hätten etwas getrunken und wären danach schwimmen gegangen.

„Gehst du zurück?", fragte Kathleen, die plötzlich neben ihr stand.

„Ja."

„Ich möchte mitkommen."

Die ganze Welt durfte mitkommen, wenn sie Lust hatte. Shaye war das total egal – Hauptsache, sie selbst konnte zurück nach Atlantis. Sie liebte Valerian. So, jetzt hatte sie es sich eingestanden. Sie liebte ihn wirklich. Sie hatte ihm ihr Herz geschenkt – ein Herz, von dem sie einmal geglaubt hatte, es wäre zu kalt, um etwas für einen anderen Menschen zu empfinden. Jetzt allerdings konnte sie ihre Gefühle nicht länger leugnen.

Das plötzliche Geständnis, dass sie ihn liebte, hatte sie wohl ihrer Angst zu verdanken, wie ihr jetzt klar wurde. Die Vorstellung, ohne Valerian leben zu müssen, hatte ihr einen unbeschreiblichen Schrecken eingejagt. Er liebte sie ebenfalls. Sie würde nicht länger an ihm und seiner Liebe zweifeln. Er liebte sie genau so, wie sie war. Liebte das, was sie war. Wollte nicht, dass sie sich änderte.

Das kalte Wasser umspülte ihre Knöchel, und ihre Zehen wirbelten Sand auf. Jetzt ging ihr das Wasser bis zu den Unterschenkeln. Jetzt bis zu den Hüften. Shaye watete unverzagt weiter. Wenn die Drachen ihrem Mann etwas getan hatten, würde sie sie persönlich zur Strecke bringen, jeden einzelnen von ihnen.

Sie schwamm so weit hinaus, wie sie konnte, und all die anderen Frauen folgten ihr. Dann tauchte sie unter. Als sie das

Portal nirgendwo sehen konnte, tauchte sie wieder auf und holte Luft. Dann noch einmal. Shaye war bereits jetzt erschöpft, und ihre Lungen brannten.

„Warum tun wir das überhaupt?“, keuchte Kathleen neben ihr. „Ich … ich kann mich nicht mehr erinnern.“

„Atlantis.“ Shaye schluckte Salzwasser. „Die Nymphe.“

„Die wer?“ Kathleen guckte sie verständnislos an. Auch die anderen Frauen schienen verwirrt. Nur Brenna nicht. Sie wirkte genauso entschlossen wie Shaye.

„Ich hasse Schwimmen“, sagte eine der Frauen. „Ich gehe nach Hause.“

„Ich auch.“

„Das Ganze ist doch lächerlich.“

„Ich weiß nicht mal, wie ich hergekommen bin. War ich nicht auf einer Hochzeit?“ So murrten sie unaufhörlich, während sie zurück zum Strand schwammen.

Ihre Erinnerung wurde immer schwächer, genau wie die Drachen prophezeit hatten, und Shaye bekam plötzlich Angst, dass es ihr bald genauso gehen würde. Schon jetzt sah sie Valerians Gesicht nur noch verschwommen vor sich. „Ich vergesse *nicht*“, sagte sie zwischen zwei mühsamen Atemzügen.

„Wir müssen es schaffen“, keuchte Brenna.

Nachdem sie über eine Stunde vergeblich nach dem Portal gesucht hatten, war Shaye so erschöpft, dass sie zitterte. Vor Enttäuschung und Zorn liefen ihr Tränen über die Wangen. Wenn sie nicht bald ans Ufer zurückschwamm, würde sie ertrinken. Brenna ebenso. Aber sie musste zurück zu … wie hieß er noch mal?

Ich vergesse nicht. Valerian. Genau, das war's! Er hieß Valerian, und sie liebte ihn. „Einmal versuchen wir es noch“, sagte sie zu Brenna.

Brenna rang nach Luft, nickte jedoch. „Brauche … Joachim.“

Wenn es ihnen diesmal wieder nicht gelang, das Portal zu finden, würden sie zum Strand zurückschwimmen und es morgen noch einmal versuchen. Und übermorgen. So lange, bis ihre Suche erfolgreich war. Shaye tauchte noch einmal ab. Das Salzwasser brannte ihr in den Augen, doch mit Brenna an ihrer Seite tauchte sie tiefer hinunter als je zuvor.

Wieder nicht tief genug, um den Meeresgrund zu sehen.

Shayes Arme und Beine zitterten vor Schwäche. Fische streiften an ihr vorbei. *Verdammt.* Nun hörte Brenna auch noch auf, sich zu bewegen. Shaye packte ihre Freundin und versuchte, mit ihr schnell wieder nach oben zu schwimmen. Zu spät. Sie hatte sich beim Abtauchen so sehr verausgabt, dass sie nicht mehr die Kraft hatte, die restlichen Meter zur Wasseroberfläche zu überwinden.

Zuerst geriet sie in Panik. Strampelte. Riss verzweifelt den Mund auf, um Luft in ihre vor Schmerz stechenden Lungen zu saugen. Schluckte noch mehr Wasser. Trotzdem ließ sie ihre Freundin nicht los und versuchte immer noch, sie beide zurück an die Oberfläche zu bringen.

Ihr wurde schwarz vor Augen, und plötzlich war sie von einer undurchdringlichen Finsternis umgeben. Dann sah sie ein Licht aufblitzen. Eine Luftblase schwebte vor ihr im Wasser und wurde immer größer, bis Shaye und Brenna schließlich völlig von ihr umschlossen waren.

Shaye spuckte Wasser und rang nach Luft. Wie durch ein Wunder war es jetzt tatsächlich Luft, die in ihre Lungen strömte. Die nassen Haare klebten ihr im Gesicht, aber sie strich sie nicht weg. Konnte es nicht. Träumte sie gerade? War sie tot? Sie ließ sich neben der bewusstlosen Brenna auf die Knie fallen. Shaye hatte noch nie jemanden wiederbelebt, aber sie hatte anderen schon dabei zugesehen und ahmte jetzt nach, was ihr im Gedächtnis geblieben war.

„Komm“, keuchte sie. „Komm schon.“

Nach einer gefühlten Ewigkeit, während der sie Brennas Herz massiert und Mund-zu-Mund-Beatmung gemacht hatte, fing ihre Freundin endlich an zu husten. Ihre Augen waren immer noch geschlossen, aber sie atmete gierig die Luft ein. Entkräftet sackte Shaye neben ihr zusammen.

„Ihr dummen Menschen“, sagte jemand mit tiefer, donnernder Stimme. „Was soll das? Ihr beide wärt fast gestorben. Und wofür?“

Shaye sah sich erschöpft in der Luftblase um, konnte aber niemanden entdecken – weder in der Blase noch draußen im Wasser. „Wo bist du? *Wer* bist du?“

„Ich bin Poseidon, der Gott des Meeres.“

Ein Gott. Ein verdammter Gott. „Bring mich zu Valerian“, verlangte sie.

Er lachte. „Ein Befehl von einem Menschen. Dein Humor gefällt mir. Leider ist dein Geliebter bereits tot.“

„Nein.“ Sie spürte förmlich, wie die Krallen der Verzweiflung sich in ihr Herz zu bohren versuchten. „Nein. Er darf nicht tot sein.“

Jetzt sprühten bunte Funken vor ihren Augen und verwandelten sich in eine männliche Gestalt. Der Mann war schön, sogar noch schöner als Valerian. Weiße Haare umrahmten ein Gesicht, das der Inbegriff von Maskulinität war. Seine Augen waren blau wie das Meer, kristallklar und ungeheuer hypnotisch. Sie strahlten Energie und Kraft aus.

„Valerian hat gegen die atlantischen Gesetze verstoßen. Er hat Menschen in die Stadt gebracht.“

„Aber deswegen hat er doch nicht den Tod verdient“, fauchte sie ihn an und versuchte unter Aufbietung all ihrer Kräfte aufzustehen. Es gelang ihr nicht.

Um Poseidons sinnlichen Mund zuckte es. „Ich hatte schon vergessen, wie leidenschaftlich ihr Menschen sein könnt, wenn jemand in Gefahr ist, den ihr liebt. Ich finde das ziemlich amüsant.“

„Bring mich zu Valerian. Sofort!“

Sein Lächeln verschwand. „Hast du den Wunsch zu sterben? Du bettelst mich ja mit jedem deiner Worte geradezu an, dich zu erschlagen.“

„Bitte“, schluchzte sie. „Ich will einfach nur bei Valerian sein.“

Poseidon betrachtete eine Weile nachdenklich ihr Gesicht, dann Brennas. Sein Blick blieb mitleidslos. „Ich habe dir doch gesagt, dass er tot ist."

„Nein, das glaube ich erst, wenn ich mich mit eigenen Augen davon überzeugt habe. Ich würde es wissen, wenn er tot wäre. Ich würde es spüren."

Schweigen. Dann: „Was würdest du mir geben, wenn ich dir erlaube, ihn zu sehen? Zu ihm zurückzukehren?"

„Alles." Ein großer schwarz-weißer Wal schwamm an ihr vorbei. Shaye sah staunend zu, wie das Tier vor Poseidon respektvoll seinen Kopf neigte.

„Dein Leben?", fragte der Gott.

„Ja."

Er blinzelte verdutzt.

„Warst du jemals verliebt?", fragte sie. „Hast du je solche Sehnsucht nach jemandem gehabt, dass du das Gefühl hattest, ohne ihn sterben zu müssen?"

„Nein", gab er zu. „Diese Idee ist bestenfalls lächerlich." Er schwebte langsam im Kreis um sie herum. Sein Körper war flüssig, wogte auf und ab wie Wellen, und sein langes Haar wehte hinter ihm wie ein Vorhang.

Sie hielt Augenkontakt.

„Ich bin kein böser Gott, aber wenn ich dich nach Atlantis zurückschicke und die Nymphe am Leben lasse, wird man mir das als Schwäche auslegen. Und meine Geschöpfe werden weiterhin das Gesetz brechen."

Shayes Herz machte einen Freudensprung. Poseidon hatte indirekt gerade zugegeben, dass die Nymphe noch lebten! Es war also noch nicht zu spät. „Oder", sagte sie, „sie empfinden es als gütige Geste, für die sie so dankbar sind, dass sie dir künftig gern gehorchen."

Sein Blick verfinsterte sich, aber Shaye hatte gesehen, wie seine Augen kurz aufgeleuchtet hatten. „Du hältst dich wohl für sehr schlau, was?"

„Ich möchte doch nur bei Valerian sein."

Poseidon schwieg eine Weile. „Zuzusehen, wie sich der König der Nymphe mit jemandem wie dir herumschlagen muss, könnte tatsächlich ganz unterhaltsam sein", sagte er abwesend.

Er wollte also unterhalten werden, wie? „Ich werde ihm nichts als Probleme machen", versprach sie. „Ich stelle sein ganzes Leben auf den Kopf. Ich richte ein totales Chaos an."

Der Gott schien von ihren Worten außerordentlich angetan. Er malte sich gerade das Chaos aus, das Shaye in Valerians Leben bringen würde; sie sah ihm an den Augen an, wie reizvoll er die Vorstellung fand. „Also gut", sagte er schließlich. „Ich erlaube dir, nach Atlantis zurückzukehren."

Sie konnte ihr Glück gar nicht fassen. „Ich danke dir, ich danke dir vielmals. Brenna darf auch mit, stimmt's?"

„Von mir aus." Er seufzte.

„Du wirst es nicht bereuen, das verspreche ich."

„Allerdings", fuhr er fort, als hätte er gar nicht gehört, was sie gesagt hatte, „werde ich nicht von meinem ursprünglichen Plan abweichen. Ich werde es dem Schicksal überlassen, was mit den Nymphen passiert. Im Moment sind sie der Gnade der Drachen ausgeliefert – einer Gnade, die diese Geschöpfe nicht verdient haben."

In diesem Augenblick zerplatzte die Luftblase, und Shaye war plötzlich wieder von Wasser umgeben. Sie streckte die Hand nach Brenna aus, konnte sie aber nicht finden. Wasser schoss ihr in die Nase, in den Mund und die Lungen. Dann wurde sie von einem Strudel gepackt, herumgewirbelt und mitgerissen. Schließlich wurde das Wasser weggesaugt, sodass nur noch ein Tunnel übrig blieb.

Sie hustete und spuckte, während sie kopfüber in den Abgrund stürzte. Angst hatte sie jedoch nicht. Sie wusste, dass Valerian am anderen Ende auf sie wartete. Valerian. Ihre Liebe, ihr Leben.

Plötzlich hatte sie festen Boden unter den Füßen. Sie taumelte und richtete sich auf. Öffnete vorsichtig die Augen. Noch nie hatte sie etwas Schöneres gesehen. Die schroffen, blutverschmierten Felsen der Höhle mit ihren wunderbaren Wandmalereien. Aus allen Felsspalten und Ritzen strömte eiskalte Luft.

Zu Hause. Sie war zu Hause.

Sie hörte jemanden aufstöhnen und sah nach unten. Brenna lag auf dem Boden und machte gerade die Augen auf. „Wir haben's geschafft", sage Shaye zu ihr. Sie konnte nicht aufhören zu grinsen. „Wir haben's geschafft."

Brenna setzte sich auf. Ihre Augen strahlten.

Jetzt hörte sie wütende, *vertraute* Männerstimmen und fuhr herum. Die Nymphe mussten in die Kerkerzelle gesperrt worden sein. Shaye bedeutete Brenna, leise zu sein.

Für den Fall, dass die Drachen das Verlies bewachten, schlich sie vorsichtig an der Wand entlang. Brenna folgte ihr auf Zehenspitzen. Dann beugte Shaye sich vor und lugte um die Ecke. Die Zelle platzte vor lauter Nymphen förmlich aus allen Nähten. Valerian jedoch war nirgendwo zu sehen. Shaye erlaubte sich trotzdem nicht zu verzweifeln. Er war hier, und er war am Leben. Sie wusste es.

Die Zelle wurde nur von einem einzigen Drachen bewacht. Shaye hob den größten Stein auf, den sie finden konnte, und flüsterte Brenna zu, dass sie gleich zur Zelle laufen und die Männer befreien würden. Dann streckte sie stumm drei Finger in die Höhe. *Eins. Zwei. Drei.* Sie stürmten hinein, und Shaye schlug dem überraschten Wächter mit dem Stein an die Schläfe.

Er brüllte vor Schmerz, ging jedoch nicht zu Boden. Brenna strich mit der Hand über die Gitterstäbe, die sich sofort entmaterialisierten. Die Nymphe strömten heraus und überwältigten den Wächter.

„Brenna!", schrie jemand.

Brenna kreischte vor Freude, lief los und warf sich Joachim in die Arme. Shaye sah sich wieder suchend nach Valerian um. *Er ist hier, er ist hier, er ist hier.* Die Gruppe Nymphe fing langsam an, sich zu zerstreuen, aber Valerian war noch immer nirgends zu entdecken. „Valerian? Valerian!"

Wo war er?

29. KAPITEL

„Valerian!"

Er erstarrte, als er den Ruf hörte. Shayes Stimme. Wie elektrisiert fuhr er hoch; ihm blieb vor Überraschung der Mund offen stehen. „Shaye? Wo bist du?" Kaum hatte er das letzte Wort ausgesprochen, sah er sie schon vor der Zelle stehen. Ihre Blicke trafen aufeinander.

Ein Lächeln breitete sich über ihr ganzes Gesicht aus. Sie strahlte vor Freude.

„Du bist zurückgekommen." Mit Tränen in den Augen – nicht dass er das jemals zugegeben hätte – drängte er sich an seinen Männern vorbei zu ihr.

Sie kam ihm entgegen.

Er packte sie und bedeckte ihr Gesicht mit Küssen. „Ich dachte schon, ich hätte dich für immer verloren", sagte er, und seine Stimme bebte.

Dann hob er sie mit beiden Armen in die Höhe. Shaye schlang ihre Beine um seine Hüften und küsste ihn – erleichtert und überglücklich.

„Ich habe doch versprochen, bei dir zu bleiben, oder etwa nicht?", sagte sie.

Valerian atmete ihren Duft tief ein. „Ich wollte dir in die Oberwelt nachkommen. Ich wollte meinen Männern noch rasch helfen, den Palast zurückzuerobern, und dann wäre ich zu dir gekommen und bei dir geblieben. Hätte mit dir dort oben gelebt, selbst wenn es nur für kurze Zeit gewesen wäre. Ein einziger Tag mit dir ist besser als ein ganzes Leben ohne dich."

„Ich liebe dich so sehr."

„Den Göttern sei Dank." Er drückte sie noch fester an sich. „Ich liebe dich wahnsinnig, meine süße Mondscheinfrau. Ich fasse es nicht, dass du zu mir zurückgekommen bist."

„Ich würde immer wieder zu dir zurückkommen."

„Was ist mit den anderen?", erkundigte sich Broderick bei ihr. „Sind sie auch wieder da?"

„Nein, nur Brenna und ich“, antwortete Shaye bedauernd. „Tut mir leid.“

Broderick zuckte die Achseln. „Tja, da kann man wohl nichts machen. Allerdings wäre es nett gewesen, sie hier zu haben. Wir haben nämlich eine Schlacht vor uns.“

Valerian drehte sich zu seinen Männern um, ließ Shaye jedoch nicht los. Er war einfach noch nicht bereit, sich von ihr zu lösen: musste sie einfach noch spüren.

„Es ist höchste Zeit, dass wir uns den Palast zurückholen“, erklärte Shaye, ehe er selbst etwas sagen konnte. Mehrere Krieger grinsten sie an.

Auch Valerian lächelte ihr anerkennend zu. „Sehr richtig. Unsere Nymphen sind in der Hand der Drachen, was bedeutet, dass du nicht mehr lange ohne Frau auskommen musst, Broderick.“ Er drückte Shaye einen langen Kuss auf die zarten Lippen. Dann seufzte er.

„Ihr werdet den Drachen einen ordentlichen Tritt in den Hintern verpassen, stimmt's?“

„Davon kannst du ausgehen.“ Er grinste. Trotz seiner guten Laune strotzte er nur so vor grimmiger Entschlossenheit.

„Wo sind die Vampire? Sie könnten uns helfen.“

„Ich habe sie in die Stadt geschickt, und als sie zurückgekehrt sind, hatten die Drachen den Palast bereits besetzt und haben sie nicht mehr reingelassen.“ Valerians Miene verfinsterte sich. „Ich möchte, dass du hier unten bleibst.“

„Nein“, widersprach sie.

„Shaye.“

„Valerian.“

„Sie ist die Königin“, sagte Broderick sichtlich amüsiert. „Du kannst ihr nichts vorschreiben.“

Valerian seufzte. „Versprich mir, dass du in Deckung gehst, wenn der Kampf beginnt.“

„Versprochen.“

Er nahm ihre Hände in seine. Ach Götter, wie er es liebte, sie zu spüren. „Los, Männer, zeigt es den Drachen. Zieht euer Ding durch, schnell und hart.“

„Wie Broderick es mit seinen Frauen tut", witzelte jemand. Die Männer grölten.

„Wo ist eigentlich Shivawn?", fragte Shaye.

„Das wissen wir nicht", antwortete Joachim, der Brenna fest im Arm hielt. „Wahrscheinlich hat er den Palast verlassen, bevor die Drachen gekommen sind, und schläft jetzt irgendwo den Schlaf der Gerechten. Seine Liebesnacht war wohl ziemlich anstrengend."

„Verdammter Glückspilz", brummte Broderick, konnte sich das Lächeln jedoch nicht verkneifen. Alle waren froh, dass sie nicht mehr eingesperrt waren.

„Lasst die Drachen mit dem Leben davonkommen", sagte Shaye. „Sie hätten uns – und euch – ohne Weiteres töten können. Stattdessen haben sie uns Frauen unversehrt in die Oberwelt gebracht und euch nur in den Kerker geworfen. Ihr seid es ihnen schuldig, sie zu verschonen."

„Meine Gefährtin ist eine sehr kluge Frau", sagte Valerian. „Hört auf sie." Nachdem die Drachen ihn und seine Männer eingesperrt hatten, hatte Darius ihm in die Augen geschaut und gesagt: „Mir wurde von den Göttern befohlen, jeden Nymph, den sie je erschaffen haben, umzubringen. Vielleicht ziehe ich jetzt ja selbst den Zorn der Götter auf mich, aber ich bin nicht der Meinung, dass deine Spezies es verdient, ausgelöscht zu werden. Ihr bleibt hier, bis ich mir überlegt habe, was ich mit euch mache."

Ein Mann mit so viel Ehrgefühl hatte nicht verdient zu sterben.

Valerian schlich so leise wie möglich die Treppe hinauf. Shaye und seine Krieger folgten ihm auf dem Fuße. Sie waren zwar alle unbewaffnet, aber umso entschlossener. Das hier war ihr Zuhause, und sie würden es sich nicht wegnehmen lassen.

„Verteilt euch", sagte Valerian leise, als sie oben angekommen waren.

Die Männer strömten in alle Richtungen aus. Joachim hatte Brenna ebenfalls mitgenommen, wie Valerian jetzt bemerkte.

Die Überraschung war im Moment ihr größter Vorteil. Die Schritte der Nymphenkrieger waren leicht und hallten kaum von den Wänden wider. Die Fackeln in den Gängen erleuchteten ihren Weg.

„Hier entlang." Valerian führte seine Truppe zum Speisesaal. Drinnen war eine Gruppe von Drachen zu sehen, die um den Tisch herum standen und offenbar ihr weiteres Vorgehen besprachen.

„Bringen wir sie doch einfach um", knurrte einer von ihnen. „Ich habe keine Lust, Poseidons Zorn auf meine Familie zu ziehen."

„Wenn wir uns durch Poseidons Drohungen beeinflussen lassen, geben wir ihm die totale Kontrolle über unser Leben", wandte Darius ein. „Was ist, wenn ihm morgen einfällt, dass er unsere Frauen töten will?"

„Wenn wir ihm nicht gehorchen, werden wir vielleicht nicht lang genug leben, um es zu erfahren."

„Es muss einen Grund dafür geben, dass die Götter uns die ganze Zeit verschont haben. Und es muss auch einen Grund dafür geben, dass sie uns zurück in diesen Palast geschickt haben, statt die Nymphe selbst umzubringen."

„Welchen?"

„Das weiß ich nicht, aber zu wissen, dass es einen gibt, verschafft uns einen gewissen Vorteil. Ich sage ja nur, dass wir zu Sklaven der Götter werden, wenn wir Poseidon blind gehorchen. Wir gefährden den Fortbestand unserer eigenen Spezies. Welche Garantie haben wir, dass die Götter nicht auch uns töten, nachdem sie die Nymphe ausgelöscht haben?"

„Keine", antwortete Valerian und gab seinen Leuten das Zeichen zum Angriff.

Die Nymphe stürmten ohne ihre Waffen den Speisesaal. Valerian wünschte, er hätte den *Totenkopf* dabei, aber es war nicht mehr möglich, diesen Kampf auf später zu verschieben. Sobald die Drachen verstanden, dass sie angegriffen wurden, spien sie Flammen. Valerian schob Shaye hinter einen kleinen Tisch an der Wand und stürzte sich auf Darius, der ebenfalls auf ihn zurannte. Der Drachenkönig hatte seine menschliche Gestalt beibehalten, was bedeutete, dass er nicht vor Wut kochte. Noch nicht.

Sie prallten aufeinander und gingen zu Boden. Valerian verpasste Darius einen Kinnhaken. Darius blutete an der Lippe, doch die Platzwunde fing sofort zu heilen an. Drachen verfügten über ungeheuer schnelle Wundheilung, was es schwierig machte, sie zu schwächen. Valerian schlug ihm ein zweites Mal mit der Faust ins Gesicht, rollte sich weg und trat Darius dabei in den Bauch.

Darius wurde nach hinten geschleudert, richtete sich jedoch sofort wieder auf und wirbelte herum. Der Drachenschwanz, der ihm nun gewachsen war, peitschte Valerian ins Gesicht. Es tat weh, doch Valerian biss die Zähne zusammen.

Überall um ihn herum bekämpften sich Nymphe und Drachen. Man hörte Knurren, Fauchen und Stöhnen. Der Speisesaal hatte sich in ein Schlachtfeld verwandelt.

„Ich teile deine Meinung, was die Götter betrifft." Valerian holte aus und ließ seine Faust sprechen. Treffer.

„Dann bist du doch nicht so dumm, wie ich dachte." Darius trat nach ihm und traf ihn in der Seite.

Valerian drehte sich um die eigene Achse und schlug wieder zu. Er traf viermal hintereinander. „Ich gebe diesen Palast nicht her. Er gehört uns. *Ihr* habt schon ein Zuhause."

„Damit Atlantis sicher vor Eindringlingen ist, muss das Portal bewacht werden. Wie kann ich dir trauen, dass du das tust? Dass du es nicht zu deinem eigenen Vorteil nutzt?"

Valerian hörte auf zu kämpfen.

Darius ebenfalls.

Die beiden starrten sich keuchend an. „Wenn ihr uns unsere Frauen zurückgebt, brauchen wir keinen Zugang zur Oberwelt mehr."

Um sie herum tobte noch immer ein erbitterter Kampf. Valerian duckte sich, als eine Feuerzunge auf ihn zuschoss. Die

Hitze tat weh, und obwohl die Flammen ihn nicht berührt hatten, fühlte seine Haut sich wie versengt an.

„Poseidon hat erklärt", sagte Darius, „dass es von Gesetzes wegen nur echten Wächtern gestattet ist, durch das Portal in die Oberwelt zu gehen. Alle anderen müssen bestraft werden. Wenn du ein Wächter wärst ..."

„... dann würde ich meiner Aufgabe pflichtbewusst nachkommen." Valerian betrachtete Darius' Gesicht. Die auffällige Narbe, die sich von einer Augenbraue bis zum Kinn zog. Der Blick des Drachenkönigs war entschlossen. Man sah ihm an, dass er töten würde, wenn es sein musste. Allerdings schien er zu hoffen, dass sich eine andere Lösung fand.

„Das Portal, das ich bewache, führt in einen Dschungel der Oberwelt. Das Portal hier mündet, wie du bestimmt weißt, in einen Ozean. Wenn du hierbleibst", sagte Darius, „werden immer wieder Menschen nach Atlantis gelangen. Die meisten tauchen einfach zu tief und geraten versehentlich in das Portal. Sie haben keine bösen Absichten, aber du wirst sie trotzdem umbringen müssen. Du wirst auch die Äußere Stadt bewachen müssen. Ich bin bereit, diese Aufgabe an dich abzugeben, da ich ursprünglich ohnehin nicht dafür vorgesehen war. Ich habe genug damit zu tun, mich um die Innere Stadt zu kümmern."

„Ich werde die Äußere Stadt bewachen, und wenn ich dabei mein Leben aufs Spiel setze", versprach Valerian. „Der Palast ist das einzige Zuhause, das wir je hatten."

„Dann knie nieder."

Valerian tat es, ohne zu zögern. Er sah zu Darius auf, der ihm nun die Brust aufritzte und ihn dann den Blutschwur leisten ließ, das Portal stets zu bewachen und in der Äußeren Stadt für Sicherheit zu sorgen.

Die Krieger um sie herum hörten endlich auf zu kämpfen, um die Zeremonie zu verfolgen. Shaye trat zu Valerian. Er stand auf und verschränkte seine Finger mit ihren. Eigentlich hätte er mit ihr schimpfen sollen, weil sie nicht in Deckung geblieben war, aber dafür gefiel ihm viel zu gut, sie an seiner Seite zu haben.

Als Darius sie bemerkte, riss er erstaunt die Augen auf.

„Ich habe euch doch gesagt, dass ich ihn nicht verlasse“, sagte sie und reckte stolz ihr Kinn in die Höhe.

Seine Mundwinkel zuckten. „Meine Grace hätte das Gleiche getan.“

„Sollen wir einander vertrauen, Drache?“ Valerian wartete ungeduldig auf die Antwort. Alles, was er sich je gewünscht hatte, war zum Greifen nah.

Darius sah ihn durchdringend an. „Ja“, sagte er schließlich. „Wir vertrauen einander. Und kämpfen gemeinsam gegen die Götter, wenn es sein muss.“

Valerian reichte ihm die Hand. Darius starrte sie ein paar Sekunden nachdenklich an und schlug dann ein. Der Waffenstillstand war besiegelt. Valerian war erleichtert, wusste aber nicht, wie er das Ganze Layel erklären sollte. „Hoffen wir, dass wir lang genug leben, um unser Abkommen zu bereuen.“ Er drehte sich zu Shaye um und schloss sie in seine Arme. Das war der Platz, wo sie hingehörte. Er würde sie nie mehr loslassen.

„So unglücklich wie jetzt war ich noch nie“, sagte sie grinsend. „Ich hasse dich ganz fürchterlich.“

Er küsste sie zärtlich. „Ich dich noch viel mehr.“

Keine Frage, die beiden würden zusammen ein langes, glückliches Leben führen.

EPILOG

„Wie viel kostet die?"

„Für dich einen Kuss. Einen dicken, feuchten Kuss. Sagen wir, zehn Sekunden, mit Zunge."

Valerian schob den Korb mit Orangen beiseite, den er immer in seinem Zimmer bereitstehen hatte, und studierte die Grußkarte, die Shaye geschrieben hatte. „Ohne dich bin ich nichts" stand darauf. Ihre Karten wurden mit jedem Tag poetischer. Sehr gut. Seine Männer konnten diese Karten gut gebrauchen, um die Nymphen wieder für sich zu gewinnen. Wie es aussah, waren die Frauen immer noch ziemlich gekränkt darüber, dass man sie so lange bei den Drachen gelassen hatte.

Aber der nette Spruch auf der Karte bedeutete auch, dass Shaye langsam dabei war, die Verletzungen zu überwinden, die ihr in ihrer Vergangenheit zugefügt worden waren. Sie gewöhnte sich erstaunlich gut an das Leben in Atlantis. Und sie verkaufte mit sichtlichem Vergnügen ihre Karten an Valerian, seine Männer und die Bewohner der Äußeren Stadt, wo sie einen Shop eröffnet hatte. Sogar die Drachen kauften bei ihr, wenn sie zu Besuch kamen. Darius, zum Beispiel, hatte eine Karte für seine schwangere Frau gebraucht. Auch Vampire zählten zu Shayes Kunden; sie besuchten die Äußere Stadt allerdings nicht sehr oft. Layel war ziemlich verärgert darüber, dass Nymphe und Drachen jetzt Verbündete waren. Valerian hatte sich vorgenommen, die beiden Spezies irgendwann miteinander zu versöhnen.

Bis jetzt waren Poseidon und die anderen Götter nicht zurückgekehrt. Möglicherweise hatten sie sich aber auch nur nicht zu erkennen gegeben. Vielleicht würden sie Atlantis bald besuchen, vielleicht auch nicht. Valerian hatte Shaye, und das war für ihn das Wichtigste. Solange sie bei ihm war, würde er jede Krise meistern. Er hatte Shaye sogar versprochen, eine Möglichkeit zu finden, wie sie ihre Mutter besuchen könnte. Und es würde ihm gelingen. Shayes Wünsche waren ihm Befehl.

Das Leben war im Moment genau so, wie er es sich immer erträumt hatte. Brenna war Joachims Gefährtin geworden, und die zierliche Frau galt unter den Kriegern mittlerweile als die beste Heilerin, die es je gegeben hatte. Sie verarztete die Männer nach dem Training und nach Kämpfen, und sie tat es mit einem Lächeln. Wenn einer der furchtlosen Krieger allerdings beim Anblick einer Spritze zu jammern begann, sagte sie jedes Mal streng, er solle sich nicht benehmen „wie ein Baby".

Nur Shivawn machte Valerian Sorgen. Seine Stimmung wurde mit jedem Tag düsterer, und er verbrachte immer mehr Zeit im Lager der Vampire. Wahrscheinlich schlief er dort mit Alyssa (obwohl ihm unter den Nymphen viele Frauen zur Auswahl standen) und war unglücklich darüber, dass es ihn immer wieder zu ihr zog. Nun ja, Shivawn würde seinen Weg schon noch finden, daran hatte Valerian keinen Zweifel.

„Und, gefällt sie dir?" Shaye deutete auf die Karte in Valerians Hand.

„Und wie. Aber für einen Kuss darfst du sie nicht hergeben, Moon." Er beugte sich über den Tisch, an dem sie saß, und schaute ihr in die Augen. „Du solltest nichts Geringeres als Sex dafür verlangen."

Sie kicherte. „Deine Männer würden dann auf jeden Fall mehr kaufen, schätze ich."

„Ich werde die Schulden meiner Männer übernehmen", knurrte er mit gespielter Wildheit. „Tatsächlich bin ich dir noch etwas schuldig für all die Karten, die Joachim dir abgenommen hat. Höchste Zeit, diese Schulden zu begleichen."

Sie legte ihm die Arme um den Hals. „Bring mich ins Bett, Valerian."

„Es wird mir ein Vergnügen sein."

„Mir auch, Liebster, mir auch."

– ENDE –

Lesen Sie auch von Gena Showalter:

Gena Showalter
Atlantis:
Der Drachenkrieger

Wer den Drachenherrscher Darius erblickt, muss sterben. Denn Darius richtet jeden, der das Portal nach Atlantis durchschreiten will. Darum müsste er auch die rothaarige Menschenfrau töten, die unvermittelt durch eine geheime Pforte in sein Reich tritt …

Band-Nr. 65117

9,99 € (D)

ISBN: 978-3-95649-265-5

320 Seiten

Auch als eBook erhältlich!

Gena Showalter
Atlantis:
Das Juwel der Macht

Grayson soll das Juwel von Atlantis finden und es nicht in die falschen Hände geraten lassen – selbst wenn das bedeutet, es zu zerstören. Doch nachdem er die schöne Jewel vor einer Horde Dämonen gerettet hat, scheint dies auf einmal unmöglich …

Band-Nr. 65118

9,99 € (D)

ISBN: 978-3-95649-293-8

352 Seiten

Auch als eBook erhältlich!

Eine Liebe, die stärker ist als jeder Fluch!

Band-Nr. 65119
9,99 € (D)
ISBN: 978-3-95649-579-3
352 Seiten
Auch als eBook erhältlich!

Kerrelyn Sparks
Fluch und Vorurteil

In der Nähe von Howard Barr fühlt sich Elsa zart und zerbrechlich. Kein Wunder, denn Howard ist ein Bär von einem Mann – im wahrsten Sinne des Wortes. Vor ihren Augen verwandelt er sich, und Elsa wird plötzlich mit der Existenz von Gestaltwandlern und Vampiren konfrontiert. Statt jedoch die Beine in die Hand zu nehmen und davonzulaufen, trifft sie sich weiterhin mit dem attraktiven Gestaltwandler, der eine wilde Sehnsucht in ihr weckt. Erst als sie von dem tödlichen Fluch erfährt, der auf ihrer Liebe liegen soll, ist Elsa verunsichert und geht auf Distanz. Dummerweise ist Howard aber einfach viel zu sexy, um ihm auf Dauer zu widerstehen …